好一个北京

作家笔下的北京

杨晓升 主编

首都师范大学出版社
CAPITAL NORMAL UNIVERSITY PRESS

图书在版编目（CIP）数据

好一个北京：作家笔下的北京 / 杨晓升主编. —
北京：首都师范大学出版社，2022.2

ISBN 978-7-5656-6835-7

Ⅰ. ①好… Ⅱ. ①杨… Ⅲ. ①散文集—中国—当代
Ⅳ. ①I267

中国版本图书馆CIP数据核字（2022）第023474号

HAO YI GE BEI JING：ZUO JIA BI XIA DE BEI JING

好一个北京：作家笔下的北京

杨晓升 主编

责任编辑　谭　伟

首都师范大学出版社出版发行

地　址　北京西三环北路105号

邮　编　100048

电　话　68418523（总编室）　68982468（发行部）

网　址　http://cnupn.cnu.edu.cn

印　刷　北京中科印刷有限公司

经　销　全国新华书店

版　次　2022年3月第1版

印　次　2022年3月第1次印刷

开　本　880mm × 1230mm　1/32

印　张　11.75

字　数　264千

定　价　58.00元

打开一本书

走进一座城

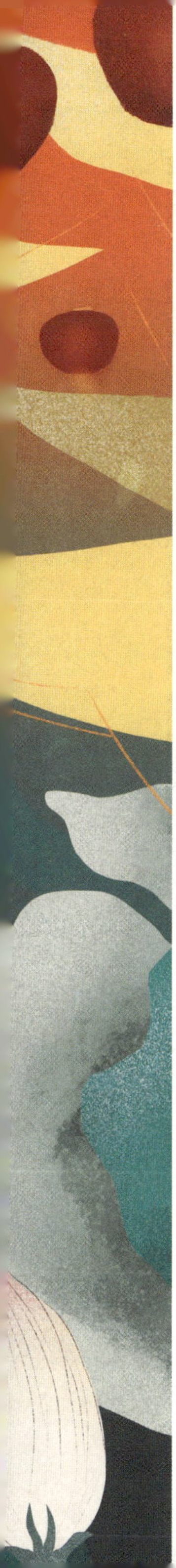

“长夏夕阳，火伞初敛，柳荫水曲，团扇风前”，
荷花市场游人络绎不绝，或茶棚听书，
或瓜摊品果，或围桌小酌，或聚首清音……

——陈建功《北京滋味》

卖糖炒栗子的知青，长得高大威猛，

铁锅前，抡起长柄铁铲，搅动着锅里翻滚的栗子，

路旁的街灯映照着他汗珠淌满的脸庞，是那样英俊。

——肖复兴《京都冬食》

高渐离因为善于击筑惊动了秦始皇，
嬴政爱惜他的才能，恭恭敬敬地请他表演，
这位天才的音乐家面对一代帝皇微微一笑，
像荆轲一样举起了手里的乐器。

——普天《北京，北京》

目录

CONTENTS

忆·岁月神偷

草木·山河化境

MAN ZHU SHENG HUO

食

慢煮生活

地道的北京滋味会给人留下深刻印象。一些与时令节气、民俗习惯相关的吃食，会随时代变迁而更改，却不会完全颠覆或消失。这不仅关乎人们的味觉记忆，更关乎民俗的传统与传承。

北京滋味

——涮庐主人闲话

陈建功

你拿着一张北京地图，你读懂北京了吗？

你走遍了北京的大街小巷，你品到北京滋味儿了吗？

你在北京生活了一段，你活出自己的滋味儿了吗？

我是28岁时才开始“读”北京的，因为那一年我上了北大，听了第一次讲座，由侯仁之教授主讲。此前我已经在北京生活了21年，听了侯教授的，我才知道，前21年基本白活。因为北京太有意思，而我，却只是在北京“活着”而已。讲座结束后的次日，我流连于北大勺园，想米万钟，又想到侯教授的老师洪煨莲。到了星期日，我跑到永定河畔，感受这几近枯竭的河水当年如何孕育出一个聚居点，成了都市最原始的胚胎。我又跑到莲花池，因为记得侯教授说过，莲花池之水滋养了蓟城，由此而金中都兴，北京城即由此发展起来。坦率地说，只凭一次历史地理学讲座听来的知识，我哪里看得出什么名堂？北京，是要“读”的，可以用历史地理的眼光去读，还可以用民俗学、政治学、建筑学、方言学、艺术史、文学史……北京有着无穷无尽的滋味。

北京滋味在庙堂之高，也在胡同之深；在官宦之显，也在平民之乐；在历史的积淀，也在当下的开拓。缤纷斑斓，深邃无涯。因此，读北京，说读懂了，已不够谦虚，说读透了，那肯定是吹牛。寻访历史，你会发现这是一个不时发生惊心动魄的历史事件的地方——望着天安门巍峨的宫墙，我老是想象当年那只颁诏的“金凤”，如何从城堞上放下来，把宣统退位的旨意昭告天下；走过张自忠路，我总是想起倒在段祺瑞执政府门前的刘和珍们；到菜市口的西鹤年堂抓服药，出了门我总是望着马路对面心惊肉跳——我想起看到过的几张来华洋人留下的历史照片上，分明记录着菜市口行刑的惨状。谭嗣同等戊戌六君子，正是在那儿被砍了头啊……几年前，到一个宅子里吃饭，人家告诉我这是民国外交官顾维钧的宅子，顿时吓了一跳：那时刚刚拜读了黄兄宗汉出版的历史学博士论文，知道这里就是孙中山先生来京养病和最终辞世的铁狮子胡同行辕。那一顿饭，眼前老晃动着孙夫人和民国精英们在宅子里窜来跑去的身影，一会儿笔录“总理遗嘱”吧，一会儿报告“总理病情”吧。这就是北京，历史的风云说不定啥时就在身边翻卷起来。

依我之好，倒更喜欢探访北京的平民。我发现这是藏龙卧虎，蕴含着丰沛的性格、故事和人生感悟的地方。我曾经听过“最后一个太监”孙耀庭的采访录音，听他讲鹿钟麟“逼宫”时，太监们如何从紫禁城鱼贯而出，或立马投靠关帝庙栖身，或寻访自己的“命根儿”，以携回乡，为的是以后落葬时可以回归祖茔。芸芸众生的困顿悲凉同样可以催人泪下，感人肺腑。

我也曾听过几位“八旗子弟”讲述自己家族人生的败落史，他们怎样沦落到天桥下唱起了单弦岔曲；为了维护一点儿贵胄的尊严，怎样坐着洋车去书场；从书场正面上场，怎样器宇轩昂地宣称“不过来玩玩儿子弟功夫罢啦”；怎样在献艺后又从正面下场，坐上洋车绝尘而去，回到家里却又五脊六兽地期盼着书场的掌柜登门送钱。我渐渐悟到，造就了北京的悲喜剧性格的，与其说是帝王将相、达官显贵，不如说是如此跌宕起伏的人生。就拿天桥来说，这老北京平民的游乐场，又怎样杂糅了平民百姓的悲酸与放达、落魄子弟的自尊与自嘲，北京人思考样式中独特的美学特征，或许正是从中孕育而出的吧？

当你夸奖某个北京人，却听他一本正经地说：“您这是骂我！”你毫不吃惊，反而哈哈大笑，您算是开始学会品咂北京滋味、读懂北京人了。

读懂北京人不是一件容易的事。大约是十几年前吧，如日中天的王朔和他的几个哥们儿拍了一个电视情景剧，名字我都忘记了。即将播出时，开了一个发布会，记者问：“您认为这出戏拍得怎样？”王朔说，顶不济也是一本《飘》吧，闹不好还整出本《红楼梦》呢！媒体当即大哗——朔爷敢放如此狂言，真是滑天下之大稽也！我记得自己不久就写文章替这位老弟辩过诬。我说，滑天下大稽者不是王朔，而是衮衮诸公啊。首先阁下问题就问得笨，电视剧的发布会，本来就是想告诉你本片拍得棒，你还要问人家拍得怎样，不笨吗？其次是王朔回答得妙——北京智慧啊，给你幽一默，夸饰一下，其实这夸饰里充满了自嘲，这自嘲的潜台词是：您还指望我能给您写本《红楼梦》怎的？当然这自嘲里又在“嘲你”——你还真以为一个电视剧能成一本《红楼梦》啊？……再其次，更可笑的是，衮衮诸公又冒了一回傻气——把人家的幽默当真，还鸣鼓而攻之，不滑天下之大稽是什么？

要是非得看了我这文章您才明白王朔，您还需要再学。

等到终于有那么一天清晨，您在街上看到了几个骑着三轮车的老爷子。他们的三轮车上放着几只鸟笼子，上面蒙着蓝色的罩子。老人们说，得赶在汽车喧嚣之前把他们的百灵送进景山或者天坛。您说：“唉，给鸟儿都那么上心，不易啊，话又说回来，不上心行吗？万一这百灵都脏了口，还不心疼死了？可话又说回来，天棚鱼缸石榴树的北京啊，没啦……”听这话，您就差不多及格了。因为您学会了北京人的思考，会“话又说回来”啦。

乐天知命，宽厚处世，转着圈儿理解别人、理解人生、理解时代，这就是北京滋味，这就是北京人。

而我所要说的，不过是皮毛。真的。

开篇正名

《涮庐闲话》，是我写过的一篇散文。那散文是得了文场老饕中“统领群芳”的汪曾祺先生的“将令”，或亦可谓“遵命文学”？汪先生的“将令”上不仅要求我写“作家与吃”，而且还点了题，就让我写涮羊肉。敢不“伯也执殳，为王前驱”？写到痛快处得意忘形，“涮庐主人”自命，始之于此。

那篇文章被不少报刊转载和转引，“流毒甚广”。文章不长，经济效益微乎其微，倒是招来不少朋友杀将上门，一“涮”为快，使“涮庐”隔三岔五就昏天黑地一场。为此曾撰文惊呼：罢罢罢，长此以往，舍下那把购自“王麻子”老铺的二尺大刀，怕也没羊肉可切，只有割股疗亲的份儿了。

话是这么说，心中还是颇有几分得意的。一个来自广西的“南蛮”，居然敢人模狗样地论起北京的“食文化”，似乎比当个小说家“牛”多了。人性弱点，又可奈何？不过我的举动恰恰又有文化人类学上的依据亦未可知：恰恰因为是一个“南蛮”，才可能对陌生的文化有“文化的震惊感”，才有可能把北京的羊肉涮得比土生土长的北京人更有滋有味儿……“理论一经掌握了群众”，便越发地豪迈起来。“涮庐主人闲话”，便是这持续“豪迈”的产物。

北京是个好地方，可活在好地方，不一定就活得好。活得好，不光得有吃有喝，还得有文化。有吃有喝，能叫您饿不死；有文化意识，能叫您活得有滋有味儿。人不光要图个饿不死，还要图个有滋有味儿，是不？在北京，得这么活。其实，全中国，全世界，哪儿都一样。

话说到这儿，鄙人侃“涮”，侃“全聚德”的烤鸭、“月盛斋”的烧羊肉，侃“六必居”的酱菜、“谭府酒楼”的名肴……就有了个“名正言顺”的“说法儿”，是叫“两个文明一起抓”，还是叫“弘扬民族文化”，都行。反正“闲话一番”，不光得有“意思”，更得有“意义”，这才能踏踏实实开聊。

话“涮”成“痨”

如前所说，“涮”，其实我已经侃过了。再侃，用北京人的说法，有点儿“贫”了。北京人就是这样，干什么都得“全须全尾儿”。“尾儿”，在北京话里，读似“倚儿”。这话是从斗蟋蟀那儿来的：一场争斗下来，自己的“大将军”仍旧“全须全尾儿”，是一件很“拔份儿”的事。或许因为北京人住在一座“全须全尾儿”的城里，又住在一个“全须全尾儿”的四合院里，一年 365 天，从初一的饺子到大年三十的合家宴，吃的也是一套“全须全尾儿”的饭菜，听的又是“公子落难，小姐养汉，丫头捣蛋”之后，“洞房花烛，金榜题名”的戏，也是“全须全尾儿”了才舒坦的……依这老理儿，说到“北京滋味”，还自称为“涮庐主人”，难道能不从“涮”开始说？哪怕你自己都觉得“贫”，算得上是“话‘涮’成‘痨’”了。

其实在《涮庐闲话》里早已透露，北京人应时当令儿的吃食，已经是渐渐被“革命”了。当然，正宗的、老派的北京人，“应时当令儿”是深藏心底的。今年夏至那天，我忽然馋羊肉了，遂向太太提议，今天咱们吃“烧羊肉”如何？太太的“反革命本质”几乎是不假思索的，斥道：“哪有大夏天吃烧羊肉的？这不找热火攻心吗？”未几，我的学生周家望来电话，开口就是：“今天夏至，师傅吃面没？”引得我把刚刚被镇压的“革命精神”又焕发出来，喊道：“我要吃羊肉——烧羊肉、烤羊肉、涮羊肉！”试想今日北京，谁还有雅兴描“消寒图”，填“亭前垂柳珍重待春风”？而“涮”，也早已无须到冬季，更无须“东来顺”。不信您到北京的街头看看，无冬历夏、声威雄壮，大有“凡饭铺处皆曰可涮”的气派。盛夏的夜晚，大饭店里，冷气开放，自不待言，小饭馆的门外，也是红光闪闪，有人赤膊围聚，不惜大汗淋漓。所为者何？涮也。这围炉大“涮”的场面，或应也算“王谢堂前燕”飞入“寻常百姓家”的佐证？“革命”形势“大好”不是“小好”，盛世华章，或亦可平添一景？

其实“涮”里，从来不缺“家国情怀”。

曾经昙花一现的，是一种叫“共和锅”的“涮”法。恐怕我是吃过“共和锅”的最后一代人了。吃“共和锅”用的是一张桌面中空的大方桌，桌面中央的空洞里放着一只直径约为1米的大铜锅，锅里用一块一块铁丝网隔成一段一段的“自治区”，以防止羊肉片“偷渡”。来涮“共和锅”的人，不分男女老幼，生张熟魏，皆可同席围坐，到锅里找一格空间，将您点的那些羊肉片、豆腐、白菜之类，在自己的“辖区”里涮。一边涮，一边聊，倒也有那么一点“五族共和”的味道。

我理解，这“共和锅”其实是饭馆专为解馋的散客所设。那时一个人单独进店，似乎还没牛到一人一锅独享的地步，“入群”共和，似乎是没有办法的办法了。我见到这“共和锅”，应是在20世纪70—80年代，地点是在海淀街。已经是我大学时代的事了，若不是一位德籍汉学家问起，我已经把这有趣的一幕给忘了。自然，同样是“文化震惊”的理由，这老外对“共和锅”要比我在意得多。有一次他告诉我，他是“文革”中来中国留学的，因此，他应该算“工农兵学员”。而后，忽然问我：“我最忘不了到小饭馆去吃‘共和锅’，只是我到现在也没闹明白，这名称是从什么时候叫起的？为什么把它叫‘共和锅’呢？”以研习旧京民俗为自豪的我辈，竟无以作答，最后只好老老实实说且待我查一查。

一位谙熟旧京民俗的老人告诉我，其名之得，果然取自“五族共和”之意。真是“人皆可为舜尧”的北京人，在一口大锅里捞羊肉片，都捞得出如此“伟大的意义”。

在我看来，倒是那餐饮文化的微妙处会不会一点一点被抛弃，更令人心存隐忧呢？

有些东西抛弃了，是文明进化使然，是必需的。记得过去到东来顺，有一种吃法曾令我终生难忘。即其中某部位的羊肉，是可以生吃的——当即听了服务员指点，直蘸作料入口，果然鲜嫩爽滑，与涮后所食，大异其趣。再次去时，知道因有卫生之虑，已经取消。当然难免失望，但谁能说这不应该呢？然而也有令我扼腕的。比如老东来顺的糖蒜。每次到东来顺涮羊肉，糖蒜是我必须点的。相比那入汤成缕，入口则化的肉片，看似“微不足道”，其实大有说辞。特别是东来顺总店的糖蒜，全系本店自制。据说他们每年唯以夏至前三天的蒜头为料，把一年所耗的糖蒜腌上，早一日尚嫩，晚一日则老矣。小小糖蒜，精细若此，这才叫经典传承的经典细节。遗憾的是，前不久就餐于东来顺某加盟店，酒酣耳热之时，推荐友人享用那糖蒜。入口便知，所荐已不再是那“经典”，甚至疑心那糖蒜绝非正经的酱菜园子所出。结账时赔着小心询问：糖蒜可是贵店自己腌制？那美女一脸鄙夷，答道：“我们怎么会自己腌糖蒜？怎么可能？”

…………

但愿这只是加盟店的肤浅。

200 年老卤的自信

月盛斋地处前门，更准确地说，它在北京前门箭楼的眼皮子底下。窄小的绿色门脸儿，顶多有丈余宽，和它东边的加州烤肉、西边的朝鲜烤肉店相比，虽说都是以风味肉食为特色，它的芳邻却透着器宇轩昂，而它，则越发显得有些可怜兮兮。不过如果您知道了它的历史，又品尝了它的酱羊肉和烧羊肉，您会觉得它这寒酸的外表后面，透着拥有传统，固守传统的自信与悲壮。不管别人如何器宇轩昂，200年的传统谁可比肩？一天一天，一月一月，一年一年传承至今的“百年老卤”，用这老卤烧出的牛羊肉，更是足可睥睨天下了吧？

“山不在高，有仙则名”，诚哉斯言。

闻名全国的月盛斋马家老铺，系马庆瑞于清乾隆四十年（1775年）创办，迄今已五代不衰。传马庆瑞曾在清廷礼部衙门当差，时得礼部赏赐的祭祖供品如全羊之类，加之他又曾在御膳房帮忙，暗学得御膳房酱羊肉烧羊肉手艺，遂操此业。

到了其子马永祥马永富兄弟，对酱羊肉的工艺又加改进，求得太医院太医的帮助，加入丁香、桂皮、砂仁、大料等，经反复研制，做成了至今闻名遐迩的“五香酱羊肉”。

早在清代，五香酱羊肉极负盛名。清末柏泉孙著《道咸以来朝野杂记》称：“……月盛斋所制五香酱羊肉为北平第一，外埠所销甚广，价之昂亦无比。”马家老铺第五代传人马霖亦曾撰文说，慈禧太后也嗜月盛斋的酱羊肉和烧羊肉如命，为了随时吃到月盛斋的肉，特于光绪十二年（1886年）十月十二日颁下“腰牌”四块，“腰牌”者，今之“通行证”是也，以使月盛斋进宫送货，畅通无阻。足见月盛斋当年的地位。

用马霖先生文中的资料，月盛斋酱羊肉和烧羊肉的特色是：“选料认真，制作精细，火候适宜。”所选羊肉只选用羊的前半截，还要根据肉的部位确定下刀之法。下刀不好，块儿大则难以入味，块儿小又过于细碎。各种调料皆为精选，不怕价高。掌握火候最见功夫：先用旺火1小时去腥膻，又用文火7小时入其味，最后兑入那百年传下的“陈年宿汁”……

说起这陈年宿汁，京师人士多有传闻，颇具传奇色彩。月盛斋每次制作酱羊肉后，是必须将汤汁留存一部分，以备下次之用，如此代代相传，已有百年之久。这宿汁之浓郁醇厚，可以想见。对月盛斋来说，其弥足珍贵，亦可谓命脉所系。然“文革”破“四旧”时，“老汤”险遭厄运，几乎失传，幸有月盛斋传人秘密保存，得以在“文革”之后有月盛斋的重振。

知道这富于传奇的故事，当您推开那扇绿色的小门走进去的时候，您会觉得您是走进了历史。

那小小店堂的东墙上，挂着字迹陈旧的说明招牌，上书：

本斋开自清乾隆年间，世传专做五香酱羊肉、夏令烧羊肉，均称纯香适口，与众不同。前清御用上等礼品，外省行匣，各界主顾无不赞美。天下驰名，只此一家。诸君赐顾，请认明马家字号，庶不致误。

我常常将酱羊肉和烧羊肉分别买上一些，再买上一瓶烧酒，回家细细品尝。我发现它确乎堪称“肥而不腻，瘦而不柴，不腥不膻，齿颊留香”，那感觉是吃别家的羊肉所难以得到的。要命的是，一想到它出自一锅百年老卤，老是觉得吃到了200年前的真东西，觉得一块儿咀嚼的文化，也“肥而不腻，瘦而不柴”似的。

历史就是历史。传统就是传统。200年就是200年。老卤就是老卤。

不服气是不行的。

你真的会吃烤鸭吗？

“京师美馔，妙莫于鸭，而炙者尤佳”，语出《燕京杂记》。炙鸭，即今人所说的烤鸭。近年北京旅游业有“不到长城非好汉，不吃烤鸭真遗憾”的口号。那么，吃烤鸭，大约也不应该只满足于朵颐之快吧？

何况，如果没有人加以指导，“朵颐之快”是否能满足亦未可知。

我曾在鼎鼎大名的全聚德烤鸭店见到一位来自南方的朋友，要了一盘烤鸭，两碗米饭，用筷子夹烤鸭蘸甜面酱，一口烤鸭一口饭食之。而另一群来自东北的老兄，虽不用米饭用大饼，也是一口大饼一口鸭，五十步笑百步而已。开个玩笑，久居京华的我，对此“暴殄天物”，简直要“怒从心中起，恶向胆边生”了。烤鸭为我京师名肴，而全聚德为我京师百年老店，自清同治三年（1864 年）创办，从来是以荷叶薄饼卷而食之。食用的办法是：取荷叶薄饼一，铺陈于小碟之上，抹上甜面酱少许，再加羊角葱几根，再加上烤鸭片儿。放好后将饼的一左一右卷起，最后将底部稍稍向上一折，以防油汁下滴。吃的时候，将饼卷举而食之。用饼卷，不可少，此其一；抹甜面酱，不可少，此其二；加羊角葱，不可少，此其三。若实在吃不惯葱，也应将饭店送上的黄瓜条夹入。以上各项，哪一项也不可或缺。吃烤鸭，又是一种“综合艺术”，和京剧的且歌且舞、中医的望闻问切如出一辙。阁下万勿一口饼或一口饭，再来一口烤鸭，让它们到肚子里去“综合”，必须于盘上“综合”好了，一起送入口中品尝。当然，阁下既已交了银子，如何把这鸭子吃下去，我辈又何须饶舌？然我爱我京华传统，苦心孤诣，谅您不致误会？

当然，您会卷起了荷叶饼，把烤鸭送入嘴里，您的食鸭之道，也就仅仅算得上入门而已。北京的烤鸭，其实还分两大流派，一曰挂炉烤鸭，前述百年老店全聚德，即此烤法之代表。挂炉是一个拱形的炉门口，烤制时并无炉门可关闭。炉内燃枣木，枣木质坚而带果香，以此木燃之，火焰经久，行家食之，甚至可品出挂炉鸭中带有果木之香。近年不少烤鸭店实施了“电炉烤制”，我以为，从生态计，从效率计，皆应顺应历史潮流，不过挂炉烤鸭过去的果木清香，在用电炉烤出的鸭子中已难寻觅，不能不是一个遗憾。阁下若愿成为品尝烤鸭的专家，不妨“转益多师”，到前门的全聚德吃一回，再到和平门的全聚德吃一回，还可以到王府井的全聚德吃一回，您若能品出哪家是电炉制作，哪家是枣木烤出，鉴赏水准，当可自称入品。另一派烤鸭，曰焖炉烤鸭，烤法之代表是便宜坊，前门鲜鱼口和崇文门大街分别有便宜坊的老店和分店。说起来，便宜坊也是一个百年老店，创办于清咸丰五年（1855 年），同样声名远播海内外。焖炉烤鸭的烤法和挂炉有所不同，它的炉膛口有一门，烧高粱秸为燃料，焖烤时，是用高粱秸把炉膛烧到一定温度，然后灭火，把鸭子置之铁箅，放入炉膛，关上炉门焖烤。挂炉烤鸭外皮酥脆，焖炉烤鸭则更重肉质的鲜嫩。您如果只尝了全聚德，而未涉足便宜坊，充其量也只能说是半个烤鸭美食家罢了。

还有一个纯粹是属于个人经验的建议，本没有胆量说出的，某日请教了美食大家、小说家汪曾祺先生，居然也聆听到同样的见解，所以才敢在此道出。我以为，君若有意品尝到烤鸭的真正滋味，是不可到烤鸭店去举办宴会来品尝的。就说全聚德吧，其创办之初，除经营烤鸭外，只做三个菜：炸鸭肝、蒸蛋羹、鸭架汤。如有客人有炒菜的要求，店家只有到隔壁的菜馆代为购买。可以想见，当年人们品尝到的，是烤鸭的真正滋味儿。现在的烤鸭店当然早已不是这样，为赢利，为方便，也大可不必这样。然真正有意品尝烤鸭者，不能不感叹人们在社会前进中的迷失。就说人们每每定下的昂贵的宴会，八珍皆备，五味杂陈，最后一道热菜才上来了烤鸭。可怜的鸭子们颇有点像今天的人类，面临着在五光十色中迷失了自我的窘境。因此，每临此境，我都不免发出“返璞归真”的心声：何如只上烤鸭一道，再上鸭架汤一道，那样您才能发现，烤鸭，的确名不虚传，京中第一佳肴美馔也。由此我建议，阁下不妨以一种更为朴实的方式走进全聚德：三五同好，不为生意的应酬，也不为虚礼客套，只为寻觅一种传统佳肴的真正滋味，不点别的什么菜，不管服务小姐如何劝说，只坚持要烤鸭和鸭架汤。请君一试，相信感觉不俗。当然，如果您还是要请客，也声明说您只要“全鸭席”——凉菜四道：卤什件、白糟鸭片、拌鸭掌、酱鸭膀。热菜四道：油爆鸭心、烩四宝、炸鸭肝、炒鸭肠。下面就是烤鸭，再后就是鸭架汤了。什么葱爆海参啦，芙蓉鸡片啦，万万不可点的，花钱事小，喧宾夺主，错，错，错！

寻找酸梅汤

寻找酸梅汤的过程，真是一个悲壮的历程。

今日北京，想找一杯可口可乐易如反掌，可找一杯酸梅汤呢？说实话，我转遍了半个北京城。

最悲壮的还不是满北京地寻寻觅觅，也不是问谁谁不知而我仍然一意孤行。最悲壮的是，当我终于在偏僻的关东店找到了这家 200 年老字号，怀着虔敬步入其间，问曰酸梅汤有否，再问贵店店史材料有否的时候，售货员的眼神简直像是在打量一个天外来客。

倘若我穿得衣冠楚楚，说不定还好一些，那就会被看成是海外来客了，因为当我在桌旁坐下，一小口一小口地把那碗酸梅汤抿进去的时候，售货员告诉我，现如今，远道而来，专为了找“这一口儿”，访这家老店的人，也只有台湾或海外来的同胞了。

这话说得我也有几分惭愧起来，如若不是台湾的一家报纸向我约稿，要我写写北京的酸梅汤，我也不会这么“悲壮”地走一回的。

而我们的酸梅汤，比之现在在中国大行其道的可口可乐之类，难道真的差到了哪儿去，以致落到了如此地步？

酸梅汤的做法当然可以说是非常之简单的：到中药店购得乌梅，以水煮之或以开水泡之，加上冰糖、桂花，随后放凉，捞出渣滓，将汤釜周围置冰块，冰凉后饮之。北京人家，至今犹有自制者。在老北京住过的人都知道，盛夏溽暑，卖酸梅汤的可称为旧京一景：大街小巷，干鲜果铺的门口，随处可见卖酸梅汤的摊贩。摊上插一根月牙戟，挂着一个写着“冰镇熟水酸梅汤”的小牌子，贩者手持一对青铜小盏，不时去敲，发铮铮之声。过往行人，望“梅”已自解渴，闻声已自清凉。一碗酸梅汤下肚，暑气全消。据方家金受申先生著书称，酸梅入厥阴经脉，又可祛暑平肝，可知“古人一饮一馔皆有深意，不似后来只以热需凉解为目标的肤浅理解”。

翻检旧籍，举凡提到酸梅汤者，几乎没有不提信远斋的。

信远斋的酸梅汤之所以远近驰名，据说是因为它采用了宫廷秘方，故有“清宫异宝御制乌梅汤”之谓。其所用乌梅，必选粤产；所用冰糖，必用“卷冰”；所用桂花，必用杭州张家。制作时绝不煎熬，而是用开水泡之，配料的比例，也全凭经验掌握，天凉时尚甜，天热时尚酸。据当年喝过信远斋酸梅汤的人说，那金黄晶亮的一碗，酸中带甜，且有桂花之异香，煞是可人。店主每每为顾客另准备冰镇白水一碗，以备有人要冲淡饮之。

信远斋蜜果店始建于清乾隆年间，匾额系溥仪的老师——江西翰林朱益藩所书，迄今已有 200 余年历史。信远斋原址在和平门外东琉璃厂路南，今戴月轩的斜对过。琉璃厂至今仍是古董字画、古旧书刊荟萃的地方，过去最是文人雅士光顾的场所。“逛逛书铺，品品古董，考考版本，消磨长昼。天热口干，辄以信远斋梅汤为解渴之需。”

我就是根据这一段记载，到琉璃厂去找信远斋的。没有。

听我打听信远斋的老人们都笑，他们说：“那是哪年间的事了？早不知搬到哪儿去啦！”

我从一位记者朋友那儿听说，信远斋蜜果店的匾额已由溥杰先生重题，搬到了朝阳门外大街营业。

当我风风火火跑到朝阳门外大街的时候，眼前是一片推土机、搅拌机轰鸣的工地，我像一只丧家之犬，东看看，西转转，不知如何是好。

几经周折，我总算在关东店商场的对面，发现了溥杰先生题写的匾额。

相对于琉璃厂而言，关东店实在应该算一个很偏远的地区了，不过，现今的关东店，似乎也渐渐热闹起来。我心中不安的是，信远斋店堂里的凄清。

不久的将来，当关东店更加热闹起来的时候，信远斋不会又臊眉耷眼地搬走，找一个和它那凄清的气氛相称的角落安身吧？

“天桥乐”的红灯笼

一串红灯笼在暮色里垂着。

天气挺冷，马路上行人稀少，天气就越发显得冷。

那串红灯笼，在凄清惨淡的夜色中，越发显得耀眼。

红灯笼旁有一个乳白色的广告灯箱，上书“天桥乐茶园”。

天桥在北京的中轴线上，因旧有石桥，为明清帝王出故宫，到天坛祭天的必经之路而得名。现石桥已不复见，天桥的名称依旧沿用至今。熟悉北京者无人不知，自清末民初起，天桥渐渐发展成了北京的平民游乐场。用民俗学家们的说法，中国每一个较大的都市都有一个类似天桥的地方：天津的“三不管”、南京的夫子庙、上海的徐家汇、开封的相国寺……即便是一个小小的县城，也都可能有个“小天桥”。旧时的天桥，摊位林立，百戏杂陈，北京的市井小民在一片暴土扬烟中讨生活，也在这一片暴土扬烟中讨欢乐。这暴土扬烟也造就了中国的一大批平民艺术家：说评书的双厚坪、滑稽大王云里飞、说相声的侯宝林、唱评剧的新凤霞……随着时代的更迭，暴土扬烟不复存在，旧天桥的踪迹也很难寻觅了。最典型的事例是，我作为一个旧京民俗的爱好者，每每只能到天桥的民居中去寻找“白发宫娥”，听其细说“天宝遗事”。前为台湾《汉声》杂志撰稿，曾专访天桥双簧老艺人“大狗熊”。访谈未及写出让老人过目，便闻老人辞世之噩耗，怆然喟然，可以想见。唯觉欣慰的是，忽闻有热心者要在天桥辟出一隅，作天桥文化活的“博物馆”。想想自己为了找“信远斋”而琉璃厂而朝外大街而关东店的“悲壮”，越觉殊非易事。将信将疑时，这消息越发像是凄清惨淡中的那串红灯笼，似乎很亲切很迫近，却又有一点迷迷蒙蒙的辽远。不管怎么说，相信它，总算有了一点儿慰藉吧。

谁又能想得到，有志者事竟成，那串红灯笼真的能挂将起来？

红灯笼下有一个门楼，横额是曹禺先生题的“天桥乐茶园”几个字。走进去，右手是茶园宽且高的外墙，墙上画着一幅一幅旧天桥江湖艺人卖艺的图景：宝三儿在摔跤、“赛活驴”在跑场儿、“小金牙”在拉大片、“飞飞飞”在练杠子……最使我动心的是，那位刚刚过世的“大狗熊”演双簧的场面，也惟妙惟肖地绘于其上。旧京的茶馆种类很多，大茶馆、书茶馆、清茶馆、野茶馆……不一而足。老舍先生笔下写得活灵活现的《茶馆》，就是八旗子弟、遗老遗少们经常光顾的那种大茶馆。新建的“天桥乐茶园”，完全重现了旧京大茶馆的格局，那场面要比老舍笔下的“老裕泰”可大得多了：茶园子分两层，楼上是包厢，楼下是散座，南端是一个小舞台，台口两侧的楹联是“酒旗戏鼓天桥市，多少游人不忆家”，真是活脱勾画出了当年北京人逛天桥的感觉。进得店来，店家发给每一位客人五枚旧式的铜毫。到包厢或散座坐定，身着长袍马褂的主事立刻吩咐茶房给您上茶。您如果进的是包厢，只听一声吆喝，一个白生生的物件就从楼下飞将上来，原来是扔上来了手巾把儿。一楼散座的四周，是卖酱牛肉、艾窝窝、驴打滚、杏仁茶、豌豆黄等各类小吃的摊位，胸前挎着笸箩的小姑娘，游走于茶座间，卖糖葫芦，卖瓜子香烟，您可以凭那几个铜毫，随意选用。

就在这与旧京茶园几无二致的氛围里，小舞台上的表演开始了。节目，意在重现旧天桥的“绝活儿”。串场的是“小金牙”，他以拉“洋片儿”的方式，把一个个节目给报了出来，其间插科打诨，滑稽风趣自不可少。唱八角鼓的、数莲花落的、变戏法的、耍把式的、摔跤的……一个一个出来亮相。或许是因为我对天桥多少有点了解，或许是因为旁边陪我的，是一楼的主事刘先生，这位“老天桥”对年轻演员的表演也过于挑剔，不断地在我耳边品头论足。总之，坦率地说，表演不敢说十分完美，尚有待于进入佳境，然茶园的气氛已经有点儿让人流连忘返了。

在北京越来越向现代化大都会靠拢的今天，在旧京平民游乐场的故地天桥，一个看起来很冷清的角落，居然有了这么一座茶园，可以找找传统，找找历史，找找和歌厅舞厅迥然不同的感觉，看来，和我一样，为留存北京的古都韵味而“贼心不死”者，大有人在。

真让人感到欣慰。

入酱缸的“资格”

我不止一次宣传六必居酱菜园选菜入缸的“规矩”，一位“老外”听后惊叹道：“上帝！这比我们那儿选美还厉害！”

我说：“对，‘三围’不合格，是不允许进入大酱缸的。”

大家笑得那叫开心。

北京前门外的大栅栏，系百十年来形成的商家云集之地。

闻名遐迩的同仁堂药店、瑞蚨祥绸布庄，都坐落在这条狭窄的、人流涌动的小街上。从大栅栏东口横贯而过的，是粮食店街。从两街交叉路口向南侧拐过去，走十几步便是和同仁堂、瑞蚨祥一样声名远播的六必居酱菜园了。

这是一座古色古香的木结构建筑，宽敞的店堂正中，高悬着书有“六必居”3个金光耀眼大字的巨匾。此匾传为明代奸相严嵩题写，严嵩为相，权倾朝野，士林侧目，后人每不齿之。然严氏书法，端正遒劲，世所公推。由匾可知，六必居大约开业于明嘉靖九年（1530年），距今450余年矣。

北京的酱园业素有南酱园和京酱园之分，南酱园口味清淡，以西单路口的天源酱菜园为代表；京酱园口味较浓厚，以六必居历史最为久远。“六必”之得名，其说不一。有人说初创者为六家合股，故以“六必居”名之。曾为该店学徒的贺永昌先生撰文称，所谓“六必”，其实不过源自俗话：“开门七件事，柴米油盐酱醋茶。”六必居创业之始，是一个除了茶以外其他六样都经营的小店，因此得“六必”之名。后来小店发展成了闻名于世的酱菜园，“六必”的名称就保持下来了。

几百年世事沧桑，六必居当然不可能超然世外，那块巨匾的遭遇，就是这400多年老铺辛苦遭遇的象征。1900年庚子之乱，八国联军进京，义和团纵火焚烧卖洋货的商家，前门一带，火光冲天，六必居也在劫难逃，幸有伙计张夺标从火中抢出传世巨匾，藏之临汾会馆，使这老店之命脉的象征不至于毁之一炬。此后又有日军闻名前来强购，因六必居的伙计机警应答，谎称巨匾已经被老板带走，才得以幸免。1966年“文革”动乱，六必居巨匾又遭红卫兵斧斫，幸而又有人提议保留，以便参加“破四旧”战果展览，这才又一次躲过了厄运。“文革”期间，六必居酱园不得不改名为红旗酱菜厂。1972年，日本首相田中角荣访华，向周恩来总理问起北京是否有一个“六必居”，方由有关部门出面，从“破四旧”战果展览会上拿回了老匾，重新油漆，悬之店堂，自此，六必居尘封巨匾始得重见天日。

翻检记载京师生活的书籍，如《都门记略》《朝市丛载》等，对六必居之称誉，每有闻见。据我所知，六必居之所以450年盛名不衰，和它选料是大有关系的。其全部原材料来自何地，皆有一定。选料之标准，也十分严格，宁可少做不卖，也不退求其次。东直门的二缨萝卜、安定门外的黄瓜、广安门外郭公庄的香瓜、长辛店的大蒜……因其水土品种的特色，被六必居选中。真真类乎选美，非苏杭二州佳丽，是入不得法眼的。而入围“佳丽”，当然也还要再度登台角逐。譬如黄瓜，一定要条儿顺（身材窈窕乎）、顶花带刺（面貌姣好乎）者，一斤黄瓜不可超过六条；譬如做小酱萝卜的原料二缨萝卜，也是要求四至六个一斤，过大过小者必淘汰。其精其严，以量“三围”喻之，恐不为过。“蔬菜小姐”既出，加工工艺更是严格，譬如酱甜瓜的制作，据贺永昌先生述之：老洋瓜要清晨摘下，赶在中午以前送到，货到后组织全店人员用清水洗净，按一斤瓜一斤盐的比例放入盐水中，浸泡26小时后投入酱料，经两天两夜将瓜捞出，放在太阳下晾一天，中间翻一次，然后放入甜面酱缸，以后每天打耙七八次，每次打十耙……如此精细的工艺，岂有不创出名牌之理？

最有趣的既不是这工艺过程，也不是“老外”们由此而引发的幽默，最有趣的是他们愣了好一会儿向我提出的问题。

“陈先生，六必居现在还是这样吗？”他们问。

我只能坦率地承认，我不知道，因为我只是去买过酱菜，却没有去调查。不过，说实在的，真去调查了，这心里也未必不打鼓。我知道，我们的不少老字号，那“活儿”，的确不如从前那么讲究了。

荷花市场与“烤肉季”

面对着这镌刻着“荷花市场”4个字的古色古香的牌楼，真有一股说不出的滋味儿。

我不止一次从这什刹海畔走过，重温当年“荷花市场”的盛况，对这地方能否重建一个“荷花市场”，却从来也没有抱过奢望。

没有想到，“荷花市场”居然就这么忽然冒了出来。

北京城里虽然有北海，有中南海，但那或是公园，或是禁区，而和平民生活紧密联系，可供城里的老百姓信步漫游的最大一片水域，就是什刹海了。有水便有绿，什刹海沿岸，或柳枝飘拂，或杨木参天，水中菡萏映日，飘香冉冉，更使“玻璃十顷，卷浪溶溶”的湖面平添了无穷魅力，很早以前就成了北京人流连忘返的地方。

什刹海又分为前海和后海。后海清幽，沿岸有闻名的醇亲王府，还有广化寺、龙华寺等古刹，所谓“什刹海”，即因后海岸边古刹众多而得名。前海则因“地接喧市，游踪较便，裙屐争趋，咸集于斯”，越发热闹起来。特别是清同治以后，市肆林立，酒旗当风，一到夏天，临湖搭棚品茗清谈者愈众。有位诗人不由得悲叹：“岁岁荷花娇不语，无端斗茗乱支棚。斜阳到处人如蚁，谁解芳心似水清？”其实也是徒然悲叹而已，平民百姓在什刹海畔越发玩得有滋有味儿。

到了民国五年（1917 年），索性有荷花市场兴建于前海西岸，此地便堂而皇之地成了城北百姓娱乐消遣的平民游乐场。

据老北京们回忆，荷花市场的买卖一般从端阳起，至中元止，最繁盛的季节是夏季，特别是晚间，“长夏夕阳，火伞初敛，柳荫水曲，团扇风前”，荷花市场游人络绎不绝，或茶棚听书，或瓜摊品果，或围桌小酌，或聚首清音……市场上不仅有河鲜棚、小吃棚、冷食棚、莲子粥棚，有果摊、瓜摊、书摊、画摊、古董摊，而且有书场、相声场、把式场、杂耍场。有一首俗曲曾生动地唱出了人们当年逛“荷花市场”的感受：“六月三伏好热天，什刹海前正好赏莲。男男女女人不断，听完大鼓书，再听十不闲儿。逛河沿，果子摊全，西瓜香瓜杠口甜，冰镇的酸梅汤打冰乍。买了把子莲蓬，回转家园。”

在原址上恢复的“荷花市场”，我只有喜出望外，当然不会有什么苛求，就像对白云观的庙会、妙峰山的香会不应该苛求一样。社会的变迁，风俗的移易，“一切照旧”已经不可能。譬如过去荷花市场的文化娱乐项目，真个开办，又能有多少观众？因此，能有这么一个地方，可邀上三五好友，择一晴夜，到水畔围坐，要几盘爆肚、杂碎等风味小吃，再小酌几杯，把酒临风，细说旧京遗事，已算是别有情致。特别是在附近的湖畔，每晚都有自娱自乐的戏迷票友们引吭高唱，余音袅袅自湖面传来，更近乎昔日“荷花市场”的神韵，大概是时下时髦的歌厅舞厅、卡拉 OK 所无法替代的吧？

然而，煞风景的事也不是没有。

譬如有那么几个摊位的小吃，卫生状况之差，已经到了惨不忍睹的地步：桌面上杯盘狼藉，似乎永无收拾的打算；服务员着装遍布油垢，似乎永无换洗的时日。莫非这杯盘狼藉也是古都风韵的一部分不成？

他们知道不知道自己参与的，是一处重要的人文景观呢？若是不知道，为他们搭上那么漂亮的牌楼，又有什么用？

这种由毫无文化的人来参与文化事业的现象真是比比皆是。难怪中国的旅游胜地，一下子冒出了那么多呆头呆脑的李白、杜甫、苏东坡塑像，难怪原本幽深神秘激人想象的溶洞，几乎每一个都遍挂霓虹彩灯，装点得像个俗不可耐的歌舞厅……

呜呼，为保留旧京乃至中国文化的韵味，文化意识恐怕起码是应该具备的。说到这儿，我不由得又想起了就在这“荷花市场”起家的“烤肉季”。烤肉源自蒙古，今日本人烤肉，其名曰“成吉思汗”，便是证明。100 多年前，烤肉季的创始人季德彩在荷花市场开始其烤肉生涯。多年来，在选肉、剔杂、刀工、作料上下功夫，使烤肉季成了远近闻名的老字号。过去北京有“南宛北季”之说，说的就是北京两家最著名的烤肉店。“南宛”，即宣武门内的“烤肉宛”，今仍在，以烤牛肉驰名；“北季”，即“烤肉季”，以烤羊肉驰名。旧时烤肉，方式多保留古蛮之风：一口铁锅，上置铁条炙子，锅内燃以松柴柏木，食者把肉片置于炙子上翻烤，变色后蘸葱末、香菜末、卤虾油、酱油、料酒配成的作料，其仪类乎“涮羊肉”，其味又不同于涮羊肉，更带有一种松柏木的烤香。如今，烤肉季仍离荷花市场不远，沿什刹海东行，走到银锭桥边，便可找到。然而，古色古香的建筑虽存，入其内，铁锅、炙子、柴火，脚蹬条凳的“烤姿”全然不见——当今的烤肉季，已不必顾客自烤自食，而统一由厨师“庖代”也，是幸是憾？这还叫烤肉季吗？“烤肉”

不过是它的一个菜名，其他恐怕已和一般的菜馆无异。或许是我过于传统，全然不顾现代文明的进程？在现代文明更发达的日本，我是去吃过类乎烤肉的“成吉思汗”的，装修豪华的店堂里，挂着一副一副铜马镫，渲染出浓郁的文化氛围；一口微凸的铁板，置之炉上，任君自烤自品。就在这氛围中，你既品尝了佳肴，也品尝了文化。

有人说，和我们对文物保护有些漫不经心一样，中国人因文化根基之深厚，对一切和历史有关的东西，似乎都有些漫不经心起来。

真的是这样吗？还是恰恰因为我们如此“阿 Q”，已经“一不留神”，变成了一个没有文化的民族？

谭家一啜不思蜀

旧京人士，无人不知谭家菜。故曾有“食界无口不夸谭”之说，又有“其味之鲜美可口，虽南面王不易”之叹。

几十年来，谭家菜仿佛销声匿迹，其实一直在北京饭店内经营，说是“养在深闺人未识”不够准确，说是“金屋藏娇”最是到位。最近，一座外观古朴、富于民族特色，内部装修典雅豪华的酒楼出现在西直门立交桥东侧，名曰“谭府大酒楼”。看到那 5 个雄浑的鎏金大字，我心中不由得一颤：谭府大酒楼，经营的莫不就是那“给个皇上老子都不换”的谭家菜？

如果说辟才胡同里那家新开张的“忆苦思甜大杂院饭庄”是北京平民饮食文化缩影的话，“谭府大酒楼”应该可以说是展示旧京官宦人家饮食文化的舞台了。

谭家菜系清末民初官僚谭宗浚父子所创，历时已近百年。

谭宗浚是广东南海人，同治年间入京师翰林院为官。谭仕途坎坷，然膏粱之好，伴其一生。每于家中作西园雅集，亲自督点，炮凤烹龙，在北京官僚中闻名遐迩。而谭氏之子谭瑑青，比其父更有过之，家道中落时甚至有卖房举宴之豪举。据谭家菜传人、已故特级厨师彭长海先生撰文称，谭氏父子对饮食文化之研究，几近痴迷；每放外任，辄搜寻当地名菜；每闻名厨，辄重金礼聘之。加之谭瑑青的夫人赵荔凤又独具天赋，亲自掌灶，好学敏求，吸纳百家，自成一宗，谭家菜便愈做愈精，声名不胫而走。初始当然不过是同僚酬酢，然到民国时代，谭家式微，谭家菜只好对外营业。此例一开，品尝谭家菜即为京华上流社会生活之时髦。一时间，谭府门外，香车宝马，日日不绝。订座每每需找和谭家相熟者转托，若能安排，备感荣幸，时日拖延，亦宁愿等候。据彭长海文中说，国画大师张大千和谭瑑青私交甚笃，对谭家菜也情有独钟，住南京时，曾多次托人在北京买得刚出锅的“黄焖鱼翅”，空运回宁，以快朵颐，足见谭家菜当年的地位与魅力。

彭长海先生年轻时入谭家帮厨，在谭家主妇赵荔凤的指导下，渐得真传，进而得以掌灶，后成为北京饭店谭家菜的特级厨师。不久前彭长海病故，其徒王炳和已炉火纯青，和其师兄陈玉亮等，成了谭家菜的传人。

此间就任谭府大酒楼厨师长的王炳和，尤以“黄焖鱼翅”“罗汉大虾”为拿手名菜，曾为邓小平、叶剑英等献技，获得好评。王接受采访时告诉我，谭家菜的主要特点是，选料精，下料狠，火候足，口味纯。“选料精”乃我国饮食文化之传统，然谭家菜于精中更精，近乎苛刻。当年赵荔凤主灶，即亲自提篮采买，而今如果想成为谭家菜名厨，识货选料即为第一关。

譬如鱼翅，品种就有十几种之多：美国黄肉翅、菲律宾的吕宋黄、国产的群翅，还有勾尾翅、青翅、荷包翅、杂翅等等，而谭家菜仅取其中高档的吕宋黄、黄肉翅，最差也不得低于群翅。仅鱼翅品种的学问就如此庞杂，其他更不待言。

所谓“下料狠”，即指吊汤时舍得下料。谭家菜尤讲究以汤提鲜，其汤因吊法之不同，又分为清汤、头汤、毛汤、白汤，在不同的菜肴中各司其职。吊汤之料，不惜工本。试想，用整鸡、整鸭、干贝、火腿熬出的浓汤，用以做“黄焖鱼翅”，岂能不鲜美？难怪一道“黄焖鱼翅”上席，侍者必先上茶，请漱尊口，以免错过了醇美的口感，暴殄了天物。

谭家菜以烹制见长，一道“黄焖鱼翅”，若从发制鱼翅开始计，竟需 3 天时间，只算在火上烧的时间，也需六七个小时之久，此“火候足”是也。

“口味纯”一说，则体现了谭家菜既有融会南北的胸怀，又有自成一派的气魄。谭家菜主人由南至北为官，由北归南为民，父子两代皆有此经历，其口味自然集南北之大成：北咸南甜，相得益彰，中庸平和，无人不宜。融会南北的同时，谭家菜却又自守其道：原汁原味，天然本色。在这一美学指导之下，烹调中，花椒大料，一概免之。用王炳和先生的话来说：“您是想吃花椒大料的味儿，还是吃燕窝鱼翅的味儿？吃谭家菜的人，是来吃燕窝鱼翅的味儿来了，谭家菜的本事，就是得把燕窝鱼翅的味儿做出来！”一语道破其中妙处。

近闻有一蜀地文人到谭府大酒楼品尝了谭家菜后，借来其乡党苏东坡半句，续尾叹曰：“海错蛮珍闻名久，谭家一啜不思蜀。”想是由衷之言。

收篇自语

《北京滋味》一共写了 8 篇，我想已经到应该打住的时候了。若想聊，当然还可以聊下去，不过按照老北京那充满了辩证法的哲学，我觉得还是“见好就收”为妙。天天一只北京烤鸭，也有腻的时候，何况听你这儿“神侃”！再说，我也实在没有了继续下去的工夫。因此，打住应该是明智之举。有必要声明的一点是，小文中的不少资料，得之于旧京典籍者有之，得之于街谈巷说者有之，得之于今人著述者亦有之，出处恕不一一示明。好在是闲话而已，不那么严谨倒也可以理解，是吗？

京都冬食

肖复兴

一

不时不食，是一句老话，讲的是我们中华民族悠久的民俗传统，吃东西要应时令、按季节，到什么时候吃什么东西。最早说这句话的，是开业于明天顺二年（1458 年）老北京最老的一家叫聚庆斋的糕点铺的掌柜。那时，聚庆斋恪守这样“不时不食”的规矩卖糕点，老百姓也照这样的讲究吃食物。

这样说是没有错的，一招一式不能乱。比如，元旦要吃驴肉，谓之“嚼鬼”；立春要吃萝卜，谓之“咬春”；三月要到天坛城根儿采龙须菜吃，图的是沾沾仙气儿；四月要吃京西的大樱桃，谓之尝一岁百果之先；五月不仅要吃粽子，还要吃新玉米，叫作“珍珠笋”；中秋节不仅要吃月饼，还要吃河里肥蟹和湖中莲藕；重阳节吃花糕，过去的《竹枝词》里说：“中秋才过近重阳，又见花糕到处忙。”那是一种双层三层乃至更多层的点心，中间夹着枣栗等果仁，意思是“层层登高步步高升”；

到了春节，除了团圆的饺子之外，荔枝干、龙眼干、栗子、红枣、柿饼等杂拌儿，是不能不吃的，意思是“百事大吉”……一个民族所有心里的祈祷与祝福，都蕴含在那随节气变化而变化的吃食之中了。

再说吃之中的点心，在我们的传统中更是什么时令吃什么，不能乱了套。比如，正月要吃元宵，二月要吃太阳糕，三月开春要吃榆钱糕，四月要吃藤萝糕和玫瑰饼，五月要吃五毒饼，六月入夏要吃绿豆糕、山楂糕、豌豆黄，七月要吃茯苓夹饼，八月要吃月饼，九月要吃花糕，十月要吃麒麟酥、蜜麻花，腊月要喝腊八粥，要准备过年吃的年年高升的年糕以及为先人和佛祖供奉的蜜供……

这可不是穷讲究，不是物质不丰富时节品种的单调，而确实是认真的讲究，每一种食物里都可以讲出一个动人的故事和传说，是和季节联系在一起的风俗与民风，是漫长农业时代的一种文化的积淀，透着现在越发缺少的与泥土与自然相近的亲切感觉，更是我们民族渗透进肠胃和血液里的隐性密码，表达着我们的先辈对于大地的朴素的敬重情感，依此维系着代代相传的胃的感觉和心的依托。无论我们走到这个世界的任何一个地方，这样的饮食习惯和传统，便让我们可以找到我们自己的亲人和伙伴，找到我们民族根性的东西，让我们即使天各一方，彼此语言不同，却因此而紧密地守候在一起。春季里，花繁事盛，尽遇知味之士；冬季里，白雪红炉，畅饮怀乡之情。

如今，随着物质的丰富、科技的发达，我们想吃什么，就吃什么；想什么时候吃，就什么时候吃；手到擒来，随心所欲。反季节的食物更是随处可见，吃得是越发花样翻新。但是，我们还是应该讲究一些我们民族“不时不食”的传统，不应该乱了方寸，将那几百年乃至上千年老茧一样磨出来的讲究和风俗一起渐渐失落。特别是在我们每一个传统节日到来的时候，我们阖家团聚的时候，更应该讲究这样“不时不食”的传统，让我们的下一代知道这样的传统，由此唤回我们民族绵长久远的回忆，让我们离乡土和大自然越来越近，让我们心的距离越来越近，让我们民族的情感越来越浓。即使远隔千山万水，中华民族仍是一个大家庭，民族情感的认同，来自对于民族文化的认同。“不时不食”，看似简单，却是联系着我们每个中华儿女日常生活的文化根系，由此生长的大树才会随时令不同而丰富多彩，四季缤纷。

二

在老北京，即使到了冬天最寒冷的时候，街头卖各种吃食的小摊子也不少。不是那时候的人不怕冷，是为了生计，便也成全了我们一帮馋嘴的小孩子。那时候，普遍经济拮据，物品匮乏，说起吃食来，就像在20世纪70年代曾经流行过、被称为“穷人美”的假衣领一样，不过是穷人“螺蛳壳里做道场”的一种自得其乐的选择罢了。

那时候，街头最常见的摊子，是卖烤白薯的。

如今，冬天里白雪红炉吃烤白薯，已经不新鲜，几乎遍布大街小巷，都能看见立着胖墩墩的汽油桶，里面烧着煤火，四周翻烤着白薯。这几年还引进了台湾版的电炉烤箱的现代化烤白薯，立马丑小鸭变白天鹅一样，在超市里卖，价钱比外面的汽油桶高出不少，但会给一个精致一点儿的纸袋包着，时髦的小妞儿跷着兰花指拿着，像吃三明治一样优雅地吃。

去年，我家住的那条街上新开张一家小店，取代了原来在这里卖了好多年的柳泉居豆包，专门卖电烤箱制作的烤白薯，比以前更高级，有漂亮的纸盒包装，还要给你一只小勺，那白薯不再是捧着啃，而是要用小勺抿着吃，就像吃冰激凌或蛋糕，端坐在透明的落地窗前，枝形的水晶吊灯下面，而不再只是迎着寒风边走边啃了。原来出身于简陋汽油桶里的平民烤白薯，摇身一变，成了时髦的“文青”，乃至假贵族。

在老北京，冬天里卖烤白薯永远是一景。它确实是最平民化的食物了，便宜，又热乎，常常属于穷学生、打工族、小职员一类的人。他们手里拿着一块烤白薯，既暖和了胃，也烤热了手，迎着寒风走就有了劲儿。记得老舍先生在《骆驼祥子》里，写到这种烤白薯，说是饿得跟瘪臭虫似的祥子一样的穷人，和瘦得出了棱的狗，爱在卖烤白薯的摊子旁边转悠，那是为了吃点儿更便宜的皮和须子。

民国时，徐霞村先生写《北平的巷头小吃》，提到他吃烤白薯的情景。想那时他当然不会沦落到祥子的地步，他写他吃烤白薯的味道时，才会那样兴奋甚至有点儿夸张地用了“肥、透、甜”三个字，真的是很传神，特别是前两个字，我是从来没有听说过谁会用“肥”和“透”来形容烤白薯的。

但还有一种白薯的吃法，今天已经见不着了，便是煮白薯。在街头支起一口大铁锅，里面放上水，把洗干净的白薯放进去煮，一直煮到把开水耗干。白薯里吸进了水分，非常软，甚至绵绵的成了一摊稀泥。想徐霞村先生写到的“肥、透、甜”中那一个“透”字，恐怕用在烤白薯上不那么准确，因为烤白薯一般是把白薯皮烤成土黄色，带一点儿焦焦的黑，不大会是“透”，用在煮白薯上更合适。白薯皮在滚开的水里浸泡，犹如贵妃出浴一般，已经被煮成一层纸一样薄，呈明艳的朱红色，浑身透亮，像穿着透视装，里面的白薯肉，都能够丝丝地看得清清爽爽，才是一个“透”字承受得了的。

煮白薯的皮，远比烤白薯的皮要漂亮、诱人。仿佛白薯经过水煮之后脱胎换骨一样，就像眼下经过美容后的漂亮姐儿，须刮目相看。水对于白薯，似乎比火对于白薯要更适合，更能相得益彰，让白薯从里到外那样可人。煮白薯的皮，有点儿像葡萄皮，包着里面的肉简直就成了一兜蜜，一碰就破。因此，吃这种白薯，一定得用手心托着吃。大冬天站在街头，小心翼翼地托着这样一块白薯，嘬起小嘴，嘬里面软稀稀的白薯肉，那劲头儿，只有和吃喝了蜜的冻柿子有一拼。

老北京人又管它叫作“烀白薯”。这个“烀”字是地地道道的北方词儿，好像是专门为白薯的这种吃法量身定制的。烀白薯对白薯的选择，和烤白薯的选择有区别，一定不能要那种干瓤的，选择的是麦茬儿白薯，或是做种子用的白薯秧子。老北京话讲：处暑收薯。那时候的白薯是麦茬儿白薯，是早薯，收麦子后不久就可以收，这种白薯个儿小，瘦溜儿，皮薄，瓤儿软，好煮，也甜。白薯秧子，是用来做种子用的，在老白薯上长出一截儿来，就掐下来埋在地里。这种白薯，也是个儿细，肉嫩，开锅就熟。

当然，这两种白薯，也相应便宜。烀白薯这玩意儿，是穷人吃的，比烤白薯还要便宜才是。我小时候，正赶上三年困难时期，全国闹自然灾害，每月粮食定量，家里有我和弟弟正长身体要饭量的半大小子，月月粮食不够吃。家里只靠父亲一人上班，日子过得拮据，不可能像院子里有钱的人家去买议价粮或高价点心吃。就去买白薯，回家烀着吃。那时候，入秋到冬天，粮店里常常会进很多白薯，要用粮票买，1 斤粮票可以买 5 斤白薯。但是，每一次粮店里进白薯了，都会排队排好多人，都是像我家一样，提着筐，拿着麻袋，都希望买到白薯，回家烀着吃，可以饱一时的肚子。烀白薯，便成为那时候很多人家的家常便饭，常常是一院子里，家家飘出烀白薯的味儿。

过去，在老北京城南一带因为格外穷，卖烀白薯的就多。南横街有周家两兄弟，卖的烀白薯非常出名。他们兄弟俩，把着南横街东西两头，各支起一口大锅，所有走南横街的人，甭管走哪头儿，都能够见到他们兄弟俩的大锅。过去，卖烀白薯的，一般都是兼着五月里卖五月鲜，端午节卖粽子，这些东西也都是需要在锅里煮，烀白薯的大锅就能一专多能，充分利用。周家兄弟俩，也是这样，只不过他们更讲究一些，会用盘子托着烀白薯、五月鲜和粽子，再给人一只铜扦子扎着吃，免得烫手。他们的烀白薯一直卖到了新中国成立以后的公私合营，统统把这些小商小贩归拢到了饮食行业里来。

五月鲜，就是五月刚上市的早玉米，老北京的街头巷尾，常会听到这样的吆喝：五月鲜来，带秧儿嫩来吔！以前，卖烤白薯的一般吆喝：栗子味儿的，热乎的！以当令的栗子相比附，无疑是高抬自己，再好的烤白薯，也是吃不出来栗子味儿的。烀白薯，没有这样攀龙附凤，只好吆喝：带蜜嘎巴儿的，软乎的！他们吆喝的这个“蜜嘎巴儿”，指的是被水耗干挂在白薯皮上的那一层结了痂的糖稀，对那些平常日子里连糖块都难得吃到的孩子们来说，是一种挡不住的诱惑。

说起南横街东西两头的周家兄弟，想起了小时候我家住的西打磨厂街中央的南深沟的路口，也有一位卖烀白薯的。只是，他兼卖小枣豆年糕，一个摊子花开两枝，一口大锅的余火，让他的年糕总是冒着腾腾的热气。无论买他的烀白薯，还是年糕，他都给你一个薄薄的苇叶子托着，那苇叶子让你想起久违的田间，让你感到再不起眼的北京小吃，也有着浓郁的乡土气。

长大以后，我在书中读到这样一句民谚：年糕十里地，白薯一溜屁。说的是年糕解饱，顶时候；白薯不顶时候，肚子容易饿。便会忍不住想起南深沟口那个既卖年糕又卖白薯的摊子。他倒是有先见之明，将这两样东西中和在了一起。

懂行的老北京人，最爱吃锅底的烀白薯，是烀白薯的上品。那样的白薯因锅底的水烧干让白薯皮也被烧煳，便像熬糖一样，把白薯肉里面的糖分也熬了出来，其肉便不仅烂如泥，也甜如蜜，常常会在白薯皮上挂一层黏糊糊的糖稀，结着嘎巴儿，吃起来，是一锅白薯里都没有的味道，可以说是一锅白薯里浓缩的精华。一般一锅白薯里就那么几块，便常有好这一口的人站在寒风中，程门立雪般专门等着，一直等到一锅白薯卖到了尾声，那几块锅底的白薯终于水落石出般出现为止。民国有《竹枝词》专门咏叹：“应知味美唯锅底，饱啖残余未算冤。”

三

这时候，老北京大街上，能和卖烤白薯和煮白薯对峙的，是卖糖炒栗子的。有意思的是，卖烤白薯和煮白薯的，一般是在白天，而卖糖炒栗子的，是在晚上。《都门琐记》里说：“每将晚，则出巨锅，临街以糖炒之。”《燕京杂记》里说：“每日落上灯时，市上炒栗，火光相接，然必营灶门外，致碍车马。”那是清末民初时的情景了，巨锅临街而火光相接，乃至妨碍交通，想必很是壮观。而且，一街栗子飘香，是这时节最热烈而浓郁的香气了。如今的北京，虽然不再是巨锅临街，火光相接，已经改成电火炉，但糖炒栗子香飘满街的情景，依然还在。

早年间，卖糖炒栗子的，大栅栏西的王皮胡同里一家最为出名，那时候，有《竹枝词》唱道："黄皮漫笑居临市，乌角应教例有诗。"黄皮，指的就是王皮胡同；乌角，说的就是栗子。将栗子上升为诗，大概是因为经过糖炒之后的升华，是对之最高的赞美了。

当然，这是文人之词，对于糖炒栗子，比起烤白薯或烀白薯，文人给予更多更好听的词语，比如还有"栗香市前火，菊影故园霜"，将栗子和文人老牌的象征意象的菊花叠印一起，更是颇有拔高之处。不过，他说的由栗子引起的故园乡情，说得没错。我去过美国多次，没有见过一个地方有卖糖炒栗子的，馋这一口，只好到中国超市里买那种真空包装的栗子，味道真的和现炒现卖的糖炒栗子差得太远。

有一年 11 月，我去南斯拉夫（那时候，南斯拉夫和黑山还没有分开变成塞尔维亚），在一个叫尼尔的小城，晚上，我到城中心的邮局寄明信片，在街上看到居然有卖栗子的，虽不是在锅里炒的，也是在一个像咖啡壶一样小小的火炉上烤的。那栗子个头儿很大，但那种棱角鲜明的形状，还有那鲜亮的颜色，还是让我想起了北京的糖炒栗子。我买了一小包尝尝，虽然赶不上北京的糖炒栗子甜，却味道一样，绵柔而香气扑鼻，一下子，北京的糖炒栗子摊，近在眼前。

其实，制作糖炒栗子并不复杂，《燕京杂记》里说："卖栗者炒之甚得法，和以沙屑，活以饴水，调其生熟之节恰可至当。"一直到现在，糖炒栗子，变煤火为电火，但还是依照旧法，只是有的减少了饴糖水这一节。如今，北京城卖糖炒栗子的有很多，“王老头”是其中出名的一家，因为出名，还特意将“王老头”三字注册为商标。20多年前，“王老头”的糖炒栗子，在榄杆市是临街一家不起眼的小摊，因为他家的糖炒栗子好吃，虽然今年每斤栗子涨价到22元，四九城专门跑到那里买货的人依然很多。我也是其中之一，常常跑到他那里买糖炒栗子。确实好吃，不仅好吃，关键是皮很好剥开。栗子不好保存，卖了一冬，难免会有坏的。因此，衡量糖炒栗子的质量，除了栗子一定是坏的要少，而且，肉要发黄，以证明其是本季新鲜的之外，就是皮要好剥。好多家卖的糖炒栗子的皮很难剥开，是因为火候掌握的问题。可以看出《燕京杂记》里说的“调其生熟之节恰可至当”，是重要的技术活儿。恰可至当，不那么容易。

前些年修两广大街的时候，拓宽榄杆市，拆掉了沿街两旁的很多房屋，“王老头”搬至玉蜓桥桥北，靠近便宜坊烤鸭店，店铺虽然不大，比起以前要气派得多，而且，门前还有“王老头”显眼的招牌。一家小店，坚持了几十年，还能够如此红火，是今天王皮胡同的乌角之诗了。

京城卖糖炒栗子的有很多，让我难忘的，还有一家。说是一家，其实，就是一个人招呼。他是我在北大荒的一个荒友，同样的北京知青，20世纪90年代初，从北大荒回到北京，待业在家，干起了糖炒栗子的买卖，自力更生，支撑起一个家。他在崇文门菜市场前，支起一口大锅，拉起一盏电灯，每天黄昏时候，自己一个人拳打脚踢，在那里连炒带卖带吆喝，以此维持一家人的生计。那里人来人往，他的糖炒栗子卖得不错。他人长得高大威猛，铁锅前，抡起长柄铁铲，搅动着锅里翻滚的栗子，路旁的街灯映照着他汗珠淌满的脸庞，是那样英俊。

如果看见我去了，他常会对我摇摇手一笑，常让我的心里涌起一种难言之情。那时候，他不过40岁，正是好年华。

崇文门菜市场后来被拆迁了，他的糖炒栗子的小摊也没有了。不仅没有了，连他的人也没有了。他患病早就去世了。如今，每一次路过，原来的崇文门菜市场早已经面目皆非，但我总会忍不住想起他和他的糖炒栗子。

四

在老北京的冬天，卖糖葫芦的，也永远是一景。糖葫芦品种很多，老北京最传统的糖葫芦，是用山里红穿起来的那种。山里红，又叫红果和山楂。北京人叫作“山里红”，地道的老北京人得把山里红中的“里”字叫成“拉”的音，而且还得稍稍带点儿拐弯儿。北京西、北两面靠山，自己产这玩意儿。特别是到了大雪纷飞的时候，糖葫芦和雪红白相衬，让枯燥的冬天有了色彩。如今，北京也有卖糖葫芦的，但如今的北京少雪，有时候一冬天都难得见到雪花，便也就消失了这样红白相对的明艳色彩。

在我看来，山里红对于北京人最大的贡献，是做成了糖葫芦。对于山里红而言，借助于冰糖（必须是冰糖，不能是白砂糖，那样会绵软，不脆也不亮）的外力作用，是一次链接，是一次整容，是一次华丽的转身。入冬以后，都会看到卖糖葫芦的。以前，小贩穿街走巷卖，都会扛着稻草垛子或麦秸耙子，把糖葫芦插在上面，像把一棵金色的圣诞树扛在肩上。那时候，糖葫芦便宜，五分钱一串，属于贫民食品。别看在平常的日子里它不怎么起眼，但在春节期间却会攀到高峰，在庙会上，特别是在厂甸的庙会上，一下子成了主角。

在厂甸的庙会上，卖的糖葫芦品种很多，有蘸糖的，也有不蘸糖的；有成串的，也有不成串的。更多的是穿成一长串，足有四五尺长，一串被称为一“挂”。如今这样传统，一挂一挂地卖的糖葫芦，只有在过年的厂甸庙会里还可以见到。民国《竹枝词》说：“正月元旦逛厂甸，红男绿女挤一块。山楂穿在树条上，丈八葫芦买一串。”又说：“嚼来酸味喜儿童，果实点点一贯中。不论个儿偏论挂，卖时大挂喊山红。”说的就是这种丈八长的大挂的山里红。春节期间逛庙会，一般的孩子都要买一挂，顶端插一面彩色的小旗，迎风招展，扛在肩头，长得比自己的身子都高出一截，永远是老北京过年壮观的风景。

清时《竹枝词》有道：“约略酸味辨未知，便充药裹亦相宜。穿来不合牟尼数，却挂当胸红果儿。”说的是穿成珠串，圆圆一圈，挂在胸前的糖葫芦，鲜红耀眼，犹如佛珠，沾点儿佛味儿。不过，这种传统，如今几近消失。

过年卖糖葫芦，有插在草靶子上的沿街叫卖，也有摆一个小摊，放一口糖锅，现蘸现卖。讲究一点的人，会到店里买。以前，卖糖葫芦最出名的店铺，北面数东安市场里的一品斋，南面数琉璃厂的信远斋。信远斋的糖葫芦不穿成串，论个儿卖，一个个盛在盒子里，蘸好了冰糖，晶莹剔透，红得像玛瑙，装进小匣子里，用红丝带一扎，是过年时送人的最好礼品。如今，这样精致的糖葫芦，也已经绝迹。

老北京也有把山里红做成红果儿粘的，外面裹一层霜一样的白糖，但并不多，大多是在天津。老北京吃山里红最讲究的，是把山里红放在铁锅里，加上水和糖，还有桂花，熬烂成糊状，但不能成泥，里面还得有山里红的囫囵个儿。再一点，不能熬糊，那样颜色容易变深，必得鲜红透明。然后，装进瓶子里卖，叫作炒红果，也叫榅桲。可以说，山里红经过这么一折腾，就跟在太上老君的八卦老丹炉炼一番了一样，成了仙，成了山里红的极品。过年的时候，不仅是讲究人家的一道凉菜，也是解酒的一剂好药。即使是一般殷实人家，也要在年夜饭的大鱼大肉之外，备好这样一个“节目”。

以前，最地道的榅桲，是必得去信远斋买。如今，信远斋的店铺没有了，稻香村里有卖的，但是，味道偏酸，个头偏烂，颜色也不如信远斋的鲜亮，即使不吃，光看就是那样诱人。

如今，吃这一口，我家是自己做。要在山里红刚上市买来那些个头大的，肉面的，一切两半，去核，在铁锅（不能是钢精锅，更不能是高压锅）里放足了水和冰糖，慢慢熬制，最后加糖桂花，凉后放进冰箱，凉透再吃。又凉又甜又有点儿微微的酸和淡淡的桂花香，是冬天解酒解腻开胃的一道难得的佳品。

金糕，也是老北京冬天里必不可少的一种吃食。这是用山里红去核熬烂冷凝而成的一种小吃，是山里红的另一种变身。为了凝固成型并色泽光亮，里面一般加了白矾，所以过不了开春。这东西以前叫作山楂糕，是下里巴人的一种小吃，后来慈禧太后好这一口，赐名为“金糕”，意思是金贵，不可多得。因是贡品而摇身一变成了老北京人过年送礼匣子里的一项内容。清时很是走俏，曾专有《竹枝词》咏叹：“南楂不与北楂同，妙制金糕属汇丰。色比胭脂甜如蜜，鲜醒消食有兼功。”

这里说的汇丰，指的是当时有名的汇丰斋，我小时候已经没有了，但离我家很近的鲜鱼口，另一家专卖金糕的老店泰兴号还在。就是泰兴号当年给慈禧太后进贡的山楂糕，慈禧太后为它命名金糕，还送了一块“泰兴号金糕张”的匾（泰兴号的老板姓张）。泰兴号在鲜鱼口一直挺立到 20 世纪 50 年代末，到我上中学的时候止。那时候，家里让我去它那里买金糕，一般是把它切成条，拌白菜心或萝卜丝当凉菜吃。金糕一整块放在玻璃柜里，用一把细长的刀子切，上秤称好，再用一层薄薄的江米纸包好。江米纸半透明，里面胭脂色的山楂糕朦朦胧胧，如同半隐半现的睡美人，馋得我没有回到家就已经把江米纸舔破了。

如今，金糕张名号旧帜重张，依然在鲜鱼口的老地方，只是转角的八角小楼变成了四角小楼。而且，这样的传统金糕，也已经不再，和超市里一样，卖的都是包装好的金糕条和山楂片，千篇一律的精美面孔，包装了自己，却也很容易淹没了自己。我问金糕张店里的伙计，怎么没有原来的那种现做现卖的金糕了？他告诉我，因为卫生条件的限制，不能卖这种金糕了。他玩笑着说，在 1958 年大炼钢铁的“大跃进”年代里，主人家把熬山楂的大铁锅都献出去了，现在还上哪儿找这传统的制作工具去？

五

还有两种吃食，也是老北京人冬天里常见的，一种是萝卜，一种是芸豆饼。

老北京，水果在冬天里少见，萝卜便成为水果的替代品，所以一到冬天，特别是夜晚，常见卖萝卜的小贩挑着担子穿街走巷地吆喝：“萝卜赛梨！萝卜赛梨！”老北京人管这叫作“萝卜挑儿”，一般卖“心里美”和“卫青”两种萝卜。“卫青”是从天津那边进来的萝卜，皮青瓤也青，瘦长得如同现在说的骨感美人。北京人一般爱吃“心里美”，不仅圆乎乎的像唐朝的胖美人，而且切开里面的颜色也十分鲜亮，透着喜气。这是老北京人几辈传下来的饮食美学，没有办法。

“萝卜挑儿”，一般爱在晚上出没，担子上点一盏煤油灯或电石灯。他们是专门为那些喝点小酒的人准备的酒后开胃品。朔风阵阵的胡同里，听见他们脆生生的吆喝声，就知道脆生生的萝卜来了。那是北京冬天里温暖而清亮的声音，和北风的呼啸呈混声二重唱。民国《竹枝词》里也有专门唱这种“萝卜挑儿”的：“隔巷声声唤赛梨，北风深夜一灯低。购来恰值微醺后，薄刃新剖妙莫提。”

人们出门到他们的挑担前买萝卜，他们会帮你把萝卜皮削开，但不会削掉，萝卜托在手掌上，一柄萝卜刀顺着萝卜头上下挥舞，刀不刃手，萝卜皮呈一瓣瓣莲花状四散开来，然后再把里面的萝卜切成几瓣，你便可以托着萝卜回家了。如果是小孩子去买，他们可以把萝卜切成一朵花或一只鸟，让孩子们开心。萝卜在那瞬间成了一种老北京人称之的“玩意儿”。“玩意儿”，可就是现在我们所说的可以把玩的艺术品呢。

这是一门厨师祖辈传下来的手艺，萝卜花，曾经作为厨艺大赛的项目之一，和红白案一样重要。20 世纪 80 年代，我采访丰泽园年轻的厨师陈爱武，他跟师傅学来了一手雕刻萝卜花的绝活儿，一时很是出名。如今，将近 40 年过去了，再没有听到过他的消息，不知道他和他的萝卜花怎么样了。

前辈作家金云臻先生曾经专门写卖萝卜的小贩给萝卜削皮，写得格外精细而传神：“削皮的手法，也值得一赏。萝卜挑好，在头部削下一层，露出稍许芯子，然后从顶部直下削皮，皮宽约一寸多，不薄不厚（薄了味辣，厚了伤肉），近根处不切断，一片片笔直连着底部。剩下净肉芯，纵横劈成十六或十二条，条条挺立在内。外面未切断的皮合拢起来，完全把萝卜芯包裹严密，绝无污染。拿在手中，吃时放开手，犹如一朵盛开的荷花。”

卖萝卜的不把萝卜皮削掉，是因为萝卜皮有时候比萝卜还要好吃，暴腌萝卜皮，撒点儿盐、糖和蒜末，再用烧开的花椒油和辣椒油一浇，最后点几滴香油，喷一点儿醋，又脆又香，又酸又辣，是老北京的一道物美价廉的凉菜。这是老北京人简易的泡菜，比韩国和日本的泡菜萝卜好吃多了。

芸豆饼这种吃食，没见清末民初的《竹枝词》里有记载，没见《一岁货声》里记有对它的吆喝声，也没见《北平风物类征》一类的书里有过描述，但在我小时候的记忆里却印象颇深。

那时，特别是春节前的那些天，在崇文门护城河的桥头，常常有卖这种芸豆饼的。一般都是女人，蹲在地上，摆一只竹篮，上面用布帘遮挡着，布帘下有一条热毛巾盖着，揭开热毛巾，便是煮好的芸豆。我到现在也弄不清，腊月底的寒风中，她们是用什么法子，能让芸豆一直那么热乎乎的？什么时候买，只要打开布帘和毛巾，都冒着腾腾的热气，一粒粒，个儿大如指甲盖，玛瑙般红灿灿的，很得我们小孩子的心。几分钱买一份，她们用干净的豆包布把芸豆包好，在芸豆上面撒点儿花椒盐，然后把豆包布拧成一个团，用双手击掌一般上下夸张地使劲一拍，就拍成了一个圆圆的芸豆饼。也许是童年的记忆总是天真而美好，也没有吃过什么好吃的东西吧，至今依然觉得寒冬里那芸豆饼的滋味无与伦比。

一直到这则文章整篇写完之后，偶然翻到民国旧书《燕都小食品杂咏》，居然看到有一首题为《蒸芸豆》的诗：“云新豆蒸贮满篮，白红两色任咸干。软柔最适老人口，牙齿无劳恣饱啖。”诗后有注：“芸豆者，即扁豆之种子。蒸之极烂，或撒椒盐，或拌白糖均可。”虽然未说最后裹在豆包布里等那一拍，但我觉得说的正是我吃过的芸豆饼，忽然觉得有一种他乡遇故知的感觉，原来在民国时就有了这种芸豆饼的流行。只是他说的芸豆红白两色、甜咸两种味道，和只适合老人之口，与我不大相同。我见到的卖芸豆饼的，都是红芸豆；只撒花椒盐；而且，这样绵软烂透如泥的吃食，不仅适合老人，也是我们小孩子最解馋的一口呢。当然，这只是适合普通贫寒人家的老人和孩子的一种物美价廉的小食品，不是那种可以登大雅之堂的什么玉珍佳馐的高级食物。

与此同时，我也生发另外一种感慨，以前的文人，似乎比如今的文人更关注这些属于下里巴人的玩意儿，他们不是对之不屑一顾，而是肯于垂下身子为之写诗。仅仅在这本《燕都小食品杂咏》中，就有对豆汁儿、爆肚、炒肝、扒糕、凉粉、艾窝窝、豌豆黄、棉花糖、羊头肉、猪头肉、苏造肉、羊肚汤等众多老北京小吃的咏叹。今天，我是没有见过有人专门为这些小吃写诗的。但是，它们是普通百姓的民生，是老北京的民俗，是属于北京文化的一种。

我很庆幸，终于看到了这首《蒸芸豆》的诗。它让我不仅一步回到童年的记忆里，更让我触摸到老北京那种独有的文化滋味儿，亲切绵远，回味悠长。

六

当然，还必须得说一种吃食。虽然，这种吃食延续至今，不像冬天的涮锅子那样被北京人认可，已经是日渐被冷落一旁了。这种吃食，便是大白菜。不过，我一直认为，尽管这涮锅子和大白菜都是老北京冬日传统的吃食，但涮锅子不属于一般穷人，而大白菜却是贫富皆宜，谁家里也少不了。

民谚说：霜降砍白菜。从霜降之后，一直到立冬，北京大街小巷，都在卖白菜，过去叫作冬储大白菜，几乎全家出动，人们拉着平板，推着小车、自行车，甚至借来三轮平板车，一车车地买回家，成为北京旧日冬天的一幅壮丽的画面。如果赶上下雪天，白雪映衬下绿绿的大白菜，更是颜色鲜艳的画面。

那时候，大白菜的价格，国家有补贴，一斤不过几分钱。谁家能不几十斤上百斤地买回家里呢？买回家的大白菜，堆在自家屋檐下，用棉被盖着，要吃一冬，一直到青黄不接的开春。可以说，这是老北京人的看家菜。过去人们常说：萝卜白菜保平安。

清时有《竹枝词》说："几日清霜降，寒畦摘晚菘。一绳檐下挂，暖日晒晴冬。"这里说的晚菘，指的就是大白菜。将大白菜说成菘，是文人对它的美化和拔高。菘字从松字，谓之区区大白菜却有着松的高洁品格，严寒的隆冬季节里，一样绿色常在。

冬天吃白菜，在我们国家有着悠久的历史。新近读到我的中学同窗王仁兴新出版的《国菜精华》一书，他所研究收集的从商代到清代的菜谱中，白菜最早出现在南北朝的南朝。在贾思勰的《齐民要术》中就有收录白菜的吃法，叫作"菘根菹法"。这说明吃白菜，可以上溯至公元6世纪，也就是说，白菜有着1500多年的历史。《齐民要术》记载的白菜的吃法，是一种腌制法：菘根，就是白菜帮，将白菜帮"净洗通体，细切长缕，束为把，大如十张纸。暂经沸汤即出，多与盐……与橘皮和，料理满奠”。

清以来，文人对大白菜青睐有加，为它书写诗文的人很多。从清初诗人施愚山开始，极尽赞美乃至不舍离去之情：“滑翻老米持作羹，雪汁银浆舌底生。江东莼脍浑闲事，张翰休含归去情。”就连皇帝也曾经为它写诗，清宣宗有《晚菘诗》：“采摘逢秋末，充盘本窖藏。根曾润雨露，叶久任冰霜。举箸甘盈齿，加餐液润肠。谁与知此味，清趣惬周郎。”一直到近人邓云乡先生也有咏叹大白菜的诗留下：“京华嚼得菜根香，秋去晚菘韵味长。玉米蒸糇堪果腹，麻油调尔做羹汤。”

细比较他们的诗，会很有意思。施诗人写得文气十足，非要把一个不施粉黛的村姑描眉打鬓一番成俏佳人；而皇帝写得却那样朴素无华接地气；邓先生则把大白菜和窝窝头（蒸糇即窝头）连在一起，写出它的菜根味和家常味。

过去人们讲究吃霜菘雪韭，当然，霜菘雪韭，是把这种家常菜美化成诗的文人惯常的书写。不过，在霜雪漫天的冬季，大白菜和韭菜确实让人留恋。夜雨剪春韭，当然好，但冬韭更为难得，尤其在过去，这样的冬韭属于棚子菜，价钱贵得很。春节包饺子，能够买上一小把，掺和在白菜馅里，有那么一点儿绿，就已经很难得了。大白菜不一样，在整个冬天都是绝对的主角，家家年夜饭里的饺子馅，哪家不得用大白菜呢？即使在遥远的美国，一整个冬天里，中国超市里都有大白菜卖，尽管一棵大白菜要卖 20 来块人民币的价钱，中国人也是要买来吃的。前年春节前，我在美国，到中国超市买大白菜，老板是个山东人，笑着问我：“回家包饺子吃吧？”大白菜，永远是北京人的乡思，是一点儿也没错的。

大白菜，有多种吃法，包饺子只是其中之一。瑶柱白菜、栗子白菜，是白菜中的上品；芥末墩，是老北京的小吃；乾隆白菜，是老北京花样迭出的一种花哨，但借助大白菜确实做足了文章。

一般人家做得更多的是醋熘白菜，和邓先生所讲的“麻油调尔做羹汤”类似。白菜汤做好不容易，一般人家会在做白菜汤时配上一点儿豆腐和粉丝，条件许可的话，再加上一点儿金钩海米，没有的话，用虾米皮代替，味道会好很多。醋熘白菜，我在家里常做，素炒肉炒均可，我做时一定要用花椒炝锅，一定要加蒜，一定要淋两遍醋。如果有肉，在肉即将炒熟时加醋；如果没有肉，将葱姜蒜爆香下白菜前加醋；最后，淋一些锅边醋，点几滴香油，拢芡出锅。这道菜，关键在这两遍醋上，不要怕醋多，就怕醋少。这成了我的一道拿手菜，特别是刚从北大荒回北京的那一阵子，朋友来家做客，兜里没钱，就炒这道最便宜的醋熘白菜，吃起来，谈不上“雪汁银浆舌底生”，却也吃得不亦乐乎。

《燕京琐记》里特别推崇腌白菜，说“以盐撒白菜之上压之，谓之腌白菜，逾数日可食，色如象牙，爽若哀梨”。这是看到的对腌白菜最美的赞美了。腌白菜，对于老北京人而言，是一种太普通的吃法，只是各家做法不尽相同。邓云乡先生在文章中介绍过他的做法：“把大白菜切成棋子块，用粗盐暴腌一两个钟头，去掉卤水，将滚烫的花椒油或辣椒油往里一倒，‘嚓喇’一响，其香无比。”我的做法是，将白菜连帮带叶切成长条状，先用盐渍一下，挤出汤水，将其放进水滚开的锅里，冒一下立即捞出，置入凉水中，再用手把菜里面的水挤净，加盐加糖，淋上滚沸的花椒辣椒油和醋。吃起来，特别脆，那才叫“爽若哀梨”。

《北平风物类征》一书引《都城琐记》这样解释："白菜嫩心，椒盐蒸熟，晒干，可久藏至远，所谓京冬菜也。"这里说的是储存大白菜过冬的一种方法，即晾干菜。不过，用白菜心晾干菜，我从来没有见过，大概属于有钱人家吧。我们大院里，人们晾干菜，可不敢这样奢侈，都是把一整棵大白菜切成两半或几半，连帮带叶一起晾晒。白菜心，我爸爸在世的时候，都是用来做糖醋凉拌，在上面再加一点儿金糕条，用来做下酒的凉菜。

除了晾干菜，渍酸菜也是一种方法。这是两种不同的方法，都属于大白菜的变奏。前者变形不变味儿，后者变形变色又变味儿。前者挤压成如书签一样，夹在我们记忆的册页里；后者换容术一般，变成里外一新的新样子。两种方法，都将大白菜当成一方舞台，尽显其姿态婀娜，只不过，一个干瘪如同皮影戏，一个如同休眠于水中的鱼。

当然，这是物质不发达时代里，为了储存大白菜，老北京人不得已而为之的方法，或者说是一种生活的智慧。如今，大棚蔬菜和南方蔬菜多种多样，四季皆有，早乱了时序与节气。有意思的是，如此风云变幻下，晾干菜已经很少见了，但是，酸菜常见，而且是人们爱吃的一道菜品，由此诞生的酸菜白肉、酸菜粉丝，为人所称道。在大白菜演进的过程中，酸菜算是为人们创造出来的一种贡献吧。

大白菜，也不尽是一般寻常百姓家的最爱。看溥仪的弟弟溥杰的夫人爱新觉罗·浩写的《食在宫廷》一书，皇宫里对大白菜一样青睐有加。在这本书中，记录的清末几十种宫廷菜中，大白菜就有 5 种：肥鸡火熏白菜、栗子白菜、糖醋辣白菜、白菜汤、暴腌白菜。后 4 种，已经成为家常菜。前一种肥鸡火熏白菜，如今很少见。据说，此菜是乾隆下江南时尝过之后为之所爱，便将苏州名厨张东官带回北京，专门做这道菜。看溥杰夫人所记录这道菜的做法，并不新奇，只是要将肥鸡先熏好，然后和大白菜同时放进高汤里，用中火煨至汤尽。其中的奥妙，在读这本书其他大白菜的做法时发现，宫廷里都特别强调一定要将大白菜煮透。一个透字，看厨艺的功夫。透，不仅是断生，也不能是煮烂，方能既入味，又有嚼劲儿。

将普通的大白菜变换着花样吃，真亏得是北京人能够想得出来。不过，有一种大白菜的吃法，无论宫廷，还是民间，我是没有听说老北京曾经有过的。还是在王仁兴的这本《国菜精华》中，介绍了一种“山家梅花酸白菜”，他引用了南宋林洪的《山家清供》，说这种吃法是将大白菜切开，用很清的面汤先泡渍，再加入姜、花椒、茴香和莳萝等调料，以及一碗老酸菜汤腌制。关键是最后一步：“又，入梅英一掬。”所以，林洪称此菜为“梅花齑”。或许，这只是南方的一种吃法，北京有的是大白菜，却鲜有梅花。其实，在我看来，也不是鲜有梅花的原因，就跟我们做腌白菜不放橘皮一样，便想不到在做酸白菜的时候可以“入梅英一掬”。我们北京人做菜还是显得粗糙了些，少了一点儿细节的关注和投入。

教我中学语文的田增科老师曾经教过的一个学生的家长，是川菜大师罗国荣。罗国荣在 20 世纪 60 年代担任过人民大会堂总厨。国宴菜品，都要由他排菜单、签菜单。他的拿手菜“开水白菜”，每次国宴必上，不止一次受到周总理和外宾夸赞。一次家访，罗国荣非要留田老师吃饭，他说，田老师，今天中午我留您吃饭，我用水给您炒盘白菜肉丝，准让您回味无穷。那年月粮食定量，买肉要肉票，田老师虽然很想尝尝这道出名的开水白菜，但怎能随便吃人家口粮，赶紧骑车溜走了。能够用简单的白菜，做成这样一道味道奇美的国宴上出名的开水白菜，大概是将大白菜推向了极致。颇有些丑小鸭变成白天鹅，一下子步入奥斯卡的红地毯的感觉。

不过，在我的心目中，将吃剩下不用的白菜头泡在浅浅的清水盘里，冒出来的那黄色的白菜花来，才是将大白菜提升到了最高的境界。特别是朔风呼叫大雪纷飞的冬天，黄黄的白菜花，明丽地开在窄小的房间里，让人格外喜欢，让人的心里感到温暖。白菜的叶子、帮子和心，都可以吃，白菜头不能吃，却可以开出这么漂亮的花来，普普通通的大白菜，真的就升华为艺术了。

如今，全城声势浩荡地冬储大白菜，已经属于北京人的记忆。不过，即便全民冬储大白菜的盛景已经消失，但是，大白菜依然是新老北京人冬天里少不了的一种菜品。一些与时令节气相关的吃食，可以随时代变迁而更改，却不会完全颠覆或丧失。这不仅关乎人们的味觉记忆，更关乎民俗的传统与传承。

北京豆汁儿

杨建业

喝豆汁儿作为一种饮食习俗，进入了北京市非物质文化遗产名录。这是很多人没想到的，同时也使热爱豆汁儿的人感到万分欣喜。我亲身参与了北京豆汁儿申报非物质文化遗产的工作，对北京豆汁儿从感性和理性上也都有了更深入的了解。

很小就喝豆汁儿了，但喝过的地方并不多。小时候住在天桥。长大后喝得最多的，就是在磁器口的锦馨豆汁儿店里的豆汁儿了。我 1993 年调到崇文区文化馆，文化馆的白楼在磁器口的西北角，锦馨小店在路口的东南角。那时候，崇外大街还没有扩宽，从文化馆里出来，几步就进到了豆汁儿店里。

北京城里的小吃店，面积都不大，锦馨也一样。那时候，进门右手边是卖货的柜台，玻璃格子后面摆着焦圈、烧饼、糖耳朵和驴打滚等小吃。柜台靠北头支着两口大锅。一口锅里是羊杂碎汤，另一口锅里就是豆汁儿了。店的左手捋墙放着四五张方桌。要了豆汁儿，就坐在那里喝。那时候，豆汁儿还是一毛钱一碗。要咸菜，单加钱。

喝豆汁儿也讲究缘分。和豆汁儿没缘的人，第一次见到豆汁儿，就被那味儿给弄掰了。好多不喝豆汁儿的人问喝豆汁儿的人，怎么就能喝得惯那股味儿？我也奇怪他们这么问。从喝豆汁儿那天起，我就没觉得豆汁儿有什么让人咽不下去的味儿啊。我是在天桥长大的。我家原来就住在那条斜街的北边。往斜街里面走，有两家小吃店。往北一点，过永安路那条小马路，也有两家小吃店，都卖豆汁儿。三分钱一碗，给一小碟辣咸菜丝。那时候还是小孩子，兜里没几个家长给的零花钱，但只要能有机会进小吃店里，同学们都要五分钱一碗的糖豆浆，我只喝豆汁儿。这时候，同学们就把我轰到另一张桌子上去。我也没怨言，自顾自喝得很香。

等到我能挣工资的时候，北京的城市发展也快了起来。很多房子都拆了。马路两边的小吃店都没了。我天天上班下班回到家，走的差不多是同一条路。这一路上所有的小吃店我都进去过，但没有一家卖豆汁儿。豆汁儿完全在我的生活之外了。有一阵子，看见街上有挑着挑儿叫卖豆汁儿的，下了几次决心也没敢尝一尝。直到调到文化馆，才又开始喝上豆汁儿了。

豆汁儿这东西让人上瘾。我的办公室在文化馆的7层，往窗户前一走，就能看到锦馨小吃店门前进进出出的人。一看到那里面，心里就跳跳的，禁不住想要下楼去要上一碗豆汁儿。那酸溜溜的东西一灌进肚子里，就踏实了。锦芳里也卖二锅头，于是有时候来了朋友也把他们请到这里来。在酒足饭饱之后，我给他们一人上一大碗豆汁儿，告诉他们这东西能帮助消化，能减肥。这些从不喝豆汁儿的人也就晕晕乎乎地喝下去了。等酒醒了之后，他们打电话骂我，说你小子给我们灌的什么玩意儿，回家就被老婆骂了。但下次他们再找我，碰到饭口时，都会说：吃什么饭啊，喝豆汁儿就行啦。

真正的吃客不问出处。但知道一点来龙去脉，也不失为一道下酒菜。

要说锦馨的豆汁儿来历，那要追溯到早年间北京城里有名的豆汁儿丁身上。

豆汁儿丁祖上就是卖豆汁儿的。

北京城里从哪年开始有了卖豆汁儿的？有好多种说法。

爱新觉罗·恒兰在《豆汁儿与御膳房》中是这样说的：在乾隆十八年（1753年）夏季，民间一粉坊偶然发现用绿豆磨成的粉浆发酵变酸，尝起来酸甜可口，熬熟后味道更浓。于是，在民间开始饮用，逐渐在北京流行起来。后来受到皇家的赏识。乾隆曾下谕："近日新兴豆汁一物，已派伊立布检查，是否清洁可饮，如无不洁之物，着蕴布招募豆汁匠二三名，派在御膳房当差。"

如此算来，北京人喝豆汁儿已经有200多年的历史了。

早年北京内城卖豆汁儿的遍地皆是。

卖豆汁儿的大概分为两类：一是摆摊的，一是挑担走街的。

这两类的分项，也是因为北京城里喝豆汁儿的人太多了，而且不分男女，不分老少，不分贫富。

旧时卖豆汁儿的小贩多是挑着担子走街串巷，吆喝着"甜酸嘞——豆汁儿噢"。担子一头生着炭火，煨着豆汁儿的大锅，另一头是个四方形木案（饭台），码着一大盆辣咸菜及碗筷，下层的木盒里放着炸好的焦圈。生意开张后，喝豆汁儿的人围在饭台旁，坐在小贩带来的白茬儿（不上漆的）小凳上，咬一口酥脆的焦圈，就一口辣咸菜丝，品着味道浓郁的热豆汁儿，吃完浑身舒坦，真是要多美有多美。

大宅院里、官府人家的小姐、公子们，不便在街头巷尾公开露面，和穷苦的平民混在一起喝豆汁儿，便会派底下人或是老妈子拿砂锅去买回一锅，外带着辣咸菜丝，在家里重新加热大喝特喝。

摆摊卖豆汁儿的，当年北京城里有“四大家”，他们是琉璃厂的“豆汁儿张”、天桥的“舒记豆汁儿”、东安市场的“豆汁儿徐”和“豆汁儿何”，生意都十分红火。东安市场的“豆汁儿徐”和“豆汁儿何”靠近吉祥戏院，当年，那些名角儿们一演出完，一准儿要来喝了豆汁儿才走。

从豆汁儿的分布之广就可看出，当年北京人喝豆汁儿的风气之盛。

但要说到卖豆汁儿的声誉之盛，还是要说“豆汁儿丁”。

“豆汁儿丁”家是回民，家里一直以挑担串街卖豆汁儿为生，传到丁德瑞这一代时，因为赚了些钱，就在西花市路北的火神庙前摆了一个固定的摊点。这个时候是1910年。丁德瑞每天中午开始营业。他的摊子上摆着一个长条案子，案子上面有两个大玻璃罩，罩子里面放着大个的盘子。一个罩子里的盘子中摆着辣白菜、酱黄瓜、小酱萝卜、腌苤蓝等切成细丝的辣咸菜。另一个罩子里的盘子中放着烧饼、焦圈等小吃。这几样都是喝豆汁儿时必备的。有的人喝豆汁儿时喜欢就辣口，豆汁儿丁的案子上还备有炸好的辣椒油。

“豆汁儿丁”制作豆汁儿时配吃的焦圈也是一绝。做焦圈是很需要些工夫的。它要将和好的面饧上4个小时后才能制作。苏东坡曾有一首诗，传说就是为焦圈这种小吃而作的：“纤手搓来玉数寻，碧油轻蘸嫩黄深。夜来春睡浓于酒，压褊佳人缠臂金。”

按苏东坡活动的年代来算，焦圈的出身肯定要比豆汁儿早。但正是因为有了豆汁儿，焦圈才成为一种更为大众的食品。

除了这些，丁德瑞的案子上还摆着两个大木牌，写着“西域回回”和“丁记豆汁儿”。这算是招牌吧。

因为丁德瑞豆汁儿摊上的豆汁儿质量好，焦圈儿脆，咸菜丝香，很受顾客欢迎。平日案子前放着的长凳上总是客流不断。喜欢喝豆汁儿的人，成为丁德瑞摊上的常客，这些人几乎每日光临。逢到花市集，丁德瑞的豆汁儿摊上，不只长凳坐满了人，后面还有很多等座的，生意十分兴隆。从此，丁德瑞的豆汁儿在南城声名大振，人称“豆汁儿丁”。

1958 年，北京的饮食业摊商开始实行合作化。包括“豆汁儿丁”在内，崇外大街、西花市和蒜市口一带的几家回民摊商合并在一起，在蒜市口这个地方开设了蒜市口小吃店。店里经营的小吃品种很多，但流食仍是以豆汁儿为主，并且由“豆汁儿丁”负责制售。

豆汁儿的制作过程并不是很复杂。

首先要将绿豆用凉水浸泡十几个小时，然后加水磨成稀糊，在稀糊内加入浆水，并逐次加入不少于 8 倍浆水的凉水过滤。把过滤出的粉浆倒入缸内，经一夜沉淀，最上一层灰绿色、质地较浓的即是生豆汁儿。撇去它上面一层的浮沫和浆水，沉淀备食。食用时，上火就可以了。

制作工艺看似简单，但也有很讲究的地方。制售豆汁儿首要是干净卫生。盛生豆汁儿的缸、桶等容器，每次用完必须清洗干净，否则，盛上豆汁儿就会变质。熬豆汁儿的锅每熬一次必须刷洗干净，不能有残渣，稍有残渣就会产生煳味，不能出售。另外，要严格控制发酵时间，掌握发酵程度，否则，时间短酸度不够，时间长太酸，不好喝。豆汁儿在熬制时要先用旺火开一下，见沸即可，如时间过长大开锅，破坏其营养。锅内的豆汁儿应一直用微火保温，欲沸时，再加入一些生豆汁儿，这样味道更佳。不论冬季和夏季，喝时都要有烫嘴的感觉。

丁德瑞去世后，蒜市口店的豆汁儿仍一丝不苟地按“豆汁儿丁”的做法制作，确保了质量，延续了其独特的风味。“文革”后期，小吃店更名“锦馨豆汁儿店”，更为名副其实。据统计，当时北京销售豆汁儿的多达28户，摊商坐商各占一半，叫“豆汁儿店”的只有“锦馨”一家。

在锦馨豆汁儿店的墙上挂着中国烹饪协会颁发的“中华名小吃”铜匾。这块牌子是在1997年全国首届“中华名小吃”认定活动中被授予的。

豆汁儿虽然其貌不扬，但一直受到北京人的喜爱，原因在于它极富蛋白质、维生素C、粗纤维和糖，并有祛暑、清热、温阳、健脾、开胃、去毒、除燥和美容等功效。俗话说：每天喝一碗豆汁儿，各种疾病不着身。

提起北京小吃，首先让人想起豆汁儿。北京人爱喝豆汁儿，并把喝豆汁儿当成是一种享受。这是除北京之外的人无法理解的。

据传，京剧表演大师梅兰芳极喜欢喝豆汁儿。抗战期间，他居住上海蓄须不出，弟子言慧珠自京赴沪演出，特带4斤装大瓶灌满豆汁儿，以尊师长。她带去的豆汁儿就是“豆汁儿丁”的豆汁儿。

《城南旧事》作者、著名作家林海音从台湾回到阔别多年的北京，据说，当人们问她想吃什么的时候，她说要喝北京的豆汁儿。她来到锦馨豆汁儿店，一连喝了六大碗，还觉得没喝够。

北京人和豆汁儿的缘分是扯不断的。

2001 年后，两广路修路及其后来的一段日子，锦馨豆汁儿店搬了地方。我们文化馆也被拆了，到永外办公。那一阵子又没豆汁儿喝了。但幸好，没多久我们就又回到了磁器口的新大楼里，锦馨也在磁器口路口的东北面有了新店。距离远了一点，但走着也能到。豆汁儿店里的木桌椅都换成了快餐店里用的那种塑料桌椅。豆汁儿的味道也和以前不一样了。但不管怎么说，东西还在。时代在发展，各种事物都在变化之中。据说，锦馨除了这里，已经另外开了 4 家分店了。看来，豆汁儿的买卖还会兴旺下去。

不过，就在我写这篇小文的时候，锦馨在磁器口路口东北面的店已经被拆掉了。

据说当年张作霖的奉军进京的时候，几个军官想尝点北京特产，有人给他们推荐了豆汁儿。老板娘刚把豆汁儿端上来，几个人一闻那味儿，还没进口就大骂起来："妈拉个巴子，你拿馊泔水蒙老子！"要不是旁桌食客极力解释，他们非把老板娘毙了不可。这段往事，北京的许多老人都知道。

到了 21 世纪，如此这般的人少了。但在现代化的北京城里，北京人留给自己传统的空间却似乎越来越有限了。

2001 年，按照北京市小型企业改制的有关精神，锦馨豆汁儿店实行改制，与饮食公司脱钩，就是俗话说的"租壳卖瓤"。饮食公司对锦馨豆汁儿的品牌进行管理，拥有商标权。2002 年北京先达饮食集团公司（原崇文饮食公司）与哈德门饭店合并，成立了北京便宜坊烤鸭集团有限公司，锦馨豆汁儿的品牌管理和商标权归属了北京便宜坊烤鸭集团有限公司。目前，北京便宜坊烤鸭集团以特许经营的方式，将锦馨豆汁儿店采取特许经营形式由个人经营。

转了一圈，豆汁儿又开始以个体存在的方式来谋求自己的生存之路了。

让人感到欣慰的是，每天早晨你来到位于天坛北门外面的那家锦馨豆汁儿的加盟店时，想要喝一碗豆汁儿，可能还是找不到座位。豆汁儿店的店面比“豆汁儿丁”当年的摊位面积大了，但生意比当年有过之而无不及。

《燕都小食品杂咏》中写到豆汁儿时有这样的话：“糟粕居然可作粥，老浆风味论稀稠。无分男女齐来坐，适口酸盐各一瓯。”“得味在酸咸之外，食者自知，可谓精妙绝伦。”

北京人自有对自己传统文化的赤胆忠贞，只要纯正的北京文化没有完全被外来文化异化掉，豆汁儿的味道就仍会在北京的四九城里飘来荡去，让人心醉神迷。

在老北京住过的人都知道，
盛夏溽暑，卖酸梅汤的可称为旧京一景。
过往行人，望“梅”已自解渴，闻声已自清凉。

——陈建功《北京滋味》

在我的心目中，
将吃剩下不用的白菜头泡在浅浅的清水盘里，
冒出来的那黄色的白菜花来，
才是将大白菜提升到了最高的境界。

——肖复兴《京都冬食》

在老北京，冬天里卖烤白薯永远是一景。人们手里拿着一块烤白薯，既暖和了胃，也烤热了手，迎着寒风走就有了劲儿。

——肖复兴《京都冬食》

QIAN GU YIN JI

城

千古印记

物转星移光阴荏苒之中，北京犹如一把历史的折扇，一边是塞北的铁马剑气，一边有中原的文化大风，徐徐吹拂到今天，给这里的一草一木、一砖一瓦都注入了浓浓的古今情、赤子情、中华情。

北京，北京

普　天

一

雪，下在北京的土地上。

1929 年冬天，呼啸的北风里隐约能听得到一声清脆的欢呼，喊声来自这个幽暗的山洞，为了这一句回应，北京人，已经等了 70 万年。

刚刚从北京大学地质学系毕业的裴文中，借着蜡烛的微光脱下棉袄，小心翼翼地把北京人化石包裹起来，这时候烈性的北风也拐着弯进入洞穴，听起来仿佛是祖先发出一声声真切的呼唤。隔着时光悠远的河岸，依稀感受得到第一代北京人滚烫的目光，裴文中弯腰走出洞穴的一刹那，微弓的身形无意间浓缩了史前人类几十万年的岁月。一张老照片记录了当时三个北京人之间的故事，当裴文中和北京最早的居民合影的时候，他的搭档王存义目不转睛地盯着来自远古的亲戚，镜头只记录下了双手捧着化石的瞬间，却忘了拍下裴文中激动的表情。当时裴文中 25 岁，王存义 22 岁，这批年轻的地质学家身后，是世界唯一保存完整的古人类遗址——龙骨山。

这批最早的居民生活在一片绿意盎然、鸟语花香的土地，那时候长安街还是一片浓荫蔽日的原始森林，天坛坐落在烟波浩渺的永定河畔，在首都机场起飞和降落的是到湖泊来沐浴的候鸟……这里孕育着人类最早的田园诗，但是也处处隐藏着突如其来的杀机——比人类更高大威猛的鬣狗，它们一度是龙骨山山洞最早的主人；芬芳的野菊花丛里很可能埋伏着狰狞的剑齿虎；还有体形硕大的洞熊，它们总是张牙舞爪地和人类争夺野果。目前记录在册的 40 多位早期居民中，近 1/3 死于 14 岁以下，与他们匆忙脚步并列的是数以万计的石器。生命也许很脆弱，但是生命的历程却是那样伟大。这些饱经磨砺的石头见证着人类的智慧和勤劳，他们坚韧不拔的风骨早已融进这片土地，融入中华民族乃至更多人的血液中。

温暖寂静的龙骨山，空气里潜伏着不知名的神秘微笑，曾经飞越千百个世纪的风云雨雪，在这里定格为寒冷或者温暖的年轮。曾经在炎热的森林里乘凉的猎豹、在寒冷的冰原上看雪的大角鹿、在雨季的彩虹下唱歌的云雀，还有迎着火辣太阳飞翔的秃鹫，它们都前赴后继地到来，又纷纷告别了这片土地。只有人类从山里走到山外，又从山下搬到山顶，沉默的岩石上有他们留下的温暖涟漪。年复一年。到了山顶洞人时代，山下的坝儿河已经是一条孱弱的小溪，秋天里常常干涸，以前经常捕到大鱼的湖泊变成一个个小水塘，生长着比鱼叉还要纤细的青鱼。远处平原的沙土多了起来，鸵鸟不知道是从什么时候起开始安营扎寨的。数十万年以来，人类安之若素地生存繁衍，凭的又是什么秘密武器呢？

从两层楼高的灰烬层里，考古人员发现从 70 万年以前，这里的人们一直都在使用火。现代实验证明，很多动物对火的反应一般都是恐惧而避开。一些具有趋光性的昆虫因为偏爱追逐光而投火自焚。唯独人能利用火来为自己服务，从而在无边的宇宙点燃了文明的火种。

在这里居住的史前居民，是目前发现的世界上最早的用火者。恩格斯曾经说：“人类学会使用火，是比蒸汽机的发明更伟大的事件。”从使用火开始，人类真正获得了独立于天地之间的力量，他们开始在大陆上满怀激情地生活。为了加工人类历史上第一批首饰，有人明知山有虎偏向虎山行，有人在 100 公里以外找到赤铁矿脉，采集矿石、磨成粉末。还有人从 200 公里之外的地方拿回美丽的贝壳，考古人员甚至发掘到了 500 公里以外才有的蚌壳。可以想象，在荆棘遍布危险四伏的远古，人们是怎样热切地点亮希望，追寻自然和生命的奥义。

给这片土地带来灵感的，除了大陆的树木，还有海潮的湿度。这些硬邦邦沉甸甸黑黝黝的器物，记载了亘古以来人类深沉的期冀和无言的甘苦，见证着他们在大雨滂沱时的坚韧步履和漆黑寒夜里的孤独行走。他们粗糙的手里传来的温度，连接着大地无声的召唤，成熟谷物的馈赠，以及在最苍茫的雪天无法解释的太阳光亮。这里也曾经聚集着等待亲人的焦虑，以及那再次战胜了猎物的无言的喜悦，隐含着分娩时的阵痛和死亡逼近时的战栗。

山顶洞人的房间里，珍藏着人类历史上最早的缝纫工具，这是一枚用猎物骨头制作的针，骨针长 82 毫米，即使最粗的地方直径也仅有 3.3 毫米。围绕这根骨针，北京师范大学地理学院曾组织过一次有趣的试验，教授们邀请 30 名大学生来到龙骨山，每人发三枚大小相似的鸡骨，要求使用最原始的方法加工成骨针，用自己的双手经历过，大家才发现生活不简单，创造很艰难。

二

王府井古人类文化遗址产生于旧石器时代晚期，距今两万多年，遗址地块东西两面墙上的大型壁画，真实再现了古人类狩猎、制作工具、烧烤食物的生活场景。据记载，遗址被发现时，这里的土层曾是殷红色，如同蒙昧初年被火种照亮的晚霞一样神秘而令人激动。漫长的岁月已经带走了太多遥远居民的痕迹，只剩下零星的丝织品碎片，静悄悄地传递着一个哲理，那就是古往今来之中，人的进步离不开激情如火，但是同样需要心怀锦绣。大量精美的色彩各异的器皿和饰物遗存表明，灿烂文明的华章总从色彩斑斓的传说开始。公元前4000年，当两河流域的居民们开始欢庆丰收的时候，华夏文明的版图正在一场大战中落定乾坤。古代经典《列子》和《史记》都记载了黄帝、炎帝以及蚩尤的军队，在这片寂静的山岭间轮番厮杀，遮天蔽日的旌旗和战火笼罩着曾经花潮如海的土地，连狼熊虎豹都参加了战斗。黄帝战胜之后就在北京一带建都，紫禁城御花园里这株千年古柏，传说是他亲手栽种的。后来炎黄子孙们尊称黄帝为轩辕氏，在当年黄帝擒获蚩尤的古战场，曾经建立起一座轩辕台。直到4700多年后的冬天，大诗人李白经过这里，看到银装素裹的大地，像一匹柔软的绸缎，写下了著名的《北风行》：“燕山雪花大如席，片片吹落轩辕台。”这里的雪化为湖，湖又化为城市，城市又化为历史，沉静地积淀了许多帝王将相的传奇，以至千载之下，犹有浩气凛然。

北京平谷区山东庄村西的鱼子山传说是黄帝长眠之地，这里一到春天就盛开漫山遍野的桃花，仿佛为了表达天地对圣人的敬意。黄帝的儿子缙云氏就居住在当年的古战场附近，这座山后来被称作缙云山。白云幽幽的翅膀下面，仿佛可以看见当年战败的炎帝静静伫立。他的子孙们后来有一部分辗转去了东北扎根，却经常恋恋不舍地往来于这片故园，一度在中原地区流行的青铜短剑，只有北京的把手上装饰有桀骜不驯的鹰头马首，成为炎黄子孙血浓于水的见证。到了舜的时期，炎帝的后代共工氏流浪到这里，带领人们开垦种植，被奉为水利之神，他的儿子后土被人们奉为土地神。那是传说中的大同时代，华夏先祖以百里之国而王天下，在后人塑造的炎黄巨像的脸上，我们还能分辨出他们有着父辈一样的表情，斜阳下两方高大的身影巍然屹立，仿佛镌刻在千古的风里。此景此情，令炎黄子孙们每到思绪纷飞的时候总要动情地说一句："皇天后土在上。"

被称为三代之英的周武王也对北京这片土地情有独钟，推翻商纣王之后，他册封最信任的召公到这里称王。这时是公元前 11 世纪，气势恢宏的西周王城已经在黄河之滨的洛邑矗立，召公和周公负责绘制的洛邑王城图是世界上已知最早的城市规划图。洛邑建成后，召公又马不停蹄地回到永定河畔的燕国筑城。此后 400 年，罗马才轰轰烈烈地开始兴建城市。

三

如果从有了"蓟城"这个乳名算起，北京城已经走过了 3000 岁。传说"蓟"是北方春天最早钻出地面的植物，《抱朴子》中曾经提到这种叶子宽大的植物是一种仙药，吃了可以长寿。中国最早的地理学家郦道元就出生在这片广袤的土地，他在《水经注》中说，蓟城因蓟草而得名。对蓟草津津乐道的还有北宋大科学家沈括，他来到北京实地考察之后，在《梦溪笔谈》里郑重地写道，此地蓟草特大，如同车盖。在青石板和红砖墙之外，蓟草织成的图画从燕召公的行宫，一直绵延到乾隆的御书房，这是公元 1751 年三朝元老张廷玉的儿子张若澄敬献给乾隆皇帝的作品，雕栏画栋，云烟缥缈，人群络绎，绿草晴岚……那时古老的城墙根一到春天就绕满了郁郁青青的蓟草，小月河沿着元代的石阶蜿蜒到紫禁城下，两岸垂柳成行，引得 18 世纪的京城百姓流连忘返，也让 12 世纪的金章宗龙颜大悦，御笔一挥落下 4 个大字“蓟门烟树”。

推开春秋时代的蓟城门，准会遇上很多行色匆匆的旅人，他们或是牵着高头大马，或是肩上背着长串的腌鱼干，有的讲着流利的关东话，有的臂上刺着凶猛的兽面。这是因为北京城坐落在北方草原、东北平原和东方滨海走廊三条道路的交会点，战争时期是兵家必争之地，和平年代又成为古代各族友好往来的中心。从古城楼远望水势汹汹的永定河，有多少风尘仆仆的人们纷至沓来，为这里注入了千变万化的生机，使古老的城市受用了几千年。

侯仁之先生曾说：“几千年前河北平原上河网密布湖泊众多，是南北往来的交通障碍，那时候中原地区的先民到达北方只能沿太行山东麓一线的高地行进，于是形成太行山东麓的南北大道。当人们沿着这条路北上来到永定河畔，首先要在永定河古渡口渡过永定河，然后道路分岔，一条路向西北通过居庸关大道可直达蒙古草原，一条路向东北通过古北口大道可进入燕山腹地和松辽平原，还有一条路向东通过山海关或喜峰口可达东北各地，称山海关大道。蒙古和东北各地先民同中原交往时必经上述道路。一般说来交通枢纽所在地最容易形成大城市，但是永定河河水不稳定，夏秋季节经常暴涨，人们所以选择了距永定河古渡口不远，又有莲花池作为水源的地势稍高的地方建立居民点。”

据《水经注》记载，莲花池早在春秋时期就是燕都蓟城的风景胜地。那时候北边的山戎部落粗犷强悍，东边的肃慎族人面孔白皙而性格豪放，附近的孤竹国人是和伯夷叔齐一样热爱和平的老实人。周围的各族先民来到莲花池饮马闲庭信步而后又奔赴五湖四海，他们的身影不知不觉也融进了这座城市宏大的民族融合画卷中，成为华夏大地深处流动不息的风景。

四

那是一个崇尚建功立业的时代，地球的另一边，波斯和希腊的战火刚刚熄灭。在东方大陆星罗棋布的城池里，对着地图踌躇满志的君王们都在酝酿着新的战役。蓟城的将士们也在厉兵秣马，自从召公驾鹤西去以后，这还是数百年来唯一一次大规模的军事训练，下达命令的是召公的第三十八代孙——燕昭王。

燕昭王登上王位的这一年，燕国刚刚经历过一场严重的内乱，邻近的齐国和中山国军队趁机洗劫蓟城，占领了边境的城池。同时，秦国已经攻取楚国重镇召陵，又接连在濮上击败齐军，如果沿着古华北平原策马北上，三天之内就能逼近蓟城。面对四面八方的军事威胁，燕昭王没有退避三舍，而是走出都城，迎着秦军到来的方向筑起一座城池。

燕昭王的大手笔令后世的学宫祭酒荀子敬服不已。他在《劝学篇》中写道:“吾尝跂而望矣，不知登高之博见也。登高而招，臂非加长也，而见者远；顺风而呼，声非加疾也，而闻者彰。假舆马者，非利足也，而致千里……”同一时代的世界各地都曾出现过高台性质的建筑，从非洲和美洲的大金字塔到西亚的山岳台，大都是为了膜拜神而建造，相比之下，燕昭王所谓的高台相当简陋，却展示着顶天立地的刚健风骨，它被后人尊称为黄金台。

王者之风，山呼海应。一时之间名将乐毅、剧辛，谋士邹衍纷纷不远千里闻风而来，燕昭王甚至把女儿许配给了从洛阳赶来的大纵横家苏秦，这位鬼谷子的高徒和齐宣王一席谈话就为燕国要回10座城池。人才济济猛将如云的蓟城经历了一段艰苦奋斗的岁月，那时候燕昭王穿着和平民一样的布衣草鞋，经常走出王城参加劳动。等到山谷里的桃花足足开过20个轮回，燕昭王任命乐毅为上将军，率领五国联军攻打齐国，这一仗打得酣畅淋漓，以滥竽充数的典故闻名于世的齐湣王一败涂地，齐国的竹子被挖回来种在蓟城之外的山坡上。

燕昭王身后留下了一座完美的纪念碑，但是对于这座古老的城市来说，它可能只是一个逗号（由古咸阳到邯郸的行军路线，地图上恰可看到一个逗号）。为了制造下一个扣人心弦的章节，秦国等了60年，才趁着赵国大地震的机会起兵攻克邯郸，剑锋再度指向黄金台。历史仿佛画了一个圆圈又回到这里，燕昭王的孙子选择的不是在这里招贤纳士富国强兵，而是在不远的地方为樊於期和大剑客荆轲另起炉灶筑了高台。这个年轻王子自以为独辟蹊径的时候，并没有意识到已经犯下一个致命的错误，因为他的敌人不是沉迷于美酒笙歌的齐湣王，而是铁定了心横扫六合的秦始皇。

五

每到千钧一发的关头，这里总会上演轰轰烈烈的故事，樊於期慷慨奉献出自己的头颅，荆轲大踏步地走出城门，这一天风疾水冷，空气里所有的热情都寄托在荆轲的剑上。与他同路的勇士秦武阳就出生在离黄金台不远的地方，他的祖父秦开曾经把东胡军队打退了数千里。送别荆轲的高渐离也是从小枕着蓟草看云的本地人，他奋力击筑的音节随风萧萧兮镌刻在了数不清的传说里，这骊歌横亘在蓟城和咸阳之间，从关中到中原，从黄河到燕山，铿锵的节拍打湿了历史的眼帘。一曲传奇行过之后，在悲情与荣耀之间，分明是谁的手在拨弄着琴弦？黄金台不会说话，它静静地站在这里，和沧桑的历史交织为一个感叹号。

大文章刚刚拉开序幕，大手笔不断涌现，700 年之后的郦道元从这里出发把山南水北读了个够，又回到蓟城的书房里写作了《水经注》；900 年之后的陈子昂是个外乡人，但是他的传世名作《登幽州台歌》是献给这里的。李白也曾经来到这儿仗剑远望盛唐，他身后跟着倔强的贾岛，从黄金台旁边的小路一步一步地推敲到长安。后世的皇帝们也是纷纷追慕先贤，有的把黄金台建在城市里最繁华的地方，有的甚至直接修在了八旗练兵场，奋发精神像金子一样在城市里闪耀不息。直到 21 世纪的第一个冬天，北京市政府决定投资建设大 CBD 区，当挖掘机工作到这里的时候，发现有一块近 3 米长的石碑，上面刻的是清高宗乾隆皇帝工整的 4 个大字：金台夕照。

六

时光的马蹄给这座沉静的城市带来了数不清的绝妙风景，穿着长衫的才子佳人们在陶醉的同时总免不了要品评高下。直到金章宗和乾隆皇帝以天子的身份来凑上个热闹，“燕京八景”才宣告浮出水面接受天下人的检阅。它们按首字笔画为序分别是：太液秋波、玉泉趵突、卢沟晓月、西山晴雪、金台夕照、居庸叠翠、琼岛春阴、蓟门烟树。在今天的故宫博物院，收藏了很多描绘燕京八景的名作，帝王有帝王的道理，画家有画家的甘苦，其实最难画的永远是年纪最大的山河。如果按辈分算起，蓟门烟树、金台夕照和居庸叠翠就高居前三名，它们在公元前就已经声名显赫了。

为了锁住这些美丽的画面，燕昭王家族沿着燕山修筑千里长城，给蓟城北方披上了一身新月形的铠甲。这里山崖峻峭层峦叠嶂，山花野草葱茏好像碧波翠浪，后世称为居庸叠翠。站在烽火楼上放眼望去，北边的草原生活着逐水草而居的牧人，东面崇山峻岭大河之滨的人们以渔猎为生，南边的广大土地则是靠耕田织布过日子的中原先民。风和日丽的时候，这里如同天然的屏风，同时舒展开三幅田园画卷，而每逢天灾人祸，牧人和猎人就会试图冲出来寻找新的天地。一望无际的雄关漫道最早是由土和石头垒成的，夏秋季到来之后，从很远的地方就能望到一片绿意淋漓，这一树树簌簌而下的落英，可能恰好是牛羊们望眼欲穿的美食。在山顶防线上把守的士兵知道，每当有成群的牛羊大摇大摆地溜过来吃草，那必定有山戎、东胡或者匈奴的战马正在逼近。

有时候历史就像一个沙盘游戏：北边的牛只知道向前消灭

绿色，南边的牛只为了来回犁地耕田，矛盾最终要靠马的驰骋来解决。就是说哪边的战马雄壮，哪边士兵能驾驭马跑得更远，哪边就将决定地盘的归属。如果想要南边的马拖着犁杖来回散步，那么只有靠人的力量筑起比马更高的长城，才能抵消北方的优势保卫自己的家园。

2000年前的烽火，曾经也在地球两边彼此辉映。几乎同一历史阶段，人们都想到修筑长城用于军事防御。爱琴海一侧的古希腊人曾经在雅典到海滨港口之间的道路两旁修建长墙，以保障交通运输线，广袤的古罗马帝国边界也陆续修建了近千里的边防长城。今天只有这里——北京长城依然坚如磐石，因为它不完全是军队的防线，同时也是大自然的气候边界。

雨，从数千年历史的上空洒落，在青铜色的400毫米等降雨线上垂下一道空蒙烟云。一边是大漠孤烟直长河落日圆，另一边是四围香稻九夏芙蓉三春杨柳；一边是进攻者的雄姿，另一边是防御者的伟大；一边是北方勇士壮阔的精神锋芒，另一边是中原先民可歌可泣的史诗。无论从哪一方面看去，长城都是骄傲。

七

英文里把长城称作Great Wall，意思是宏伟的墙，这是一种平面的视点，它把长城看作一座文化丰碑。中文把长城叫作城，城的背后意味着立体的视点，它把长城看作一方家园，一个和谐的生命体。而如果再换一种视点，以飞鸟的姿势俯瞰这片土地，就会发现长城的本质是——道。长城是一条贯通天地、纵横古今的中华大道，它沟通着文明，启迪着未来，收藏着华夏文明的不尽奥妙。长城内外的君王们大都把北京看作军事防御或进攻的前沿，他们一旦放下患得患失的情绪，就会惊奇地发现，这里正是中华文明大融合大崛起进程中的战略重心和精神支点，由这里伸展出大大小小的同心圆，交会成今天生生不息的时代传奇。

长城本质在于：道。

北京精神在于：和。

物转星移光阴荏苒之中，北京犹如一把历史的折扇，一边是塞北的铁马剑气，一边有中原的文化大风，徐徐吹拂到今天，给这里的一草一木、一砖一瓦都注入了浓浓的古今情、赤子情、中华情。在中华大地上没有一个地方像北京一样见证了几乎所有的重大历史变迁，也没有一个地方像北京一样能够广泛而大量地吸纳来自各地的文化精华。这既需要有深厚的文化底蕴，又必须有一种广为吸纳的宽广胸怀。四面八方的潮流急促涌来，是拒绝抵抗还是选择吸纳，这本身反映了一个城市代代居民的气度和胸襟，他们以特别开阔的胸襟和浩大的气度吸纳了四面八方的文化，并把它们投入北京熔炉。

《盐铁论》谈到天下名都的时候，曾把这里排在了第一位。那时候还是2000年前，北京就已经富冠天下，成为一颗闪亮的北方之星。后来出土的很多官印证明，这里很早就是一个接受制度管理的有秩序的城市。居民们有的种桑养蚕安居乐业，有的心灵手巧冶铁制陶，这田园诗一样的城市曾经被大才子曹植刻在少年的浩然之梦，也曾经被庾子山揽进秋天旷达的记忆。这里的人们自古勤奋好学，志向远大。有的为了学习殡葬的礼仪不惜长途跋涉，有的去邯郸学步直至忘记了自己本来的步法，还有的远赴他乡去执掌秦国相印，远方有陨石降落的时候，人们特地送到这里锻造成铁剑。即使是秦王嬴政需要长生不老药，被委以重任的也是这里的故人。丰收在望的时候长城内外曾经一片五彩斑斓，用一片蓟草吹成笛声的牧童骑的是本地盛产的白马，燕明刀最远处流通到了朝鲜和日本，车水马龙随风远扬，漫山遍野的板栗树一直舍不得离开这片故园。

据说这里除了以铠甲闻名于世之外还曾经盛产牛角，被古代公推为制造弓的第一原料，但是终究没有挡得住秦国的长弩，公元前 226 年，秦王嬴政派大将王翦攻入城门，青青蓟草被奔马无情地踏成了尘泥。当年星罗棋布的城邦之中，这里最后一个被插上秦国的黑旗，周天子分封时代从此结束。在地球的另一边，亚历山大时代也已经终结。远远地望着硝烟弥漫的故乡，高渐离隐姓埋名唱着悲歌四处流浪，后来到底还是因为善于击筑惊动了秦始皇，嬴政爱惜高渐离的才能，恭恭敬敬地请他表演，这位天才的音乐家面对一代帝皇微微一笑，像荆轲一样举起了手里的乐器。

高渐离被处死之后，秦始皇忽然感到一种莫名的不安，他把燕昭王修筑的长城和北方的长城连成一线，又从咸阳修筑驰道直通蓟城，这里谢绝了络绎不绝的南北旅人，开始被重兵把守戒备森严。一批又一批的士兵被从四面八方轮流征调，苦不堪言。直到有一年夏天，千里急行到蓟城的九百勇士在路上遭遇了一场滂沱大雨，他们在咸阳和蓟城之间进退两难的时候，有两个人举刀杀掉了押送士兵的将领，命令军队掉转方向，将长矛重又指回——咸阳。

南城往事

刘孝存

桥湾儿

“故土乡情”，是永远挥之不去的牵挂和念想。每当我乘公交车经过南城的“两广路”（广渠门至广安门），听到“桥湾”的报站，心里都会油然生出一种亲切与陌生相交织的情感波动。因为我小时候住过的“桥湾儿”就在附近，而这一站的站名原本叫“三里河”。

其实这“三里河”街，也不是那条名叫“三里河”的河。那河原本是明正统年间修城壕（护城河）时，为防止水大外溢，而在正阳桥东向东南低洼处挖的一条泄水渠。河水流经后来形成的打磨厂、长巷头条西，穿过芦草园、北桥湾、南桥湾、金鱼池、天坛路（天坛北墙外）、西四块玉，再向东南，经东四块玉，又拐向西南流入后来所建的左安门之西的护城河。河水流淌了 400 余个春秋，直到清后期，金鱼池以北的渠水干涸，河床变成陆地，弯弯曲曲的三里河及其周边不仅留下了许多与河道、草蒲有关的地名，如大席胡同、小席胡同、冰窖厂、薛家湾等，还造就了纵向斜弯排列如同梳子一般的胡同。

现今的珠市口东大街，明代叫“西三里河”，清代叫“小市街”。在后来的三里河公交车站之东，早年有一座架设在河上东西向的汉白玉石桥；桥东，在明代叫“东三里河”，清代叫“三里河街”。河干以后，桥被埋入了地下，石桥的南、北，仅以“南桥湾”和“北桥湾”保留了遥远的水和桥的记忆。

临近“三里河”车站的街北，建有旧三里河的重要标志——铁山寺。那时候铁山寺已经成为民居大杂院，院内临门东屋有一租小人书的铺子。铁山寺的东侧有一大玻璃窗的糕点铺，寺西侧开了一家中药铺。隔马路，铁山寺斜对面有一建有楼房的大院，是电话局；其西，后来开了一家名为“尽开颜”的理发馆，其东有一棺材铺。

20世纪50年代初期和中期，住在附近的老北京一说“去桥湾儿”，特指的只是北桥湾。隔一条三里河街，当年的南、北桥湾，一个很少有店铺，一个店铺林立。

“桥湾儿”内，路西有一家小饭馆，是当年上班的父母以每天一角钱左右安排我包伙吃午饭的地方。小饭馆的北边，在通往南芦草园胡同的北侧，是开办于清同治年间的北京老字号糕点铺——前店后场的“正明斋”分号。老人说，当年的正明斋老店制作许多应节应季的饽饽：农历二月做太阳糕，四月做玫瑰饼，五月节做五毒饼和粽子，炎夏做绿豆糕、水晶糕、豌豆黄，九月做花糕，入冬以鸡蛋糕、桂花板糕上市，腊月二十三卖关东糖、糖瓜、南糖。此外还有芙蓉糕、萨其马、蓼花、江米条、排叉儿、茯苓饼、蜂糕，等等。

在我的记忆里，“桥湾儿”的南半段最热闹。正明斋店门面前的空地上，清早儿有许多早点摊儿，卖面茶、油茶、杏仁茶、炸糕、糖耳朵、熏鸡蛋串儿、老豆腐和豆腐脑。豆腐脑点的是石膏，细嫩，浇黄花、木耳、白蘑、肉丝和团粉熬成的卤，再淋上辣椒油和蒜汁儿；老豆腐点的是盐卤，老韧，以芝麻酱、酱豆腐、韭菜花儿、辣椒油和卤虾油为作料。桥湾儿中段路西有一家较大的早点铺，卖油饼、油条（炸油鬼）、薄脆、焦圈儿、麻花儿、豆浆和芝麻火烧。用五分钱来一碗豆浆一根油条，足够我们小孩子享受一番了。

“桥湾儿”中段路西，有一条细窄的胡同，内里有一家设置了类似火车包厢座、两面床铺相对的澡堂子。堂里的伙计都是从河北定兴来的，他们用定兴老调喊：“两位，里边请！”这声调，和串胡同摇煤球儿的说话一个样。伙计熟练地将客人的衣服用带钩的长竿挂在床铺上方的挂衣钩上，若是人满没了铺位，他们就安排客人先将衣服脱在大荆条筐里，等洗完了再找铺位。澡堂子里热气腾腾，年岁大一点的都喜欢在热水池里泡，有的边泡边唱几口儿京戏。在澡堂子里唱，有回音，声音特别亮堂。我们小孩子在温水池里瞎扑腾，有时会引来大人的呵斥。

“桥湾儿”的路东，店铺也很多。至今记得，我小时候曾经稀里糊涂地拿着一毛钱进了一家清真羊肉铺子买“大肉”，店主勃然大怒，吓得我扭头就跑。再往北，在路东通往薛家湾的窄胡同口南边，有一家进深很大的副食品商店，供应附近十几条胡同人家的油盐酱醋和鱼肉蔬菜。逢年过节，这儿总要排起长队。

“桥湾儿”四通八达，其北端向西，是北芦草园，它的西北端又连通着偏南北走向的青云大院（后改称“青云胡同”），其南口路西，有一座带高台阶的大四合院，即 29 号院，曾经是京剧大师梅兰芳的家宅。青云大院西北，有沿泄水河形成的长巷头条，长巷二、三、四条，其内有泾县、南昌、汀州、岳阳等10余座会馆。青云大院的北口是一条横向的街，其东叫“西兴隆街”，其西就是著名的“鲜鱼口”了。形成于明代的鲜鱼口原叫“鲜鱼巷”，当年人们在泄水河（三里河）内打了鱼，就在这里出售。

鲜鱼口的热闹处在它的西段，印象最深的是其路南的卖毡鞋、毡帽的“黑猴帽店”。其店前放着一个几尺高的方凳，上面坐着用楠木雕成外涂大漆的火眼金睛黑猴，它的手里还捧着一个金元宝。听老人说，早年间店主人真的在店里养过一只猴子，这猴子灵巧通人性，还会给客人拿帽子。猴子过世以后，感伤的店主为它雕作了木漆像。由于生意兴隆，鲜鱼口内曾经先后出现了两家“黑猴帽店”，一个在旧门牌45号，一个在旧门牌49号。我每次从“黑猴帽店”走过，都会想起这个故事。凝看黑猴儿，总觉得它的眼睛在动，它似乎还活着，守候着主人的帽店。

距黑猴帽店不远，路南有会仙居炒肝店，路北斜对面有天兴居炒肝店。炒肝店的门、窗前，总是站着吃炒肝儿的人。其实“炒肝”里没有几片肝儿，更多的是切了片儿的肥肠儿，以酱油、黄酱、生蒜泥、熟蒜泥为调料，以口蘑汤勾芡。再向西走，临近路口，路北有便宜坊焖炉烤鸭店。过了便宜坊有一条南北向名叫“肉市”的小胡同，里边有京城著名的吊炉烤鸭店全聚德和“广和剧场”。广和剧场在明末为查姓商人的花园，名“查园”；后改茶园，名“广和茶园”；再后增建戏台，于光绪年间重建，改名为“广和楼戏园”。它的舞台上，留下了梅兰芳、周信芳、马连良、谭富英、裘盛戎、袁世海等几代京剧表演艺术家的足迹和身影。

出了鲜鱼口就是前门大街了，街的斜对面是始建于明代，原称“廊坊四条”的著名老北京商业街——大栅栏。老北京不一字一板地叫大、栅、栏，而是舌头上下一碰，发出的音类似为“大什拉”或“大儿拉”。这街名，也就成了检验新、老北京人的试金石。

“桥湾儿”的南面，隔着一条马路，就是南桥湾了。南桥湾南口，有一条有些弯曲的横街，分为“西晓市”和“东晓市”。东晓市203号的“金台书院”，原是明末蓟辽总督洪承畴降清后由清廷赐予的“洪庄”；康熙年间，京兆尹施世纶（通俗小说《施公案》中的“施不全”）奏准康熙将其办了“义学”，清乾隆十五年（1750年）改为“金台书院”。我小时候，这书院为“东晓市小学”。老人说，从前“晓市”在半夜三点多开市，天一亮就散市了，摆在地摊儿上的货物多有来路不明者，因此又被称为“鬼市”。

南桥湾再往南是金鱼池。据说这里曾是金代掘土烧砖的地方，窑坑荒废，积水成塘，后来建了“鱼藻池”。此后，一些人在周边修塘筑池，蓄水养鱼，明、清时这里成为饲养金鱼的池场。民国时期，沟渠已成死水，“龙须沟”便成了污浊沟渠的代名词。

我小时候的金鱼池，已不是老舍笔下臭气烘烘的龙须沟。它是一个用水泥栏杆圈起来的有一大片清水的水池。水里有不少红色的鱼儿，不过它是双尾儿叉的，属于“草鱼”；真正的“小金鱼儿”养在池东岸的贩养金鱼的人家，那边一个养鱼池接一个养鱼池。

我念记老“桥湾儿”，是因为它那儿充满了浓郁的老北京南城东部古老胡同的市井民俗风情。

薛家湾

薛家湾，像一把两齿的木杈横亘在“桥湾儿”东侧；它的丫形头部，与“桥湾儿”的中段和北端相连。这条在当地百姓的口语里发音为“薛家腕儿”的胡同，原为古“三里河”的河湾处，以薛姓撑船人而得名。

薛家湾的西北和北侧，有由西向东像梳子一般排列的一连串大致南北走向的胡同——草厂头条、草厂二条、草厂三条……草厂十条。草厂八条南口，正对着薛家湾“丫”形岔道“脖颈”处所形成的三角地。这些以“条”而称的胡同，与内城在元大都的基础上构建起来的胡同大不相同。内城胡同，大多经纬分明，多为东西走向，院落也多坐北朝南；南北向的草厂头条到草厂十条两侧，则坐落着许多坐东朝西或坐西朝东的小四合院、小三合院。各条胡同里也曾建有许多与各地相关联的会馆——广州会馆、黄梅会馆、惠州会馆、汉阳会馆、长沙会馆、湘乡会馆等。明永乐三年（1405 年），全国科举会考从南京迁到北京以后，原本在朝为官的官员，纷纷邀集同乡商贾和士绅在京购置地产，修建同乡会馆，以接待同乡举子。草厂头条 7 号，曾是清末民初著名学者罗瘿公的宅第。草厂十条之东，有奋章胡同，55 号四合院是京剧表演艺术家郝寿臣的故居。

草厂九条南口西侧路北的薛家湾 39 号院，是“钱氏宗祠”。钱氏之祖，为唐末五代初吴越国的创立者——吴越王钱镠，其后裔在清雍正二年（1724 年）受封为“吴越武肃王”，在北京南城建宗祠。这宗祠为坐北朝南的三进院落，清水脊小门楼开设在东南角。门内之东，为一小跨院，建有倒坐房；门内之西，为前院，有五间倒坐房，曾是钱氏后人居住的房屋。小院之北为较高大的宗祠殿堂；东、西厢房均已倒塌；内院建有正房，其后为横向的窄长后院。当时钱家的老九与我哥是同班同学，我也常到他家去玩。钱氏老爷子曾跟国画大师齐白石学过画，家中不少笔墨纸砚和画幅；屋前西墙旁栽种的几棵高大如树的芭蕉，也曾入画。

我家住的地方，在薛家湾“丫”形西头的两岔交接处形成的三角地的路南。这是一座小三合院，坐南朝北，大门设在整个院落的西北角。老北京规整的四合院大多坐北朝南，按九宫八卦说，讲究“坎宅巽门”，即正房建在庭院之北，大门开在东南角。而坐南朝北的宅院，按规矩则将大门开在乾位——西北角。薛家湾的院落有多种格局，既有四合院、三合院，还有许多不规整的院子——我家旁边有一坐南朝北的水井院，宽阔的车门与二门相对，其外院的东侧安了一台按压式的压水机（此处可能就是当年的“水窝子”），西侧为一排灰平顶房。二门南的内院，建五间阴阳合瓦的南房，三间棋盘心顶西房；东边建的是一排鸽子棚，外罩铁丝编织的网，里边是一层又一层装着草编蒲垫的箱式鸽子窝。水井院齐家老大养鸽子、玩蛐蛐，算得上当地的玩家。

我家住的小院，有清水脊的小门楼，门左右有一对长方形的门墩儿；两扇黑漆门板，上有一副红油底黑字对联——“忠厚传家久，诗书继世长”。穿过门道，右边西耳房与院内西房的北山墙之间形成一个很小的小院。进了左边只剩绿色木框架的屏门，就是内院了。前有台阶，顶覆阴阳合瓦的五间高大北房，是房东一家的住房；院南一道高墙，是南边院落北房的后墙；东、西房各两间，为灰平顶，都比北屋矮一头。我家租住的是东屋，夏天最怕太阳西照；幸亏屋前长着一棵枝繁叶茂的枣树，遮了不少阴凉。但还是挡不住闷热，父母将窗上半部的支摘窗支起来，从下半部的万字不到头的窗棂上撕下高丽纸，贴上透气儿的绿色冷布，苦的是，晚上灯一关蚊子就飞来袭扰。秋天来了，树上的枣红了，风一吹就会落下来。大红枣又甜又脆，但伴随而来的却有“杨喇子”的飞毛，若是沾上了，又痒又疼。

枣树荫下，瓦灰色的大鱼缸上盖着半边青石板，内里的浮萍下边，优哉游哉着几条红龙睛和墨龙睛。北屋房东家的窗台上和屋檐下，摆放着大大小小的花盆，栽有文竹、石榴、天冬草、玉簪棒、夹竹桃和挂着红色小果子的“金枣”。房东老太太养的长着金、银眼儿的长毛波斯猫懒懒地卧在北屋门前的台阶上，它若是用双爪“洗脸”，大人就会说有客人要来了。房东老太太之兄，是画猫名家曹克家，她家堂屋北墙上，挂着一幅曹克家的猫戏蝶图。

夏日里，一只知了（蝉）在枣树上“知知”地叫。有时也会飞来“伏贴儿”，发出“伏贴儿——伏贴儿——”的叫声。有人说，它叫的就是“伏天儿”；可不是嘛，它在三伏天叫得最欢，特别是午睡时分，就像催眠曲一般。大人坐小板凳在院里乘凉，都会手拿一把大蒲扇。星期日，大人都休息了，屋里更显闷热，吃饭时就把小饭桌和小板凳摆在院子的树荫下。熬白菜、炒萝卜条儿，就着窝头或丝糕吃得满头冒汗。来客带来一个花皮的大西瓜，切开一看，脆沙瓤，全都叫好，吃起来又甜又爽。

夏末的正午，阳光依然明晃晃的，草编笼子里的蝈蝈叫了起来，波斯猫伸了一下懒腰，小院里显得愈发安静，但蝈蝈的叫声很快被掠过屋顶的鸽哨声打断了。夜晚，花盆底下传出了蛐蛐的鸣叫声，引得我们小孩子心急手痒，又怕把房东家的花盆打碎。

深秋时分，过冬吃的大白菜下来了，家家户户的窗前屋角堆得像小山一样，那青白翠绿，成为花谢叶落后的小院新景。

我们小孩子最喜欢的天地还是在院外的世界。薛家湾丫路口处的三角地，是我们玩耍的乐园。男孩子喜欢弹玻璃球、拍洋画儿、扇三角、抖空竹，在结了冰的路边低洼处抽嘎嘎儿。洋画儿是长方形的纸质小画片儿，上画《水浒传》人物、《三国演义》人物等；两人玩时，每人放一张画片儿在地上，轮次以手往地上拍，画片儿翻过来为赢。三角，是用香烟盒叠成的；一个人把三角放在地上，另一人手拿自己的三角往地上摔，利用三角的风力将对方的三角扇翻过来为赢。香烟盒是从大人那里捡来的，香烟牌子有“大前门”“恒大”“哈德门”“大婴孩”等。有些香烟盒里，往往夹带着洋画儿；大人还没抽完烟，我们就先得了额外的收获。在胡同里，我们管空竹叫“空钟”，有双轮的和单轮的。单轮的一块钱一个，逢年过节若是能得到一个，那是喜从天降了。嘎嘎儿，就是陀螺，有人也管抽嘎嘎叫“抽汉奸”，据说这是抗战胜利以后流传下来的叫法。女孩子则喜欢跳猴皮筋儿、跳房子、耍羊拐、踢毽子。男生、女生一起玩的有拽包、老鹰抓小鸡。拽包的“包”是用布头儿缝的，里面装山里红核、黑枣核或豆子；实在没有合适的东西，就装些沙子、小石子。

春秋时分，大人在胡同里放风筝，天空飘起了孙悟空、红蜻蜓、大蜈蚣，还有沙燕儿。我们小孩子只能自己做——找旧竹劈儿扎个内里斜角交叉的长方架子，没有高丽纸，就在上面糊报纸，再贴两个长长的纸条当尾巴，就完成了一个“屁帘儿”。买不起线轴，就拴根小线儿，牵着它满街跑。因为竹架子扎得不好，或小线拴得不合适，“屁帘儿”飞不多远就会一头扎在地上。

耍猴人肩扛戏箱，膀子上驮着一只黄毛小猴子来了。他在三角地的空场上钉个铁橛子，用绳子或铁链子将唤作“毛三儿”的猴子拴在其上。“镗镗镗！”铜锣一响，胡同里的大人、孩子很快就围满了。猴子不仅会拿大顶、翻跟头，还自己跑去开戏箱子，从里边取出两边带翅儿的“乌纱帽”戴在头上；又翻出类似坎肩那样的开襟儿红衣服，歪斜地穿在身上。它一走三晃，帽翅儿颤悠，滑稽可笑。临到收场，猴子会向围着的人敬礼，而后双爪捧起一个托盘向围看的人讨钱。大人纷纷在托盘里放下一角、五分，就是小孩子有时也会扔上一分、两分。

我们管演木偶戏的叫“耍乌丢丢的”。艺人架起一个如同小房子一样的“戏楼”，人躲在布帘里边咿咿呀呀地说唱，耍戏台里的木偶，有“武松打虎”，有“猪八戒背媳妇”。

时有挑担、提篮或推独轮车的小贩走街串巷，有卖煎灌肠的，有吹糖人的，有捏面人的，有卖棉花糖的，有崩玉米花的，有卖芸豆饼的和卖咸螺蛳的。

卖豆汁儿的来了——担子的一头挑着小煤炉，上放豆汁儿锅；另一头挑一张小方桌和一两条小长凳。摆好桌凳，卖豆汁儿的吆喝几声“甜酸嘞——豆汁儿噢！”就聚过人来了。除了烫嘴的热豆汁儿，还有火烧、焦圈儿和辣咸菜丝儿。豆汁儿得趁热喝，不用勺，而是吸溜着用手转着碗喝，只喝得满头大汗，那才叫爽快。

走街串巷的，还有磨剪子的。他们大多头戴旧毡帽，腰系围裙，肩扛着绑了磨刀石的长板凳，打着“哗啦、哗啦”响的由四个长铁片穿成的“唤头”（它有个雅名叫“惊闺叶”），边走边用定兴话吆喝：“磨剪子咧——戗（qiāng）、菜、刀——”剃头的也挑着一副挑子，一头挑小炭炉子，一头挑圆形木架和洗脸盆儿，外带三条腿儿的木凳，所以北京老话中有“剃头挑子一头热”的俗语。也有夹个包袱皮儿的，里边包裹着剃头刀子、推子和剪子，手里照例拿着一个类似大铁镊子一样的“唤头”，用扁铁棒儿在其中那么一划，发出“噌”“噌”的颤音。也有的孩子在脑后边留一条小辫儿，其他孩子见了就唱：“小辫留，蒸窝头，半拉生，半拉熟，熬白菜，不用油，气得小辫儿直发愁！”

我家对面，草厂八条南口的西侧，有一对老夫妇开的小杂货铺。店铺外搭着铅铁棚子，棚里的摊上有我们孩子喜欢的糖果、洋画儿、玻璃球；铺屋内有摆着酒坛子的柜台，还有一口被叫作“大酒缸”的球形坛子半埋在屋地里。大酒缸上边盖的木盖子，当作酒桌。酒菜有煮花生豆儿、炸花生豆儿、烂蚕豆儿、开花豆儿和煮毛豆儿。掌柜的从柜台上的酒坛子里给客人打酒，用大小不等的竹筒做的“提子”。小提子一提一两，叫“一个酒”。如果客人喝热酒，就用“酒嘟噜”。那是瓷制的细高圆锥形、上边有“丫”形撇口的瓶子，装了酒在热水里泡，然后倒在小酒盅里喝。大酒缸里的酒为烧酒，又叫“烧刀子”。坐在大酒缸旁的木凳子上喝酒的汉子，多是卖力气过活或拉三轮的；逢年过节，喝得脸红脖子粗，他们就会买炮仗在铺外放——“二踢脚”升空，发出“咚——嗒！”的声音；一挂暗黄皮的“铁机鞭”，发出噼里啪啦的响声。响声过后，我们就跑过去找没点着没爆炸的炮仗，然后把外包纸撕开，倒出黑色的火药面儿，用来点“呲花”。

过年的时候，我们都会收到些“压岁钱”，一毛、两毛，甚至一块。有了钱，买糖果，买摔炮，买带彩色纸穗的“呲花”；买红纸皮的小鞭炮，拿在手中一个一个点燃后再扔出去，听“叭”“叭”的声响。有时候大人也会给买一个红色的小纸灯笼，点上蜡，在三角地转上几圈，然后回家去吃饺子。

年节中，大人会选一天带孩子去逛厂甸。出桥湾儿，一直向西去，过了过街楼（早年真的有一座架在街路之上的“过街楼”）、珠市口、给（音“几”）孤寺，到了虎坊桥十字路口向北拐，就是厂甸儿了。那里人山人海，排满马路东西两侧的摊铺让人眼花缭乱——小孩玩的红缨枪、木刀、竹剑、戏剧花脸、孙悟空面具、泥人、面人，应有尽有。大糖葫芦和风车，是厂甸的招牌。用荆条穿山里红做成的大糖葫芦有几尺长，顶上插一面红色或绿色的纸三角旗。它与“冰糖葫芦”不完全一样，除了长度，它也不在山里红上沾熬制的白糖或白砂糖，而是沾“糖稀”，可能就是关东糖那类东西。传说风车原是商末周初的姜子牙制作的，由一个叫“天地杆”的中心轴和风轮组成。风轮固定在支架上，再安装在天地杆上；风车上面加一面小泥鼓，有风时车轮就会转，带动一根小木棒不停地敲小泥鼓。有话说：“风吹车轮转，车转幸福来。”

往事并非如烟，童年的记忆和欢快的童趣总是难以湮灭。“两广路”拓宽改造的那年，得知三里河以东，过了东柳树井（水道子），在磁器口十字路口东边的路北（广渠门内大街207号）有曹雪芹故居“十七间半”（这是曹家在雍正年间获罪后，由南京回到北京后的居所），我便从老远的地方赶过去看，结果什么也没找到。打电话问家住那附近的哥哥，才知曹家故居已被拆除。据说还要在其北几百米处重建，但不知猴年马月。遗憾之余，想到曹雪芹也曾在这一带度过童年和少年时代，也就有了许多兴致和无尽的联想。

北京南城的“两广路”上，取消了一个“三里河站”，却增添了一个“桥湾站”，这多少对曾经生活在这里的我有几分心理安慰。但面对一街现代化楼厦，年青一代或后迁来的居民就不一定知道往日南城老胡同的故事和风貌民俗了。

北京短章

王继民

雨中的胡同

夏至的暑热袭扰了半夜，清晨，我又被淅沥的雨滴声吵醒，望见窗外蒙蒙的青绿，又无了睡意，便起了身骑上车想去感受一下清凉。虽然没有目标，但我还是不自觉地奔着我向往的胡同去了……

一路上，迎着阵阵水雾的洗染，伴着清雨滴答滴答的拍打，我渐渐来到了迷蒙幽深的胡同里。这里，青砖灰瓦被清雨洗净，还原了固有的历史本色；路面街石被雨雾掩映，深沉又透着迷幻；而灰墙边长满架豆和丝瓜的绿叶，更是滴翠凝露、生机勃勃，显现着生活的真实与贴切。走过一段狭长的路街，忽然眼前一亮，一扇醒目的红门跳入我的眼前，我立即下车仔细观摩，只见大门上用行书写的门联“诗礼传家，含谟吐忠”8 个黄色大字清晰醒目，苍劲有力！于是我认真揣摩这里的一切：在雨水的照映下，殷红的漆皮历经风雨的冲刷虽已部分凋落，但在这累累斑痕中，却彰显出历史的色彩和变化，岁月的变迁；残破的门柱露出铮铮筋骨，诉说着昨天故事的久远和沧桑；褪色的门楣凸显着雕花，蕴藏着文化的深刻和底蕴；而门前静穆肃立、挺胸翘首的石墩，好像在向我展示民族的性格与精神！再看那8个大字的门联，这是一句千古传唱、百世不变的至理名言！显示着人民对理想的追求。这是我国人民追求做人之本、传承家业的信条，也是中华民族追求修身治国、幸福和平的信念！

北京这个有着800多年建都史的古都，历经风雨飘摇、战争磨难，虽然风光无限、历尽辉煌，但它的根基却是建立在千余条胡同血脉上的。有了大地和人民的维护，胡同才得以保存和续写历史，才能昭显民族文化的博大精深，也才能发扬民族基业的传统美德。这也是我们保护千秋大业、弘扬传统文化的今生使命和责任！

站在这被雨水洗净的门楼前，立在这被雨水渲染的胡同里，久久不愿离去。我仔细记忆着眼前的一切，要把它画出一幅美丽又深情的油画……

古城墙下随笔

冬末的一天傍晚，我流连于胡同小巷后，信步来到了故宫午门外的高墙下。此时的天空已略显微黄与灰蒙，眼前的一切好似混沌莫测又觉奥秘无穷。

光阴荏苒，逝者如斯。学艺近卅载，天命接中日。虽偶有小成仍觉事业难就，潮流万千风骚各异，演得风流百变各有所长。而自己的学艺执着路依旧是曲折坎坷、漫长无边……脚下野草枯黄、花团衰落，显露的是周而复始的抗争与荣衰；眼前柳枝孤影、凉风侵梢，重合着春来暑暖的温暖和融情；左边河水冰封、残雪依偎，重温着往日合脉相承的因缘；右面静默的古槐也在寒风的拍打中吟唱着历史的悲欢离合。天地轮回、更新复始，苍穹演变、岁月更迭，唯有前方那高耸矗立的古城墙巍然屹立，无言自威；那被风侵雨蚀、枪打炮毁的累累陷坑，承载和诉说着多少北京往事的变迁与荣辱；那昂首仰望的墙头，更向世界展现了它的不屈与庄严！

我画了百余幅反映北京风情的绘画作品，总觉画不尽民风的广涵和古城的遗韵。随着环境的改造更新，人们思想观念的变化，意识形态的变异，似乎北京城一切都在变。但我一直坚信，我们的优良传统不会改变，朴素的民风不会遗忘，追求美好的意愿不会泯灭，而人们的精神也会像那高墙一样高昂不衰！

此时的天空已经变成了蓝紫色，落霞的余晖洒在古城墙头，给古城墙又增添了一层神秘与思索。

胡同雪夜

龙年的正月里，这一天的夜里下雪了。这世纪之年的第一场冬雪的到来，我自然是格外的兴奋。一大早我急迫地爬起床，怀着喜悦的心情，趁着泛红的夜空，骑上自行车融入了漫天的雪花中……

冬日的雪夜还未苏醒，天像深褐色一样深沉。冥冥幽空，万籁寂静，朦胧又迷茫。只有闪亮的路灯伴着车轮辗雪的轻微声，才给了这昏沉的世界一丝生命的活力。绕过了几个小巷，我偶然来到了宣武区红线胡同的北口，向南一瞟，忽见此胡同弯曲悠长，空蒙漫漫，好似深邃无际的桃花仙洞向游人敞开胸怀；两旁优美错杂的槐树就像初恋的情人缠抱相拥，错落有序，在寒冷的冬夜凝结了温暖，给人以温馨和恬淡；此时的天空已是想象不到的橙红色，伴着枝干梦影、树叶婆娑，雪花飘拂，在灯光的映照下，好似纤细轻柔的银色羊毛，温柔专注地梳理你的发梢；依稀又是含情脉脉的恋人之唇，亲吻你的脸颊；仿佛又是甜美的甘露，沁入你的心脾……我好像遇见了为人遍洒花朵、祈愿祝福的天女初卸晨妆，又梦似的飘入了美丽迷幻的霓裳羽衣舞的彩色欢娱境界……

凝望着眼前的美丽场景，我忘却了一切……

足下的北京

王培洁

中轴线的对称与不对称

老北京城的制高点是景山公园的万春亭。万春亭现在虽然不再是北京城的最高处，但登上万春亭，仍可把北京城一览无余。最可贵的是万春亭的位置正处在我们大家习惯说的北京城的中轴线上。在这个中轴线上，万春亭地位依然最高。

所谓的北京城中轴线是个虚设的几何概念，一条画定的中轴线并不存在。但登上万春亭行走一周四下一望，会明显感到南北一线方向与其他各方向不大相同。这个南北一线的地面建筑形成了一个走向，使人有一个看见了线的视觉效果。

从万春亭面南而望，是一片规模宏大又庄重的黄灿灿的宫殿建筑群，这就是紫禁城。在万春亭上可以看到景山以南的建筑群的线感是紫禁城的神武门，内朝中路的乾清宫、乾清门，外朝的保和殿、中和殿和太和殿，再往前就难看到了。但可以用心去眺望，太和殿再南是太和门、五凤楼、端门、天安门。

中轴线最南端是外城的永定门。永定门被拆后复又建起，让人感慨万千。

从万春亭面北而望是地安门内大街，然后是鼓楼和钟楼。地安门是皇城的北门，可惜也是已经不复存在了。

北京的街巷大多是正南正北。当然，说正南正北也包括了正东正西的含义。在外省市打听道路时，常被告知如何左转右拐。而在北京问路，北京人不说左右，而是告诉你向南向北或路东路西。北京人方向感很强。旧时北京，比如三轮车工人蹬着车由北向南到路口要往右拐时，如发现正好有人在道上，他不是大喊让开，而是提高点音量小呼一声说“西去”，意思是说我要往西边拐。前面的人听了，马上就知道后面有车要右转弯，随即设法避开，绝不会有所冲突。在方位表述上，北京人只说东西南北，而不说左右上下。北京人有了这样的指路说话习惯。北京也有不是正南正北的街巷。但是大凡这样的地方，在地名中的汉字本身就预先表现出来，告诉你这条街不是正南正北的。比如烟袋斜街、高梁桥斜街、李铁拐斜街以及白米作斜街、樱桃斜街等。方方正正的街巷布局与中轴线组成了四平八稳的北京行政结构印象。

北京城修造之初，设计思想就是以中国传统的对称理念为布局原则，这个原则在作为宫城的紫禁城的构造中完美到了极致。对称常会给人一种不可侵犯的永久感和稳重感，能充分体现出皇权的庄严。但是明朝修建北京城是在元大都基础上增制和改造的，而不是把一切全部推倒后重来。所以中轴线结构思想在一定程度上对元大都的旧都城旧宫城有所妥协。这就形成了在局部上中轴线表现较为完美，而在宏观上，对称的意义有时就会使人感到较为宽泛。

北京外城有个天坛，是处很重要很有名的建筑群。但天坛却不在中轴线上，而是处于中轴线外的东面一侧。尽管西侧有个先农坛，但并没有形成文化内涵意义上的对称。那么地坛在哪里呢？原来在内九城的安定门外，也不在中轴线上，但形成了与天坛的南北呼应之势，是南北对称的结构。北京另有日坛月坛各一处，分别在内九城的朝阳门和阜成门之外，居北京城的东西两厢。天地日月四坛形成南北东西的对称，从这点看，看似与天坛对称的先农坛又成了个孤坛，无称可对。

再举个例子，北京城有两块水域，一是在紫禁城以西又北，即南海、中海和北海，总的叫作太液池。而紫禁城以东却没有一块水域与太液池相对称。但如果我们不受这种纯几何学对称理念的束缚，我们就会在北京城的内城西北方位发现另一块水域，这就是北京城内的什刹海。什刹海由前海、后海和西海三部分组成。什刹海和太液池首尾相通，它们的分界是地安门西大街。地安门西大街一线原先不是大街，是皇城北面城垣的所在。所以，太液池和什刹海虽然互相通连，对于皇城来说却是一里一外。所以，南海、中海和北海被叫作内三海，而把前海、后海和西海称为外三海。两块水域都在中轴线的偏西偏北一侧，却有着内外意义上的对称。

北京皇城在内城之内，其中又包含着宫城。皇城东西南北四个门，分别叫东安门、西安门、天安门和地安门。天安门和地安门在南北中轴一条线上，但东安门和西安门的连线却不能与中轴线交成直线，说明东安门和西安门并非对称在中轴线的两边，它们不是在正东正西一直线上。东安门在宫城的东华门以东，两门位置直相对照，近在咫尺。由于不对称，我们在皇城西侧的相应位置无法找到西安门，相应位置正好是太液池的中南海所在。太液池是元大都的遗留，原是大都皇城的核心部分。明朝修造紫禁城，西宫城紧靠太液池，但并未填海造门，而是把西安门开在了皇城的最西北角处，即现在的西什库大街南口以西，与紫禁城的西华门相去甚远，几乎到了西四牌楼。这样看来，北京城的内九城、皇城和紫禁城并非互相对称居中，而是皇城在北京内城南侧偏西，紫禁城在皇城中居南又偏东。所以，北京城的中轴线并非绝对中轴线，它并没有东西两厢均划北京城，而是居中偏东。所以，东单、西单，东四、西四，东直门、西直门，朝阳门、阜成门乃至东长安街、西长安街的中轴对称更真实，这是一种概念上的对称。

对称的美感应该是在人的视觉所及范围之内。在天安门至正阳门一线上，天安门广场被理解成东西两块。在传统的左祖右社的对称礼制文化思想规范支配下，北京城建筑时的设计者在天安门的东西两侧分别设置了太庙和社稷坛，就是现在的劳动人民文化宫和中山公园。天安门广场扩建改造，当时的设计者照样遵照了左祖右社的传统礼制文化思想规范，把历史博物馆置于东，人民大会堂置于西，形成了与太庙和社稷坛传统文化结构的统一。这样，天安门、金水桥、国旗杆、纪念碑、纪念堂以及正阳门的城楼和箭楼，正南正北，多点一线，形成了真正实际几何意义上的中轴线。这种几何意义上的中轴线只与紫禁城的中轴线形成贯通。

东单西单，东四西四

东单、西单、东四、西四，这是北京的四处地名。这四处地名不是街名，也不是胡同名，而是特定指代某一地域。东和西都好理解，就是方向方位的意思。那么“单”和“四”是在说什么呢？

我们先来看一看老北京的街市。

早先，在老北京的街头，到处可以看到一种建筑物，就是牌楼。

牌楼这东西孤立存在好像没有什么意义，它不是建筑物的主体，它是对主体建筑物形成提示和点缀，形成对主体建筑物的引领与烘托。北京的牌楼常常是在街口上、宫院内、寺庙前以及陵寝或桥头。

那么，牌楼到底是什么样子呢？我们说牌楼是站立着的平面建筑。建筑本身都是立体的，牌楼何以是平面建筑？

作为建筑，比如房间，高度多少，左右多宽，然后是进门后能够向前迈多远，叫进深。有了这几个尺寸，这就是个三维的立体概念。而牌楼这种建筑，只有宽和高两个参数，有宽高，没进深。站在屋门前，向前跨一步就进入了房间。而如果站在牌楼底下向前跨一步，迈进的同时就是迈出。

这样一说，大约就可以明白了，牌楼就是个没有门扇只有门楣和门框的门。可是这种门又和真正意义上的门不相同，这种门常常是肩并肩一联三五个，都是单数。三个的，是三间四柱，五个的，是五间六柱。但不管三个或五个，都有主位和次位，中间的高阔，两侧的略欠。

有书上说牌楼又叫牌坊。这个话似乎有点欠妥当，牌坊和牌楼有相似的地方，但牌楼和牌坊终究不相同。

牌楼和牌坊的区别不在于建造手段和材料，而在于形式和用途。在形式上，牌楼有个顶。所谓有个顶，就是横楣上端有个盖，是屋顶样的构造，有瓦领，有溜水沟，同时也有前后檐。不过前后檐间亦无距离可言，一脚迈进即迈出，一步可跨前后檐。而牌坊上端没有顶。比牌楼更具平面感，横楣没有遮盖，立柱直直指上天。牌楼的作用是点化和装饰，强化视觉感受，提醒对主体建筑物的注意。而牌坊更直接的功用是记录荣耀，表彰品行、述说成就与功德。所以，旧北京街上所见的那种标题性的建筑是牌楼而不是牌坊。

北京城内路口桥头的牌楼，随着交通的发展而被陆续拆除。早些时候，东西长安街、东西交民巷、阜成门内大街、景山前街、文津街北海大桥这些地方都有牌楼存在。牌楼拆除了，除了少数传袭下来的地名中还可以感到旧时牌楼存在的痕迹外，大多连名带影都已进入历史资料中。

东单、西单、东四、西四，这几处地名就是老北京传袭下来和牌楼相关的地名，其中实实在在地就含着“牌楼”两个字。

现在被叫作东单和西单的地方早先各有一座牌楼，都是四柱三间。东单这边的位于现在东单路口以北，面南面北，东四跨街而立，车马人等从楼下往来。西单那边的在现在的西单路口以北，形式构造与东单的相同。旧北京时候，东单西单不如现在有这样多光彩夺目的高阔大楼。所以，在不宽的街市和几乎平面的城市建设结构中，牌楼就特别显眼了。牌楼本身也就成了所在地域的地物指代标志。单就是单独、单一的意思。由于这两个地方都有这样一个单牌楼，这便成了这两处的地域代词。再加上方位方向指代，便有了东单牌楼和西单牌楼的叫法。如果没有特定的补充说明，那么东单牌楼、西单牌楼就不是指牌楼本身，而是指牌楼所在的那片地方。生活语言长期使用后，在不被误解的前提下常常被简化。于是东单牌楼、西单牌楼渐渐变成了东单和西单，省掉了“牌楼”两字。

弄明白了东单和西单，东四和西四就不再难懂。“单”是数字的概念，“四”就更是数字。就是说，东四和西四那地方是分别各有四座牌楼的。

那么这四座牌楼都在什么地方，都是怎样列置的呢？

从东单牌楼一直向北约 4 华里，即有个四通八达的路口，东至朝阳门，西通北海紫禁城，北面可达雍和宫。在这个路口上，老北京时候有四座牌楼，分别处在东西南北四个路口，也是四柱三间。四座牌楼高大壮观，仿佛四屏门防，守定四方街口。站在这里，四座牌楼可以一目了然。东四牌楼就成了这一带地理方位的代称。

北京城西侧也有这样四座牌楼，方位式样与东面的互为对称。位置在西单往北与阜成门内大街交接处。列置构造与东四的相同，形成西四牌楼。简约了的口语中，同样是省掉了“牌楼”两个字，这便有了东四和西四。

但在以往的北京口语中还有“单牌楼”和“四牌楼”的语词。这种用法中虽然是没有指定出方位，但在具体对话中也不会发生误会。比如在崇文门、东单一段有人要雇车。人家问您去哪儿，这边答说上四牌楼。这位说，行，您上车吧。到了目的地，一看是东四牌楼，保证是雇主的要求，不会错。因为雇车——现在叫打车——的那地方距西四牌楼远而离东四牌楼近。如果雇主在东单这边要去西四牌楼，就一定要把“西四”两字带出来。光说四牌楼，光说单牌楼，所指方位必是近处的。说得含蓄，但听得明白。这是使用上的习惯，这时的车主和雇主保证都是守家在地的北京人。

至此，对东单、西单、东四、西四可以不再为难了。

再赘说几句。在北京城里还有个把牌楼两字叫进地名里的地方，那就是前门大街北端紧靠前门箭楼这一带。这一带地方早先被叫作“五牌楼”。但五牌楼不能比照四牌楼和单牌楼那样去理解。五牌楼不是五座牌楼，而是东西横跨街心的一联六柱五间的单牌楼。五牌楼拆了以后，五牌楼的叫法也跟着消退了。代之以“前门”二字。不过现在五牌楼又在大致原来的地方重新建了起来。这大约是出于旅游经济的考虑。北京人的生活其实并不再需要这座牌楼。

王府井大街

从故宫东门东华门向东约 300 米，早年间有个门楼牌坊，叫东安门。东安门早已拆除，现只留有地名。从东安门再向东大约 200 米，即遇一条南北走向的繁华的商业街，就是王府井大街。

早在辽金时代，王府井大街这地方是片荒芜之所，元王朝定都北京——那时叫大都，不叫北京——为沟通南北两向交通，修造了一条道路，这便是现在王府井大街的前身。

王府井大街北起美术馆五四大街东口，中经灯市口大街西口和东安门大街东口，南到东长安街北侧东方广场和北京饭店处，全长约 2000 米。显然，王府井大街分为三段，即五四大街东口到灯市口大街西口为北段，再往南至东安门大街东口为中段，从东安门大街东口到长安街，此为南段。

其实，最早最原始意义上的王府井大街，指的只是现在王府井大街南段。

明永乐初年，朱棣皇帝开始大规模营造北京城和建造皇宫，同时在北京择地修造王爷公主们的宅邸。有史料记述王府完工的情况，说明永乐十五年（1417年）六月兴工，“于东安门下东南建十王邸，通为屋八千三百五十楹”。东安门下东南，即东安门外东南方位，这正好就是现在王府井大街南段这一带。

关于永乐年间建造十王府，有人说是10座王府，有人说是第十王的王府，也有人说是众多的王府。虽说法不一，但第十王的王府说法恐难立足。因为一家王府8000余屋，王府之巨，几敌紫禁城，这不太可能。况且，这一带至今留有的霞公府、大阮府、帅府园、乃兹府等地名，也说明这一带自古以来不会只是一家王府。现在的协和医院、医科大学以及中央美术学院等处也都是清廷沿用明朝府邸用地或增建王府用地的旧址。现在王府井大街上的东安市场，虽再难见王府遗迹，但曾也是明朝时的王府用地，清初成了吴三桂的平西王府。

明永乐帝在这一带修了十王府，这一趟街便有了十王府街的叫法，后又简说成王府街。到清朝乾隆年间，给王府街加了个“大”字，叫成了王府大街。这一带仍是皇室王府的集中地。

北京这块地方，历来吃水都不容易。在通用自来水之前，北京老百姓用的一直都是井水。那时候，北京的大街小巷里，水井随处可见。但北京的井水苦多甜少，紫禁城内也多有水井，但宫内用水却是要从北京西北的玉泉山往回运。但是，说水苦，并不是说水如中药汤，说水甜也不是说水如加糖饮料。苦水是说水中杂质多，直接入口不适宜，然洗衣做饭无大碍。而甜水，水质清洌，口感舒适，无妨直接饮用。

王府井大街南段曾有两条街巷，叫大甜水井和小甜水井，是因巷内井水清洌甘美而得名。可见北京城里，有井并不稀罕，得甜水井却不容易。而王府井大街这里，却是可以挖得甜水的地方。可以推测，明清两朝，权贵们在此处建造府邸，一是此处距宫城较近，便于朝府之间出入往复，再就是看中了这一带的地下水。建筑王府，用水的事情必在策划之中，挖井是必需的工程。这条街上便有了专供王府家用的水井。

地名常常是历史文化的载体，许多地名都是出于人或物的典故。前井、西井、三眼井、金井、沙井、琉璃井、黄井、高井、罗家井，还有上面说的大甜水井、小甜水井，北京带“井”字的地名实在太多了，其中最出名的带“井”字的地名就是王府井。大街之所以叫王府井，是因为这条街上有王府人家用的水井，而不是因为又有王府又有井。

但王府井大街的井到底在哪里？曾有人推断在街中段路西一家楼院内，但终不知是否正果。20 世纪 90 年代王府井大街大规模更新改造时，又把王府井之井的位置约定在街西与东安门大街东口相接的便道某处，在地面上铺了一个铸有定论性文字的铜制井盖，成了“王府井大街之井在此”的标志。这又不免有些臆造附会的嫌疑。曾有人说这里水井多，故叫王府井，现又说这里有这样一口井，才叫王府井，其实都不足信。后者更有旅游经济中的造假仿古之嫌。刚才讲了，井在北京并不是稀罕物，关键不是这条街上有过多少井，也不在于这井位到底在何处。王府井之所以叫王府井，是因为这条街上曾有过王府人家用的“井”。

上面说的王府井大街，是指现在的王府井大街的南段，也就是最早最原始意义上的那段王府井大街。这段大街长约 800 米，而现在的王府井大街全长 1800 米，比原本伸延了一倍还要多。北段原叫王府大街，也曾因有洋人府第而叫过莫里逊大街。新中国成立后又恢复叫王府大街。中段叫过丁字街，又叫过八面槽。关于八面槽的出处，说法不一，但多离不开这里曾有过专门用于马饮水的水槽。至今年长些的老北京人仍管现王府井大街中段叫八面槽。“文革”之前一次北京地理地名的整理整顿中，八面槽不再叫八面槽，统归北段叫王府大街。这样现在这条街就成了两段，以东安门大街东口为界，北面叫王府大街，南面叫王府井大街。20 世纪 90 年代那次街市改造，工程延伸到灯市口大街西口，重新规定地名时，把王府大街也纳入了“井”内，便有了如今皇城脚下南北一线贯通的近 4 华里的王府井大街。

王府井大街是条古老的大街，如果从元大都开拓交通那时候算起，已有 700 年历史。在形成当初，王府井大街毫无商业意图和动因。作为北京商业地域结构中的一部分，王府井发展较晚，直到清末以后，这地方才逐渐开始有商业店铺出现。而在这以前，王府井南段街面两侧多是王府、衙署、练兵场以及寺庙、民宅和闲置空地。如今的王府井大街已无法再见当初面貌。

胡同味道

刘一达

一

我一直以为，胡同是北京这座城市的专有名词，这不但因为“胡同”一词，最早出现在元代与北京有关的戏剧中，而且胡同也是北京地名的代表。

当然最主要的是，胡同的发音必须要有儿化韵，正确的读法是“胡同”（音应读成“hú tòng”），听着那么圆润、柔美、疏朗、顺口。

您别看北京人说“胡同儿”那么自然顺口，其他地方的人却说不上来。比如，广州人或上海人在说“胡同”这个词的时候，一准会把“同”（“tòng”），说成同志的“同”。一旦“同”（“tòng”）说成了“同”，胡同本身的味道就没了。

河北保定地区以及山东鲁北一带的人，说话的口语中也带儿化韵，但在说到“胡同儿”时，“同儿”的发音是往上挑的，跟北京人嘴里的“胡同儿”也差着意思。

说胡同是北京所“独有”，并不贴切，因为北方的许多城市也有胡同的地名。但是就地名而言，全国没有哪座城市，叫胡同的街巷超过北京的，而且那些城市以胡同来命名街道，也是从首都“照搬”过去的。当然尽管它们也叫胡同，却发不出“胡同儿”的音来。

我曾在一篇介绍北京胡同的文章中，写过一句话：胡同是北京人的根儿，四合院是北京城的魂儿。

这话说得是不是有些重了呢？

我想凡是在北京胡同生活过的人，都会认同我的观点。凡是在胡同里生活过的人，不能不对胡同产生一种情怀。这种情怀往往是挥之不去的。

远了不说，30 多年前吧，70% 以上的北京人是在胡同生活的。虽说有些人是在楼房里长大的，但那会儿许多楼房也在胡同里。

应该说，40 岁以上的北京人对胡同的感情，犹如农民对土地的感情。因为胡同是北京人“生于斯长于斯”的根儿呀！

老舍先生是地道的北京人，当然也是在北京的胡同里长大的。1936 年，他在山东济南教书。身处战乱之中，他十分怀念故土，写下了《想北平》这篇散文。

文中写道：“真愿成为诗人，把一切好听好看的字都浸在自己的心血里，像杜鹃似的啼出北平的俊伟，啊！我不是诗人！我将永远道不出我的爱，一种像由音乐与图画所引起的爱。这不但是辜负了北平，也对不住我自己，因为我的最初的知识与印象都得自北平，它是在我的血里，我的性格与脾气里的许多地方是这古城所赐给的，我不能爱上海与天津，因为我心中有个北平。”

这是老舍先生对北京的真情实感，也是肺腑之言。我想每个在胡同里生活过的北京人都会有这样的感受。

如果有人问我，改革开放 40 多年，你对什么变化感受最深？我会毫不犹豫地说："北京的胡同。"

当您住了几辈人，生活了多少年的老胡同拆了，您的新居安在了三环、四环、五环以外，您子夜无眠，闭上眼睛，在脑子里过几遍电影，难道不会跟我有同感吗？

是呀，40 多年，人生有几个 40 多年？历史已然翻了篇儿，往事已经成了过眼烟云。当我们告别胡同，再回过头来看胡同、忆胡同、说胡同，也许会别有一番滋味在心头。

二

胡同原本是蒙古语，它最初的意思是水井。胡同的意思，北京人都知道，它指的是小巷。

老北京城是在元大都的基础上修建的。北京的街道名根据宽窄，依次分为街、路、胡同、巷、条、里、沿（河边的街道）、湾、大院、道。

其实，巷、条、里、沿、湾、大院、道等街道名，就是胡同，只不过它比一般胡同要小。因为老北京的许多街道是大胡同套小胡同的，为了有所区别，才把大胡同里的小胡同叫巷、里、条、道之类的名。

根据元代熊梦祥的《析津志》记载，元大都的大街宽 24 步，小街宽 12 步，胡同宽 6 步。

元代的 1 步约合 5 尺，当时 1 尺为 0.308 米，1 步就是 1.54 米。这么算起来，胡同的宽度约为 9.24 米，小街宽度约

18 米，大街的宽度约 36 米。

从这些宽度看，当时的胡同、小街和大街都能骑马、走马车和轿子。这些都是那会儿的主要交通工具。

胡同、小街和大街，也是根据这些交通工具来设计的。不过，到了明清两代，北京的胡同格局却有了不小的变化，有些胡同变窄了，有些胡同变宽了，成了小街或大街。

当然，现在北京的胡同变化就更大了。如今，不但胡同的格局、景物变了，就连胡同这个词的词义也变了。它不但指规模较小的街巷，有些大街的名儿也叫胡同，比如我的出生地西单辟才胡同，名儿叫胡同，其实现在已经是一条大街了。

老北京生人见了面，往往会问："您府上是哪条胡同？""您府上"就是"您住家"。北京人礼大，讲究客情儿，说话总要高抬一下对方。

按当时的规矩，只有王爷住的地方才被称为府。其实，对方住的不过是大杂院里的一间小平房，但您也得这么说。

住哪条胡同，这是最通用的一句话。老北京人自报家门都会这么说，因为当时北京人都住在胡同里。

为什么我说，胡同是北京人的根儿，四合院是北京城的魂儿，因为整个北京城设计得就像一个放大的四合院。

您现在到紫禁城（也就是故宫）参观，依然能找到四合院的感觉，因为紫禁城就是按四合院格局设计的。北京人给胡同取名很有意思，看上去很随意，其实却有文化。

这条胡同有棵大柳树，就叫大柳树胡同；这条胡同里住着一位武定侯，就叫武定侯胡同；这条胡同有座真武庙，就叫真武庙胡同；这条胡同不直，拐道弯儿，像个月牙，就叫月牙胡同；这条胡同有个牛羊市或米市，就叫米市胡同、羊肉胡同；

这条胡同住着一个姓刘的人有点儿本事和名望，就叫刘家胡同。

实在找不到标志性的建筑，便找个能反映社会生活和道德规范的词来命名，比如弘善胡同、恭俭胡同、育德胡同，等等。

但是，您对北京胡同的名儿，千万可别望文生义，因为有些胡同名儿单有讲儿，文字上也另有说法。

东城区有个寿比胡同。有一次，我跟几个朋友走到这儿，一个朋友说，北京人真会给胡同起名。你看寿比，寿比南山不老松，都成了胡同名。

我听后忍俊不禁，显然他是望文生义了。其实“寿比”这胡同名并非寿比南山之义。这条胡同最早的名儿叫臭皮胡同，因为胡同里有几家鞣皮（制皮）作坊。鞣皮用过的水会散发出臭味，所以人们取名叫“臭皮”。

但臭皮这名不好听，在北京整顿胡同名称时，借它的谐音，改成了“寿比”。我这么一解释，众人才恍然大悟。

三

北京有许多胡同的名儿让人听着费解，不知道什么意思，不明就里的人很难找到出处。

其实，这跟寿比胡同一样，因为原先的胡同名儿难听，后来在整顿地名的时候取其谐音改的。

比如福绥境，原来叫苦水井；贵门关，原来叫鬼门关；留题迹胡同，原来叫牛犄角胡同；北梅竹胡同，原来叫母猪胡同；时刻亮胡同，原来叫屎壳郎胡同；图样山胡同，原来叫兔儿山胡同；寿刘胡同，原来叫瘦肉胡同；小珠帘胡同，原来叫小猪圈胡同；大雅宝胡同，原来叫大哑巴胡同；等等。

所以，您要知道北京胡同名儿的来历，还要了解一些北京的历史。

西城的新街口和东城的崇文门外各有一个奋章胡同，京剧名家郝寿臣的故居就在崇文门外的奋章胡同。

有朋友问我什么叫奋章？您在《现代汉语词典》里找不到这个词，“奋章”俩字在字面上也找不到任何解释。

我告诉这位朋友，奋章没有任何词义，它是粪场的谐音。原来这一带有个大粪场。老北京人的粪便是有用场的，也是能卖钱的，那会儿种菜种庄稼没有化肥，专门有人将粪便晒成干儿，作肥料卖。

粪场就是制作粪干儿的场子。因为这个粪场在这一片有名儿，所以就叫粪场胡同。粪场这个地名叫了上百年，新中国成立以后，整顿地名时，人们觉得它太难听，于是根据谐音，改叫奋章胡同了。

有意思的是一些胡同改了名儿，但北京人却很难改口儿。因为叫了几十年或上百年，人们已经习惯了，比如辟才胡同，正确的读音应该是“必才”，原来胡同有个劈柴铺，所以叫劈柴胡同。

1905 年，天津人臧佑宸在这一带开办了“京师私立第一两等小学堂”。臧佑宸先生亲自编写了校歌，借谐音，把劈柴叫辟才。

歌曰：“辟才，辟才，辟才胡同中。苍苍，菁菁，槐柳兼柏松，是何处？私立第一两等。开辟人才，开辟人才，胡同著其名。”在这所小学的带动下，京城兴起办新式学堂的热潮。

辛亥革命后，这所小学停办，但由于校歌唱出去了，劈柴胡同也随之改成了辟才胡同。辟才胡同的这所学校，也创造了由校歌改胡同名儿的特例。

但是有意思的是，辟才胡同的胡同名儿只体现于书面文字。人们叫惯了劈柴胡同，直到现在还把“辟才”叫成“劈柴”，连公交车报站名，也说劈柴胡同。

巧合的是，辟才胡同的名儿没白叫，现在教育部就在这条胡同里。

北京的许多胡同名儿在“文革”时，被红卫兵和“造反派”视为“四旧”，有些胡同的“路牌”被红卫兵给砸了，胡同名儿也染上了“革命”色彩，改成“卫东”“红日”“红旗”“前进”“正义”“反修”“反帝”“解放”“延安”“大跃进”“向阳”“红岩”等，甚至还出现了直接叫“文革”的胡同。

这么一改，给人们的视觉和听觉带来了混乱，以至于寄信汇款常常找不着准地儿，出门打听道儿也成了难事儿。

当然，“文革”结束后，随着国家的拨乱反正，也给这些被改名的胡同“平反”落实了政策，恢复了原来的名称。

四

说起来，胡同的悲哀并非只是名称带来的灾难，而是胡同本身在版图上的彻底消失。

如果您翻看40多年前的北京市地图，会发现纵横交错的胡同像密密麻麻的网络。1986年版的《北京市街巷名称录汇编》里，直接叫胡同的街巷有1316条，实际上，真正的胡同有3000多条，因为有些胡同是以巷、条、里、沿、弯、大院、道相称的。

40多年后，您再看《北京市交通地图》，当年胡同所在的区域，即二环路以内，已变为城市的核心区，而北京市区的范围已扩大到五环路。

当年的菜地农田，已变为一个个大的社区，一栋栋的高楼大厦，鳞次栉比。一条条城市快速路和高速路，使城区不断地向外延伸。

40 多年间，北京城的“城圈儿”已经扩大了至少 10 倍。

2001 年 7 月，北京获得了第 29 届奥运会的主办权。为了把这届奥运会办得更加体面，北京市的旧城改造大提速，成片的胡同在推土机的轰鸣中变成瓦砾，在人们还来不及捡拾记忆的时候，胡同已变为现代化的钢筋水泥结构的大厦和宽阔的马路。

胡同成了人们温故知新的回忆。许多老胡同除了留在人们的记忆里，只能在老的地图上去寻找了。

2007 年，有关机构对北京的胡同名儿做了统计，城区范围内，胡同只有 965 条。2020 年，有人统计京城的胡同有 800 多条。当然这里所说的胡同，有的已扩展成大马路，只是“图”有其名而已，真正意义上保持原貌的胡同恐怕只有五六百条了。

北京最老的胡同是元代留下来的，如西四的砖塔胡同。北京史学者曹尔驷先生认为，这条胡同的名称是北京史上最早出现的胡同名儿。

元杂剧《沙门岛张生煮海》中，张羽问梅香：“你家住在哪里？”梅香说：“我家住在砖塔儿胡同。”

这句戏词里的“胡同”，被北京史学家认为是最早见之于文字的胡同。

砖塔胡同因胡同口有个万松老人塔而得名，它的历史有 700 多年了。当年，鲁迅先生以及著名作家张恨水先生曾在这条胡同住过。

目前，这条胡同还保留着。类似这样的老胡同北京还有不少，比如牛街、大栅栏等。

胡同老，四合院或大杂院里的房子也多属“老古董”。有的老房子还是明清时代留下来的呢。这些砖木结构的瓦房，隔七年八年的就要维修，否则就难以支撑。

有些老房子，虽然在开春的时候抹灰勾缝，苫泥弄瓦，到了七八月连阴天，也短不了漏雨。

老北京胡同里的房子有“十房九漏”一说，即便是装修体面的大宅门的房子，也避免不了漏雨。

北京胡同里的房子有个特点，房子的外墙大面儿看上去很漂亮，实际上里头砌的是碎砖头。北京是古都，数百年间，建筑经过多次兴衰，碎砖头非常多。

老北京有“三宝”，其中一“宝”就是“碎砖砌墙墙不倒”。用拳头大小的碎砖就可以砌成高墙，是老北京瓦匠的绝活儿。

不过这种墙的寿命可想而知，赶上下大雨，胡同里总会发生墙倒屋塌的事。

我是在胡同长大的，在我的记忆里，连阴雨天，房子不漏的时候很少。常常是外面下雨，屋里也跟着下，外面雨停了，屋里还照样下。

下雨的时候，一家人被漏雨的房子弄得手忙脚乱，拿盆拿碗去接“雨”，好像承接上天的雨露。

不过，这雨中的“锅碗瓢盆交响曲”，多少带有一些苦涩的味道。难道这不也是胡同的味道吗？

五

胡同是北京民俗风情的土壤，也是北京文化的根儿。住过胡同的人，总会被邻里之间的人情味儿所感染。

老胡同像一条古船，踏上去会有一种安全感。不论市声是多么嘈杂，走进胡同，浮躁的心便很快沉静下来。

胡同里的地气，能让人找到落地的感觉，而胡同里人际间的那种散淡悠然以及浓浓的温情，无时不在浸润着人的心灵。

在胡同里放鸽子、溜鸟儿、抖空竹、放风筝，做各种游戏，跟在三环以外的大社区，绝对不是一种感觉。

说起胡同的味道，绝不是诗意的、浪漫的一种写意。胡同确实有味道，这种味道并不是指漫步胡同，您感受到的那种幽深的古味儿，而是实实在在的人间烟火的味道。

我最留恋胡同里的这种人间烟火味儿。清晨，从小吃店里散发出来的炸油饼、油条的油香味儿；傍晚，各家各户炒菜炝锅的葱花味儿；过节过年的时候，家家户户炖鱼、炖肉的肉香味儿，这种味儿，也被老北京人叫作“跑油”。

油香味儿弥漫在胡同的上空，与炉子里的烟味儿和空气本身的清爽气息融合在一起，飘散在胡同里的每个角落，钻进我的鼻孔，浸润着我的神经细胞。

那会儿，胡同里的住户们家家都过着清寒的日子，没有大富大贵，也没有一贫如洗、揭不开锅的人家。

但是，吃，绝对是胡同里的人的生活第一需要，人们不论何时何地，见了面总要问一句：“吃了吗您？”即便是在厕所，也不忘这句“问候语”。

这句浸染着胡同味道的问候语，现在已经很少能听到了。

每当早晨上学，傍晚放学，走进胡同嗅到这种油香儿，我便多吸溜几下鼻子，好像闻这味道也能管饱似的。这种油香味太有诱惑力了。

胡同里的味道，已经深深浸润到我的记忆中，不论我在什么城市，什么地方，每当我嗅到这种油香味儿，都会很自然地想到我生活过的胡同。

胡同，给住在胡同里的人，留下的记忆实在太深了。

但是北京的胡同毕竟太老了，住在胡同里的人，也经不住现代化生活气息的诱惑。

夏天，除了下雨房漏，平房又闷又热，大杂院狭促的空间堆满了杂物，让人走道儿都得侧身。冬天，取暖生的煤炉，烟尘呛得人睁不开眼。最让年轻人受不了的，是大杂院里没有个人隐私权。是呀，两家只隔一道墙，咳嗽一声都能听得见。

住胡同最让人头疼的是，上厕所。通常一条胡同几十户人家，只有一个公厕。老北京人管厕所叫“茅房”，公共厕所叫“官茅房”。住过胡同的人几乎都尝过上“官茅房”的滋味。

我曾跟著名演员王铁成聊起住胡同的滋味。他感慨地说，冬天上厕所冻得屁股发麻，而且还要排队，胡同里的人戏称，这是英国的首都，轮蹲（伦敦）。

铁成先生在东城的红星胡同住了 20 多年，现在住在郊外的别墅，他对胡同的印象并不惬意。

是的，只有住着楼房，享受着现代化的舒适的人才会对胡同产生诗意，真正在胡同大杂院里过日子的人，是不会产生这种浪漫的。

所以胡同里的人是渴望拆迁的，尤其是那些老少三代挤在一间小屋儿里的胡同人，他们巴不得有朝一日能离开胡同。

六

20世纪90年代，旧城改造时，有些胡同里的老人曾发出“拆迁拆迁，一步登天”的感叹。所谓“登天”，不过是住楼房的戏称。我曾在《胡同咏叹调》一文中，描写过这种心态。

如今，北京的胡同已经拆了有一多半儿，换句话说，有将近一多半儿的胡同人，都搬出了胡同。

2017年，北京开始实施疏解非首都功能的规划，2018年，北京市政府实施副中心建设规划。现在这两个规划正在有序地实施，当两个规划变成现实以后，又将有40多万名住在中心城区的市民搬出胡同。人走了，自然，胡同还会减少。

住在胡同的“城里人”，被安置在三环以外的社区里，有的虽然没出市区，但也离开了胡同的平房，住进了回迁的居民楼里。

尽管告别胡同的时候，有些难舍难离，但是这种离情别绪是短暂的。居住条件的改善，以及享受现代化生活的愉悦，很快会让人冲淡了这种怅惘。

2001年北京成功申办奥运会后，每年以3000多万平方米的房屋竣工量向2008年挺进。这种竣工量超过了整个欧洲一年的总和。奥运会之前的北京，像是一个大工地，胡同自然也成了大工地的“主角”。

奥运会让北京体面地展示出自己的新颜。但是古都的风貌，也在国家大剧院、“鸟巢”、“水立方”、CCTV大厦等现代化巨型建筑中，冲淡了它应有的神韵。

2010 年，北京的城市建筑进入“后奥运”时代，建设速度并没有慢下来。在一幢幢高楼大厦的掩映下，那些古色古香、灰砖灰瓦的胡同，在这些巨大的钢筋水泥的“身影”下，显得有些寒碜了。

让胡同风情变味的，还有汽车工业的发达。老北京的胡同是安静的，有人用深幽和静谧来形容并不夸张。

为什么老北京的小商贩叫卖会有吆喝，而且吆喝出来的声音那么悠扬悦耳，余音绵长？就是因为那会儿的胡同是宁静的。

记得我小的时候，胡同里偶尔有辆小汽车，定会引来孩子们的好奇和围观。直到 20 世纪 80 年代，北京的胡同还很安静。

当时摄影师徐勇拍摄胡同时，还可以随意选择角度，摆弄镜头。但是到了 20 世纪 90 年代，再想拍摄到安静的胡同就困难了。

胡同里不但到处停着汽车，而且许多院落的后房山被打开，变成了门脸儿。您会在每条胡同找到小卖部、饭馆、发廊、洗脚屋的门脸儿。胡同变成了杂乱无章的商业街。开门脸儿搞经营的多是外地人，胡同的房主成了“地主”。

老北京的胡同人就有吃“瓦片儿”的传统，这种靠每月的房租谋生的日子倒也优哉，只是苦了胡同。天南海北的房客使昔日宁静的胡同，变得嘈杂不堪。胡同从此告别了安静，当然也告别了恬静的梦。

为了恢复胡同的原貌，北京市政府在 2017 年开始大规模整顿胡同，对“拆墙打洞”，改变房屋结构开门脸儿的现象进行整治，使胡同变成市场和商业街的局面，发生了根本性的改变。

人们在胡同漫步，又能找回几许往日的安静。北京人为这一保护胡同的英明之举拍了巴掌。

1990 年，北京的机动车只有几十万辆，到了 2017 年末，机动车已达到了 510 多万辆。20 年前，只有高级干部才有资格坐小汽车，现在北京人几乎每三户就有一辆汽车，富裕的家庭有两辆三辆汽车并不新鲜。

为了适应汽车的发展，“十五”期间，即 2001 年到 2005 年，北京市投入建设交通基础设施的资金是 1000 亿元。

到 2020 年底，城市的主干路总里程达到了 1300 多公里，高速路总里程超过了 900 公里，汽车的轮胎使古老的胡同与现代文明接了轨，也碾碎了胡同里的宁静。

2018 年，北京市政府对胡同停车问题进行重新规划，以集中建停车场和停车楼的方式，缓解胡同停车问题，但愿在不远的将来，您回到胡同，能够重温到昔日悠远宁静的梦。

七

如今，将近 2/3 的北京市民告别了胡同，搬到了原来的郊外，市民成了“郊民”。

许多 80 后、90 后、00 后的北京人，对胡同是陌生的，因为他们压根儿没在胡同生活过。有关胡同的故事，只是从爷爷奶奶和父母那里听到的回忆。

让这一代年轻人对胡同说声“爱”，需要有一个过程。而这个过程伴随着胡同的逐渐消失，也会一点一点地淡出他们的视线。

胡同像是“铁打的营盘流水的兵”。老住户像老茧抽丝，一家接一家地挪窝腾地儿，换来的是一副副新面孔。

固守这片热土的多是那些在京城落脚三代四代以上的住户，他们属于地道的老北京。

“金窝银窝，不如自己的草窝。”岁数大了，腿脚也不大利落了，他们舍不得离开胡同的“地气”。

“宁愿城里有张床，不愿在郊区有间房。”在对待“生于斯长于斯”的胡同这个“老古董”上，他们比年轻人要“顽固”得多。

在他们的生活理念里，离开了胡同，就好像是离开了北京城。而一旦离开了胡同，再想回来只能做梦。

所以，尽管住在胡同里，遭遇着风雨的“洗礼”，住着一天比一天简陋与狭促的平房，房上长了草，下雨哗哗漏，但是他们住的是一个“人熟地熟”，享受的是出门购物的方便和看病就医的便利，倒也乐哉优哉。

但 50 岁以下的胡同人，却比这些老人想得更明白，也更实用一些。他们会把居住环境变通一下，借钱在城外买宽敞一些的楼房，把胡同里的房子出租给外地人。

胡同里的平房相对来说，比楼房租金要低，一间 20 平方米左右的房子，租金不过几百块钱，同样的面积和地理位置，楼房的租金也许是它的一倍，所以很受腰包并不宽裕的外地来京打工者和谋生者的青睐。

当然胡同里也有不少私房主想得更开，房子一天比一天破旧，维修要花一大笔钱，索性把它连院子一起卖掉。因为胡同里的平房，实际上卖的是土地，院子也算面积。

有钱的外地人，尤其是“暴发户”，往往看中的是胡同所在的市中心的地理位置，所以不惜重金把产权一股脑儿买断，将旧房推倒重盖。

于是，胡同里出现了一个又一个建得非常漂亮的四合院，旁门的车库和雕梁画栋、带油漆彩绘的大门，以及门口摆放的石狮子，彰显着胡同新主人的荣耀。

“树矮房新画儿不古”，这是老北京人对那些暴发户的形容。这些在改革开放以后得到实惠的新一代富人，在胡同里的老人看来带有几分神秘感。

平时，他们的大门紧闭，跟胡同里的人也没什么交往，主动地把自己摆在了高人一等的位置上。不过，北京的胡同是宽容的，什么人都可以在这里生根，不管穷人还是富人。

倒是那些租房的外地房客们更有生存能力，他们很快就能把自己身上的乡土气息，融入到胡同文化的血脉里，在很短的时间内，他们跟胡同里的老住户打成了一片，并且在举手投足中，也效仿老北京人的做派。

您甚至能在他们说话的土音里，听到一句半句的北京土话。时间长了，他们俨然也以胡同的主人自居，对新来的外地人指手画脚。

是的，胡同的主人确实变了，不信，您现在到北京的胡同里走一圈儿，10 个人里，您会发现至少有 5 个是外地人。

您能说他们不是胡同里的北京人吗？他们可实实在在地生活在胡同里呢。

虽然许多住过胡同又离开胡同的人，说起胡同会有几多“不堪回首”，但胡同留给人的记忆，总会产生许多温情。

北京人的胡同情结是难以抹去的，因为胡同毕竟是北京文化的血脉。

当然，许多离开胡同的老北京人虽然搬到了城外，住进了楼房，但依然保持着当年住在胡同里养成的生活习惯。那些老北京的民俗风情，并没有因为他们离开了胡同而变味儿。

八

现在北京的交通方便了，地铁、城铁、公交四通八达，原来觉得很远的大红门、亦庄、望京、天通苑、回龙观等大社区，现在坐地铁、城铁，半个小时就可以进城。

所以一些离开胡同的老人，也会接长不短儿地回到原来住过的胡同去走走，看看老街坊，重温一下昔日的情怀。

几年前，我写过一部长篇小说叫《胡同根儿》。在这本书里，我写道："北京的一些老胡同没了，但胡同的根儿还在，因为它是北京人的根儿。"您细咂摸，是不是如此呢？

前些年，在旧城改造中，拆了一大批老胡同，古都的文脉和商脉以及城市的"肌理"不断地被肢解，让人对北京这座享誉世界的历史文化名城产生了忧虑。一些全国政协委员和文物保护领域的专家学者不断上书，要求对北京的老胡同手下留情。

他们认为，胡同是老祖宗留给我们的宝贵文化遗产，如果不加限制地再这么拆下去，古都的风貌将面目全非，城市的格局和建筑风格也将不伦不类。保卫北京胡同的呼声，不但上了全国"两会"，也上了国务院的办公会。

2005 年，北京市向国务院上交了《北京城市总体规划（2004 年—2020 年）》，国务院在批复中明确要求：加强历史文化名城的保护，重点保护北京城范围内，各个历史时期珍贵的文物古迹、优秀近现代建筑、历史文化保护区、旧城整体和传统风貌特色、风景名胜及其环境。

这一批示，等于给胡同的拆迁，下了一道“限制令”。从此，北京的旧城改造和胡同的拆迁变得慎重了，速度也缓慢了。

其实，早在 1990 年，北京市便编制并颁布了《北京旧城25 片历史文化保护区的保护规划》。

这 25 片包括：南池子大街、南锣鼓巷街、北池子大街、西四北一至八条街区、南长街、什刹海地区、地安门大街、景山前街、琉璃厂东街、景山后街、琉璃厂西街、景山东街、大栅栏街、牛街、东华门大街、五四大街、西华门大街、文津街、陟山门街、东交民巷、国子监街、阜成门内大街、颐和园至圆明园街区等。

2003 年，北京市编制和颁布了《北京皇城保护规划》，规划保护范围约 6.8 平方公里。2004 年，北京市又编制和颁布了《北京市第二批 15 片历史文化保护区保护规划》。加上原来的，共有 40 片历史文化保护区了。

2005 年，北京市编制和颁布了《北京历史文化名城保护规划》，这个规划对旧城提出了整体保护的措施，其中包括：

保护北京旧城原有的棋盘式道路网骨架和街巷、胡同格局。

保护北京特有的“胡同—四合院”传统的建筑形态。

保护旧城传统建筑的色彩和形态特征。

保护古树名木及大树。

保持和延续旧城传统特有的街道、胡同绿化和院落绿化，突出旧城以绿树衬托建筑和城市的传统特色。

这些保护并不是纸上谈兵，现在已见诸行动，比如对旧城40 片文化保护区内的胡同，不再像过去似的大拆大改了，而是采取了“微循环”，即保持原貌，有机更新危旧房，恢复原有历史文化特色的整治和修缮。

这样的“修旧如旧”，既保持了胡同的原汁原味儿，也相应地改善了胡同人的住房条件。

2020年，北京市政府对保护老胡同做出了一项大的举动，政府投入了几十亿元的专项保护经费，对北京现有的主要胡同进行解危排险，房屋全部修整一遍，不但外墙抹灰见新，而且对房顶和屋内做了“微循环”的修缮。

2016年北京市又颁布了《北京城市总体规划（2016年—2035年）》，对历史文化名城进行保护，强化首都风范、古都风韵、时代风貌的城市特色，做了非常详细的规划。

九

对老胡同的保护，实际上就是对北京这座历史文化名城的保护。北京作为历史文化名城，中外游客来北京游览，除了参观游览故宫、长城、颐和园、天坛、十三陵等名胜古迹外，让他们最感兴趣的就是北京的胡同。

您也许不知道，北京的名胜古迹那么多，胡同却是最吸引中外游客的地方。

前几年，在评选北京最受中外游客喜欢的旅游景点时，谁都没有想到那么多旅游景点，游客投票最多的是南锣鼓巷。

您别忘了，在老北京，南锣鼓巷只是一条非常普通的胡同。

20多年前，我从胡同搬出来，住进了楼房。5年之后，我在一篇文章中写道：“再过10年或20年，北京的胡同会成为北京文化的博物馆。”

当时有人提出异议，北京有那么多的胡同，北京人就生活在胡同里，怎么会成博物馆呢？

当北京的胡同越拆越少的时候，当昔日的胡同变成大马路、大高楼的时候，当大多数北京人从胡同搬迁，住在郊外的社区里的时候，当北京市政府搬到通州城市副中心的时候，当政府把胡同和四合院当作文物，提出重点保护的时候，啊，胡同，难道不就是北京文化的一个大博物馆吗？

现在看来，事实验证了我当年说的话没错儿。

北京胡同是有味道的，我常跟外地的朋友说，你只有在胡同里生活几年，才能真正品出胡同的味道来。

胡同的味道是什么？是老宅门老房子的沧桑？是那种散淡和安闲与幽静？是浓浓的古道热肠的人情？让我说，也许都不是。

那胡同是什么味道呢？我告诉您：胡同的味道是博大精深的北京文化的土腥味儿，是老百姓喜怒哀乐、苦辣酸甜的生活味儿。

这种味道，言语无法表达，您光从豆汁儿、爆肚儿里是品不出来的。

40 多年间，北京城发生了巨变，但是胡同的味道却没变。当您走过宽阔的马路，穿过一栋一栋富丽堂皇的高楼大厦，走进显得灰头土脸、土里土气的胡同，也许您的心会沉静下来。

在一种安谧祥和的气氛中，您会看到灰墙灰瓦上摇曳着小草。那斑驳的大门和风化的门墩儿，在向您讲述胡同沧桑的历史。胡同里的古槐依然那么挺拔。

抬起头，您会在这种恬静里，发现天空带着哨音的鸽群，您会在胡同里老人的脸上，寻找到悠闲散淡的笑容，您会在胡同里寻找到并不久远的记忆。

这时，您也许会发出由衷的感慨：北京城真是变了。可是细咂摸咂摸，胡同的味道并没变！

是呀，胡同的味道没变，北京文化的根儿还在！

这也许正是胡同特有的魅力！

千年古村青白口

马淑琴

河的源头远于岁月，一座山的根脉超越史书。

灵山和百花山是京西门头沟境内最高的山峰，两座山都被水打开并牵引，创造着人类的家园与历史。

从两座山流出的两股水于塔河口汇合成清水河。清清的河水流过斋堂山川，在青白口村前流入从官厅山峡刚转过弯来的永定河。

青白口村，位于北京市门头沟区雁翅镇，距京城 70 公里，不仅是永定河中游一个三面环水、一面靠山的美丽村庄，而且有着超过千年的悠久历史和绚烂文化。

声名远播的地质概念

“青白口”，首先是一个非同寻常的地质概念。中国地质学把始于距今约 10 亿年，止于距今 8.5 亿年的这段时间，称为青白口纪。将在青白口纪所形成的地层称为青白口系。这是我国新元古界的第一个系，在地质学上具有重要意义。

1869 年至 1871 年，德国地质学家李希霍芬考察北京西山地层，详细考察了青白口村及周边地质，发现这里有震旦纪标准地层，提出了震旦系（纪）地层的概念。而“青白口地层”的概念是由我国自己培养的地质学家叶良辅最早提出来的。当时，叶良辅在农商部地质所任调查员，他在对北京西山地质作详尽调查的基础上，于 1920 年出版了《西山地质志》，正式提出了“青白口地层”的概念。1982 年，全国地层委员会召开晚前寒武纪地层分类命名会议，决定将北方的震旦系地层予以三分，其中属上元古界的地层被命名为青白口系。青白口系地层分布广泛，平均厚度为 499.8 米，下分为下马岭、长龙山、井儿峪三组地层。青白口纪专用于中国的地质年代，以北京市门头沟区的青白口村命名，在 1993 年的“英汉地质学名词”上确定下来，得到了国际的承认。青白口，这个京西山村的名字，凭着一段经典的地层和一个地质学的概念而声名远播，闻名于世。

厚重悠远的历史渊源

2008 年 6 月 1 日，门头沟区民俗协会主席赵永高等进青白口村作田野调查，从村民家中发现出土的一件石磨棒和一块石磨板。石磨棒呈圆柱形，长 34 厘米，周长 18 厘米，一侧平，有明显磨痕；石磨板呈长方形，长 47 厘米，宽 24.5 厘米，厚 4 厘米，平面和两头有明显磨痕，是村民建房挖地基时挖出来的，经有关人士分析，属于新石器晚期石器。追逐着远古的太阳，人类走出洞穴，移到河谷台地，从茹毛饮血，到谷物充饥，原始农业开始使用此类石器。青白口村处于清水河与永定河交汇的台地上，水草丰美，是古人类活动的重要场所之一。20 世纪60年代，村里挖水池挖出“开元通宝”和“宽永通宝”各一枚。“开元通宝”铸自唐朝，而“宽永通宝”则是日本水尾天皇宽永二年（1625年）铸造，明末清初流入中国。

青白口曾称青龙口，又叫石港口。因村子建于清水河和浑河（永定河）的交汇处，清浊两水在此汇合，又处军事隘口之地，驻军曾叫“青白军”，故更名为青白口。清水双林寺辽统和十年（992年）经幢上记有“青白口”的村名，证明当时已经成村。青白口地理位置重要，历朝历代都有驻军把守，元代之后更是护卫京城之关口。明代嘉靖年王士翘编纂的《西关志》记载：“……石港口原额常守军一十五名。”

自元代起，重要关口属地即设巡检司。青白口村是明清时期“石港口”巡检司所在地。《明实录类纂·政治》记载：“（永乐十一年十二月）己巳，设北京宛平县之卢沟桥、石港口、齐家庄、王平口四巡检司。”明万历年间宛平知县沈榜所著的《宛署杂记》载：“所属巡检司四……一曰石港口巡检司，设青白口村，离城250里，巡检一员。”《明史·职官》载：“巡检司，巡检、副巡检，俱从九品，主辑盗贼，盘诘奸伪。凡在外各府州县关津要害处俱设。”《清顺天府志》记载：“……石港口在其西，初为巡检治，后移青白口。……”现青白口村西仍有当年巡检司遗址。

源远流长的姓氏追踪

青白口现有310户，610人。据村人魏天清介绍，10年前是290户，全村29个姓氏。其中，魏、刘、李、付、孔等五大姓氏占了全村户数的75%。赵永高、魏天清等在民俗田野调查中，专门对五大姓氏的来源作了探究。如魏姓大约是在清朝中晚期从珠窝村附近的魏家套迁来三支。一支为北台坟茔，立祖“魏恭良”，一支为西台坟茔，立祖“魏守仓”，还有塔岭耩坟茔一支，立祖已不得而知，后人有魏国元、魏国斌等。魏氏先人在魏家套居住了十二三代，按每代20年算，共计200多年。据说，魏家套的魏氏是从沿河城迁来的。赵永高专门写了《沿河城魏氏宗族初探》一书，引用了在“大明正德八年岁次癸酉秋月望日”立，由“赐进士出身兵部主事莆田郭清”撰写的《魏氏先茔之记》碑文。碑文明确记载：“惟其所自原籍淮安府邳州睢宁县人也，有祖魏兴役得济宁卫，小旗，次曾祖魏真功升总旗，后调济宁卫实授百户。伯父魏正嫡男魏启累次功升指挥守备之职。一有祖父魏敬祖巡游西山顺天府宛平县，离京百余之里，地名青白口社沿河三岔村，地势丰饶，人物淳朴，敬祖于县寄籍，差约而修房饰，以为居址……”原来，魏家祖籍是淮安府邳州睢宁县人，祖上魏兴在山东济宁州军队中任小旗，另一祖上魏真因军功升总旗，后调任济州任百户所长官。伯父魏正的嫡子魏启因多次立功，而升任指挥守备。祖父魏敬祖巡游西山顺天府宛平县，离京100多里处有个青白口社沿河三岔村（今沿河城村），当地物产丰富，民风淳朴，在这里落户，差人建造房屋，作为自己的家。

魏家套的魏氏为何又迁到青白口，据村里老人讲，原因是那里地势低洼，永定河水泛滥时殃及家园，加上200多年的繁衍，魏氏人丁兴旺，原有土地已不能满足耕种需要，于是，三支魏姓迁至更加宜居的青白口村。相传，其中一支的魏恭良有三个儿子，因家境贫穷，均未娶妻，全家人以种地和在永定河边拉纤为生。一天，在付家台刘公口拉纤时，在水中踩到一个褥套，捞出发现里面有金元宝。哥三个分别从灵水、横岭和西斋堂各买了一个儿子。从西斋堂买的儿子取名魏进相，其子魏邦治终成了村里的风云人物。据说，光绪皇帝微服私访，到青白口住在魏邦治家，魏精心款待。临走时，龙心大悦，赏他一壁橱元宝，外加一句话：一辈子不猫腰。即一辈子不用弯腰干活。光绪走后，他坐过的椅子没人敢坐，被吊在了房梁上。村里的魏元瑞老人说，他小时候亲眼见过吊在房梁上的椅子。关于皇上赐的“一辈子不猫腰”的话，乡邻常以戏之。有一次魏家盖房，见魏邦治背着手走来，瓦匠故意将瓦刀从房顶扔下，让他帮助捡，魏命他人捡拾递上，自己未弯腰。还有一次，乡人故意将核桃撒在地上，求他帮助拾，魏照例求他人帮忙，自己仍不猫腰。魏邦治育有 5 子 18 孙，虽夭折 2 孙，仍可谓子孙昌盛。为保后代康健，曾给村里捐了一首娘娘幡。新中国成立初期，村里剧团用的幕布就是那顶娘娘幡的围联，上面清晰地绣着魏邦治赠的字样。《清顺天府志》记载，清光绪三年（1877年），在石港口代理巡检司的人叫魏邦彦，与魏邦治是同姓同辈。

山水通衢连接古今

贾兰坡先生在《周口店挖掘记》中说：“在山西、河北两省的北部，分布着一连串一二千万年前形成的山间盆地。有人把它们统称为大同湖。许家窑遗址就分布在这些盆地里面。虽然有关山阻隔，但仍能通过永定河—桑干河河谷这条天然走廊联系起来。”而青白口正是在清水河、永定河这两条通道的交汇处，自古就是一条自京城通往西北的运输通道。《明实录》记载："自大同古定桥至卢沟桥务里村，水运五节，记程七百二十七里，陆运两节，记程八十八里。"水路或陆路，青白口都属重要段落和节点。旱路两节其一是官厅山峡，青白口在山峡之中，"瀑布飞梁，悬河注壑"，永定河"泛滥则迅激难制，干涸则一苇不通"。此时此段只能走旱路。陆挽之苦，金代刘迎诗云："浑河汹汹从西来，黄流正触山之崖。山崖路窄仅容过，小误往往车输摧。车摧料理动半日，后人欲过何艰涩。山深日暮人已稀，食物有钱无处觅。"永定河山峡旱路艰险淋漓尽致。

然而，"车族"极为罕见，更多的是人背牲口驮运。青白口村有自己的驮队，村中四大客店也接待外来驮队。驮队的编制是：骡马为六头一板，驴为五头一板。一个掌鞭赶两板牲口。每支驮队都有领头和押尾。领头牲口戴一只大扁壳铃铛，声音浑厚响亮，押尾牲口戴小铜铃，声音清脆悦耳。骡马驮队一般负责远程，而毛驴儿们除了管好家门口的一亩三分地儿，相对负责近地，驮的分量也轻。从五更到黄昏，叮叮当当的铜铃在寂静的山谷间回响。

青白口村前两河交汇，水流加剧，水面拓宽，浮桥无法驾驭惊涛骇浪。于是，青白口人就在村东山嘴处建了渡口，由此形成了夏天行船摆渡，秋季水势渐弱后搭建木桥的渡河方式，沿至民国。每到秋季，搭桥之前，村里男劳力每人要割拇指粗的囤条 200 斤，编成 16 条直径 3 米的圆形桥墩圈，备好刻有村名的桥板。然后，8 名身强力壮的小伙子喊着号子，把桥墩圈抬至河中就位，迅速在圈内填满石头，并将桥板搭在桥墩上。搭桥时节，村里像过年，男女老少齐聚河边，如河水般凝聚。

汛期到来之前，桥要拆掉，以防冲毁。村人又在山嘴青石崖上陆续建成两间拱形桥板洞，用来存放桥板。其中，一间是清早期修建，另一间为清光绪年间由青白口和付家台两村共建。今日，桥板双洞像两只眼睛，仍在凝望大河东去与人世间的兴衰与过往，丰沙线火车正从高耸的铁路桥上鸣叫着穿越古今时空。由于桥板上刻着村名，即使被河水冲走了，最远到卢沟桥，都能找回来。这成了永定河沿岸一条不成文的约定。

青白口近水，不乏手艺高强的打船师傅，魏国强是其中一位。他的榫子活儿好，打出来的船 50 年不变形。

民国之前，村里有四家骡马店，五家买卖商号，分别为隆顺兴、恒泰祥、昌盛号、景泰号和宝珍堂。隆顺兴是西胡林的财主与青白口两家富户合股开办，主营粮食杂货。恒泰祥是村中魏姓所开，后人魏国章考入中国政法大学，留校当教授，前些年曾回乡省亲。昌盛号清代就有人在京城做官。

灵水村的举人刘增广在青白口有土地，除了种粮种菜，他还利用灌溉便利的条件，建了大小花厅，种植四季花卉，一为上下邻村大型活动所用，二为南来北往的社交增色，扩大地区知名度，让人记住鲜花丛中的瑰丽乡村。可见，那时知识分子的精神气质并不次于当下。

如今，丰沙线铁路和 109 公路早已替代了昔日水旱古道，青白口成了四通八达的开放山乡。

杰出人物与红色传奇

青白口的红色传奇，不能不说到魏国元。魏国元，字光汉，1906 年出生在青白口村一个富裕的农民家庭，从宛平县立师范毕业后，与田庄村中共党员崔显芳于 1927 年共同创办青白口完全小学。任教同时，追求革命，后担任国民党宛平七区党部常委、县党部助理，利用农会等身份开展斗争。

1930年春，魏国元被举荐参加区长训练班，结业后，派至宛平六区任区长，因受贪官排挤调至七区，又因劣绅反对而解任，后参加了反帝大同盟和互济会。1932年，他与崔显芳再次创办高小，与任教的共产党人一起宣传革命，并加入了共青团，担任宛平县团委副书记，1933年8月，转为中共正式党员，任中共宛平县委委员。

从青白口村南街口往里走，有一座青砖灰瓦的砖腿房，屋檐下的匾额上写着“一元春”。这是家中药铺，卖药兼诊病，掌柜的是魏国元，实际是中共宛平县委的活动和办公场所。

一身长袍，一副眼镜，一匹骏马。魏国元常以“一元春”药铺掌柜外出采购为名，往返城乡之间。他又与北平城内的乡人合组北平新亚通讯社，利用编辑职业作掩护，沟通与上级党组织的联系。为组建武装，在沿河城秘密建起了枪支修械所。1934年春，魏国元回到青白口村，担任中共宛平县委副书记，1934年6月，魏国元、崔显芳和赵曼卿等先后被捕，魏国元以危害民国罪判处有期徒刑两年半。经多方营救，1936年7月提前出狱，任中共宛平临时县委书记。

10月初的一天，青白口南街的一处宅院张灯结彩，高朋满座。胸前佩戴大红花的新郎官正是魏国元。其实，魏国元与太太庞勉已经结婚，这次是利用“补办”婚礼接通组织关系。此时，他已经被任命为中共地下宛平县县委书记。

七七事变前的一天，两辆洋车分别拉着一男一女在西直门接受盘查。女人一副知识分子打扮，怀里紧紧地抱着一个婴儿。

盘查过后，洋车一前一后出了西直门，一口气跑到八里庄，进了一家箱子铺。同时，几个神秘的人影也先后闪进箱子铺。不大工夫，一辆马车从箱子铺出来，向西疾驰。车上坐着那对男女，还有另外几个人，马不停蹄，直奔平西。到了安家庄村口，被等候的安家庄村长李文斌接进自家院子。女人把怀里的被卷放到炕上，从里面掏出两支手枪，然后抱起婴儿喂奶。男人是魏国元，女人是他的太太庞勉。他们受党组织的委派回平西组织武装，开展游击战。魏国元一行在李文斌家吃过饭，被送回青白口。

七七事变，将平西置入血与火的境地。髽鬏山战役之后，魏国元用曾经的区长身份召开村长会议，号召村民捡拾武器，参加抗战。

安家庄的村长、老朋友李文斌组建了保家救国团，魏国元将从 29 军军事训练团结业的弟弟魏国臣等三名共产党员派往李文斌的队伍任职，与李文斌等地方武装结成抗日同盟，为八路军进入平西奠定了坚实的基础。

此时，活动在昌平境内的国民抗日军（红蓝箍）向宛平西山转移，准备在此建立根据地。在国民抗日军中当秘书的焦土（焦若愚）三进宛平，与魏国元取得联系，住在青白口。在魏国元的精心安排下，国民抗日军顺利进入平西，后在河北阜平接受了八路军的改编。

魏国元在宛平七区和八区的活动卓有成效，形成了很好的抗日氛围。平津沦陷后，大批党员干部和抗日青年向根据地转移，青白口一线成了红色交通线。

1937 年秋夜，山风夹带丝丝凉意，如萤灯火中，几个身影拐进南街胡同。魏国元让来人进院，顺手儿插上了门，径直到了东屋，点亮八仙桌上的油灯，让来人围坐。“国元同志，我是苏梅。”说着，将一纸介绍信递过来。魏国元借着油灯看了一眼。“苏梅同志，欢迎你们！”苏梅站起来，“国元同志，我来介绍一下，这位是陈群同志，四方面军的副师长，这是陈仲三同志，咱们的老红军。”说完，四双大手握在一起。

苏梅是中共北方局刘少奇和彭真同志派来的，两位首长明确指示到平西的任务就是开辟抗日根据地，争取地方武装，为主力到平西奠定基础。苏梅向魏国元传达了首长的指示。吃过晚饭，四人聊到鸡叫。七七事变后，几路共产党人先后来到青白口，在魏国元的协调下，在青白口村成立了平西游击支队。

1938 年初，大雪封山，如银龙出世。魏国元、苏梅根据聂荣臻司令员的来信，将从北平城撤出，到青白口集中的 70 多名党员干部，连同一批物资护送到河北阜平。魏国元和苏梅向聂荣臻汇报工作，聂荣臻司令员问他们：“现在要把主力开到平西去，能不能站住脚？”苏梅看了一眼魏国元，肯定地回答：“能！”

1938 年春，八路军邓华支队挺进平西，魏国元随队回乡。不久，在东斋堂村建立了京郊第一个抗日民主政府——宛平县政府。那天，身穿古铜色绸袍的魏国元出任第一任县长。

新中国成立后，魏国元曾任水利部办公厅副主任、农田水利局局长、研究室主任、水利电力出版社社长、北京水利水电学院院长等职，1960 年病逝，年仅 54 岁。从 1932 年至 1948 年，全村有 55 人加入中国共产党，58 人参军，28 人为抗战和解放全中国献出生命。曾在青白口战斗过的北京市老市长焦若愚为青白口题词：“青白口村宛平县，绿水青山位艰险，抗战八年根据地，革命精神代代传。”

今天的青白口，已经成为京郊的美丽乡村，成为京城西部的花园和果园。红富士苹果是村里的主要产业，春日，漫山遍野花烂漫，金秋时节，又被红彤彤的苹果覆盖和装点，如火的光焰正在为千年古村续写着新的传奇。

送别荆轲的高渐离奋力击筑的音节，
随风萧萧兮镌刻在了数不清的传说里，
这骊歌横亘在蓟城和咸阳之间，
从关中到中原，从黄河到燕山，
铿锵的节拍打湿了历史的眼帘。

——普天《北京，北京》

那会儿，吃，绝对是胡同里的人的生活第一需要，人们不论何时何地，见了面总要问一句：『吃了吗您？』即便是在厕所，也不忘这句『问候语』。

——刘一达《胡同味道》

薛家湾丫路口处的三角地，是孩子们玩耍的乐园。男孩子喜欢弹玻璃球、拍洋画儿、扇三角、抖空竹，在结了冰的路边低洼处抽嘎嘎儿。
——刘孝存《南城往事》

房东老太太养的长着金、银眼儿的长毛波斯猫懒懒地卧在北屋门前的台阶上，它若是用双爪『洗脸』，大人就会说有客人要来了。

——刘孝存《南城往事》

JING CHENG MAN BU

游

京城漫步

在京城漫步，四季不同。春天来时我看她的妩媚，夏天来时我看她的丰腴，秋天来时我看她的绰约，冬天来时有幸窥见她的风骨。

冬日香山

梁　衡

要不是有公务，谁会在这天寒地冻的时节来香山呢？可话又说回来，要不是恰在这时来，香山性格的那一面，我又哪能知道呢？

开三天会，就住在公园内的别墅里。偌大个公园为我们独享，也是一种满足。早晨一爬起来我便去逛山。这里，我春天时来过，是花的世界；夏天时来过，是浓荫的世界；秋天时来过，是红叶的世界。而这三季都游客满山，说到底是人的世界。形形色色的服装，南腔北调的话音，随处抛撇橘果皮、罐头盒，手提录音机里的迪斯科音乐，这一切将山路林间都塞满了。现在可好，无花，无叶，无红，无绿，更没有人，好一座空落落的香山，好一个清净的世界。

过去来时，路边是夹道的丁香，厚绿的圆形叶片，白的或紫色的小花；现在只剩下灰褐色的劲枝，头挑着些已弹去种子的空壳。过去来时，山坡上是些层层片片的灌木，扑闪着自己霜红的叶片，如一团团的火苗，在秋风中翻腾；现在远望灰蒙蒙的一片，其身其形和石和土几乎融在一起，很难觅到它的音容。过去来时，林间树下是厚厚的绿齿，绒绒地由山脚铺到山顶；现在它们或枯萎在石缝间，或被风扫卷着聚缠在树根下。如果说秋是水落石出，冬则是草木去而山石显了。在山下一望山顶的鬼见愁，黑森森的石崖，蜿蜒的石路，历历在目。连路边的巨石也都像是突然奔来眼前，过去从未相见似的。可以想见，当秋气初收，冬雪欲降之时，这山感到三季的重负将去，便迎着寒风将阔肩一抖，抖掉那些攀附在身的柔枝软叶；又将山门一闭，推出那些没完没了的闲客；然后正襟危坐，巍巍然俯视大千，静静地享受安宁。我现在就正步入这个虚静世界。苏轼在夜深人静时去游承天寺，感觉到寺之明静如处积水之中，我今于冬日游香山，神清气朗如在真空。

与春夏相比，这山上不变的是松柏。一出别墅的后门就有十几株两抱之粗的苍松直通天穹。树干粗粗壮壮，溜光挺直，直到树梢尽头才伸出几根遒劲的枝，枝上持着束束松针，该怎样绿还是怎样绿。树皮在寒风中成紫红色，像壮汉羞脸。这时太阳从东方冉冉升起，走到松枝间却寂然不动了。我徘徊于树下又斜倚在石上，看着这红日绿松，心中澄静安闲如在涅槃，觉得胸若虚谷，头悬明镜，人山一体。此时我只感到山的巍峨与松的伟岸，冬日香山就只剩下这两样了。苍松之外，还有一些松，栽在路旁，冒出油绿的针叶，好像全然不知外面的季节。与松做伴的还有柏树与翠竹。柏树或矗立路旁，或伸出于石岩，森森然，与松呼应。翠竹则在房檐下山脚旁，挺着秀气的枝，伸出绿绿的叶，远远地作一些铺垫。你看它们身下那些萎缩的衰草败枝，你看它们头上的红日蓝天，你看那被山风打扫得干干净净的石板路，你就会明白松树的骄傲。它们不因风寒而筒袖缩脖，不因人少而自卑自惭。我奇怪人们的好奇心那么强，可怎么没有想到在秋敛冬凝之后再来香山看看松柏的形象。

当我登上山顶时回望远处，烟霭茫茫，亭台隐隐，脚下山石奔突，松柏连理，无花无草，一色灰褐。好一幅天然焦墨山水图。焦墨笔法者舍色而用墨，不要掩饰只留本质。你看这山，她借着季节相助舍掉了丁香的香味，芳草的倩影，枫树的火红，还有游客的捧场。只留下这长青的松柏来做自己的山魂。山路寂寂，阒然无人。我边走边想，比较着几次来香山的收获。春天来时我看她的妩媚，夏天来时我看她的丰腴，秋天来时我看她的绰约，冬天来时却有幸窥见她的骨气。她在回顾与思考之后，毅然收起了那些过眼繁花，只留下这铮铮硬骨与浩浩正气。靠着这骨这气，她会争得来年更好的花，更好的叶，和永远的香气。

香山，这个神清气朗的冬日。

积水潭的风华世代

徐　坤

现在的年轻人，只知道作为地标名词的北京积水潭，是地铁的一站出口以及积水潭医院在此拐弯的标识。从积水潭桥再往东南方向，顺着西海水面往里走，才是后生们人人熟知的后海什刹海著名的酒吧一条街，银锭桥和烟袋斜街那里还有众多风格各异的个性饰品小店。他们却不知道，方圆几十里这一片波光潋滟的水面周围，曾几何时，却是元明清三代京城何等繁华的水陆大码头和戏剧演出场所啊！

紧把着积水潭桥东南角的解放军歌剧院和郭守敬纪念馆，也许是积水潭作为“戏剧演出场”和“大码头”的仅有记忆了。可惜，这两个场所总是被匆匆过客视而不见。

至元二十九年（1292 年）八月，由元朝督水监郭守敬亲自勘察设计的京杭大运河大都（北京）城里河段工程开工，两万余军民浩浩荡荡进驻工地。郭守敬亲临坐镇指挥，仅用一年时间，就开凿出上自昌平县白浮村引神山泉，南汇为积水潭总长一百六十四里一百四步（元制）的运河河段。从此，从南方来的贡赋稻米瓷器丝绸源源不断沿京杭大运河进京，不必只停靠在通州张家湾，而是长驱直入直达都城中心积水潭。积水潭一时成为船只汇聚的大码头，粮船如织、舳舻蔽水，一片盛世繁华。至此，带来了首都经济与文化的繁荣。“华区锦市，聚万国之珍异；歌棚舞树，选九州之秾芬”（黄仲文《大都赋》）。各种宫廷和民间演出活动繁盛，积水潭一带歌台酒楼林立，宴舞之声不绝。一种新的艺术形式——元杂剧在大都兴起。北京成为我国戏剧艺术的发祥地。

在中国古代文艺史上，元代的戏剧谱写了辉煌灿烂的一页，佳作迭出，明星如林，出现了许多著名的戏剧家和优秀剧本，也出现一大批戏剧名角。众所周知的“元曲四大家”中的关汉卿、王实甫、马致远都是大都北京人。在今天的京西门头沟区王平镇的韭园村内，有一元代古宅，相传这里就是马致远故居。关汉卿的《窦娥冤》《救风尘》《单刀会》，王实甫的《西厢记》，马致远的《汉宫秋》（即《汉明妃》或《昭君出塞》）等，流传青史。活跃在大都剧坛的一批名角——著名女演员珠帘秀、顺时秀、天然秀、赛帘秀和燕山秀“五秀”，都是粉丝无数，有她们在场的演出观众经常爆棚。

元杂剧在大都北京最为著名的演出地点有两处：一处是大都西城砖塔胡同，一处就是积水潭大码头的斜街。据说当时的海子，水深流阔，平展无际，能泊下吨位很重的漕船，沿海四周钟楼鼓楼一带，成为各种商品货物聚集交易之地。各种商业店铺米面市、柴炭市、服装鞋帽市、铁器市满前人声鼎沸。这个京城水路漕船大码头里，达官显要、商贾人士络绎往来，觥筹交错，酒酣耳热之际，应酬饮宴之中，咿咿呀呀要艺人献唱助兴必不可少。积水潭海子的斜街上，“率多歌台酒馆”。宋褧《望海潮・海子岸暮归金城坊》对此胜景有所描绘：“山含烟素，波明霞绮，西风太液池头。马似游龙，车如流水，归人何暇夷犹。从薄拥金沟，更萧萧宫树，调弄新秋。十里烟波，几双鸥鹭两渔舟。暮云楼阁深幽，正砧杵丁东，弦管啁啾。淡淡星河，荧荧灯火，一时清景难酬。马上试冥搜。填入耆卿谱，摹写风流。明日重来柳下，携酒教名讴。”这首词真实记录了积水潭昔日豪华风流场景。白日游人如织、人声鼎沸，入夜管弦笙箫、吴歌楚舞，一派风华绝代的文艺复兴景象。

北京积水潭文艺中心的地位持续了元明清三个朝代。从明清开始，积水潭跟大运河失去连通之后，大码头忙碌漕运功能完结。但由于钟鼓楼就在附近，积水潭附近仍是人口密集商业繁荣区，达官贵人开始在周围兴建宫苑园林，别墅临湖，一时又是游船画舫，水榭笙歌，这里逐渐转化成了文人雅客游赏聚集之地。

今天的积水潭后海斜街已经叫“烟袋斜街”了，它东起地安门外大街，西至小石碑胡同与鸦儿胡同相连，为东北、西南走向，全长 200 多米。据清乾隆年间的《日下旧闻考》一书记载，清朝居住在城北的旗人多嗜好抽旱烟或水烟。于是斜街上开起了一家家烟袋铺，原先的“鼓楼斜街”也就顺势改叫“烟袋斜街”了。

如今的烟袋斜街两旁是装饰得风格迥异的一长串酒吧。但凡来北京的年轻人，都要相邀到后海的酒吧坐坐小酌一番。他们在欣赏当年皇家园林水波潋滟后海风光的同时，是否也会缅怀一下古时候这里曾经发生过的文艺风骚与风雅呢？

精神私奔者的北京

安　然

这是神灵驾临的时辰。我接到了一个口谕。

星辰在天庭隐身，鸟儿开始唱歌。这个旷远而寂寞的早晨，宁静，安详。无爱无恨。无喜，也无悲。世界如禅。家中的米兰花，黄莹莹的，细碎而饱满、结实。

我喜欢这个时辰。这是一个世界的开端。

就是这样的时辰。一座城，跋山涉水，乘着夜色走来。它温柔地、轻手轻脚地把我喊醒。

“哦——北京。”结结实实的静谧中，我两目微睁，轻启双唇，认出了它的面目，读懂了它的眸光，满含爱意地，柔声喊出了它的大名。

国家图书馆

2011 年 6 月 19 日上午，在国家图书馆，我席地而坐，读了两个小时书，时光明亮而自由。这种事情，是第一次也可能是最后一次了。

国家图书馆，始终是我精神高地上的一个谜。我用巨大的私心爱着这个谜。十几年来，学习，出差，旅程歇脚，参加文学活动，甚至求医，一回又一回，我从从容容地行走于北京。像是故意的，国家图书馆这个谜，我始终不曾去解开。心中有谜就好，有谜的生活才有芬芳意趣。

而终于要去揭开谜底了。一切的隐忍都是有限度的。

公交车上，我激荡在一个梦境里：在国家图书馆，我看到了年华不再的自己，一次次地立于书架前，沧桑的十指，缓慢地抚书而过……我沉迷于梦意中，不为人察知地为这种老年生活而怦然心动。

果若如此，那就是一个老妇人的天堂啊。博尔赫斯说过，天堂就是图书馆的模样。瓦伦蒂娜·巴尔比安尼，米兰贵妇，墓盖上用大理石作了浮雕，浮雕中的她和生前一样美丽。她坐在墓盖上，读着一本书，做伴的，是一只殷勤的哈巴狗。不知道那是一本什么书，竟可以让一个妇人，从生看到死，从此不怕日晒雨淋，山河变迁。我若有一天谢世而去，把家中所有的书捐给图书馆吧，我要让我的书本们，带着我的气息，带着我的心绪，带着我生命中的喜乐哀愁，融入更多爱书者的心灵中。我要借助于这些书本，活得更久远更幽微。

运通 105，车资 1 元。交大南门，北下关，西直门，西直门外大街，动物园，白石桥，海淀区中关村南大街 33 号。到了，这里就是国家图书馆。

放轻脚步，放轻呼吸。心走得比云更快。游走于一架又一架书籍中间，我像一个亢奋的探宝者，历经劫难，来到了藏宝的深海。我眼花缭乱，神色中居然生出久违的羞涩和腼腆，哪一颗珠宝都无从下手。

有一种令人心神安谧的香氛氤氲而来……

是书香，一缕一缕的书香四围而来。不可思议，我真的闻到了书的气息。莫非这里也有防蠹虫的“芸香草”？在这个时代，哪里还有“芸香草”呢？我微闭双目，专注于深呼吸，这样的书香，要细细慢慢地吸闻。生怕一睁眼，它就会绝我远去。

作家公刘在论及书香时，说书香的内蕴在于一些无从估量无从把握的东西——中华民族历代精英永不泯灭的血、汗、泪，还有超前的智慧，终极的关怀，东方式的至忧至戚和大彻大悟……“它标志着一种无与伦比的对精神高贵的追求。”

不是芸香草，是一种呼应，是血脉深处一些基因被激活了。

一层一层楼地走，脚步软得像一只猫。四面有廊，廊合处就是阅读中心。顶处是玻璃，我抬起头，看到有闲云走过。阳光透洒进来，有些微热，读人却浑然不觉。一张桌子上，摊着一堆 GRE 教材，主人却不知跑往了哪里。另一张桌子上，一个小伙子，在读着一本《熵：一种新的世界观》。

熵？记起来了。熵，物理学上指热能除以温度所得的商。反熵，负熵，热力学第二定律。《热力学》很难，全班一大半人补考，我是其中之一。

社会意义上的“熵”，指的则是世界和社会在进化过程中的混乱程度。恐怖主义肆虐，疾病疫病流行，社会革命，经济危机爆发，人性物化，等等，都是社会“熵”增加的表征。宇宙本身，会在物质的增殖中走向“热寂”。热寂，就是逐步走向恶化的死亡状态。

这些知识，来自二十年前。那时读来惊悚，眼前的劈面照见，还是惊悚。比之二十年前，人性物化的程度已然不忍卒睹。我自己，一个春天竟然买下了四双凉鞋，七八件花衬衣。“熵”

的理论和意义，被我忘得一干二净。我的坠落，没有比别人更慢。朴素，于现代的人，是一个高贵而奢侈的字眼。

突然间，我看见那个乡村学堂的五岁丫头，她也跟了过来，姑姑用过的旧红书包已洗得发白。她淡黄的眼神写满好奇，写满面对一个新世界时的惊喜，她要借助于云梯，去人类心灵的最高处看风景。她的风景里，不会有熵，不会有热寂。有的是明月清风，山清水秀，鸟鸣翠柳。还有最初的，简单朴素。

我无力抗拒她的牵手。

倚着书架，我们席地坐了下来。裙子是军绿色的，地毯是灰黑色的。书打了开来，《亲爱的张枣》。

只要想起一生中后悔的事 / 梅花便落了下来 / ……（张枣《镜中》）

诗人已远行，他不朽的诗行，我抄录在了日记中。刹那间，梅花如雨。

我盘腿席地读书的样子，留下了一张照片。生活从此少了一个谜。总是这样，总是在一步一步中，去解开存在之谜。而存在的真相如此残酷——当我们探究到最后一步，我们就死去。

从来没有人可以抵达最终的存在。但人们却前赴后继，从来不曾停下抵达的步子。书籍，承载着人类不倦的探索。

最后，我忐忑不安地，借助查书系统，查到了《水月亮》。没人看见我脸红了。没人知道，七年来，我没有勇气再去打开这本处女作。没人听见我在小心告诉自己，要写好一点，再好一点，要有更好的书，放进这座圣殿。这里是中国国家图书馆，这里是精神私奔者的最高乐园。

除了在此，你还有更好的地方制作灵性中最芳香持久的谜面吗？

北京大学

在读书唯上品的中国，它更像是一个图腾。

北大学子卖肉当屠夫是新闻，北大学子放弃留学出家礼佛也是新闻，北大教授夫妇辞职躲进深山自耕自足还是新闻。北大的一举一动，聚焦着国人的目光。

我是一个卑微的私奔者。我的行为，只是自己人生中的发黄旧闻。

多年前的七月，一个炎热的下午，我“私奔”到了北京大学。

在家乡，很多师生说，我该是全县考上北大的第一人。要命的是，我对此说法深信不疑。从认字开始，我就像一只不知饱足的蜜蜂，万分贪婪地，把针刺深深扎往一切有字的读物和字片，恨的是彼时可读的东西太少。一本《新华字典》，就足以让我像蝴蝶恋花，心神飞舞。我对北大的痴迷和向往，源自对汉语的真爱。但是，命运弄人。

多少年来，对于北大，我是一个痴情缠绵的暗恋者，内伤重重无药可医。北京大学，对我的情意全然不知。我揣着薄怨和隐痛的这场私奔，看起来更像是一种决绝的宣告和诀别。无语相诉无言能诉的爱恋，诀别的方式依然是，沉默无语，不着一言。

我像个哑巴徜徉于燕园。缄默是一种力量，推动着爱意和恨意在心底哗哗奔流。面对一个伟大的爱人，我娇怯虚弱的身心，抵挡不住积攒多年的磅礴爱意，瞬间粉碎崩溃。打扮很精心：棉麻衣裙，素花立领盘扣短袖，白色裙子很长，及脚踝处各有盘扣。凉鞋舒适轻巧，平跟麻编雅韵十足。然而，我把自己弄丢了。我的肉身在空空洞洞的衣裙里晃荡，我却不知跑去了哪里。

我先去了一栋旧的学生宿舍。光线薄暗，楼梯很宽。台阶上青色的水泥在弱光下沁出微亮。多么好看的水泥色，一看就是非商业时代的出产。一个模样平常的女孩出来了，手提一个旧的开水瓶。一个照面，我且惊且羞。惊的是我看见她就是前生的自己；羞的是以银行小职员的身份，怎么可以贸然闯入一个深幽厚重的时空？那一瞬，我心底生出无尽的卑微和哀痛。未及女孩打问，我已先把自己匍匐到了尘埃，一低再低……

不是所有的爱，都有通行证。一个私奔者，纵有再多理由，也是底气不足没有自信的。这种感受一经生出，从此缠绕于生命中挥之不去。这个细节，我在一篇文章中写到过。但是那时浩荡的卑微感和羞怯感，我对世人不着一语，深深隐匿了多年。

是的，一个人总要走上足够长的路，经历足够多的事，才有勇气和力气不耻陈情示痛。其实，北大作为中华文化的一个制高地，一个暗恋者的匍匐和卑微，是必然的也是必需的，是应该直陈示人无须遮掩的。

继续走，看那些浓绿的爬山虎，一面一面地，爬满了垛垛红墙。朗润园中，看季老的荷花，一朵又一朵地，寂寞开放。骄阳热烈。卑微在继续，匍匐也在继续。在燕园宽大深厚的怀抱里，我无声无息地私奔，也在继续。

未名湖。我走累了，依了湖畔坐下来。岸柳上知了声声，斜阳照在博雅塔上。一家人走了过来，三个人都长得喜气圆胖。我帮他们拍合影。儿子很小，才八九岁。爸爸说，儿子呃，记住这里，长大了你要考北京大学。妈妈问，要不要我帮你也来一张？我摇头谢过，不拍。我更愿意把心留在这里。人走了，我盯着他们的背影，心里空落落的，大脑一片空白。两个小时后，我离开。起身时有了弘一法师圆寂时的心境——悲欣交集！

我最后在北大校园书店买了两本书，《外国文学史》上下册，大学中文系专用教材。我揣着书本一步三回头。一场痴恋于无声处寂然了断。

我再次回到未名湖畔是在10年后。

2010年秋天，我和一个姑娘坐在湖边，开心地评论着迎面走过来的成双成对的小情侣。这一对很和谐，简直就是金童玉女；呀，那个女孩眼光差了点；看这个男孩，不要太帅哦……慢慢地，我安静下来，眼带泪光，讲起了10年前的未名湖，讲起了彼时的伤感和缠绵，还讲了，无休无止的疼痛。

顶破时光的尘封，往事发芽了。我的声音在颤抖。我的心在颤抖。一切埋藏了的，正在一点点复活。最痴最深的爱，必然伴生着最深最疼的痛。

姑娘执了我的手，放在她心口上，微笑像湖水轻轻荡漾：妈妈，我懂你。正是因为这个，我才放弃了复旦呀。

姑娘的话很软，比阳光和清风更软。

鲁迅文学院

这是一个事实：北京的士司机，很少有人知道鲁迅文学院在哪里。人还在江西，朋友范晓波就有交代，打车的话，你要说农民日报社，那里有个十字街口，到了右拐三五分钟就看到了。你别说鲁迅文学院，那样没人知道的。

朝阳区八里庄南里27号。我却背得出这个地址。这里是城乡接合部。交通不便，路窄灰大，地铁线正在准备接通。人流也杂，三六九等都有，混生计的更多。街道上流着污水，店铺简陋低矮。其间居然有个早市，新鲜的水果蔬菜鱼肉蛋，又多又好又便宜。光是看上一眼，就有起兴当厨娘的劲头。这在北京城是不可想象的好事。一个卖黄瓜的小年轻，扯着唱腔在夸自己的黄瓜新鲜得不得了。一块钱一斤。仔细一看，他的货色还真不与别家同，鲜嫩得好像把田野中的夜露也带了来。忍不住就买上了三五根。早市上还有地摊，质次价廉，拖鞋凉鞋短裤袜子老汉衫手电筒皮带，等等，居然还卖手机监听卡。是暮春五月，将要退场的槐絮在空中飘浮，四周树上有斑鸠咕咕作叫。到了晚上，一排烧烤架"狼烟"四起，桌椅零乱地摆在了路边，食客的形象并不入流，几杯啤酒下肚，脸泛油光，光了膀子的比比皆是。入得此地，疑是时空置换，以为是在江西家乡的某个偏远乡镇。

可是，家乡哪有鲁迅文学院呢？

一个80后美女告诉我，她所在的县城，连找个人说说文学都不可能。酷爱文学的她，每天只好寂寞地行走于那块生她养她的土地。我的境遇比她好不了多少。在写作的最初几年，我竟然会因为别人谈起自己发表的某个稿子而忐忑不安——不是怕品头论足，而是羞于被人知道自己在干着一件常人不干的事，我担心这会给自己带来麻烦。文学，于很多人，只能是一块隐秘的私家地。有一次，在某个不对的场合，我不幸被人介绍为"作家"。结果，座中一个小官员，一个女人，很是同情地投来目光，丢出一句话：写作的女人都是苦命的人。我大度一笑，无语作答，不愿作答。我在云梯上看到的风景，绝不想跟她吐一个字。这一些，恐怕是那些功成名就的作家所不能想象的。

在我看来，文坛，始终只是极少数人的舞台。而我们这些边缘处的文学爱好者，最本色的角色，是哑然充当看客。在很多时候，我们连喝彩或喝倒彩的机会都没有。

八里庄是贫民的，是入世的，是喧嚣四起的，八里庄的日子是匍匐生长的。但八里庄有了鲁迅文学院，它就有幸沾上了好风水，在全中国极少部分人眼里，八里庄就有了一丝仙风道骨，它注定会被一些人记忆并膜拜。它不断地被人写进文字，它成为一些人重要的人生驿站。

被我及同道们视为圣殿的鲁迅文学院，就像一个流落俗间的绅士，以独特的风姿立于八里庄。而我更愿意把他视作一朵高贵的白莲，以朴素洁净，以端方庄重，成为全中国文学爱好者的信仰之地。

这是一个小院，院门很别致，铁艺白漆，从周边纷乱嘈杂的背景中凸出雅意来。庭院既长且深，因着文学打底，风骨傲然，面目沉实而宁静。甬道的尽处有两楼相对，一栋二层的小红楼，一栋五层的灰色楼。空地里全是树。雪松、槐树、瘦竹、泡桐、柳、银杏正在结果，嘟噜噜一串一串的，没有人可以够得着。早上或傍晚，我总要独伫树下，忍不住抬头望望这些青果子。有些遗憾，我没有时间等它们长熟，我是这里的过客。这里的主人不多，白描、成曾樾、施战军、杨小蕾、王冰、赵兴红、聂梦……还有那些叫不出名却面孔亲切的服务员、炊事员、保安员。我真羡慕他们。他们可以一年又一年，看到银杏果成熟的样子。他们既是文学的主人也是文学的仆人，他们的身上，无一例外地，不染尘俗，有着如树一般清新干净的气息。这些，他们自己是不知道的，他们不知道自己动人的好。只有我们这些从尘世中打着滚儿来的过客，才在对比中有此一致发现。食堂有个胖师傅，据说研佛已深，往来的过客中，就有人在饭前饭后和他聊得投机。我亲耳听到有人宣称，他在胖师傅身上学到的，比在大师们的讲座中所学还多。

还说树。就是这些树，招来了无数的鸟，这里的早晚，都是鸟类的天堂。有一个黄昏，我竟有心情坐在405宿舍，和一只长尾巴灰喜鹊对视达20分钟。院中的生活，就有这样的奢侈。同时，这些高大蓊郁的树，也是一道精神篱笆，有效地隔开了万丈红尘。文学，就濡养在这块净土上。迎来送往的，是一批批虔诚的信徒。我注意到，一些人带着隔世般的迷离，带着梦幻般的神色，在这个小院中进进出出。据说，全地球上，这是唯一一块，以国家级形象出现的，可以给写作者提供高规格培训和礼遇的净土。仅此一说，出入者的心灵就受到了最温暖的抚摸。这里栽培出了很多共和国文学大厦的脊梁。但也需要看到，更多人的写作命运，湮没在了海量的汉字书写中。然而，奔向此方的朝圣者，依然络绎不绝。兔年五月的一次联欢会上，文学的信徒们选出了两个主持人，最主要的理由在于，他们的名字中，一个有“冲”，一个带“闯”。人们笑称，要“冲出中国，闯向诺贝尔文学奖”。话是戏言，却也有几分符合中国文学界几代人的真实心理。

院子里的生活就有这样的好，没有奔突，没有算计，没有蝇营狗苟。小说，诗歌，散文，戏剧，电影，音乐，绘画，读书，日常中不大拿来说事的话题，在这里堂而皇之地成为每天的生活内容。当红的作家、批评家、理论家、艺术家、权威杂志主编、师长们在这里设坛布道，各说各话。有人凭着艺术的良心解惑，有人凭着过人的天资传经，有人把最前沿的文学理论带来，有人于文学之外传授着做人的道理。也有人，一时激动任性，在观点互动碰撞中拔剑以向，一不小心，失了师长之尊。没有关系，这里是我们鲁院嘛，这里又不是机关。成曾樾先生见怪不怪，很是淡定地打着哈哈。听者们各取所需，往往在某个不经意的地方，就灵光一乍，火花四射。天天都有精神大餐，令人拔地而起，登高望月，乐不思蜀。

好日子真是舍不得过。离别的泪水，在这个院子里，流了一茬又一茬。我也不例外，逃也逃不过去，哭了好几场。几乎可以预见，这个地方，我是回不去了。不能预见的是，从这里出发，我可以走到多远。命运充满玄机，每一次的抵达和告别都必有因果。离开的时候，记得一颗心空空荡荡，午后三点的太阳，有一点白。

798 艺术区

有一件事情，发生在暮春的一个上午。

我因为做报纸副刊版面，需要找一张老房子的插图。百度图片，找到了无数栋老屋。墙体生着青苔的老屋，房瓦粉脆发黑的老屋，门前开着红蔷薇的老屋，老黑狗把守着大门的老屋，被人废弃荒草满园蝴蝶纷飞的老屋……

我花了很多时间看这些图片。慢慢细细地看。看得物我两忘，不知何处何夕。不是吗？偶尔，一个人要舍得在一些看似无谓的事情上花时间，这样会有好处的。几天以后，我痴痴婉婉，对人倾心谈起了这些老屋。我说的是，太奇妙了，这些老房子，竟然让我想到的是活着真好。

人间真是迷人啊！

那是一声很轻很长的叹息。人间真是迷人啊！事情就是这样发生了：白云苍狗，风流雨散，生命在老房子的门里门外生息轮回。而时光不会流逝，它一直兴致勃勃地，旁若无人地，顽皮任性地，活在老房子里头。暮春的那个上午，我和它玩起了游戏。一场捉迷藏，让我捉住了它的影子。我清楚无误地看见了它。它的深幽，它的从容，它的厚重，它的包容，它的绝情，它的破坏性，它的建设性……

我迷醉的，其实是时间的味道和力量。借助老房子这一系列载体，我幸运地触摸到了时间的质感。工业化无处不在，生活中诗意荡然无存，我却试图穿越光阴，寻找和挽留另外一些东西。

二十几天后，在 798 艺术区，我又看到了很多红砖青砖绵绵砌起的各式老房子，徜徉其中，我惊喜地发现，自己又在和时光捉迷藏了。把无涯的时光当作躲猫猫的对象，这真是一件好玩得不行的事情。隐约地，我也找到了一些想找的东西。

这是一片电子工业老厂区，有 60 岁了。厂区建筑颇有特点，大气简约，坚固实用，宽大和谐，是典型的德国包豪斯建筑风格。

这里被废弃后，被一些思维超群的前卫艺术家，改造成了艺术乐园。不过十年光景，迅速闻名地球，成为全世界卓然有名的最具文化标志的艺术中心之一。近 100 年前，当德国包豪斯学院提出技术和艺术应该和谐统一，艺术家、企业家、技术人员应该紧密合作的设计教育理念。大概没有料到，在 21 世纪的遥远东方，就有一块地方，真正地实践了其建筑美学意识，把艺术建筑在了工业化之上，包容生长在工业化中间。

于是，在工业废墟上，有一种诗意奇迹般地生长出来。

那天去得早，园中游人不多，如果没有记错，有薄的雾岚在草树花木间弥散。有画者搬着小板凳，沿进口的甬道右侧，在树下支起了画架。“画不画肖像？50块一张，不像不要钱。开张的生意，等下人多了，会贵起来呵。”

几乎是众口一词地拉着生意。

是在一眼间，我就喜欢上了整个艺术区。厂房被原汁原味地做了简单设计，厂区具有工业特质的钢管纵横八方，那高大的烟囱也是在的，只是变得很安静了。美，和谐，舒服，新奇，我想不出太多的词来描述所见。应有尽有，出版、建筑设计、服装设计、室内家居设计、音乐演出、影视播放、艺术家工作室等。除了画廊，还有酒吧、餐馆、咖啡馆、服装店、书店、瑜伽中心、画展、珠宝展、时装表演……

有一家小门店，卖衣服。店名好奇怪，二徒。只有一个顺眉顺眼的小伙子在。我收脚进去，里面却很宽大，是个制衣间。打问店名缘由。小伙子乐呵呵地说：“我和同学开的，我们都是学服装设计的，两个服装界的徒弟而已。你看我们走的就是知性路线，像您这样的气质，太适合不过了。”

知性？我喜欢这个词。于是就挑了一件T恤，藏青色，大圆领，前胸用灰白布条缝踩了一个不可具名的图案，的确有几分舒适优雅。人民币120元，吊牌上写着“二徒”。真的不贵，诱惑人的，当然是其原创性。此T恤，我爱惜得很，总是拣着心情来穿。每每穿上就有祝福：或许终有一天，时光会把“二徒”变为一个传奇。

接下去，我变成了一个坏小孩。确切说来，是我的内心一直睡着一个坏小孩，她想卓然世外，想不群于人，想对抗陈规，想小奸小坏，甚至于，想调皮捣蛋做件惊人的坏事。但是，多少年来，她被捆得很紧，她被丢在心房的旮旯沉沉而睡。她不敢醒来，她怕自己的叛逆给自己带来厄运，她怕被世界遗弃。

告诉我，难道还有比中规中矩更好更安全的活法吗？

在 798 艺术区，她醒了。唤醒她的，是厂区内那些无处不在的塑像：泥雕，石膏像，铁铸像，铜像，木偶像……

四个蛤蟆人，正叠罗汉，他们展颜作乐，笑容里有着愚蠢的单纯。奇怪的是见者无不呵呵齐乐，想来愚蠢有时也有偌大的市场。从高到矮四个铁人站在一排，张开双臂，迎着我们。

就是这些家伙，让我在厂区乐个不停。坏小孩醒来了，如果可以，我也想去用艺术发个言，搞点破坏性的建设。我已经懂了时光的本质了，那就是，这个世界，没有什么是不可以推倒重来的。哪怕仅仅是一个创意，一个机灵的思维火花。

798 艺术区就是这样一个地方，以艺术的名义，这里极尽嘲讽，力展荒诞，创意奇崛，用看似怪诞的春秋笔法，在时空隧道里穿梭，对过去、现在和将来的社会，有着深浅不一的嬉笑怒骂，让人笑过之余，隐隐觉得有什么东西在心中沉淀下来。这种沉淀，一时间，三言两语是说不清的。难怪有人说，798 艺术区较于日常所见，是一种震撼。

说句真话，我其实写不好 798 艺术区。

我写不好 798 艺术区，是因为 798 艺术区太有野性了，太有活力了，太有诗意了，太让人新奇了，也太具有游戏精神了。

“昔日有一个比当代更加快乐的时代。它大胆宣告，我们这个物种是游戏的人。”约翰·赫伊津哈，荷兰最伟大的历史学家、文化学家，在其经典作品《游戏的人》中，旗帜鲜明地作此宣告。

可惜的是，昔日已远，游戏精神在人类生活中日渐丧失，一个俗气的工业世界在地球上建立。理性主义和功利主义把神圣和嬉戏剥夺殆尽，“游戏的人在凄风苦雨的冬季旋律中落幕，林中仙女和牧羊人再也不会翩翩起舞。”美国文化批评家史丹纳如是说。

静夜读书及此，嘘叹不已，“林中仙女”和“牧羊人”，竟似远古时的字眼，被遗忘太久。田园牧歌，亦不过是天堂中的画面，在现实中如何敢打妄想？而这一切，的确是地球人曾经的生活！

一直以来，我活得很是正经严肃，时有倦怠。以至于，当我无所事事在 798 艺术区闲逛时，沉睡多年的坏小孩醒了过来，眼里心里看到的，全是“游戏”二字。

是的，798 艺术区，就是一个以游戏对抗严肃，以夸张消解紧张，以嬉戏抵达神圣的游戏乐园。它的存在，当给不完美的世界和混乱的生活，带来一种暂时的，有局限的完美。

顺便说一句，坏小孩仅仅醒来五个小时。她最出格的举动，是模仿那四个蛤蟆人，在相机镜头前露出了愚昧无知的笑容。

游戏结束了。坏小孩再次深眠。她的再次醒来是一个神的秘密。一个人，和时光的捉迷藏却在继续。

国家大剧院

难以相信，在庄严的天安门广场西侧，国家大剧院附近，可以看到落日之美。

五月黄昏，晚风吹来，裙裾飞扬，微凉沁人。环绕大剧院的水池波光粼粼，圆形的玻璃幕顶映射着西下的日光。我像一个灰姑娘，穿着水晶鞋，去往一个平生未曾抵达的高贵堂所。我的姿态是匍匐的，那一刻，我是一棵贴地而生的小草，昂首仰望的，是头顶那朵硕大的蓝莲花。

我承认，在国家大剧院，我生出了几分自卑。在这里，我甚至连“谦卑”两个字都不敢用。谦卑？我还没有资格。一个人，可以对事物有所“谦”，那是需要底气的，至少说明她于此方面长有所物，否则“谦”从何来？

我在一个乡村长大，14 岁以前走出家门不会超过 20 里路，那也只有三两回而已。我第一次到达的远方，是省城南昌。记忆中，我接触到的舞台表演艺术，是村中晒谷坪上，一场又一场的魔术和杂技。现在想来很奇怪，那时这种外地来的表演还真是又多又迷人，他们的到来，是村庄的一场狂欢。当然，也有学校的各种文艺会演。不知怎么回事，青年以后，我对表演有着本能的对抗，不像童年对待魔术那般着迷。

这方面，我并不想指责自身挑剔的胃口。一直以来，戏曲、话剧、音乐会、歌剧、芭蕾舞剧等，是我精神史和成长史上的盲点。这种狭隘偏执的审美心理和审美选择，我并不以为是我一个人的错。我想说的是，如果我投生于维也纳，或者悉尼，我也许会长成另外一个完全不同的人。

我是对自身的生存环境死了心。除了出入于电影和文学这种普世性的艺术，我不敢再奢谈并奢望其他。我如此明白自己命运的卑微，以至于对一切高雅的东西，都视作遥不可及。艺术如是，生活方式也如是。毕竟，人要安于自身在世界上的位置。不是吗？我身边的绝大多数人，正是这样无为而活的，滋味也不见得就差了。

但是，我真的心有不甘。

况且，又不是没有例外。

我从前的楼下，住着一个清瘦本分的退伍军人，老婆是电线厂工人。他就狂爱芭蕾，每回电视上的芭蕾舞表演，那是一秒钟也错过不得。对于他的好胃口，我曾经是又惊奇又叹服。一个老朋友，一以贯之地严肃紧张。一回，有人不小心告诉我，他们曾经结伴驱车几百公里，去听了一场罗大佑的音乐会，门票一张 3000 元。我听到，嘴巴久久不曾合拢——我怎么就没看出，老朋友心中也会有这般如火激情呢？

回到天安门的黄昏。

这一天，我像做梦一样地，得到了一张国家大剧院的入场券。剧目，意大利罗马芭蕾舞团芭蕾舞剧《罗密欧与朱丽叶》。时间，2011 年 5 月 25 日 19 点 30 分。地点，歌剧院 3 号楼座 9 排 40 座。票价，180 元。

从南门下车，绕过大剧院的半个圆弧，北门入场。进去后第一层，是长长的宽宽的通道，灯光美丽诱人，两侧竖着各种演出照，话剧，昆曲，音乐剧，芭蕾舞剧，艺术的芳香不由分说四合而来，心醉神迷。出入者衣冠堂堂，神色端雅，有激动也有期待。一个女伴，特意穿上了锦缎的红旗袍，说不可亏了这件好衣服。这个时辰，对于我们中的大多数，都是生命中的一场大典之仪。它不是满月酒宴，不是婚庆嫁娶，不是升学贺典，不是乔迁喜仪。不是，它跟过日子无关，跟俗世无关，它甚至跟这个物质世界无关。它把我们带入了另一个世界，一个看得见摸不着的世界，这个世界明明就在你的眼前，但是我们却以为，这是云端上的世界，我们都在云朵里飞翔起舞……

事后我才知道，我们中的大多数，都在这个晚上成为云端上的一只飞鸟。我们在俊男美女的舞姿里迷失了方向。有三两个人，居然提前退场了。我们为自己的单薄阅历和审美缺失付出了代价：我们不懂芭蕾，真的不懂。如果不是对朱丽叶与罗密欧的故事有所耳闻，我们的鉴赏能力和审美水平，与一个婴儿并无二异。

但是，这并不妨碍一只鸟儿的飞翔。在国家大剧院，我平生头一回，体验到了“登堂入室”的滋味。三楼，并不是一个值得一提的高度。但是，大剧院的确给了我一个日常之外所能企及的高度。这个唯一的高度，吉安给不了，南昌给不了，非北京给不行。

演出结束，掌声绵绵，鲜花芬芳，演员们一次又一次地行谢幕礼。他们优雅的举止，将我深深打动，我的心中，有莲花徐徐绽开……泪水是不知不觉涌上来的。我想说，此前我不知道，有人可以把鞠躬做得如此漂亮迷人。此前，从来没有一个场合，我会被人尊捧得如此高贵。

我知道什么呢？

爱一座城的理由实在太多。小时候我向往的，是它的磅礴声名，是它的遥不可及，是它的深不可测。少女时代我是它的狂热信仰者，青年时代我是它的漠然过客，现在，我是它遥远的敬慕者。

生命和生命是没有差别的，但是，心灵和心灵会有高下，城和城，也会存在不同。城和城的差别，不是高楼，不是车流，不是空气，而是人心的来处和去处，是生存之外另一部分流光的去向。北京，挑破熙攘的繁华，穿越喧哗的声浪，在滚滚红尘的止息处，总有一些洁净的高枝，可以让一部分渴望高贵、向往飞翔的灵魂有所依傍和栖息。

世界因之而风生水起，美妙袭人。

除此，我其实对浩渺的北京一无所知。

我所能知道的，是它赐给我的世界，比我知道的，还要辽阔高远，还要深幽神秘，还要绚美丰饶，还要神圣高贵。

但是，到此为止吧。在一个好时辰里，借助于神的宣谕，有幸写下了这一些，我很是心满意足。

住在北京四合院

朱仲祥

我对北京的印象，除了紫禁城、颐和园、天坛、长城和各种王爷府邸，就是那些繁复幽深的四合院。十年前去北京，故宫、长城之类的地方我已涉足游览，仅有四合院无缘亲近。不想今年春天到京城出差，有幸走进并且住在北京的四合院。

一到北京机场，我和同行的雷先生就被办事处的车接上了京郊的高速公路。我的故乡峨眉山下已是杨柳依依春意盎然，这里的柳树却才吐绿。一路上，一些类似棉花的飞絮不断从车窗外轻盈地飘过。办事处的杨师傅告诉我们，这是从柳树上飞来的，北京每年这个季节都特别多。我摇下车窗玻璃，那些飞絮便飘进窗里来。接过一朵仔细看，见这些东西软软的松松的，轻轻一搓便不见了痕迹，有如旅人的离情，好似深闺的闲愁。苏轼伤春的词“枝上柳棉吹又少”，大概写的就是这种情景。但这位北宋词人所写为南方的景象，不想这北方的古都也有这柔情的寄托。

正思量间，车已驶进北京城区，在长安街上奔驰，两边的高楼大厦不断从眼前掠过，我惊叹于首都十年来的变化。但认真回忆十年前的北京来，除了天安门及广场外，却又没有多少印象。正思量间，汽车不知什么时候已拐进狭窄的胡同，在一红漆大门前停下，杨师傅打开车门说了声“到了”。

下车举目望去，古旧的胡同有些灰暗，灰色的院墙，灰色的瓦楞，灰色的街道。而镶嵌其中的一道道院门，或由着它们日渐老去油漆斑驳，或被重新油漆得鲜红耀眼，但多半的院门依旧是昨天的大门，门前的台阶依旧是昨天的台阶，门后的照壁依旧是昨天的照壁，一些门两边还隐约可辨过去残留的楹联。连一株株从院落里伸出的老杨树老槐树，都是那么古老那么沧桑，它们用臃容的树干，支撑着北京初春的天空。从一个个半掩的院落大门望进去，可以看见里面的人家正咸咸淡淡地操持着各自的生活。此时，从高楼与车流组成的现代城市景象中一下子走进这幽静古老的胡同，我明显感觉到一种不适应，强烈感受到我们的周围，到处都洋溢着历史遗存下来的气息。

原来就知道办事处在四合院里，但因很少到北京，无缘亲见它的模样，今天终于来到它的门前。仔细打量它的所在，一个“八”字院门，矗立在三级台阶上，两扇古旧的大门，镶嵌在灰色的屋檐和墙壁中。大门前有一道高高的木制门槛，两侧是过去留下的石门对石鼓。这里的院门是属于油漆得鲜红的那种，两副色泽黯淡的铜制门环静静垂挂着，与门口正中挂着的红色宫灯一道，共同渲染着一种历史或民俗的意味。门口右旁的院墙上，醒目地贴着一枚蓝底白字的门牌，上面写着“西总布胡同 43 号”。大门口唯一现代的东西，就是门框左边安的一只不起眼的门铃。杨师傅按了按门铃，便听到里面有人走来，随即传来一阵笃笃的抽动门闩的声音，接着“吱呀”一声门轴响，大门被从里面打开，露出一个娇小的身段一张俊秀的脸。待我们脚步跨过高高的门槛，随即又传来一声“吱呀”，红漆大门又从身后关上。这情景我似乎从哪部电影或小说中见过，心里竟生出一丝似曾相识的神秘感。

走进门来，迎面一株开得正繁茂的紫丁香，映着古老灰暗的一堵墙壁，更显其亮丽的姿容和色彩，令我们有些猝不及防。那丁香两根树干游龙般相互绞缠着，斜斜地托起一大蓬开得繁盛的紫丁香，一些花朵已飘落在墙根下的苔藓上，“碾作春泥化作尘”，而大部分花朵正肆意地盛开着，浓浓的香气飘散在院子的每一个角落。办事处的一个女孩在花下打扫着落英，同时落花又飘上了她的发梢。伫立檐下观赏了片刻，踏着树下的点点落英，绕过相互盘绕的紫丁香树，我们来到院子中，呈现在我们眼前的，是一座典型完整的北京四合院。

此时，这里负责的兰先生热情地迎了过来，安排我们住下后，便带着我们在院子里四处参观。他介绍到，这座四合院占地约四亩，是典型的明清北京民间住宅样式，为清代一位王爷买来送给他的爱妃的私人宅院。

我们怀着对老北京的敬仰之心，细细打量这座院子。正面应为原来的厅堂，灰色厚重的房顶上有高高的屋脊和一些装饰性雕塑，屋檐下两根不算粗大的门柱也可以证明它曾经的地位。另外的三面，都是一间一间的类似厢房的房间，它们的门窗一律是红柱红梁绿窗棂，但缺少深宫大院或王爷府邸繁复的绘画装饰。我们住在正堂前面的两间房内，转过两头圆圆的月亮门，后面还有一溜房间，由于阳光较少照射，显得更加幽暗，苔痕点点。环顾四合院内，其间有的也许是过去主人的卧室，有的也许是仆役的住房以及客房之类，但因院子几经改造，无法明确指出它们原来的定位，更难想象在过去的日子，这里发生过怎样的故事。

此后的一连几天，日程被安排得很满。但我们还是抽空游览了新出现的景点，从世纪坛到奥运村，再到奥运公园里的“鸟巢”。但我知道，这些都是北京现代都市的一面，是代表着今天北京作为大国首都的形象。而北京的根甚至民族的根，却是这高楼后面被时间冲淡色彩的四合院。因此每一天，我们都尽可能早早地回到这办事处，充分感受这四合院特有的古旧幽深的环境氛围。

院子中有一株古槐树，高大遒劲的树干，深褐而爆裂的树皮，繁茂的树枝几乎遮满了四合院的天空。但北京的春天来得迟，现在的槐树仍旧光秃着，枝丫上面难觅春的消息。有一个巨大的球形节疤缀在树杈上，无声写意着沧桑的美感。古槐树下安放着一张石头做的圆茶几和四个鼓状的石头凳子，可以看出皆是过去的东西。黄昏到来时，一片晚霞映红了古槐支撑的天空。我们围坐在石几旁，一杯清茶，漫天闲谈。轻盈的柳絮从外面不知道的地方飞来，在我们的身前身后舞蹈着、晃悠着，仿佛刻意地要惹出点什么闲愁来。

忽然间，一声久违的鸟叫从槐树上飘落。抬头望时，只见一只乌鸦栖息在枯瘦的树枝上，黑黑的影子被晚霞剪贴在黄昏的天空上。其情其景，自有一种说不出的凄美。故乡的乌鸦已消失得太久，却不想在这六朝故都、在这繁华的京城邂逅它的影子，而且是在这古老的四合院的黄昏，那感受就有些别样，内心自有一分感触。“枯藤老树昏鸦”，现在就占了两样。仿佛这古槐与鸟儿的存在，就是为了印证历史，为了勾起人们对过往岁月的怀想。

开始的两晚上，总是半天不能入睡。睡不着觉总要东想西想，一闭上眼睛，眼前时而出现一群明代或清代的王爷小姐走来走去的身影，时而浮现出电视剧《四世同堂》里的某些镜头。在我对北京四合院有限的了解中，似乎在这样的背景下上演的必然会是这样的一些故事。俗话说“情由境生”，大概就是这个道理。

一觉醒来，晨曦临窗。睡眼惺忪间，又听见另一种鸟儿造访，嘎嘎的叫声欢快地传来。推门一看，一只喜鹊站在槐树枝头，望着不知什么地方在叫着，给这片四合院平添了几许生动。童年时我就知道“喜鹊叫，好事到”。虽事实并非尽然，但它的叫声总带给人们一种憧憬和向往。喜鹊也是久违的一种鸟类，在这里又看见它的身影，心里有些喜出望外。我们在这四合院住了一周才知道，这乌鸦和喜鹊每天一早一晚都要来访，仿佛它们是这四合院的老朋友似的。在这现代都市的一隅，居然栖息着这些现在乡村都很少见到的鸟儿，我们不由得感叹北京温暖的和谐与包容。

有了对这个四合院的熟悉和亲近，于是走出院子时，我总忍不住要注意胡同里及临近的其他四合院。它们被保存好的有不少，如宋庆龄、郭沫若、茅盾等一些名人的故居，和一些被某机构利用起来的院子。但也有许多状况不佳，我们看见这西总布胡同里，就有不少四合院被穿墙破洞做了店铺，甚至被现代装饰材料包装得不成样子。还有一些院子的外墙上，用石灰水写着大大的“拆”字。我不知道这“拆”字的背后，将会出现怎样的建筑景象，仿古的？或者是现代的？

挥别办事处的四合院时，那些柳絮还在漫天飘着。望着那两扇缓缓关上的红漆大门，望着那伸出院子外的古槐树，望着排满四合院的西总布胡同，我的心忽然生出淡淡的惆怅，心里在默默祷告：等着我再来，西总布胡同的四合院！

通波：北京的大运河

侯　磊

一

曾请教过学者张卫东老师，古人那么注重告老还乡，且京师米贵居之不易，为何还会留居帝都？卫东老师曰："告老还乡要攒上多少年钱啊！若在京不出几代，返乡要带着祖祖辈辈数十口大棺材，乘着运河往回走。"这才知道只有致仕的官员才还得起乡，普通商贾、手艺人或伶人则沿着运河漂流，盘缠用尽时就地安家，此处安心即吾乡，是随运河而播迁，做不到落叶归根的。而京城的手艺连带各种戏曲，则是沿着运河开枝散叶，传播四方。

我走访北京周边的运河，发现北京不仅属于美学，更属于一部政治经济学。"川陕豪商，吴楚大贾，飞帆一苇，径抵辇下。"（元李洧孙《大都赋并序》）这是虚写。而现实中，北京是一座消费型城市，它自身的出产无法供给居之不易的居民。北京是个受血者。每座消费型城市都要先给自己找好河流，只有靠河这根血管输送来各地的养料才能存活，如同巴黎与塞纳河、彼得堡与涅瓦河、维也纳与多瑙河，以及“八水绕长安”一样。

大运河改变了中国地理的空间位置，也改变了北京与其他城市的关系。

二

大运河包括了隋唐大运河、京杭大运河与浙东大运河三个部分。京杭大运河是隋唐大运河的改道，包括了通惠河（北京—北京通州区）、北运河（通州区—天津）、南运河（天津—临清）、鲁运河（临清—台儿庄）、中运河（台儿庄—清江）、里运河（清江—扬州）、江南运河（镇江—杭州）七段，北京的大运河包括通惠河与在北京境内的北运河（北运河由潮白河、永定河注入，连接着天津的海河，并注入渤海）。这一切还要从隋朝说起。

隋朝是个奇葩的朝代，想想吧，倘若没有隋唐大运河，从长江到黄河要到大海里绕个远儿，经淮河才能到。倘若没有京杭大运河，从南方到北方，要先向西北到洛阳，再向东北到北京，拐出一个“人”字形的大弯儿。

隋朝富有，能打，帝王文治武功，广有诗才。隋炀帝的诗文气魄不亚于李世民，是为了打高丽和修运河才把自己搞垮了。秦有长城，隋有运河，这两个短命的强大王朝，在天下一统和抵御外族上耗尽了气数。兴许有一天，隋炀帝面对着中国传统上南下北左东右西的地图，想象将塞北幽燕与湿热的江南联系起来，恐怕是如同电影里“把喜马拉雅山炸开一个宽 50 公里的口子，让印度洋上的暖湿气流经尼泊尔吹进青藏高原”般的壮举。他想了，他干了。隋炀帝先后开凿了通济渠和永济渠，永济渠一直开到涿郡，即现在的通州。他曾三次游幸江都（今扬州市江都区），首次就动用大小船只4700余艘，纤夫9万名。公元611年，隋炀帝用50多天从江都到通州，为国家疏通了动脉血管。他干成了。可见建重大工程并非为了享乐，天下的长治久安才是帝王最大的享乐。

不用把漕运想象成《清明上河图》，它本身就是一幅《河道漕运图》了。

三

北京在辽金时期继承了大运河的水系，同时靠萧太后运粮河来供给：从辽南京城、金中都一直到小武基，再往东南方向的化工桥，一直到通州东南面数里的张家湾汇入凉水河。元大都则是靠通惠河，张家湾、通州都是因运河而兴起，北京则更是由运河来供养。在张家湾古镇的南门外，有座始建于明万历年间的通运桥，俗称萧太后桥。桥身的望柱上雕着石狮子，桥栏板上刻着浮雕，桥下就是萧太后河，相传是评书里的萧太后开凿的。当年还有辽景宗和萧太后的石雕像，被部队试验炮火时轰掉了。

张家湾最早只是个码头，元代以前大运河只能通到这个码头，使得这里在大运河断流与通航之间切换，形成一座古镇。在至元十六年（1279年），大都城闹了蝗灾，有个海盗出身、贩过私盐，后成为元朝千户的人叫张瑄，他带着人“造平底船六十只，运米四万六千石，从海道至京师”来供给粮食，后人将他停泊的地方叫“张家湾”了。

各类货物在张家湾堆积下来，除了少部分用狭窄的坝河（就是西坝河、东坝河的坝河）运输以外，其他都走陆路。忽必烈实在受不了运输的缓慢低效，这已经影响了大都城生存。1291 年，他任命天文学家郭守敬（确实是天文学家）为都水监，命他将大运河从淮安直接开凿到通州，这使得船只从杭州向宿迁、淮安，穿过微山湖直达北京，不用向西北到洛阳再北上，缩短了 1800 里。随后，郭守敬将大运河从通州凿到了积水潭，引来白浮泉的水注入瓮山泊（今颐和园昆明湖）并至积水潭，大元的漕粮源源不断从江南运到北京，积水潭一带“扬波之橹，多于东溟之鱼；驰风之樯，繁于南山之笋”（元黄仲文《大都赋》），成为元代漕运码头的终点；钟鼓楼和烟袋斜街一带，也成为大都城的一处商业中心。忽必烈看后大悦，亲自命名为通惠河。如今鼓楼南面有一座万宁桥（俗称后门桥、海子桥），是漕船降帆穿行的必经之路。桥最初是木制的，遇到大船可以从中间拆开，后来改为石桥，至今桥两侧桥头，还各保存着始建于元代的镇水兽。神兽一侧的脚爪抓着岸边，另一侧的支撑着侧壁，静静地凝视着水面。

从元朝末年到明朝嘉靖年间，通惠河都处于淤塞状态，漕运又回退到了张家湾码头，直至嘉靖皇帝大修建筑才重新疏通。张家湾囤积着大量粮食，还建有银库、铜库。为此，嘉靖皇帝特意指派修建张家湾城墙，在城墙夯土层外都包上巨大的城砖，四面有城门，城门上有城楼。如今古城遗址尚存，宛如一座屋顶都已垮塌的殿宇，还在风雨中残存着立柱和大梁。

四

俗话说：“一京、二卫（天津）、三通州。”通州三宗宝：“鼓楼、大塔、文昌阁（念 gǎo）。”通州取自“漕运通济”之意，是个好地方，它处在通惠河和北运河的交会点上，正是运河的衔接造就了它。人们拿通州作对联，上联是“南通州，北通州，南北通州通南北”，下联对“东当铺，西当铺，东西当铺当东西”。

通州城墙并不规则，有东通运门、西朝天门、南迎熏门、北凝翠门和西门外建的新城南门。在古城东南角的城墙上建有一座文昌阁，便是“三宝”之一，供奉文昌帝君，文人墨客们多来烧香祭拜。这是一座大运河粮仓城，粮仓总数在古代达到了 14 座，中仓、后南仓、大运西仓等至今还有遗存。过去官员、军人的俸禄不只是发钱，还发米，清代漕运的六成都是八旗子弟的俸禄之“禄”。禄米都是发陈年的，颜色微微泛红，蒸熟会膨胀，入口较硬。俗话说“旗人吃老米”，即旗人阶层吃惯了这种陈年压仓底的米，还认为筋道、好吃、有“奇香”。民国后没地方发老米了，有的旗人家存着老米舍不得吃，到一九五几年才吃完。而形容国力强盛的词，就叫“米烂陈仓”。

在同治五年（1866 年）前后，有一位叫王维珍的天津人出任太常寺少卿。这一天他在考察漕运时来到通州城，顺着马道上了城墙，来到那座文昌阁上。他给文昌帝君烧了香，以求自己文章千古，诗文传世。随后，他扶着城墙远眺那终日里千帆竞渡、百舸争流的大运河：成片的木船在这里扬帆，人们熙熙攘攘，船工喊着悠长的号子，或观赏着龙舟会。各省的漕粮货物到了，漕运官员在检查，官差在吆喝，商人在迎合，随从在侍奉，工人在挥汗如雨，他们是不穿长衫的一群，衣裳破旧，包着头或披着湿布，承受着劳作之苦。远处渔船上有训鱼鹰子扑鱼的人，撒网捕鱼的人。带乌篷的船是外省赶来的，估摸着靠岸边正在做贴饼子熬小鱼。沿途还有赶鸭子的人。他想到听说前门外肉市胡同有个卖鸡鸭的杨老板，盘下一家叫“德聚全”的果品店，改名叫“全聚德”卖烤鸭，据说那鸭子是吃了漕运一路上遗下的粮食，长得肥壮美味，与便宜坊的味儿不一样，改天一定去尝尝……此时他又抬头看到那座燃灯佛舍利塔，塔是北朝宇文氏时期所建造，13 层 45 米高，四处雕满了佛像，据说里面珍藏着燃灯佛的遗骨舍利。塔旁几百米便是运河，人们常说见到那古塔，便是到了通州。他突然文思泉涌，随口占道：

云光水色潞河秋，满径槐花感旧游。
无恙蒲帆新雨后，一枝塔影认通州。

“一枝塔影认通州！”那古塔如今位于西海子公园内，倒映在大运河上。它是北京第一张照片的主角，由英法联军随军记者费利斯·比托在 1860 年 9 月 23 日拍摄，比王维珍作诗还要早。而这位王大人还创作了《通州八景》《漷县八景》《文昌阁十二景》等 28 首诗，编纂了《（光绪）通州志》，但他的生卒年代无人知晓。

就在燃灯塔被拍照那一年，清军中的蒙古骑兵与英法联军在通州往西八华里的八里桥打了一场大仗，直打得蒙古骑兵就此退出历史舞台，北京城易了主人，连首都都叫洋人占了。据说苦命天子咸丰爷正在听昆曲《长生殿·惊变》，正听到：

杨国忠：启陛下不好了！安禄山造反，杀破潼关，不日就到长安了！

唐明皇：守关将士安在？

杨国忠：哥舒翰兵败，已降贼了！

此时有人禀报：

禀报者：启陛下不好了！英法联军进犯，杀破八里桥，不日就到北京了！

咸丰爷：守关将士安在？

禀报者：僧王爷兵败，八旗兵已然逃散了！

咸丰爷来不及唱一句“恁道失机的僧格林沁，称兵的英法联军”，就一绷子奔热河去了。《垂帘听政》《火烧圆明园》等电影中都涉及了八里桥之战的相关故事，电影中拍了点蒙古八旗冲入敌阵砍杀的镜头，实际上比这要惨得多。

这一切都过去了，通州众多与漕运相关的遗迹，如皇木厂（储存木材）、吴仲祠（祭祀明代寻仓御史吴仲）、石坝码头、土坝码头、黄亭子（用来界分码头功能）、大光楼（即验粮楼，明清坐粮厅官员，在此验收漕粮）、潞河书院、天后宫（妈祖庙）等都已经雾廓云除，烟消雨散。1952 年，通州拆了古城的城门、城墙。而在建设北京城市副中心时，通州费了很大的力气重新规划街道，却把老城区都给忘了。拆迁了古城中大部分的胡同，那些胡同中隐藏着无规则的大排档与路边摊，还有零星几座寺庙和万字会馆（通州博物馆）等，直拆得“通州三宝”易了主：鼓楼、大塔、文昌阁，变成了大顺斋的糖火烧、小楼餐厅的烧鲶鱼（以前是用运河里的活鲶鱼）和万通酱园的酱豆腐（今仙源腐乳）。如今在通州区潞城镇的副中心行政办公区修建了一座文昌轩，将当年悬挂于通州古城南门、西门、文昌阁的匾额复制了挂上，并在一个小广场四面刻上四门的门额：东门“通运”、北门“凝翠”、西门“朝天”、南门“迎熏”。

五

万事万物有生有灭，有始有终，古典文明一到明清就开始回光返照并逐步湮灭，自然环境也成了“帮凶”。明清以来北京水量日渐稀少，城内的不少水系，明代是河，清朝成了水沟，再往后成为暗河。北京地势比通州高，通惠河一段因水量不足，不能将漕粮直接运达京城了。于是在通惠河上，从北京往通州设立了头闸（东便门外大通桥）、二闸（庆丰闸）、三闸（平津上闸，高碑店）、四闸（平津下闸，花园）、五闸（普济闸），船只能在闸口之间航行，后来改为到闸口要改换驳船，粮食用人工搬运五次才到北京的各处粮仓，增了手续，多了猫儿腻。

康熙、乾隆都曾数次沿着大运河下江南，康熙曾把三藩、河务、漕运作为三大政务要事。他们不是游玩，是考察各地吏治、民风和漕运征收等，顺手将南方园林的样貌搬回了北京。可中国此时经历了千年未有的重大变化：人口从 1 亿膨胀到 4 亿，并爆发了严重的通货膨胀。北京因住房短缺，在元明以来的大胡同周边都加盖房屋形成了小胡同。科举、官员、八旗官兵，连带漕运官差的职位变得紧俏。八旗职位往往是家中一个人补了缺，其他人补不上就游手好闲。闲人成了京城一景。而城内的胡同基本上是土路，是晴天一身土，雨天一身泥。此时北京城外只有三条石头“御路”通向远方：从西直门到西山、广安门到卢沟桥和朝阳门到通州。从朝阳门到通州这一条，正是大运河在北京地区的“辅路”——在雍正、乾隆年间两次修建，还在通州八里桥和朝阳区三间房村分别立了石碑来记载。

清代照搬了明代包括漕运在内的大量制度，并只在山东、河南、湖北、湖南、江苏、浙江、安徽、江西这八个省征收，都是离运河不远或沿线的产粮大省。总管八省漕粮的是漕运总督，在清代掌管水师部队，称曹台或曹帅，还设漕运御史负责监督。每个省都有一位督粮道，负责将本省漕粮押运到通州，并验收入库，还设置了各级粮道、监兑官、押运官……像按图钉一样按上不少肥缺，与治理河道的官僚组成利益集团。官员之间层层盘剥，最终再一起转嫁到百姓身上。粮食的单位是石、斗、升、合、勺。一石是 28 斤，往下能计算到勺。漕粮经济在核查数量和质量各种吃拿卡扣，运粮一方一路上粮食会有发霉跌损等各种损失，又被盘剥得太狠，只好超载、偷卖漕粮或糠皮甚至石头沙子以次充好。漕运官员有着揪出任何猫儿腻的火眼金睛，又能在不经意间高抬贵手收些好处。你给他上供，他许你谋利。双方在捉迷藏中，有着一个愿打一个愿挨的默契，落得个皆大欢喜。

太平天国和咸丰年间的黄河改道中断了运河，很快清末废弃漕运而改海运。没有人会在路费上做赔本买卖，这是一次刮骨疗毒。1888 年，慈禧居住的中南海内装上了电灯；1904 年，漕运总督撤了；1908 年，北京有了第一个自来水厂；同时期有了铁路，通了火车。一方居民所仰仗的生活方式随着漕运突然间结束了。

通惠河逐步荒废，主要功能用来郊游，冬天运河结冰，可以用冰床来运点小货物，十分方便。喜欢滑冰的人可以由朝阳门打赌，赌谁先滑冰到通州。要求是买上几个大顺斋的糖火烧，用碟子托着几块万通的酱豆腐滑回来，用以证明你去过通州了。那里的酱豆腐是由南豆腐做的，细腻且有自己的香味，馒头抹酱豆腐，足以把人吃到撑。而位于今天北京电视台南面的二闸（庆丰闸）一带，清末民初便是京城的踏青游览，修禊雅集的地方。这次结束漕运，大清国刮骨疗毒，却不料病重体衰，没缓过来。北京城在八国联军的摧残下变得破败不堪。街头没来得及清扫的垃圾，胡同口没有事儿做的闲人……这一切，都掩映在那高大的宫墙和诗画般的园林建筑之下。

北京过去有句俗话，叫“春脖子短”，是说北京春天之短暂，才开春没几天就热上了。运河的“春脖子”不短，但晚清的“春脖子”短。我们难以感悟到古典的辉煌，却感受到古代变现代，水乡变缺水，文化古城生长出城市病，尤其是运河改火车时的剧痛。运河的现代性并不多，它无法给现代化的中国提供嫁接的母体，但它促使北京成为消费之都，那些茶楼酒肆、舞台歌榭给了市民阶层一个娱乐的公共空间。

运河是个景儿，更是生活本身。

六

在通州的燃灯佛舍利塔下，我继续向东走访运河，不经意间，在一处分岔拐弯的河道边，看到了“京杭大运河北京段”的文物保护碑，是在 2006 年时被列入第六批全国重点文物保护单位名单。两岸多是荒芜，在黄土地上蜿蜒成一片荒原。天空晴朗无云，倒映在水中。我站在运河边，看眼前只有黄蓝两种颜色。这运河时宽时窄，时工时乱，平静而不起眼，感觉不出任何波澜壮阔，像一片水泡子。我看到的不是运河，而古桥、古城、水闸、河床与流水，像是只看到一批零件而没有看到整座工厂的流水线，或者说，只看到两颗猿人牙齿化石，而看不到原始人的日常生活。

后来，通州建了大运河文化广场和公园，我又忍不住前去游览一番。刚进门是座公园，走到深处，眼前是一片夏日的深绿，河面宽阔平静，有水鸟从运河上飞过。我曾为没有运河古典的生活方式而惋惜，也为沿岸一片片逝去繁荣而焦虑。但换种想法，曾经这里是一片荒野，而经过千百年的风流，再次回归荒野。

北京的大运河在造就了张家湾古镇和通州城，养育了北京城以后功成身退。事了拂衣去，深藏身与名。我想大运河不是败落了，而是返璞归真了。

如今的烟袋斜街两旁是装饰得
风格迥异的一长串酒吧。
但凡来北京的年轻人，
都要相邀到后海的酒吧坐坐小酌一番。

——徐坤《积水潭的风华世代》

此刻，一个女孩在花下打扫着落英，
同时落花又飘上了她的发梢。
伫立檐下观赏了片刻，
勾起了人们对过往岁月的怀想。

——朱仲祥《住在北京四合院》

我盘腿席地读书的样子，
留下了一张照片。
生活从此少了一个谜。

——安然《精神私奔者的北京》

RENJIAN YAN HUO

人

人间烟火

傍晚时，我喜欢在这里闲散地踱步，黎明时，我喜欢听燕子和鸽子的呢喃。北京一下变得充满了生活的味道。

家住未名湖

么书仪

我们在北大的宿舍，第三处就是未名湖边的健斋。

从 1972 年起始，结婚之后最初的日子是在北大南门里的 19 楼 304 度过的，当时，19 楼是中文系教员的集体宿舍。两地生活的时候，探亲、女儿出生，都是发生在 19 楼。19 楼是筒子楼，从刚刚留校的年轻教师，直到“两地问题”尚未解决的单身教员，都住在一起。资格最老的，比如教古汉语的吉常宏，家在山东，大家已经习惯了他一年一度的探亲生涯，他是年龄最大的“牛郎”。研究楚辞的金申熊（金开诚）和教写作课的胡双宝同住一室，他们有共同的爱好——京剧，偶尔到他们的屋子里去，还看到过胡双宝先生收藏的戏票和节目单。金申熊还写毛笔字、刻图章；这些在“文革”中都被看作是“封资修”，他和胡双宝住的房间也被批判地称作“金宝斋”。金申熊先生的妻女都在江南，也是长期地分居两地。同样爱好京剧的还有古文字学家裘锡圭先生。中午或傍晚休息的时候，常常从他的屋子里传出字正腔圆的老生唱腔。裘锡圭的母亲是上海人，老太太一副名门闺秀的模样，在楼道里遇到我，说的悄悄话经常是："小么，给我们锡圭介绍一个女朋友吧，我真发愁，唉……"看我们家的饭菜实在简陋，有时还送过来一小盘精美可口的菜肴。

当时，盛年而尚未婚配的男子，还不像现在叫作"单身贵族"，那时好像都觉得是一种人生的欠缺，要给他们帮帮忙。同样"盛年"而且"未婚"，或者结婚而分居两地，住在 19 楼的还有倪其心、赵祖谟、侯学超、刘煊、王福堂、徐通锵等先生……

听说，倪其心先生的女朋友在上海，婚嫁的事情尚在两可。倪其心 1957 年被划为右派。那时候许多右派虽然已经"摘帽"，但是"改正"却是若干年之后才有的事情。他是北大当时有名的同仁刊物《当代英雄》的成员之一，乐黛云、褚斌杰、傅璇琮、金申熊、沈玉成等都是同一批，都属于中文系的文学史教研室。戴上右派帽子之后，女友离他而去。经过了很多年，伤疤似乎逐渐愈合，倪其心才又开始恋爱。他抽烟、熬夜、拉二胡，《江河水》的幽咽声，有时会从他的门缝里挤出来，在 19 楼的楼道里飘荡没有着落；不过他拉的曲子没有一支是完整的。常见他在海淀镇上老虎洞的小酒馆里独自一人喝酒，二两老白干，一碟花生豆，消磨大半天。我读中文系时学生人手一册的《先秦文学史参考资料》《两汉文学史参考资料》《魏晋南北朝文学史参考资料》，主要的资料、注释，都是他在做右派时的"笨功夫"。这三部书贻泽后学，至今无可代替，今后大概也不会再有人做这样的"傻事"了。

侯学超先生教现代汉语。他生性开朗，一米八的个子，20 世纪 50 年代做学生的时候，曾经是校田径队的骨干，创造了 400 米的学校纪录。这个纪录保持了 20 多年，直到 80 年代初才被打破。

那时候，教古典文学的周强先生结婚的故事很有些传奇味道。据说，某一天晚上，大家正各自在房间里看书备课，楼道里忽然传来周强的喊声："我今天结婚，大家过来吃西瓜！"于是房门纷纷打开，安静的楼道马上乱作一团，大家涌进302室的屋子，看到新娘子白舒荣先生笑眯眯站在桌旁，桌上放满了切开的西瓜……

记得是1974年的一个星期六，那是一个美术展览的最后一天。我在北大附中上完两节课，骑上自行车进城，想赶去看那个展览。那时候，从中关村到白石桥这条路分为两段，北边一段叫海淀路，人民大学南边一段叫白石桥路，而且，快行道在西边，走汽车，土路慢行道在东边，走自行车和行人。那时，路上自行车和人都很少。骑到魏公村附近，后边追上来一个小伙子，先是在我的左边并排行进，车把挨得很近，后来看看四下无人，忽然右手搂住了我的脖子。受到了突然袭击，我一下子车把失控，连车带人摔到路边的沟里……爬起来之后，头上起了一个肿包，自行车前轱辘变形，那个小子已经骑出了100多米，还在回头看，周围一个人也没有……我把自行车半推半扛送到了魏公村的一个修车铺，然后，坐汽车回到了19楼。走到家门口才发现，我的一串钥匙，包括门钥匙，全都留在了魏公村的修车铺。当时，便一屁股坐在楼梯上大哭起来……接着似乎出来了好多先生，似乎我断断续续诉说事情的始末。记得清楚的是：后来我坐在倪其心先生屋子里喝水，王春茂先生去魏公村取回了我的门钥匙。忘记了当时洪子诚去了哪里。

记忆中19楼的生活安宁而平静，平时楼道里听不到什么声响。休息时间大家也会互相串门，如果发生了什么事情，都会出力帮忙。到了有好看的节目，如转播球赛、文艺演出的时候，放着一台 14 英寸黑白电视的房间，就会热闹起来，总有十几个乃至二十个左右的老师，自带凳子聚集一室，兴奋地看球、议论，大声地欢呼，直至赛事结束。

听洪子诚说，19 楼不看电视的先生，一个是研究汉语方言的王福堂，一个是裘锡圭，怪不得他们后来的学问做得那么好。但是，也有例外的时候，“文革”时，电视罕见地转播英国 BBC 乐团在北京民族宫礼堂的演出，王福堂先生站在最后，一直看到转播结束。当时的曲目，洪子诚说是贝多芬的小提琴协奏曲。

20 世纪 70 年代初，大学开始复课，招收工农兵学员。工农兵学员除了在学校上课外，经常外出“开门办学”。中文系选派一批年轻、出身和能力过硬的教师担任班主任，“开门办学”时，就是全权带队的“统帅”了。他们从上课学习、政治活动，一直管到吃饭、睡觉、矛盾纠纷。班主任之外，还会配备几名不那么“过硬”的教师，给学生上课辅导，也同吃同劳动，接受教育。洪子诚就常常扮演后面的这种角色，我在中文系的不同届的同学董学文、胡敬署、方锡德，他们都带过队，也都是他的领导。洪子诚“开门办学”去过的地方不少，记得去过河北保定的 63 军“学军”，去过门头沟煤矿和房山的东方红炼油厂各有半年，1976 年地震之后还去过唐山灾区。门头沟煤矿最让我担心，因为一周好像要下两次井挖煤，总怕在下面出什么事。

1974 年或者 1975 年，我从河北隆化县的存瑞中学调入北大附中，女儿洪越才两岁。洪子诚“开门办学”的时候，我最苦恼的是孩子。白天上班时，孩子送到校医院北边的幼儿园，晚上下班之后，接回孩子。我做饭、吃饭、备课、判作业，她在床上玩。她被训练得在大人做事的时候不哭、不闹也不说话。等到该睡觉的时候，却常常发现她两腮紫红，惊惶之中一试表，常常是 39 摄氏度、40 摄氏度。我每次都是跑去敲倪其心先生的门，倪先生二话不说，马上就跑过来扛起孩子。我们一前一后一路小跑直奔校医院，女儿在倪先生的肩膀上大声哭着叫喊："我不要倪叔叔，我要妈妈……"倪先生一边跑一边喘气教育洪越："妈妈抱不动，咱们得赶快去医院……"到了医院照例是注射四环素，带回一包抗生素，第二天一早，只能又把孩子送到幼儿园，我还得去上课呢。

在 19 楼的日子，多半是吃食堂，也买了一个烧蜂窝煤的炉子放在门口。那是一个直径也就 25 厘米，身高顶多 40 厘米的秀气的小炉子，热饭、炒菜，乃至于我坐月子时煮汤、烤尿布都是靠着它。记得每天晚上封火的时候，洪子诚都是蹲在炉子跟前，低下头把眼睛凑近炉门，插上那个小铁片，让进风口只有一条小缝，这样 1 块蜂窝煤就可以顶上一夜。他后来细心而且经验老到，竟然做到每天用 3 块蜂窝煤就可以支持着这个炉子经久不"熄"。

大概是 1975 年（或者 1976 年），我们结束了筒子楼的生活。从 19 楼搬了出来，房产科分配给我们的第一个"家"在中关村。那里科学院宿舍楼群中，有几幢属于北大。我们住 25 楼一层一间 16 平方米的屋子，与另一家合用窄小的厨房、厕所。科学院 25 楼临街（就是现在的北四环），窗外汽车不断，特别是到五道口火车站运货的载重卡车。常常是直至深夜，我们听着卡车由远而近，又由近而远，窗玻璃和挨着铁床的暖气片在汽车的轰鸣声中颤动……在汽车大灯射进屋里的时候，可以看到墙上的钟：一点、两点、三点……终日为了睡不好觉而苦恼。我们想了又想，觉得还是得住到校园里比较安静。调换房子的事，学校的房产科不管，但是你可以自己寻找调房的对象。我就到条件不如这里的集体宿舍去贴换房的条子。洪子诚是个墨守成规、胆小怕事的人，觉得这种做法不妥。可是他也没有什么办法。两个月下来没有结果，最后还多亏了当时在附中的同事杨贺松先生的介绍，才与人调换了房子，住到了校内未名湖边。这一次又搬到筒子楼，13 平方米，是未名湖北岸的健斋 304 号。健斋只是朝阳的一面有房间，我们打开窗户就可以见到未名湖，湖边小路的银杏树，湖上的小岛，对岸的花神庙和水塔（那时还没有“博雅塔”这个雅号）。这让我们相当满意。在这里，一住就是 6 年。

记得从科学院 25 楼往健斋搬家，是借了两辆平板三轮车。教文艺学的董学文先生和洪子诚每人蹬着一辆，就拉完了我们的全部家当：学校卖给我们的一个书架、一个两屉桌，我们自己购置的铁架双人床，一个折叠圆桌，两把椅子，一个铺盖卷，我的一个纸衣箱，洪子诚从老家带到北大的旧皮箱，还有就是书，两辆自行车，再就是锅碗瓢勺。

健斋的居民多半是年轻教师的一家人——夫妇二人加上一个孩子。也有年龄较大、资历较深的单身老教员，或者家在城里、离北大路途遥远的老教员。健斋一楼潮湿，没有住家，是“招待所”。记得曾经为邻的二楼、三楼居民来自体育教研室、法律系、图书馆学系、哲学系、物理系、历史系、东语系、西语系各个单位。政治系（20 世纪 90 年代加上了“国际”，变成国际政治系，地位突然提升）的教员最多，有方连庆、黄忠良、潘国华等。

印象深刻也比较特别的先生不少，图书馆学系资深教员关懿娴，她没有结过婚，孩子们第一次叫她关奶奶的时候，她总是纠正他们，让叫关大姨。图书馆副馆长是一位和气的老先生，不做饭，吃食堂。物理系的杨老师当时已经是副教授，也是单身，人很好，有些阴郁不爱说话。洪子诚说 1972 年和他一起在学校烧过一个冬天的锅炉。他在健斋时，娶了一个带着孩子的老伴。王永兴老师年事已高，和蔼可亲，孩子们叫他王爷爷，后来才知道他是著名的中国古代史学家陈寅恪的学生。我们隔壁住着法律系的肖蔚云，他应该是家在城里，常常只中午在这里休息。他目不斜视从不跟周围住户打招呼，我也没跟他说过话。八九十年代才知道他是法律系名教授，香港、澳门特区基本法主要起草人之一。国政系的方连庆有一段时间很相信“特异功能”，有一次把健斋的孩子召集在他家里，测验“耳朵听字”。好像没有什么结果，但他还是坚信不疑……

健斋的南边紧挨着体斋（那是一座大屋顶、方形的两层小楼），西边是德斋、才斋、均斋、备斋，北边隔着一条小马路，与全斋相望。取“德才均备体健全”的意思，这些楼多半是老燕京时候的建筑。那时候，大家对于居住在狭窄、拥挤的筒子楼里都很习惯。平时，楼道里很安静，到了做饭的时候，就会热闹起来：切菜声、炒菜声、聊天声、孩子跑来跑去的喊叫声响成一片……那时候，吃饭都比较简单。可以到镜春园开水房打开水，主食馒头、花卷、肉卷从均斋那边的食堂买，花两毛钱买肉末，炒个菜、做个汤，就可以开饭。或者肉末炸酱，煮面条，喝面汤，都是大家通常的菜谱。来了客人，也就是炸个花生米、剥两个松花蛋，到海淀镇买点熟肉，也就算是“隆重”了。所以，差不多半个多小时以后，楼道就又恢复了安静。

健斋的住户没有独立卫生间，只是二楼东、西头有公用厕所，东头有水房。我们住在三楼的，接水、洗菜淘米、洗澡上厕所，也都得下楼。水房的水管下面有巨大的、像是半截水缸的池子，可以保证洗菜、洗衣服的时候，脏水不会泼了一地。二楼和三楼的住户轮流值日，每家一个礼拜。用不着号召和提醒，大家都很注意公共卫生；轮流值日时，也没有人偷懒和马虎，住在厕所附近的不会感觉异味难闻。当然，不愉快的事情也偶有发生。有一次，轮到我值日，晚上我正在厕所里打扫卫生的时候，发现二楼的余老师，是用脚来拧冲水的开关。当时，我对年长的她说："别人都用手，您用脚，不是把开关踩脏了吗？"她用上海腔不屑地说："大家都学会用脚，不是很好吗？"我被噎得无话可说。知道她不会改正，只好告诉邻居们，以后千万不要用手去拧厕所的开关了，太脏了！她还真是让大家学会了一手。

那时候，中文系教古典文学的陈贻焮先生住在健斋后面西侧的镜春园 82 号，那是一个小的四合院。他的太太（那时当然没有这个称呼）是校医院的妇产科大夫李庆粤。这个四合院原来住着吴组缃先生，陈贻焮先生后来也搬了进来。吴先生搬到朗润园公寓之后，又进来了两家。陈先生住东房，西房和北房都住着学校后勤的师傅。记得西房的师傅姓来，女儿叫来仪，那是陈先生给取的名字，"有凤来仪"，很是清雅。这西晒的位置，是院子里最不好的一面，可是，陈先生和李大夫很有办法，也很有情调。他们的孩子从校园里挖来竹根，种到北窗前，西窗下竹竿搭架，种着爬藤植物。是不是藤萝我记不清了，只记得那西晒的屋子，即使是夏日午后，也是窗外竹枝摇曳，屋子里绿影婆娑。统共三间房，住着四口人，陈先生夫妇住在北边一间，小宝和小妹住在南边一间，中间居然还留出一间小客厅。

“文革”时和 80 年代初，电视机还是稀罕物。陈先生家里有一个 9 英寸黑白电视机。有时候，我们一家三口，吃过晚饭到陈先生家去看电视，他们总是热情欢迎。在小小的、不到 10 平方米的客厅里，我们三个人坐了最好的位置，女儿在最中间……不过，我们不是经常去，因为觉得太搅扰他们的生活。

陈先生和李大夫喜欢我们的女儿洪越。记得有一次他们把洪越带出去玩，回来的时候，女儿脸上戴着一个孙悟空的面具，手提金箍棒，很是神气。陈先生告状说：“已经买了猪八戒，半路上又反悔，只好回去换孙悟空。”李大夫笑得弯了腰：“路上让我们两个人排队，她在旁边当队长，喊着‘一二一’，总是批评我们走得不整齐。”看起来洪越和他们在一起的时候，比在我们面前“狂”多了。

陈先生每天晚上吃过晚饭，就会到湖边散步。常常在健斋楼下大叫：“洪子诚下来！”平常不大愿意下楼的洪子诚，也只好下去了。两个人坐在湖边柳荫的石头上，东拉西扯。

未名湖的冬天最好，湖面上结了冰，大学生们在冰上上体育课，学习滑冰，放学时孩子们滑着小冰车。我和别人一样，也找了一块木板，也就是 30 厘米长、20 厘米宽，下面钉上两条三角铁，再用两个小木桩插上尖形的铁棍做撑子，一个冰车就完成了。孩子跪在冰车上，向后一撑，冰车就会飞快地前进。孩子们放学后，在滑冰的大人之间窜来窜去，湖上是快乐的喊叫声。滑冰车是洪越和健斋的孩子们冬天最迷恋的活动，天天傍晚不想回家吃饭，最后经常是大人提着冰车，后面跟着噘起嘴的孩子上楼。

那时候，戴猪八戒和孙悟空的面具、滑冰车、跳皮筋都是孩子们日常的游戏。每个星期我给女儿几毛钱零花，奶油冰棍五分一根、红果冰棍三分一根、大米花五分一包、玉米花三分一包、水果糖一分一块。我曾见过女儿放学之后，在北大东门对面的小店里，脑门紧贴着商店的玻璃柜台，大概是没想好要买什么……想起来世事的变化真也是不可思议。那时候我们两个人的工资是110元，孩子们没有游戏机、电脑、激光手枪……可是，他们的健康和快乐好像也不比现在的孩子少。可见，“幸福”与“钱”的增长，并不是恰成正比。

1981年，按照工龄、年龄排队，洪子诚第一次有资格参加分配单元房，我们都很兴奋。先是在房产科门口贴出参加分配的人的名单，按照资历先后排好队，再贴出拿出来分配的房子，然后按照排队顺序挑选房子。洪子诚因为上学早，所以在同样资历的教员之中年龄最小，轮到他的时候，已经没有多少可以挑选的了。我们分到了蔚秀园的27楼5层313号，那是两间向阳的房子。空气不能对流，尽管如此，我们还是非常高兴。蔚秀园不在校内，在北大西门马路对过。

那年，洪子诚正生病，我在社科院的研究生学业将要完成，洪越在北大附小上三年级。我们分到的是住了多年的旧房。那时也没有什么装修队。房产科给我们的装修材料是一大块大白粉，一小包土豆粉，好让我们把墙壁刷白。正在北大分校读书的三妹帮助我，先是用铲子铲除厨房地面的油垢，再用菜刀铲除房顶和墙面的旧墙皮，然后从学校的木工厂拉回来两麻袋锯末，铺在水泥地上（防止刷墙的白浆粘在水泥地上不好收拾）。我们预备了两个大澡盆，盛上领回掺了土豆粉的大白粉，买了几把排笔一样的刷子，还在屋子里搭上了一个脚手架，请来了赵祖谟先生、我的同学王永宽、北师大的杨聚臣先生，大家都戴着纸叠的帽子，在屋子里干了一天，浑身都挂满了大白粉，然后他们就各自回家吃饭去了……

这一幕让我记忆至深，可能不仅仅是因为实际上身为“总管”却粉刷外行的赵祖谟先生，把土豆粉熬成了一锅“疙瘩汤”（土豆粉是黏合剂，应该煮成像是胶水一样的稀汤，搅在稀释了的大白粉里），也不仅仅是因为那大白粉刷到墙上总是挂不住，最后还是心细而且内秀的王永宽想出了先刷一层大白粉，再刷一层乳胶的办法，那大白粉才算是挂住了……而是因为在那个时代，人与人的单纯而且真诚的关系。那关系由于并不与“金钱”和“利害”太多挂钩而使人长久地怀念。

平民北京探访录

陈建功

开场白

我早就想把近年来混迹于北京平民的采访实录整理出来，和更多爱北京、爱北京人的朋友们分享这一份愉悦。作为首都的北京固然威名远播，作为平民的北京又何尝不独具魅力。记不得是哪位朋友告诉我的了，他到一位老北京家小坐，主人为他沏上茶，说："给您焖上了。"简单的一句客情儿，使这位朋友回味无穷。他说，不管到了天涯海角，只要想起这句话，大概都会"一声河满子，双泪落君前"的。我相信这位朋友其言也实，其情也真，不过若能在北京久住，他会发现，被北京人脱口而出却意蕴无穷的话语真是比比皆是。譬如北京人爱说"话又说回来"——"……这开出租车的挣得是多了点儿，可话又说回来，人家还操心呢，劳神呢，没白没夜呢！每天一睁眼，赶紧起呀，还欠着车份子钱没挣下呢！唉，话又说回来了，开公共汽车的也不容易：为个仨瓜俩枣儿的钱，得踩着点儿去上班儿，风雨无阻，也不能太委屈了人家……”

“两说着”，是思考方式，是人情伦理，也是文化的积淀。光是这一句“话又说回来”，你该看得出北京的老百姓们多么厚道、仁义，多么通情理，多么习惯于替人设身处地。

只要你到北京平民中去，你会发现得更多，不仅仅是语言。

比如那些蹲在菜站大棚前晒太阳的老太太，那些提着鸟笼漫步筒子河的老头子，他们中间就有平民北京的历史和人生。还有那些蹬着平板三轮，风一般驰过街巷的当代“祥子”，那些在夜市的灯影里挥舞着布料，高吼“瞧一瞧，看一看”的“倒儿爷”“倒儿奶奶”，他们中间更有一个新的平民北京。而这新的平民北京，它如何从传统中脱胎，又如何被改革开放的大潮冲刷出新的色彩，则更是一个有趣的题目。

不过，我们还是先从历史的寻觅中开始对平民北京的探讨吧。

有必要声明的是，早在 20 世纪二三十年代，知识界已经开始了对平民北京的自觉探讨，一代一代的考察者为我们积累了不少珍贵的资料。笔者在采访过程中，固然从被采访者提供的资料中得益，也从已成文的资料中取益多多，恕不一一致谢。作为一个对旧北京并无亲历的采访者，错讹之处，肯定是有的。如蒙校正，将感激不尽。

杠夫瘸三儿

——探访录之一

他居然是个过去的杠夫。结识他的时候，他一手晃着一个蒙着笼罩的鸟笼子，正优哉游哉地在天坛的古柏林子里转悠。

七老八十的老爷子，秃瓢，圆脸，酒糟鼻，颧骨上星星点点地挂着老斑，津津乐道于我提出的疑问，为我解释为什么要一边走，一边晃笼子：“人老在屋里闷着还得心脏病呢，何况本该上天的鸟儿……晃，晃，它在笼子里就得用爪子，使抓劲儿……啧啧啧，怎么样？用现如今时兴的说法——整个儿一座健身房！”这老爷子爽朗、风趣，采风者是不能不趁机“搭各搭各”的。这一“搭各”不要紧，你才知道你面前站着的，是个过去的杠夫。你感到意外，是因为他那条左腿，老得等右腿慢慢拖上来。可是你再细细地端详，你发现了他肩膀上的疙瘩肉，你发现了他原地不动时的姿势：提胸腆肚收臀，脚撇成“外八字”。你立刻相信这老爷子所言不虚。

“我知道您不信我瘸三儿这拉拉胯的德行还能去给人抬棺材。那是！抬棺材的主儿，甭说瘸，哪个不是膀大腰圆的精壮汉子！再说，抬棺材的讲究什么？稳！皇上出殡就甭说了，咱没赶上不是？可听说那 128 个杠夫光演杠就练了多少次。到了民国，大户人家出殡前也得走两趟试试啊。皇上那会儿，是在杠上铺上木板，摆上桌椅，沏上茶水，杠房掌柜的、大内的官儿们都得坐上去，起杠以后就盯着这茶水洒不洒了。民国那会儿呢，没那么讲究了，可也要在杠杆儿上放十几个盆儿，盛满了水，杠头儿响尺一响，起杠！杠夫们屁都得夹着啦。‘梆——梆梆’，这是慢走。‘梆梆梆’，这是急走。响尺横打是换肩，再横打，可就是练摘肩下杠了。您瞅吧，百十号人，一水儿的绿色驾衣，黑布靴子，黑毡帽，帽子上顶根翎子——丧家加了剃头钱，我们就得剃头穿靴，体体面面地给人家争脸不是？急走慢行，换肩换拨儿，那杠上摆的盆儿岂止不能掉，星点儿的水，不溢才行！要是我现在这模样，还想去当杠夫？滚一边去吧！”

“您当年一定也是个壮汉，才敢干这一行的。”我说。

“敢情！可话又说回来，不干这一行，我干什么去？咱家又没买卖，两手攥空拳的命，凭力气吃饭呗！杠夫这差使，那时候叫‘闲子’‘闲等儿’。等着活儿了，就有现钱去买棒子面糊口。等不着活儿，就接着‘闲等’。我 18 岁那年，街坊王升大哥就领我去杠房门口当闲等的‘小口子’去啦。啥叫‘小口子’？就是贫寒人家发送，请不起大杠，用八人以下的小杠，不用那么惊动，杠房就跟等在门外的小头目说，叫候在门外的小哥儿几个给办了。这小哥儿几个就叫‘小口子’，头目呢？头目叫‘门墩子’。我干了几个月‘小口子’，就上城门口的清茶馆等活儿去了。年轻，气盛，老当‘小口子’，觉得窝囊，老看着人家抬三十二杠、六十杠的气派。咱北京城的杠夫，都是天麻麻亮的时候上茶馆等活儿。杠房掌柜的只跟杠夫里的大头二头说事儿。老关系，有技术，一有活儿，掌柜的就找大头二头，大头二头就到茶馆找大家伙儿，安排每伙杠的准日子。软片儿——就是棺罩啦，幡啦，伞啦，杠夫的衣服啦，硬器——就是杠子啦，绳子啦，那全归杠房预备，不用你管，按点儿来就成啦！您记着，‘响尺’的乱梆子一敲，就得聚齐儿，该站哪儿，您就站哪儿，不准喧哗说笑。‘响尺’再打一声，您可就得规规矩矩给人家起杠了。起杠以后您就听吧，只有响尺‘梆梆梆’，脚步唰唰响。您要是犯了规矩，杠头儿抡起响尺就打过来了，打您个头破血流您也没脾气——得罪了丧主儿，砸了大家伙的饭碗，你担待得起？”

我告诉这位老爷子，听他这么一说，才算是开了眼了。过去只是听说北京的杠夫全国闻名，甚至天津、上海的阔佬儿办丧事，还有人进京“特请”。这回终于明白为什么要“特请”了，没想到抬棺材还有这么多规矩讲究！

“那可不！北京嘛，大户人家多，人家舍得出钱，咱不能让人家丧主儿挑了理儿去。光是从这屋里出堂出院儿，就是一功。您想吧，遇见高台阶，上去时咱得前捧后肩；下去时，咱又得前肩后捧。到了过道儿门，杠子施展不开了，得有个人钻到棺材底下背驮。还不能瞎嚷嚷，全听响尺号令。那丧主儿不错眼珠儿地盯着您哪。您敢把棺材歪了，碰了，翻了？那可就热闹啦。灵柩出了门，盖上了大罩，事儿还没完。孝子摔了盆儿，‘响尺’就喊上了：‘四角跟夫，后尾搭茬儿！’咱就得应‘唉——’，‘响尺’接着喊：‘本家姑奶奶赏钱多少多少吊！’咱还得应‘吊——’，这一路，遇上设路祭的、设茶桌的，时不时就得来这么一下子。就这么一路抬出城去，等到完了活，揣好了二头目发的块儿八毛钱，累得腿肚子都转筋啦。可还得往家赶呀，老婆孩子还等米下锅哪！”

“我这么听着，这一路赏钱的可不少啊，怎么才分个块儿八毛？”

“这您就不懂啦，那喊‘赏钱多少多少吊’，可不全是真赏。有的是真赏，有的是假赏，还有的是小赏大喊。咱北京人爱面子不是？要不怎么说‘死要面子，死要面子’呢！就算遇上赏了大钱的人家儿，人家也是跟杠房和大头二头算账，再分到咱手里，可不就块儿八毛了？就这块儿八毛的，要是天天能挣来，也知足啦！赶到后来，我看那些大户人家也都败得差不多了，死要面子的人是越来越少了，杠夫的活儿也越来越显着肉少狼多了，咱又改行，蹬三轮去了。要不，怎么摔断了腿！”……

就这么着，我跟这位“瘸三儿”大爷算是认识了。一两年间，时不时就到天坛的古柏林子里会会他。以后因为忙，有一段日子没有再去。再去时，已不见了他的踪影。另外几位相熟的老头儿说，他一年前就过去了。

“坐火葬场的车走的，一按电钮，进了烟囱胡同了。”老头子们说起死，都有这么股子幽默劲儿。

“耍骨头”

——探访录之二

一个“耍”字，大约可以看出平民北京的某类性格特征。

油嘴滑舌毫无节制被称为“耍贫嘴”；动作卖弄以图喝彩被称为“耍飘儿”；衣履不整褴褛如丝被称为“耍套儿”；寻衅捣蛋不可理喻被称为“耍叉”——旧京民谣曰“娶了媳妇不要妈，要妈就耍叉，耍叉就分家”，即指此种泼皮气。我想，“耍”字的“神韵”或许和“耍狗熊的”“耍中幡的”“耍耗子的”“耍猴儿力子的”等江湖职业不无渊源。“耍叉”一词，便是明证：先是街头卖艺的行当，后又成为泼皮劲儿的转喻。“耍骨头”一词的演化，亦与之相仿，不过是比耍叉更有过之而无不及的蔑称便是了。人要是到了被称之为“耍骨头”的地步，已经不光是寻衅捣蛋不可理喻之辈了，你还得具有自轻自贱，面不改色心不跳，死猪不怕开水烫的脸皮。这倒也名正言顺。因为“耍骨头”的行当在江湖中也比之“耍叉”者更卑贱，被列之为“穷家门”，无家的丐帮是也。曾见一文章忆及几位江湖艺人聊天，大叹人心不古，江湖乱道。几位“耍狗熊”“耍猴儿力子”的哥们儿愤愤然道：“连耍骨头的都上了地啦！”“上地”者，撂地卖艺之谓也。在他们看来，“耍骨头”者，除沿街乞讨外，是登不得“大雅之堂”的。尽管他们的“大雅之堂”亦不过飞土扬尘的天桥一隅而已。五十步笑百步，也还是要笑的。从中也可以想见“耍骨头”者地位之卑微了吧？

在我结识“孙骨头”之前，已经对“耍骨头”的行当略知一二了。老舍所作话剧《茶馆》里那位串场人物大傻杨，便是一位“耍骨头”的：手执两块牛胯骨，上边缀着 13 颗小铃铛，俗称“十三太保”。其中一块牛胯骨为“龙头”，以红绒球饰之，另一块为“龙尾”，以红绿绸带饰之。“耍骨头”者走街串巷，尤以光顾商家店铺为好。“合扇”相击，作“呱嗒呱”之声，铃铛相谐，伴“哗铃铃”之响。道一声“哎，打骨板，听我言，马家老铺在眼前”之类，便引出一段现编现唱的“数来宝”来。或表吉利恭喜意，取悦店家；或作调侃戏谑科，招徕听客。一段甫毕，平伸牛胯骨求赏。有赏者将一枚两枚置之骨上，“耍骨头”者绝对知趣而退，转移他方。另一家店铺门前再来一句“哎，打骨板，眼儿发花，原来是内联升的少东家……”如法炮制，又是一段。一般说来，店家乐得图个吉利，或者是为了避免“耍骨头”者厮守门前，搅了生意，总是要赏上几文钱的。当然也有心情不佳，较上了劲儿，声言“尊口免开，敝店一毛不拔”者，那可就热闹了。如果说，相安无事时，“耍骨头”者多为口角春风之辈的话，这时便将“耍骨头”本相暴露无遗了。他将在这家店铺门前一段一段数下去，词锋由恭维转向了讥讽，譬如“数来宝，说半年，这位东家不赏钱。不给钱，省下啦，打副金棺材多露脸……”有时候，一位仁兄还不够，三五同伙前来助威。店铺门前塞满了囚首丧面，科头跣足之辈，骨板声、讥诮声、哄笑声甚嚣尘上。到了这个程度，就算有人“惨不忍睹”，想出来打圆场，也难以收拾了。“耍骨头”者就是非要这个劲儿的——非得声言“一毛不拔”者将钱奉上，作揖请驾不可。丐帮中唱“数来宝”为生者，也有不击牛胯骨的。有的人以两块竹板相击，竹板称为“玉子”，求赏时则以竹板平伸接钱。还有以瓦片相击者。我想，竹板、瓦片自然不及“耍骨头”更有特色，或为这个原因，“耍骨头”才成了这一行当的代名词，也成了嬉闹耍赖，撒泼打滚儿，不顾脸面，不顾后果的捣蛋行径的代名词。

然而，“孙骨头”身上，当年“耍骨头”的“风采”已荡然无存。他当然是个“耍骨头”的出身，从与他一块儿下棋的老哥儿几个给他起的外号里，便一目了然。不过，他真的“温文尔雅”吗？是“衣食足而知礼节”了？还是他自知出身卑微，不敢炸刺儿？总之，这是个好老头儿。我把我知道的有关“耍骨头”的有限知识和盘托出，向他请教。他并不否认。不过，他说他要补充两点。

“第一，”他说，“我们那两块牛胯骨可不是马马虎虎的家伙什儿。那是朱洪武朱元璋皇上传下来的。皇上嘛，受命于天。可开始不行，开始他死了爹娘，没地方找饭辙，当了叫花子。别瞅当了叫花子，命在那儿哪。所以他这叫花子当得让人害怕——到了人家门口，叫声：‘爹呀，娘呀，好心的老爷太太呀，赏口吃的吧！’您想啊，这位可是天子命，那不等于折人的寿吗？他这一叫不要紧，叫谁谁得病，谁还敢应这叫花子呀！可怜这位真龙天子啊，没招儿啦，哭吧，哭着哭着才想起找两块牛胯骨来。由这儿开始，也不张口叫人家好听的了，打着牛胯骨就挨家挨户串去了……您是写文章的，别把我们这家伙什儿给小看了。”

“一定，一定。”我连连点头。尽管我对明史不甚了了，判断老人家这一段认认真真的“史料”的真伪，还是有把握的。不过我想，从历史角度来看，这一传说固然无价值可言，若换个角度呢？譬如心理学、民俗学的角度？

“第二，”“孙骨头”接着说，“我们说的那‘数来宝’，那是艺术！谁都瞧不起咱，说咱那东西不入流，不是艺术。它京戏那唱念做打是艺术；它‘耍狗熊’的，现在叫马戏，是艺术；它‘耍猴儿力子’的，现在叫木偶戏，是艺术。凭什么‘耍骨头’说‘数来宝’就不算艺术？我们这一行，也得练！不练，那牛胯骨一敲，呱嗒呱，呱嗒呱，合辙押韵的词儿，合情顺势的词儿，能从嘴里出来吗？那不是艺术是什么！唉，可惜啊，连穷哥们儿都看咱不上眼，说咱也不过是穷家门，臭要饭的而已……倒是有的文化人拿咱当回事，这也是我见着兄弟你，愿意说说真心话的原因。”

我问他指的是哪位“文化人”，愿闻其详。

“名字我不知道。我听说‘数来宝’的前辈有一位艺名‘穷不怕’的，这人我没见过，早死了。听说他学过戏，学过相声，后来以说‘数来宝’为生，他还擅长用白沙撒字。有位文化人写诗夸他，那诗写得好哇：‘信口诙谐一老翁，招财进宝写尤工，频敲竹板蹲身唱，谁道斯人不怕穷。日日街头撒白沙，不须笔墨也涂鸦，文章扫地寻常事，求得钱来为养家。’”

“孙骨头”说“数来宝也算是门艺术”，我是同意的。不过，我也知道，“孙骨头”是把唱“太平歌词”的“穷不怕”说成是他的同行了。不知把朱洪武说成是“耍骨头”的先辈，是不是同一个理儿？可我又何必说透它呢。

我问“孙骨头”，是否能给我来一段“数来宝”，让我开开眼。

他想了想，以掌拍腿，道将起来：“哎——打骨板，进街[illegible]店铺两边开，生意兴隆通四海，财源茂盛大发财。大发[illegible]银垛一块儿来。一块儿来，我沾光，掌柜的赏钱就[illegible]不济，保不齐明儿个就发迹。朱买臣敢想水泼地，秦[illegible]洪武也曾把空拳攥。空拳攥，攥空拳，叫声掌柜的给俩儿钱，没时没候儿念您的好，日进斗金少不了……”

听他数到朱买臣、秦琼、吕蒙、朱洪武的时候，我又想起了他说的——“那两块牛骨头可不是马马虎虎的家伙什儿”！

“大狗熊”孙宝才

——探访录之三

孙宝才其貌不扬——出奇大的冬瓜脑袋，无冬历夏都不见毫发。这秃瓢还不像其他老者的秃瓢儿一样，透出干葫芦般的油亮金黄，而是布满了青一块、紫一块的疮痕老斑。脸是平的，鼻子圆溜溜，脸上的肌肉虽然丰富，却已经明显地松弛了。右眼皮耷拉下来，遮住了那只本来就不大的眼睛，只有左眼在努力地睁着。上下嘴唇也相互错位了，一看便可知这是中风的后遗症。

“就我，都这德行了，还拉我练个什么劲儿。”说着，拉起那耷拉的右眼皮：“您瞧，您瞧，眼睛倒还看得见，可这眼皮子不管用啊！他们找我出去使活儿，我就是这么揪着眼皮子告诉他们来着。可您猜怎么着？人家说啦，谁指望着看您脸蛋儿来着？要找漂亮的脸蛋儿，满街都有，我们就不找您啦！可您这手活儿，谁也没有。这是绝活儿，您不出来使，谁能使？”

天桥的艺人们把他们所长称之为“活儿”。表演，叫“使活儿”“练活儿”。就这么着，孙宝才 80 岁上又往他那个硕大的光秃脑袋扎上了朝天翘的小辫儿，往他扁扁的脸上抹上了白粉，重新走上了舞台，直到今儿，到他 90 岁高龄的今天。我采访他的时间是 [illegible] 福长街三巷，一排崭新的平房里。同去的，还有宣武区文化馆的李金龙。多亏老李不断地用高且脆的大嗓门儿，向老头儿重复我的询问——老头儿已经有点耳背，而我，似乎还不习惯于初进人家，便在人家屋里扯开嗓门儿嚷嚷。

孙宝才的女儿——看来也已经是近 70 岁的人了——自始至终站在外间屋，关切地看着里屋的父亲，偶尔进来为我们添茶倒水。这情景使我颇觉有趣，我还从来没有见过 70 岁的女儿在 90 岁的父亲面前是什么样子，因此我忍不住时不时把目光投向她。

“我这闺女，我孙子，还有我重孙子都劝我，这么大岁数了，还演个什么劲儿！您老缺钱，我们给您。踏踏实实在家待着，遛鸟儿，养老，不就成了？我跟他们说，你们不懂！不是你们养不起我，也不是我图钱。咱图的是个乐呵！您想啊，包袱一抖响了，大家伙儿一乐，我心里也乐不是？兴许这么着倒能多活几年哪！”

所谓“包袱”，是相声行的术语，“笑料儿”之谓也。顾名思义，相声的笑料儿仿佛是包在包袱皮儿里的一样，点破笑料的那一下子，被称之为“抖包袱”。“包袱”一抖，却鸦雀无声，那可够让人垂头丧气的了。那“包袱”就叫“抖臭”了。倘若“包袱”一抖，举座笑倒，那就叫“抖响”了。

喜剧艺术家的得意之处，便在于此。

我看过孙宝才的双簧表演：着青色长袍，脸敷白粉，秃瓢上一根冲天翘的小辫儿。他演“前脸儿”，即充当前面的表演者。他的徒弟则在他的身后蹲下，以扇掩面，时而唱流行曲，时而唱“莲花落”，时而京白数语，时而韵白一段。孙宝才在这演唱道白声中，嘴唇翕动，眼波流转，一会儿学娇憨少女，一会儿学娉婷少妇，一会儿又是龙钟老妪，一颦一笑，惟妙惟肖，和椅子背后那位真正的演唱者配合得天衣无缝，这已足让观众开心解颐的了。后面那位还时不时要和前面这位逗逗乐子，故意出他的洋相。比如说是要放炮仗，一响二响过后，第三响却迟迟不响，待“前脸儿”俯身看时，突然“砰”的一声，“前脸儿”只好捂眼做哀叫状：“妈呀，崩着眼睛啦！”又比如，后面这位唱曲儿的唱之不已，打鼓敲锣的后面是扭秧歌，扭秧歌的后面是“迪斯科”，“前脸儿”也只好听其摆布，舞之不断，直到瘫倒。这些都是“极响极脆”的“包袱”，双簧表演就是这样在观众不断的笑声中推向高潮的。

天桥是旧北京的平民游艺场，是贩夫走卒者流“找乐子”的地方，也是江湖艺人们“平地抠饼”的地方。

“平地抠饼”是“撂地卖艺”的形象说法：以白灰为界，在地上画出方圆一两丈的场子，有人称之为“画锅”，有人称之为“抠饼”。总之，是靠这方寸之地找出生计的意思。类似的平民游艺场还有几处，比如隆福寺、护国寺、白塔寺的庙会，都留下过孙宝才们的身影，当然其中还是以天桥的杂技曲艺表演最为繁盛，最为经常就是了。

孙宝才在天桥演出的时候，已经不用撂地“圆粘子”（招揽看客）了，宋三茶馆为他搭了一个棚子，他和他的搭档在那里献艺，每天的收入和茶馆分成。其实，他是在隆福寺走红的，在那里，他得到了观众送他的外号——“大狗熊”。

类似的外号在北京的平民艺术家中俯拾即是。庚子年间便有说数来宝的“穷不怕”，唱俚曲说笑话的“醋溺高”，练杠子的“田瘸子”，说相声的“丑孙子”，民国以来又有鼻哨吹戏的“花狗熊”，且唱且舞的“赛活驴”，等等。从这些名目中不难看出，旧北京的平民艺术家们几乎无一不备自嘲自贱的特点。

平民北京的悲喜剧心态孕育了这样的平民艺术，而如此的平民艺术又为北京平民性格的形成留下了不可磨灭的印记。了解北京不可只知道作为首都的北京而不知道平民北京，而研究平民北京，不可不知道“丑孙子”“赛活驴”们。“大狗熊”孙宝才，大概是荣获过北京平民赠送谑称而仍在表演的最后一人了。

孙宝才告诉我，双簧应该说是相声的一种。不过说相声的人，以说学逗唱博人一笑，而演双簧的人，以二人配合之巧妙，神态举止之滑稽赢得观众就是了。

孙宝才称，双簧之创始者，为清末单弦艺人黄甫臣父子。传黄以唱单弦名重一时，常被慈禧太后宣召入宫演唱。然黄甫臣日渐衰老，嗓音不逮。某日，公公又至，宣旨召见，黄甫臣不敢抗旨，却又有难言之隐。这时黄甫臣之子自告奋勇，随父进宫，隐之幕后，代父演唱，其情其景，大概很有些类似现今假唱的歌星：台上手持麦克风做天真烂漫态或痛心疾首状，而真正的演唱者乃录音也。

黄甫臣父子的表演颇得慈禧赏识，非但不治“欺君之罪”，反而被问及其表演名目。黄甫臣急中生智，答曰：“双黄。”流传至今，即“双簧”也。孙宝才言之凿凿，是真是假，有待查考。

孙宝才年轻时拉过洋车，打过执事，扛过大个儿，因自幼举止诙谐滑稽，善学众生百态，在朋友的劝说下，18 岁拜赵尔如为师，学说双簧。

“不是我欺师灭祖啊，是我师父临死时拉着我手，亲口对我说的。他说，宝才啊，你师父对不起你啊。唉，这是实话，我师父没教过我一个‘整活儿’。您想吧，三年零一节，每天里，一大早起来，我就从天桥奔东四牌楼——师父家在隆福寺夹道。进了师父家，哄孩子，劈劈柴，啥活儿不干？师父高兴了，教个一句半句；不高兴，今儿就白干。现在我会的这点儿活儿，全是自己眼里看着，心里想着，偷偷练着，一点儿一点儿攒下来的。我师父不教我整活儿，我不怨他。江湖上传艺难啊，宁给一锭金，不舍一句春，都传了你，师父吃什么去？”

我说：“那您现在呢，您也这么大岁数了，也得带俩年轻的徒弟，甭让这活儿失传啊！”

孙宝才说：“是！我可不保守，我乐意！也有年轻的人来找我学艺。可我一看，得嘞，您请回吧！您说，有心学艺，不说受我当年那苦那累那脸子吧，至少您得把这头剃了吧？自打有了说双簧这行当起，说双簧的没有留头发的，甭说分头，背头，寸头也没有！看，我这秃瓢儿，一辈子了！您又要学艺，又要美。您说，留个油光水滑的大背头上去演双簧，那叫双簧吗？您说，您不狠了心，剃了头，我能收你当徒弟吗？”

他说的不无道理，只是不知道现在是否还能找得出这样狠心学艺的年轻人来。

因此，这节目现在也只有“大狗熊”孙宝才和他的“老徒弟”一块儿演了。每星期日上午一场，晚上一场，地点在前门大街“老舍茶馆”。

“瞪眼儿食”

——探访录之四

老太太朝我投过来警觉的一瞥。

可以理解。介绍我来的朋友告诉我，一个多月以前，老太太含辛茹苦养大的女儿和她的丈夫气哄哄地搬走了，原因是老太太过多地干预了女儿和女婿的私生活。她甚至不止一次地用扫床的笤帚把儿敲打女儿卧室的门，警告女婿说：“那事儿啊，不顶饭吃，一个礼拜来一次得了，别逮个便宜没够，没完没了地折腾我闺女。你不心疼，我还心疼呢！”

“唉，老太太，怎么说她好？真是个卖‘瞪眼儿食’的！”朋友说。

如果说，这一出悲喜剧和老太太的寡妇心态有关，我倒觉得有几分道理，可说这是她卖过“瞪眼儿食”的结果，充其量只能算个玩笑。不过，我的造访却是为“瞪眼儿食”而来。早就听人讲过这一行当，只是其说不一，似是而非，听说老太太便是这行当出身，是不能不访访的。

“您问这事儿干吗？老辈子的事儿了。”老太太说，“再说，别听他们瞎说，我可没卖过‘瞪眼儿食’，不信您打听去，我长大成人那会儿，还兴吃‘瞪眼儿食’吗？”

这可把我给问住了。我想了想，对她说，那行当不过是成百上千种“找饭辙”的法儿中的一种，没有什么张不开嘴的。而我，只不过是想对旧北京的五行八作做一些调查，写几篇文章，并没有别的意思。

“陈同志，不是我嫌寒碜。实话跟您说，我爸爸是卖‘瞪眼儿食’的，可那是民国刚开始那会儿的事，到我长大成人那会儿，这买卖就不那么兴了。论起来，我做的小买卖倒也受了点我爸的影响。可我不卖‘瞪眼儿食’了，我卖杂烩菜。”

“杂烩菜就是折箩，是吗？”

“对。我有一个外甥在聚贤堂饭庄当厨子，我们家那死鬼去了，我姐可怜我，让儿子给我这当姨的想想活路，这外甥就找掌柜的求情，把那些酒席的折箩攒一块儿。后来我外甥又跟好几家饭庄子讲好了，也把那折箩便宜点儿留给我。每天清早我推着车去拉回来，放火上‘咕嘟咕嘟’，推上街卖啦。一路走一路吆喝：‘卖杂烩菜来！’这东西那会儿还挺受人待见呢，穷啊，老百姓哪儿就沾着荤腥啦？可我这一桶子里，好，虽说牙碜点儿，倒是解馋呢！”

“那‘瞪眼儿食’是不是也是杂烩菜？”

“不是！我记得我爸和肉市上的人都挺熟，他天天傍黑儿奔肉市，把那些筋头巴脑没人要的肉趸它半麻袋回来，好歹收拾收拾，扔锅里咕嘟，放点作料，就连着锅一块儿挑出去啦。到了热闹地界，往路边一撂，买卖还挺好，就和我后来卖那杂烩菜一样，好歹是荤腥呀，穷人美呗。拉洋车的，扛大个儿的，到旁边铺子里买个火烧贴饼的，蹲在这热腾腾的锅边上夹肉吃。这‘瞪眼儿食’的吃法儿大概哪一摊都一样，先吃后算账。您这一筷子下去，大也好，小也好，猪皮也好，拐捧儿也好，反正是一筷子一大枚。您想啊，谁不想一筷子下去夹出块大的来？这不瞪大了眼儿，行吗？”

“噢，就这么叫‘瞪眼儿食’了？”我说，“可我还听人说，说的不是吃的人‘瞪眼儿’，而是卖的人‘瞪眼儿’呢。”

“也对，也对，卖的也得‘瞪眼儿’！您想啊，好几个人围在锅边，你一筷，我一筷，不看着点儿，心里没个数儿不是？那最后怎么清账啊？这卖的就得想着儿啦，人少时，心里数着就成；人多时，有拿竹棍儿当码子的，也有拿制钱记账的。你夹了一筷，我就在你的名下搁一枚。吃完了，数码子好计数。不管是用竹棍儿还是用制钱，我的眼睛也不能离开那口锅，不能离开锅里那几双筷子不是？”

“那可真成了大眼儿瞪小眼儿了。”我忍不住笑起来。

“唉，您说得对，都是穷命，谁能不瞪啊？我卖杂烩菜时不也一样！一个破盆儿伸过来了：‘您给打两大枚的。’我不看他我都知道他的眼睛圆了，心说：‘您行行好，捞点儿真货吧。’我这心里也没少了嘀咕，太实在了，这买卖就甭做了；太亏了人家，也缺德，还指望人家以后再照顾买卖吗？都是一个字：‘穷’！可瞪来瞪去有啥新鲜的？还能瞪出个金元宝来不成？”

“大兵黄”

——探访录之五

了解平民北京的情感历程和性格渊源，是不可不在旧北京的平民游艺场——天桥扎根儿的。诚如民俗学前辈李景汉先生所说：“天桥的人们，就在那儿，比较是更显露原形了，在态度、情感、思想和智力等方面。在那儿就可以看出他们是如何真吃、真喝、真玩儿、真乐、真说、真笑、真怒骂、真瞪眼、真吵、真闹、真斗心眼儿，也真大方，真慷慨解囊，真拔刀相助。”李先生继而以“大兵黄”的“不怕天不怕地专骂贪官与污吏”为例，指出：“我们得从平易中，微细的事物中，从粗俗朴素的形式中，从牛鬼蛇神的形象中，来认识天桥社区的内容和本质，从活生生的客观现实生活中来透视天桥的伟大处。”

我对这见解拳拳服膺。

由此，我也希望更多地知道一些“大兵黄”。

作为20世纪三四十年代公认的天桥“八大怪”之一，有关“大兵黄”的文字资料还是能搜集到一些的，当然其中也有其说不一之处，比较共同的说法是：“大兵黄”本名黄才贵，字治安，曾为清兵，参加过甲午之役，后又为张勋的辫子兵，退伍后为生计所迫，到天桥卖糖丸，别无所长，便以骂街招徕看客。当是时也，污言秽语，排山倒海，围观者里三层外三层，喝彩之声不绝，街巷为之阻塞。转眼之间，“大兵黄”名扬京师，一时间，逛天桥未能一睹其风采者，引为憾事。

这些资料更使我热切地希望找到一位盛况的现场目击者。

不久前，有幸结识了年近古稀的潘先生。老人坦率地告诉我，他年轻时家境殷实，因此每每流连于街肆，沉湎于书馆，如今忽然发现，年轻时的见闻可以作为旧北京的资料传诸于世，他十分愿意为我做一些咨询。

我便问他，是否见过“大兵黄”骂街？

他淡淡一笑，说：“我能没见过吗？”

这淡淡的一笑真让我觉得自己处处透着傻气。

潘先生告诉我，“大兵黄”骂街卖糖丸的地方，在如今自然博物馆路东偏南一点儿。“大兵黄”是全天桥唯一一位“不请人”的卖艺者。所谓“不请人”，就是说他不用“圆粘子”——招徕观众。每日下午一时许，在“大兵黄”每天出现的地界，早已有看客恭候。不知就里者看到那块场子围了一圈又一圈的人，还以为正有什么好把戏，其实并无表演，是人们虚位以待“大兵黄”驾临。下午一点多钟，“大兵黄”来了，围观者纷纷吆喝：“来了！来了！闪开道儿，闪开道儿！”“大兵黄”还是坐洋车来的，这气派就不小。只见他提着那根本色的木棍，分开众人，走到中间。此公70岁上下，高个头儿，不胖不瘦，连鬓的花白胡子，头戴硬壳平顶六瓣瓜皮帽，帽顶上一个大大的红丝线疙瘩，帽额前钉着一块玉石帽正，后脑勺拖着一根不粗不长的辫子，他有时则将辫子盘上头顶，刚好盘了一圈。“大兵黄”的上衣永远是一件马褂，有时是黑色的，上有凸现的“万”字不到头的暗花，因年代久远，衣料的布丝已经显现，有时则是紫马褂或者是土黄色的马褂，下身是一件和上衣差色儿的浅绛色或浅驼黄色的大下摆袍子，脚穿白布袜，蹬夫子履，鞋面上挂着圆“寿”字轧花。老头儿的左肩挎着一个丝绸的“弹子兜”，兜底短穗抖动，兜里鼓鼓囊囊装满了他要卖的药糖。

“大兵黄”入场伊始，先将手中那根木棍挑在裆前，形象殊为不雅。他翘着那木棍左扫右扫，扫得看客纷纷退避，很快便清出一块丈把见方的场子。这招数和用开路叉打场子是一个意思，不过在“村”“野”上更为别具一格，更有“大兵黄”特色便是。场子既开，骂街便也开始了。三皇五帝他爹，达官显贵他妈，前届总统他姐，无耻小人他妹，唾沫横飞，一泻千里。据潘先生说，这位“大兵黄”尽管口口不离“他妈的”“小舅子”，让人觉得不堪入耳，心惊胆战，细细听来，却能发现此公是非善恶泾渭分明，他传递的是普通百姓的价值观、伦理观。比如他骂八国联军，骂瓦德西，骂军阀混战，骂贿选总统……围观的芸芸众生当然齐声喝彩，一吐为快。在放荡不羁的外表下，“大兵黄”又深藏着足够的生存智慧——他的开骂，从来不涉及当时的掌政者，凡到此处，或暗示，或迂回，或借古讽今。因此，虽然出语惊人，却又能不惹麻烦，久演不衰。当然，老头子也有“金刚怒目”，忍无可忍的时候。大概因为此公甲午战争时曾经“伯也执殳，为王前驱”，和日本人交过手，所以对家国之衰更有刻骨之痛吧。日伪时期，他有几次居然破口大骂起日本人来，其胆量和气魄，一时更传为佳话。

等“大兵黄”骂得四脖子汗流，骂得群情亢奋，同声喝彩的时候，他就开始卖他的“药糖”了。他将手头那根木棍儿狠狠往地上一摔，吼一声“× 他个妹妹！”这便是骂街暂告段落，卖“药糖”开始的信号。“大兵黄”的“药糖”大小如蚕豆，几块一包，以白报纸包之，每包卖一大枚。看客们从他的骂街中过了瘾，解了气，当然也乐意帮他，纷纷解囊，买下一包药糖。卖完了这一拨儿，又有一拨儿人围将上来，“大兵黄”又开始了新的一轮“× 他妹妹”。

“您还别说，这老爷子当年可是个大明星，那知名度不让今儿的陈佩斯、赵本山！不过，他可赶不上现如今的明星们这么阔，别看他坐洋车去卖糖丸、骂大街，最后还是不知终老何方啦！”潘先生感慨地说。

听潘先生谈过一席话以后，我曾经路过一次天桥，不知怎么的，格外留意了一下当年“大兵黄”撂地开骂的地方。那里的空地上正举办年历展销，五彩缤纷的美女图像粉坊的粉丝一样被晾在一排排铁丝上，随风飘动。突然想到“大兵黄”若魂归故地，发现等待他老人家的，是如此香艳的一群，他是否还有胆量以那般不雅的姿势打他的场子，骂出那一串串污言秽语来？

“剃头挑子——一头儿热”

——探访录之六

我妻的娘家在西城的一条胡同里，胡同西口，是太平桥大街。上了大街向北一拐，可见一溜儿店铺。在两家门面可观的店铺中间，挤着一个窄窄的门脸儿，仿佛一左一右两位脑满肠肥的警察，把个可怜兮兮的“卓别林”挤在胳肢窝下。不经意的过路人，是不会发现这“卓别林”的，而我，常来常往的缘故，对这可怜虫便有几分留意。

这窄窄的门脸儿是一家小小的理发铺，当然是不能和时下北京城里装修豪华的“发廊”“发屋”同日而语的。这是一间窗玻璃、门玻璃上写满了“理发”红漆大字的小破屋。窗台下，无冬历夏都戳着一只孤零零的煤球炉子，半死不活地坐着一个满盛着水的铝盆。暗红色的小门，油漆已经斑驳，门把手周围黑乎乎一层油垢。门扇开合时，窗户格子都跟着颤悠。倘若你在午、晚饭前后走过这里，又赶上天气还算好的话，一般都能看见一位眍瞜着眼眶，瘪了腮帮子的老者坐在门前的小板凳上，身前置一方凳，方凳上放着一碟花生豆，一只小酒盅，方凳下还蹲着一瓶“二锅头”，这便是小小理发铺的剃头匠了。剃头匠生意之冷清，是不言而喻的。我经常路过这里，遇见顾客出入却是有数的几回。而几回见到的，又都是和剃头匠年龄相仿的老头儿。老头儿们从里面走出来，都是一水儿的大秃瓢儿。

我得以闯进这家理发铺，结识了这位剃头匠，纯系偶然：夏天的一个傍晚，按常例看望岳父母。刚下了公共汽车，便赶上了倾盆暴雨。我那时手上正拎着刚刚从一位画界前辈那里求得的一幅山水画，尽管离去处仅一箭之遥，也只好找个地方暂避一时了。

鬼使神差一般，我怎么居然就没去那两家门面堂皇的商店，而是走进了小理发铺敞开的破门。

老剃头匠在喝酒。矮凳、方凳、花生豆、酒盅、二锅头，一切如常，只是挪进了屋里。平时并不大敞的门之所以敞着，当然不是为了迎接我，大概是老头儿为了观赏门外的景儿：大雨滂沱不算什么，壮观的是，地势低洼的太平桥大街又赶上了下水道堵塞，顷刻之间便变成了一条汹涌澎湃的河。两辆卧车熄了火，活像两只踞伏于水中的海龟。不远处那家卖菜的大棚似乎也遭了水，茄子、西红柿成片成片地漂浮过来。赤了上身的少年们在水里蹚来蹚去，拣茄子，扔西红柿，笑声、叫声和风声、雨声汇成一片。

看这样子，雨，是一时半会儿停不了了。倚在人家的门框旁，看人家喝酒，总觉别扭。于是便绞尽脑汁跟老头儿搭讪，一直说到请问老人家喝好了酒，能否给剃个寸头。

“要躲雨，您就在这儿待着，犯不着脸上挂不住，还费心思来照顾我的买卖。”老头儿说。

“不是这意思，不是这意思。”我忙不迭地解释，“反正这儿待着也是待着，我这头发又该理了——只要您乐意。”

老头儿说：“我吃的就是这碗饭，有什么乐意不乐意的？我是看您年轻轻儿的，那脑袋金贵，不瞄着‘四联’，也瞄着

‘西单’，我这门脸儿小，剃不了那么金贵的脑袋。”

“嘿，老爷子，英雄出草莽，绝技藏深巷，听过这么一讲，我今儿还非领教领教您的手艺不可了！您喝着，您喝到后半夜去，我也等得起，雨，且停不了哪！”我得承认我有点坏，成心搔老爷子痒处。

“好吧，咱爷儿俩说不定还真有这缘分。”

老头儿撂下酒盅，站将起来，那神气再满不在乎，也遮不住技痒难熬。

屋子中央摆着一把不知哪朝哪代的理发椅子，全系木料打制，敦敦实实，坐上去倒颇觉安全。椅子后面排着两条漆黑油亮的趟刀布。面前是一面长仅 2 尺、宽仅 1 尺的镜子。推子是手掐式的。唯一的电器是一把磕得坑洼不平的铝壳吹风机。

“您这理发铺子得有年头儿了吧？”

“也就 30 年。过去咱哪有铺子呀，顶多到天桥支个布帐子。我还挑过剃头挑子串街呢！”老头儿左手捏着小梳子，手背上青筋隆起，手指却张成了兰花形，像一位玉手纤纤的青衣。右手的袖口捋得高高的，胳膊弯儿也抬得高高的，悬腕运剪，“嚓嚓嚓”，说话的时候，仍然不错眼珠地盯着剪子，这神态活像个大书法家在运腕行笔，擘窠大书。

“您瞧，我没找错人吧！从镜子里看您这姿势，没有几十年的工夫可端不出来。”我说。

“敢情！打自民国三十年（1941 年）我从老家出来，跟我叔学艺算起，也小 50 年了！”老头儿开始来劲儿了，他告诉我，他是宝坻人，而宝坻、定兴，是剃头匠的“产地”。“也不知道怎么回事，代代相传，都拿这手艺当饭吃。”

“您可别拿这手艺不当回事儿！”我说，“当年那剃头挑子还留着没？白塔寺‘茶汤李’知道不？去年春节在晚报上登了一大篇呢。这不，当年的大铜壶搬到地坛庙会上去了，露了大脸啦！保不齐哪天就有人请您去表演剃头了！”

“您这话说得，还真是这么个理儿！‘茶汤李’的事我也听说啦。咱不敢比人家，茶汤是啥时也有人吃啊，可口可乐喝腻了，来碗茶汤！可现而今这逛庙会的，又有谁找剃头挑子剃头啊！不过，要说表演，让不懂得老事儿的人开开眼，还真保不齐。前儿个有个老兄弟就跟我说起来啦，说闹好了明年春节咱也挑着剃头挑子上地坛喽！这不，我还真把家伙什儿收拾出来了……”

老头儿把蒙在墙角一堆杂物上的那块灰色塑料布揭开，才发现，原来是一副漆上了崭新的红漆的剃头挑子。

“剃头挑子——一头儿热”这句歇后语，北方人常用作单相思之类的比喻，其出处显然是因为剃头挑子确实是“一头热”——挑子的前边，是一个圆形的炭炉。剃头时，剃头匠往炉上坐一个铜盆，烧热水备用，一头热即言此也。炭炉旁还戳着一根木杆，俗称“将军杆”，杆上部有一横架，上面挂着趟刀布，也用来挂“唤头”。所谓唤头，铁制，形同巨镊。剃头匠挑挑儿过街，并不吆喝，以一铁棍从唤头中插入，向外一拨，唤头即作“仓儿仓儿”之声，俗谓“报君知”。撂下担子做活儿时，“报君知”则到“将军杆”上栖身。

“将军杆”的顶部，通常是用来挂帽子的。不知道那些在“将军杆”上挂过帽子的人是否知道，那“将军杆”上也曾挂过示众的脑袋！史载顺治元年，多尔衮率清兵入关，曾下令关内关外兵民剃发。顺治二年，律令愈酷：“今限旬日，尽使剃发。遵依者为我国国民，迟疑者同逆合之寇，必行重典。”大江南北，演出了一场“留发不留头，留头不留发”的惨剧。当时的剃头匠们领了官差，挑了剃头担，逡巡于大街小巷，见没剃发的，拉来便剃，稍一反抗，就砍了头，挂在特设在剃头担的杆子上（夏家俊《清朝史话》）。

剃头挑子的另一头，是一个红漆的梯形小柜，当然也可以称之为柜形的凳子。柜子的抽屉里放着剃刀、木梳等工具，抽屉下面还有一个盛水的小桶。顾客来了，将帽子挂在将军杆上，在小柜上落座，剃头匠会递给您一个小笸箩，您得端着它，接着剃下来的头发。

“身体发肤，受之父母。剃了，就老大不乐意了，还满地里扔，让人踩，行吗？”老剃头匠向我解释为什么要端那个小笸箩。

“没劲没劲！”我说，“有种儿的就别剃！”

“那不掉脑袋了？”

“噢，又要对得起脑袋，又要对得起父母，所以才找了个笸箩接着，是吗？”

“那我可不清楚。反正人都说，剃下的头发要是不接着，满地扔，让人给踩了，您可就得倒霉！”

料想老头儿一定是跟我聊得挺开心，若不显显身手，不善罢甘休似的。理好了发，刮净了脸，他忽然问我，需要不需要“取取耳”。愣了一下，我明白了他说的是“掏耳朵”。早就听说过掏耳朵、剪鼻毛乃至从眼睛里剔沙子，都是过去理发师的本职，只是从未领教过就是了。

“我们管这叫‘朝阳取耳’，就是冲着太阳借光。这会儿，也只好跟电灯泡借借光啦！”老头儿把电灯泡拽过来，让我歪下脑袋，揪着我的耳朵找光。他先拿过一把小小的类乎三棱刮刀的工具，探进我的耳朵眼儿里转来转去。

“这干吗，旋耳朵？”

“这叫铰刀。得用它先把耳毛铰干净。”

铰完了就用耳挖勺掏，掏完了把一把毛茸茸的“耳洗子”探进去，一点儿一点儿把耳朵眼儿刷干净。

“放放睡吗？”耳朵快掏完的时候，老头儿问了一句。什么叫“放睡”？闻所未闻。

“放了睡”才知道，就是推拿、按摩——没想到老剃头匠的活计里，还有这么个节目。他扯过一把小板凳，让我坐了下来，又搬过那红漆的剃头柜，坐到了我的身后。他抬起一只脚蹬在我坐的小板凳上。“靠过来！”话音没落，他已经拉着我靠在他的腿上了。他先抓起我的一只胳膊抡圈儿，随后又拽着这胳膊一屈一弹。没想到，奔70岁的人了，手劲儿如此之大，穴位一点，疼得我直咧嘴，他却乐呵呵地说：“小伙子，放心！闪腰岔气，落枕抻筋，包好！”

“活儿”总算完了，我们爷儿俩对着喘气。

我问他收多少钱，他说只收理发钱。“5毛！”他说，“取耳、放睡，那是我高兴，练练活儿给您看看，赶明儿真能上地坛庙会表演，省得手生不是？”

我掏出钱放在老人家手上，心里想，但愿他对半年后那个地坛庙会的期待，不是“剃头挑子——一头儿热”。

鬼画符

——探访录之七

当铺在日本被称作“质屋”，这当然是世人皆知的。之所以扯起这个话题，是因为我在日本奈良的一条老街上看见的一家质屋，弥补了我在见闻上的缺憾。这座和整条老街一起被保存下来的建筑物，居然和我从旧照片上、从前人描绘里得知的中国老当铺几无二致。或许这行当，这建筑在台湾也还有？反正北京是没有了，一处保留原样的建筑也没留下。因此，当我看到这窄窄的门面外那一圈高高的红漆栅栏，把质屋围成个活脱的牢房时，其惊喜是不言而喻的。我曾经在《老北京店铺的招幌》一书中看到过宣统二年开设于东黄城根的“阜和当”图绘，那建筑式样就是这样的。只不过清末民初时市面设施还不算拥挤，“阜和当”门外也就多了一根高耸的旗杆，近顶横着一条龙，龙头上挂下一串铜钱，铜钱下缀以红布条。这是老式当铺的幌子。这旗杆幌子在民国以后也很快被拆除，而代之以更简洁实用的招幌了。

我知道，当铺门面上这近乎牢狱的栅栏，是历来传闻当铺创始者为囚徒的依据。据说罪犯王某在狱中为巧取同牢犯人的银钱，设“小押当”，有嗜赌者输钱情急，遂将物品半价押之，赢钱再交押金利息赎回。王犯获赦后，将“小押当”推而广之，自此当铺业兴。我曾以此传闻请教于前辈，答曰：谬传也。门外栅栏，不外乎与今日银行之栅栏门同类，为保安所需，与牢狱无涉。我由此忽然醒悟：这传闻的意义，或许不在乎真假，它传递的，是民风淳厚的北京百姓对当铺的敌意。在仗义任侠的北京人眼里，当铺是一个乘人之危挣昧心钱的所在。客气和气的北京人，同样不能容忍当铺掌柜的傲慢和冷漠。在这种价值取向、人际观念的对立中，当铺那高高的栅栏，恐怕也就不能不被人和牢狱相联系了。由此我们也不难解释，为什么每逢兵荒马乱之时，所有的北京当铺都难以逃脱被哄抢一空的命运。

家住宣武区前孙公园胡同的丁先生，年届八旬，尽管腰佝背驼，却仍然精神抖擞，博闻强识，我所知不少旧京掌故，多得益于丁老。丁老称，当铺之为旧京平民所侧目，不仅因为它放贷坑人，而且实在也因为它自有一套鬼鬼祟祟的举止。进到当铺里，你会听到高过头顶的柜台那边说的是半徽半京的行话。他们把“1、2、3、4、5、6、7、8、9、10”说作“摇、按、瘦、扫、尾、料、敲、笨、缴、勺”，把“同行”说作“子母绕”，把“东西”叫“端修”，把老太太叫“勒特特”，大姑娘叫“豆官妞儿”，小媳妇叫“洗玄份儿”。

本来，等米下锅，臊眉耷眼地拣几样值钱的东西来押当，这对于讲头讲脸的北京人来说，已是无地自容的事，岂料这高柜台后面还叽里呱啦一通隐语黑话，不能不让人觉得是欺人不懂，当着面算计人。这无异于当面抽人嘴巴。待到掌柜的甩过一个价儿来，押当者就得目瞪口呆，气得背过气去。都急等钱用，谁不想押得高一点儿？于是乎只有哀求、央告、通融，自尊心扫地，直到“当家的”出来敲定。最令人无法忍受的是成交以后，掌柜的一边高声报账，一边写“当票”。您当的是一件崭新的羊皮大衣，也被喊作“虫吃破光板老羊皮袄一件！”您当的是一枚翡翠帽正，则被喊作“硝石帽正一枚！”据当铺中人回忆，如此报账写当票，并不是为了贬损抵押物，而是一种分类的方法。如皮毛品则以“虫吃破光板”起头，翡翠则以

“硝石”起头，书画则以“烂”字起头，衣服以“破”字起头。大有分类学上的考虑。此说或有道理。不过，皮毛若以“皮毛”起头，书画以“书画”起头，似乎也不妨碍分类。我想，如此报账的开创者，恐怕还是意在压低押物所值，至于以后渐成习惯，演变成分类的字头，也是很自然的事。丁老告诉我，当票拿到手中，你会发现，这当票更仿佛是一个神秘的、遍布诡计和陷阱的东西——龙飞凤舞的自造字，当铺以外的人只能如睹天书。据说入当铺学徒，学写“当字”便是第一功课。当铺自备“当字本”教材，学徒须习写熟练。“当字”字体类乎行草，然除个别单字尚可辨识外，其他单字已被改得面目全非了。如“裤”写作“久”，“百”写作“彡”，“棉”写作“○”。等到把这些单字写到当票上，更写成了“套写”——也就是说，把“虫吃破光板”之类一气呵成，那就更进一步千缠百绕，如鬼画符一般，外人绝对看不懂了。

就这样，当铺——森严的木栅，高踞人上的柜台，傲慢的掌柜，叽里呱啦的徽音隐语，贬损有加的报账对死要脸面的北京人的羞辱，鬼画符一般的当票对求贷者的嘲弄……这一切都使它们成了平民北京的对立物。不过，旧社会北京的百姓也悲哀地发现，恨它骂它，还得求它。对于每陷窘境的老百姓来说，它甚至是不可或缺的。

北京法源寺之往来

刘海红

算上今年二月的一次，我去法源寺已经两次了，当然，这和常去朝拜的人是没法比的。第一次是2011年的深秋，看红叶的时节，我慕名而去，是因为读了李敖的《北京法源寺》，心生敬意和感慨。当时对本书记忆最深的地方是，谭嗣同明明可以逃生，却偏偏选择慷慨赴死，在决定赴死前对梁启超说道：为变法我也可以不死，但我有另一个想死的原因，我认为中国的路是革命这一条，而不是改良这一条，我倒在路上，用一死告诉后来的人，这条路不通。说起来，谭嗣同最初是革命念头多，遇到康有为、梁启超才决定走改良的路，他身上最宝贵的品质是可以不必死，但他却要死。时人、后人又有多少理解他的呢？我相信大多数人的选择是：留得青山在，不怕没柴烧。谭、梁的对话，包括更多历史情境的出现，也许是经过考证的，也许是作者梦想般的叙述。多年来，我们受教育所掌握的知识有很多程式化的东西，一脉相承的记忆和论断早已给我们的认知打上了固有的印记，从而加深了对固定相貌的深刻细化，并用标签仔细地标明。由此，我们认为历史就是这个样子的，代表人物也是那个样子的。我想，对于过去和已有的认知，甚至对于不曾看到听到的未知，应该有更多的可能性存在吧。

秋天的下午，在一片明亮的黄色中，我带着书里的温度去法源寺寻找历史的痕迹和现实的意义。走了很多路，拐了很多弯，问了很多人，我到了处于闹市中的法源寺。那次的探寻更接近于游览，简单得不能再简单，进了几个殿，见到数个人，在丁香树下坐了许久，也只是坐坐，没有想更有意义的事。虽说寺庙是很古老的寺庙，唐代就有了，那时候叫悯忠寺，是唐太宗为纪念跨海东征中死难的将士，在幽州（现在的北京）城内建的一座寺庙。清雍正时重修并改为法源寺。民国时期，法源寺是北京城内最大的停灵寺院之一，戊戌六君子被杀后，谭嗣同等人的尸身也曾停放在法源寺。如此看来，法源寺更多时候是让灵魂得以安息的地方。书中说，法源寺在北京的寺庙里，有它独有的悲怆气氛。其他的寺庙，兴建原因大都单纯，为了弘扬佛法就盖了，法源寺不同，它是为追念为中国而死的先烈。如今，经过朝代更替，岁月变迁，法源寺已成为国际佛教交流的重要场所，寺内收藏了众多名贵的佛教典籍和艺术品。同时，中国佛学院在此成立，更不用说那么多令人唏嘘、悲叹的非常人物或长或短的停留。带有悲情色彩的法源寺经过了描摹、勾勒、渲染、填充，已是一幅厚实的工笔画了，但于今在我眼里似乎都淹没在了暗淡的夕阳里，蒙了灰，我不知该到哪里去扫了这灰，又不知该以何种方式掸了这灰，我只是那么坐着，看穿青衣的僧人和穿秋衣的俗人依次走过。大同小异的寺庙结构，多年以后，我不知道还能否记起城南的门或城北的墙。照例有很多香客上香、膜拜，和僧人阿弥陀佛地打着招呼。那一秋，我在书中的感慨失了分量，在实地法源寺没有任何收获，书里的人、写书的人、看书的人，不过是聚焦成了“北京法源寺”五个漂亮的题字。

说历史、谈兴衰总想带出点沧桑厚重来。实有体验也好，无病呻吟也罢，依托一座古庙、一顷湖水、一处楼阁、一帖碑文，从古说到今，洋洋洒洒几千言，借古人之酒杯，浇自我心中之块垒。我也想就此效仿，凭对书本知识的一知半解和民间的道听途说，在走得不太远的路上，借想象挤出一些寻古感怀，继而安放自己轻飘的灵魂。但未下笔已觉干涩，未经血色渲染，抒发后的不相称还得打发更长的虚无。乱世、盛世同样造人，应该看到，清醒的自救与救人者，他们的底色是不需要渲染的。

台湾著名作家、史学家、思想家李敖入狱六年有余，不改傲骨，依旧特立独行，斗国民党、战民进党，狂放叛逆、谈笑风生、肆意著文、嬉笑怒骂、是非曲直尽由他人评说。我想，正是由于李敖的独立精神，才在他笔下刻出了大义英雄谱。康有为、梁启超、谭嗣同等一批文化思想巨人和许多草莽英雄，用各自不同的方式张扬着热情，在中国近代最黑暗的时期，用思想、鲜血论述着重大的主题：生死、鬼神、僧俗、出入、仕隐、朝野、家国、君臣、群己、人我、情理、常变、去留、因果。历史实有其人，小说实有其情，读来一气呵成，回肠荡气，掩卷沉思，确有不吐不快之意。眼前呼啦啦似众君来，握手、谈笑、回首、离去。想见历年来的黑暗牢房中，连白蚁、蟑螂等都是来去自如，勉强为人的李敖在年复一年的阴霾中，思想从未灰暗，似一道道闪电，划破夜的长空，构想出《北京法源寺》。没有什么能困住他，甚至好的构思，都在他的“最好”中淡去。作为一部历史小说，写实的真与艺术的真，拿捏得恰到好处，思想丰富、感情充沛，像他自颂的那样：具有全面性智慧。

国人不乏智慧。一月底，国家大剧院上演了由田沁鑫导演的话剧《北京法源寺》。很多老戏骨、中坚力量演绎了一出叩问历史、叩问灵魂的大戏。剧场的上座率很高，舞台简洁，简洁中又透出渐远渐近的浓烈和渐近渐远的空灵。演员演得激情澎湃，大段的独白与对白字字铿锵，力透纸背的追问从高悬的“法海真源”牌匾中传来，或高亢，或低沉，问自己，问良师，问政见不同者，问高台端坐的佛祖，问下界悲情的苍生。大国、小家、权宜、直面、迂回、永生、迷茫、彻悟、前尘、来世，众多的选择可以在舞台上删繁就简、艺术加工。导演、演员们个个都很卖力气，台下的观众或深或浅地入戏。几个小孩子坐久了跑出去，有家长跟出去。曾有那么一刻，我一边听着台上慷慨陈词，一边望着台下看不出表情的脸，很奇妙的感觉，可以一步踏入早已知道的历史朝代，悲喜惊哀，感同身受，又能在一步之遥庆幸原本是梦一场，退回来有再次选择的可能性，这可能是戏剧、影视于人的魅力吧。就如同体验立体场景游戏，设施是固定的、安全的，画面是刺激、诡异的，无论多惊险害怕，最终都回到现实的平地上，走下那张座椅，便又继续我们明亮的生活了。只有一个人生，他人的故事只能是他人的了。人类的历史是由他人、我等一个时期一个时期、一个故事一个故事连接起来的，就像法源寺，从它有形起，就容纳了千千万万的信众、非信众走来走去，有人留下了，有人离开了。寺庙是个好道场，众生说了很多话。植物是恒定的，前庭后院的丁香花开浓郁，点缀得古寺更显流芳之意。

我还没有赶在丁香花开的时节去往法源寺，肯定会有机会去的，只要不是人为的有事，季节总在那儿等着，年年流动，其实去了，不也是人力所为吗？很多事情都需要人为的，只区分先后罢了。话剧《法源寺》进一步拉近了我与这座古寺的距离，再去则是临时起意。二月的早晨还是很冷，我从另一条路走向法源寺，地铁菜市口站下了车，裹着浑身的冷走在这条有名的街上。如今它已是热闹非凡，以前，以前的以前也是同样闹哄哄吧，尤其在等待行刑队伍的时候，黑压压的人群站着挤着。谭嗣同《狱中题壁》诗：“我自横刀向天笑，去留肝胆两昆仑。”面对着懵懂麻木的观众，他高呼了吗？有人听见了吗？有麻木就有思考，有颓靡就有奋起，志士的血洒了，人们争相热闹一场，车轮滚滚，人们簇拥着散了，空寂中有那么几声嘹亮，仔细听还是很真切的，毕竟天色尚早，有人没有睡去。清冷的早晨，已有人朝拜，也许是随时的功课，也许是从遥远的地方慕名而来。我放慢放轻脚步，生怕嗒嗒的鞋声搅了存在着、逝去的人的清静。猫们踱来跳去，很肥，想来是被普度过了。风来疏竹，风吹得竹子唰啦啦地响，风过而竹不留声。寺外的街心公园里已经有晨练的人了，天蓝蓝的，人们清爽爽的，这或许是远去的人最想看到的吧。

戏剧、人生、前世、今生，从来都是有关联的。当慈禧选择囿于爱新觉罗基业的时候，谭嗣同选择被他致力于改良的制度所囚禁，李敖在大清的版图、至今仍是中国的版图上选择被拘禁。诚如电影《肖申克的救赎》中的一句名言：“有一种鸟儿是永远关不住的，因为它们的每一片羽翼上都闪着自由的光辉。”舞台上的众生仍在彼此寻觅、观照，出世的地方延续探讨着入世的意义。怀大慈悲，有界亦无界。书中的大人物，他们以各自的方式走在我们的前面，尽管有时候形单影只。

临近正午，天暖和起来了，阳气渐长，身体由里向外热了，一度被拉扯的坠感不再继续向下。两只猫在禅堂外守着灭火器箱，严肃又认真，如同守着功德箱。猫儿怎知布施意，随意落脚在殿堂。一位女士说，它原来还在这里，只是比先前胖了些。地上的疏影时而有形，时而无形，我回头又看了一眼乾隆御笔亲题的“法海真源”。院落的墙上有各样文字。是的，有一天，我们终将独自死去，面对这巨大的孤独并接受它，需要的不仅仅是勇气，还有放下。天地永恒，那些已经死去的、我们这些未死将来也必死的，不过是在永恒中暂时离别，有一天，终归化作春泥再次相逢。

我算不准什么时候还会带着疑问来，唯一能掌控的便是再读一遍李敖的《北京法源寺》，虽然他写此书时没有去过。

未名湖的冬天最好，湖面上结了冰，
大学生们在冰上上体育课，学习滑冰，
放学时孩子们滑着小冰车。
湖上满是快乐的喊叫声。

——么书仪《家住未名湖》

山里的羊叫山羯子，腿精细，
个儿也不大，身子却极灵活，
在悬崖峭壁，荆棘丛中，
时时能见到羯子们的身影。

——陈建功《平民北京探访录》

只要你到平民北京中去，
你会发现得更多，不仅仅是语言。
杠夫、耍骨头的、双簧表演的、剃头匠等行当，
无一不展现着平民北京的独特魅力。

——陈建功《平民北京探访录》

ROU RUAN SHI GUANG

趣

柔软时光

门联这种特色，成了北京的一种别致的文化，与作为砖木结构的四合院最是匹配，格外能彰显古老浓郁的京都之味。

门上沧桑

肖复兴

一

门联特别能见老北京的特色。这种特色，成了北京的一种别致的文化，与作为砖木结构的四合院最是匹配，格外能彰显古老浓郁的京都之味。国外的城市里，即便有古老宏伟而结实的石头建筑，建筑有沧桑浑厚而苔藓厚重的门，但它们没有门联。就像它们的门内外有可以彰显它们荣耀的族徽一样，北京的门联，就是和这样的族徽一般醒目而别具风格。这个风格，便是中国的风格，更是老北京的风格。

十五六年前，我偶然路过前门，在城南东西两侧原来的崇文、宣武两区的老街巷里，看到很多依然健在的老门联，如见故人一般惊讶并惊喜。很多老门联，在我读小学和中学的时候，就曾经见过它们，几十年过去了，时代的风云变化，尤其是又经历过“文革”中的“破四旧”运动，它们居然还能劫后余生。那一阵子，只要我有空，就会往这一带跑，在本子上抄录下那些被岁月剥蚀的沧桑老门联。

二

我想把我那几年跑街串巷所看到的一些门联，赶紧介绍给大家，有兴趣者，可以前往一观，兴许过不了多久，它们便再也看不见了——

“好善最乐，读书便佳。”（前孙公园 65 号）

“多文为富，和神当春。”（西兴隆街 53 号）

“东壁图书，西园翰墨。”（冰窖斜街 35 号）

“诗书修德业，麟凤振家声。”（草厂三条 5 号）

“百年周礼乐，千载汉文章。”（安国南巷 15 号）

“图书存汉魏，礼乐备周秦。”（永生巷 43 号）

“忠厚培元气，诗书发异香。”（南芦草园 12 号）

“宏文世无匹，大器善为师。”（校场口头条 47 号）

“清华词作云霞彩，典重文成金石声。”（栾庆胡同 14 号）

“绵世泽不如为善，振家业还是读书。”（庆隆胡同 3 号）

“文章雅夺山川秀，华美分来日月光。”（潘家胡同 10 号）

“芳草瑶林新几席，玉杯珠柱旧琴书。”（保安寺 10 号）

这些副门联，都是讲究读书的。我们的祖先崇尚万般皆下品，唯有读书高。所以，老北京的门联里，这类居多，最多的是“忠厚传家久，诗书继世长”。上面抄录的这些副门联，写的意思是一样的，但特色不一样，要我来看，“多文为富，和神当春”，写得最好。如今，讲究一个“和”字，但谁能够把

"和"字当作神与春一样虔诚地看待呢？又有谁能够把文化的多少当作决定着你未来富有的基础来对待呢？

最有意思的是，"宏文世无匹，大器善为师"，是前辈学者吴晓铃先生家的门联，其内容与吴先生相匹配。"忠厚培元气，诗书发异香"，以前院子的主人是一个卖姜的。你想想，一个卖姜的，和学问家吴先生无法相比，都讲究诗书，多少让现在我们的大小商人脸红。

而"图书存汉魏，礼乐备周秦"这一副门联，是在永生巷里看到的。永生巷，以前叫黄鹤楼，盖因在胡同的西口有座二层的小木楼而已（我造访那里的时候，那座小木楼摇摇欲坠还在）。如此称之，是那时的黑色幽默。北平和平解放以前，那里矮屋一片，是三四等妓女之娼寮丛集之地，杂居着破烂不堪的贫民窟。这些人恐怕连小人书都很少看，居然"图书存汉魏，礼乐备周秦"，那一分追求不亚于吴先生。尽管应该允许那里也有这样的追求，但这副门联比胡同的名字叫黄鹤楼，更有些黑色幽默。

三

"经营昭世界，事业宸寰球。"（长巷头条 58 号）

"祥开修骏业，升立建宏图。"（王皮胡同 40 号）

"及时雷雨舒龙甲，得意春风快马蹄。"（长巷头条 20 号）

"恒占大有经纶展，庆洽同人事业昌。"（大蒋家胡同 70 号）

上面这四副门联，"祥开修骏业，升立建宏图"和"恒占大有经纶展，庆洽同人事业昌"，将商家的字号各嵌在第一个字里，分别叫作“祥升”号和“恒庆”号。这样的门联很多，关键看嵌字嵌的水平了。

同为商家，“吉占有五福，庆集恒三多”（冰窖斜街 12 号），写得略好，“吉庆”也是商家的字号，嵌在联里面；“五福”即寿、富、康、德和善终；“三多”即多福、多寿、多子孙。都是世俗的吉利话，但具体了一些，心底的愿景明朗了一些。我去冰窖斜街看这副门联的时候，下联最后两个字，被一块“重点防火院”的红贴牌挡住，怎么看也看不清，一位买菜回来正要进院门的老太太，看我站在那儿发愣，对我说：“我回家拿把钳子把这个牌子取下来，你就看清了！”已经过去 15 年了，我怎么也忘不了这副门联和这位好心的老太太。

“源头得活水，顺风凌羽翰。”（南柳巷 35 号）

“源深叶茂无疆业，兴远流长有道财。”（南晓顺胡同 16 号）

“道因时立，理自天开。”（南柳巷 29 号）

“合聚春秋管鲍业，德祥史记货殖风。”（得丰西巷 22 号）

这四副，前两副都说到了经商之“源”，后两副都说到了经商之“道”，第一副比第二副说得要好，好在含蓄而有形象；第三、第四副比第一、第二副说得也好，第三副门联的院子原来是一家当铺，后来做过派出所，不管干什么，都得讲究个道和理，好就好在把道和理说得与时世和天理相关，让人心服口服，有敬畏之感，不敢造次。第四副门联的人家不知开的是什么买卖，看门脸不大，院落也不大，猜想买卖也不会很大，但用典很古，便又猜想定是请人撰写的门联。用的是春秋时代管仲和鲍叔牙的典故，讲究的是重义轻利的合作精神。

再看，“定平准书，考货殖传”（东珠市口大街 285 号），

"平准"和"货殖"均用典。货殖即是经商，见于《史记》，所以上面得丰西巷的门联说"德祥史记货殖风"。平准，则是在汉朝讲究的就是经商时候价格的公平合理，那时专门设立了平准官。对联虽然显得有些深奥，但讲的是经商的伦理道德。

"生财从大道，经营守中和"（东八角胡同 12 号），说得朴素，一看就懂，讲究的同样是经商的道德。前后对比，一雅一俗，古朴兼备，见得不同的风格，却是一样的经营之道。

能够将门联既作得有学问，又能够一语双关，道出自身的职业特点，是这类门联的上乘，也是更为常见的。

"义气相投裘臻狐腋，声名可创衣赞羔羊"（新开路 4 号），一看就是经营皮货买卖的，是户叫义盛号的皮货商。新开路，就在我家近旁，几乎很多老街坊都知道这家皮货商，和同仁堂的乐家住对门。

"恒足有道木似水，立市泽长松如海"（苏家坡 89 号），一看就是经营木材生意的。只是门联比院落破败得还要厉害，字迹模糊不清，我趴在门板上仔细瞅了半天，才勉强辨认出来，也不知道是否准确。

从院子里出来好几位老街坊，指着门联，热情地告诉我，每一句的头一个字连起来，就是这家木材厂的商号。那么，木材厂叫"恒立"号，这副门联就是他们家漂亮而别致的名片。街坊又指着门旁的一面白墙，问我看见上面那两个"隆庆"大字了吗？那原来是一家酒馆，也是这家木材厂的老板开的买卖。我心说，"恒立"和"隆庆"，还真有些对仗呢。

将门联作为自己的名片，让人一眼看到就知道院子主人是干什么的，也是北京门联的一个特点、一种功能。可惜的是，这里好多在小时候还曾经看到过的门联，如今已经难得再见。

我见到的，只有北大吉巷43号的“杏林春暖人登寿，橘井宗和道有神”。那是老中医樊寿延先生的老宅。还有钱市胡同里几副：“增得山川千倍利，茂如松柏四时春”；“全球互市翰琛书，聚宝为泉裕货泉”；“万寿无疆逢泰运，聚财有道庆丰盈”；“聚宝多流川不息，泰阶平如日之升”。这几家都是当年铸造银锭的小作坊。

四

在门联中，一般住户，不在意那些一语双关，或者用典的深奥，着意家庭的更多，或祝福家声远播，家业发达——

“河内家声远，山阴世泽长。”（长巷头条70号）
“世远家声旧，春深奇气新。”（洪福胡同16号）
“五云蟠吉地，三瑞映华门。”（珊瑚胡同13号）
“颖水潆洄绵世泽，川原缭绕映春晖。”（草厂头条3号）

或祝福合家吉祥，太平和睦——

“吉羊云拥，福鹿星临。”（草厂五条17号）
“居安享天平，家吉征祥瑞。”（西打磨厂45号）
“家祥人寿，国富年丰。”（梁家园西胡同25号）
“瑞霞笼仁里，祥云护德门。”（兴胜胡同12号）

或期待兄弟子孙和睦相亲相助——

“慈晖永驻，棣萼联芳。”（花市上头条53号）
“世泽渊源三恪老，德门兄弟两名齐。”（后兵马街7号）
“子孙贤族将大，兄弟睦家之肥。”（北大吉巷47号）

“瑞日芝兰光甲第，春风棠棣振家声。”（铁树斜街77号）

或希冀山光水色，朋友众多，陶冶性情——

“山光呈瑞泉，秀气毓祥晖。”（杨梅竹斜街33号）
“门阑生喜气，山水有清音。”（长巷三条21号）
“圣代即今多雨露，人文从此会风云。”（群智巷53号）
“林花经雨香犹在，芳草留人意自闲。”（草场三条13号）

我要格外说一下最后一副门联。草场三条13号这家主人的儿子是我的发小，读小学的时候，我常到他家去玩，他自幼喜欢书法，如今是位书法家。他家经商，但重视孩子的文化学习。这副门联虽然也是笼而统之写意式的祝福，但这是一副集宋诗的门联，并非随意为之，体现了他家的文化向往，有文人气，无商人的俗气。

也有并非一般的过年话，有具体明确的指向，多是忠孝仁义这样的传统道德情操。

“孝□（此字看不清了）家声传两晋，文章德业着三槐”（草厂八条8号），说的是一个“孝”字。

“恩泽北阙，庆洽南陔”（草厂七条12号），《诗经》里有“南陔”篇，讲的还是一个“孝”字。

“文章移造化，忠孝作良图”（中芦草园3号），讲了一个“孝”字，又讲了一个“忠”字。

“入孝出则悌，坐言起而行”（东河漕8号），讲的依然是一个“孝”字。

“立德齐古今，藏书教子孙”（三福巷4号），说的是一个“德”字，古人所说的立德、立功、立言这“三立”，首位是要立德。

“传世惟清德，居家尚素风”（培英胡同 37 号），说的也是一个“德”字，心有清德，才能家有素风。一个“清”字，一个“素”字，用得真好。

“德心绵世泽，合志振家声”（得丰东巷 29 号），说的还是一个“德”字。

“槐华衍庆，树德滋荣”（东唐洗伯街 47 号），说的依旧是一个“德”字。

“韦修厥德，长发其祥”（南芦草园 17 号）、“文章华国，道德传家”（南芦草园 19 号）、“江厦勋名绵旧德，山阴宗派辟新声”（西河沿 154 号）、“守身如执玉，积德胜遗金”（栾庆胡同 11 号）、“宝为贤作国桢干，恒其德涉世准绳”（前孙公园胡同 19 号），讲的都是一个“德”字。在门联之中，“孝”和“德”两字，大概是出现最多的，这两个字确实是作为一般百姓心中道德与伦理的准绳。

“安且吉兮，怀其德也”（同乐胡同 21 号），将“德”字和“吉”字连在一起，心怀其德，方才可以让日子安详和吉利。

“高才食旧德，流藻垂华芬”（北芦草园 46 号），将“德”字和“才”字连在一起。有德有才方为高，有才无德，则华芬难垂。

“厚德家声振，积善世泽绵”（栾庆胡同 17 号），将“德”字和“善”字连在一起。有德才会有善，德善兼备，家声方可以清远绵延。

“惟善为宝，则笃其人”（草厂五条 27 号），讲的是一个“善”字。

“中□且和征骏业，义以为利展鸿猷”（廊房二条 65 号），讲的是一个“义”字。

“忠厚留有余地步，和平养无限生机”（草厂横胡同33号），讲的是“忠”字与“和”字。

“门前清且吉，家道泰而康”（培英胡同33号），讲的则是做人的清白。

“芝兰君子性，松柏古人心”（西打磨厂58号），讲的则是心地品性。

“廉俭世泽，忠厚家风”，讲的是廉洁勤俭和忠厚，则是普通百姓人家最朴素、最直接的愿望了。

也有希望多福、多寿、多子孙的：“大富贵亦寿考，长安乐宜子孙”（洪福胡同21号），“寿考”即高寿。朱熹说：“文王九十七乃终，故言寿考。”这样的门联很多。“登人寿域，纳福禄林”（草厂七条3号），便也是一种。

最有意思的是，草厂五条27号的门联“惟善为宝，则笃其人”，不是在大门上，而是刻在大门两旁的塞余板上，很特殊，很少见。这个院子原来是湖南宝庆会馆，很深的左右两进大院，高台阶，黑大门，进大门洞，可以看见大门的后面还挂着一块1993年“文明标兵”的牌子，经历了这么多年，玻璃镜框还在。想一想，讲究“惟善为宝，则笃其人”的院子，应该得“文明标兵”的称号。想十几年前第一次来这里看这副门联时，正是夏日中午时分，院落安静异常，槐荫里蝉鸣如阵，能听见屋子里传出午睡人的鼾声。现在想来，不觉恍然如梦。

五

北京老门联中，还有一种内容是关于择邻的，说明人们在买下这个院子，或者最早买下这里的地皮盖房子的时候，是讲究择邻的。这是可以理解的人们一种普遍的心态和愿景，从古至今，概莫能外。所谓千金买宅，万金择邻。这会让我们想起“孟母三迁”的古老故事。

“德门呈燕喜，仁里灿龙光”（好景胡同 16 号），就是这样的一副门联。好景胡同在南深沟以西，离我童年住家很近，我中学的一个同学就住在那里，这副门联，我很熟悉。龙光即君子，邻居住的是君子，邻里方才称为仁里，院门方才称为德门，这是在老门联中常会出现的词，甚至也会出现在胡同的名字中，能仁里就是其中之一，晚年的赛金花，就是凄惨地死在那里。

“天开寿域，德洽芳邻”（东河漕 30 号），说的也是择邻的重要性，甚至认为选择一个好邻居，会直接影响自己的寿命。所谓芳邻，说的是有个好邻居，就像入芝兰之室，住久了，自己也跟着一起芬芳起来。所谓芳邻，《颜氏家训》有说法。芳邻、德门、仁里，三位一体，是老北京独有的特色，是老北京人理想的居住状态。

原来宣武门外东河沿街还在的时候，有一家的门联是“里仁为美，长发其祥”，说的也是这个意思，只不过说得更古雅一些。“里仁为美”，出自《论语》；“长发其祥”，出自《诗经》。选择一个好邻居，可以让日子长久地安康吉祥。好邻居就是这样的重要，好邻居是龙光之炫目，是芝兰之芬芳，合在一起，便是孔子说的“里仁为美”。

面对这样用词典雅古朴而意思美好深远的老门联，常让我叹服前人的文化修养。如今文化随着胡同一并衰落，老门联大多弃如敝屣一样，葬送在我们自己的手里。这常让我感到悲叹而无奈。

北京老门联中，也有一些看起来刺目，是我不大喜欢的。旧文化中，不会都是尽善尽美的，那是老一代人的文化审美与认知选择。

比如“永藏周鼎商彝古，宝列秦璆汉璧多”（草厂四条43号）。

再比如“翠羽明珠罗异宝，琪花瑶草衍遐龄”（陕西巷56号）。

又是这宝贝那宝贝的，在自家珍藏着、罗列着，就是了，何必这般张扬，自吹自擂？老北京话叫“嘚瑟”，显得他们家很“趁”。有些暴发户的感觉。

又比如“龙图世泽，虎关家声”（西晓市13号）。

还比如“钟鼎勋庸大，弓裘世泽长”（锦绣头条10号）。

都说到了世泽和家声，但是，显示的是自己显赫的世泽和非凡的家声，龙图、虎关、钟鼎、弓裘，都是大词，有些吓人。

还有明目张胆地祈求仕途功名的——

“桐为弈世承恩树，杏是春风及第花”（长巷头条16号），前一句是求官做，后一句是梦想中第，所谓“春风得意马蹄疾，一日看尽长安花”。

“笔花飞舞将军第，槐树森荣宰相家”（西河沿152号），写得更为明晰露骨，梦想是做将军和宰相。当然，这没什么不好，也是人生的一种梦想。不过，我看到门楣上有难得一见的横幅“帝泽如春”（一般门联中很少有像对联一样的横批），意思更加明显，倒不遮遮掩掩，渴望的是皇上的恩泽，而不是自己的笔花，自家的槐荫。当然，不应该苛求，门联是老的，打上过去的烙印是再正常不过的，不能用新的道德标准去框架。不同的时代，不同的阶层，必然会有不同的理想和不同的追求。

在北京的老门联中，也有新潮一些的，尽管不多见，毕竟时代在前进。“古国文明盛，新民进化多”（草厂八条25号），“长春麓永，泰运维新”（得丰西巷33号），则明显可以看出完全是紧跟清末民初时期的新潮步伐了。

六

遗憾的是，我所看到的仅仅是老北京门联的一小部分，不知还有多少精彩的，已经和我失之交臂。在我有意识地专门寻找门联之前，很多门联早就消失，是我来得太晚了；也是我走街串巷的功夫下得还不够，会有一些“漏网之鱼”。况且，我仅仅走的是南城，东西两城，肯定藏龙卧虎，还有很多精彩的老门联。

有一阵子，我迷上了老门联，胡同串子似的到处乱串，像寻宝一样寻觅门联。因为我心里隐隐地感觉，这样的门联，也许快要成为“夏季里最后一朵玫瑰”了。每一次发现一副没有见过的老门联都要兴奋一阵。那一次，偶然路过西打磨厂，这条老街，在这十几年中，我不知走过多少次，街上有人都认得我，老远就和我打招呼：又来了！但是，那一次，在路南的50号，我才发现有一副老门联：锦绣多财原善贾，章图集液（腋）便成裘。这门很小，而且，陷落下一截，整个小院凹下去，很不起眼，我一次次走过，一次次漏掉。那天，我还没有带纸笔，那时也还没有时兴带照相功能的智能手机，赶紧跟路人借了一管圆珠笔记在手心上，回家抄录下来，不觉自己笑自己。

还应该补充这样几个门联，都是独眼一般半副。

一在南柳巷林海音故居对面51号，右边半扇门上：

香光随笔是为画禅

一在杨梅竹斜街90号，左边半扇门上：

合力经营晏子风

前者，原来的大门在另一条胡同上，这是后开的门，开了门，却一时找不到门板，便随便找了一块安上了。找到的这块，却是棒打的鸳鸯，另一块门板，不知飘向何方。

另一在长巷五条路东一个小院，只剩下半扇门，摇摇欲坠，破裂得木纹纵横，但暗红色漆皮隐隐还在，凸刻着“荆楚家风”四个勾边颜体大字，还端庄有力。院子很小，我问老街坊：那半扇门哪儿去了？老街坊摇摇头说：谁知道呀？早就没有了！他们告诉我，最早这院子住的一户是摇煤球的。摇煤球的也讲究“荆楚家风”，让我不禁想起南芦草园卖姜家的那副门联“忠厚培元气，诗书发异香”。尽管煤球和姜的味道同诗书的异香完全不一样，但他们愿意把这几种不同的气味连接在一起。这就是北京的老门联，只有这样的老门联，才能够将文学样式中最典雅高级的诗，乃至更为古老而艰深的典籍，飞入寻常百姓家，迅速地接上了地气，贯通了血脉，成了四合院的硬件之一，成为居住在这里的人们的行为与思想规范的范本。起码，在我们小时候，这些司空见惯的老门联，不仅是我们识字的启蒙，也是我们基本传统道德礼数的启蒙。

真的，在越来越多的四合院和胡同的拆迁下，在越来越多的高楼挤压下，我觉得这样的门联快要看不见了，或者说要看以后得去博物馆里看了（但愿那些四合院拆掉时老门联能够被博物馆收藏保存）。要看真得抓点儿紧了。

前些天，我路过棉花胡同，想顺便去母校戏剧学院看看，路过 31 号院，忽然看到门上有一副门联：总集福荫，备致家祥。

那天，我陪来自美国芝加哥大学的宝拉教授和她带来的一群美国学生看前门老街旧巷。在廊坊三条 12 号，还看到一副老门联：宝刀赠客交游广，和璧连域钟往奇。

前者，在戏剧学院读书和教书的时候，天天路过这里，我居然没有注意到这副门联。后者，我没少到这里来，都没有发现它。这么多年过去了，很多房子不是拆了，就是改建了，这两副老门联沧桑斑驳，却依然顽强健在，也算是奇迹了。当然，也说明北京的“老北京”真的是多，真的是生命力强盛，这么地拆，这么地折腾，总还能和我们邂逅。这么说，也不全面，多少有些负气。还得这样说，是有心人保护、珍惜它们，它们才得以历尽沧桑而存活至今。

老北京的门联啊！

大美京音

赵大年

朋友夸我说话好听，学习的时候要我读报，电视台聘我当主持人，举办文学讲座也受欢迎，大概就因为我说的是北京话。还有个秘密，美丽的女护士范季华之属意于我，不仅一见钟情，还有“一听钟情”，听了这优美的北京话，就非我不嫁。转眼48年过去了，她仍然爱听我说话，初衷不改，我也受宠若惊呀！加之从业京味小说，“语言是文学的第一要素”，便在有意无意之间，探索北京话的奥秘，结果喜出望外——谁说北京人缺少创造性？北京话就是无价之宝，这项创造，于国家民族，于经济文化，贡献之大，至少可与秦始皇统一汉字相媲美。

有位学者说：人类的本质是沟通。这话可信，因为咱们都是社会的人，不是孤独的鲁滨孙。人与人之间总是要交谈的。远古时代，炎帝神农氏发现部族里有人饿死，想想单靠打猎不足以养活日益繁衍的子孙，就进入深山品尝百草，告诉人们哪些能吃，哪些不能吃。您瞧，他要传播经验，就必须说话。后来，你织布，我耕田；你要吃饭，我要穿衣。以布换粮，分工协作，贸易协商，都必须说话。会说话，才能沟通思想，交流经验，传播知识。神农氏尝了一种开小黄花的野草，肚子剧烈疼痛而亡，死前告诉子孙，此草有毒，就叫它断肠草吧！其实，神农氏尝百草，是个千百万人积累经验的漫长过程，造福后人，我们就不必再去品尝断肠草了。善于积累和传播知识，人类社会才优于蜂群、蚁群、猴群，才进入了文明境界。因此，语言就成了人类使用得最广泛、最重要的工具和文化的载体。没有文字的年代，人们演唱史诗传承文化，继而创造文字，文字也是书面语言。

我们是个多民族的泱泱大国。秦始皇统一汉字，对于维护国家统一，记载和传播历史文化，功不可没。但是语言不统一。我 18 岁参军，随部队到湘西剿匪，同时收缴私藏武器。一位农民说："莫有枪，我屋里只有一架（个）堂客（妻子）。"我们听成了他家里有辆坦克，又不肯上交，这还得了！抗美援朝胜利回国，我在广州街头让鞋匠给军靴底子上钉了几十颗鞋钉，讲好一毛钱两个，事后他要两毛钱一个，敢讹"最可爱的人"，叫警察来评理吧。唉，原来粤语"一"的发音是"呀"，我听着像"俩"，"二"的发音反而是"一"。鞋匠胜诉，夫复何言？

我国地域辽阔，人口众多，历史上形成了 1000 多种方言，要统一语言，几乎是不可能的，因此早就需要创造一种大家都能听得明白的通用语言。这个伟大的使命，历史地落在了北京人肩上。北京人何德何能，担此重任？这要了解北京的历史地理。

北京历来是南北文化交流的通衢大邑。3050 年前，周武王在北京地区分封了两个诸侯小国：燕和蓟。后来燕灭蓟，迁都蓟城（今广安门莲花池一带）。战国时期燕强盛起来，燕京有

30 万户人口，“富冠天下”。隋炀帝修京杭大运河，漕运沟通富饶的江南和华夏帝都洛阳、长安，燕京的战略地位更加突出，乃兵家必争之地。

我国历史上的重要战争，一是群雄争霸，逐鹿中原，在1840 年鸦片战争之前皆属内战，不是外敌侵略。二是南北打仗，故有“南征北战”之成语；东西贸易，有“丝绸之路”和“海上丝绸之路”，买卖东西，连商品都俗称东西。我无从知道古代北京话的音声腔调，但也无妨，那时候北京还不是文化中心，北京话对全国影响不大。最近的 1000 年间，情况发生了变化。简言之，这期间北京地区发生过 6 次大规模的人员、文化交流和融合，为创造一种通用语言提供了条件。

契丹族南下，在燕京建立辽南京，天宁寺塔和牛街清真寺都是辽代建筑，刻印大藏经，彩色石印的《南无释迦牟尼像》很精美，是印刷和图像美术的代表作。辽南京第一次办科举，成为中国北方的文化教育中心。文教活动促使北方话扎根燕京。

女真族南下，灭北宋，派画师测绘汴梁皇宫，调集百万工匠修建繁华的金中都，1153 年金海陵王从黑龙江阿城迁都燕京，此乃北京建都之始。金朝兴建大宁宫（北海公园一带），在香山、玉泉山、钓鱼台建筑离宫别苑。多拱的卢沟桥工艺精湛，《马可·波罗游记》说它“是世界上最好的独一无二的桥”。此时已有了“卢沟晓月”“蓟门烟树”等“燕京八景”的美谈。你相信吗？建筑美可以促进语言美，语言文字都讲究结构，而结构源自美术和建筑，诗中有画，画中有诗，就是证明。

蒙古族南下，统一全国，1272 年元帝忽必烈迁都燕京。元大都的建设以积水潭为中心，纵横九条大街，分割出棋盘式居民区，其间最著名的就是胡同和四合院。胡同是蒙语“浩特”

的谐音，意思是有水井的居民区。自古“无水不建都”。北京地区三面环山，森林茂密，有许多河流和潜河，至今还有万泉河的地名，当年众多自流泉涌出地面，乃有京西稻。地下水源丰富，小胡同里都能打出水井，此乃市井文化之渊源。水监郭守敬引白浮泉水入瓮山泊（昆明湖），经玉渊潭至积水潭，供给北、中、南海。“南粮北调”的船队和商船驶入市区，“积水潭帆樯蔽日”，岸边货栈酒肆鳞次栉比，十分热闹。商业活动进一步促使南北语言的交流融合。此事我有研究，“文革”中下放平谷县插队劳动，每月骑自行车回一趟家，中途在张镇或杨镇吃顿午饭，无意中发现张镇人说京东话，也就是演员赵丽蓉说的那种乐亭话，而杨镇人说北京话。这两个乡镇相隔 30 华里，都属顺义县管辖，地处平原，没有高山大河阻绝，居然存在语音的界限，这为什么呢？幸亏“革委会”让我下放 4 年之久，爱写小说也就爱打听，才弄明白历史的成因：新中国成立前张镇人去东边的平谷县城赶集，而杨镇人去西边的顺义县城赶集，正是这些商业活动，划分了语音的界限。

元曲（杂剧）与唐诗、宋词、明清小说齐名，是我国文学史上的四座丰碑。剧作家关汉卿、王实甫、马致远都是北京人，代表作有《窦娥冤》《救风尘》《单刀会》《西厢记》。同时涌现的表演艺术家“五秀”——珠帘秀、顺时秀、天然秀、赛帘秀、燕山秀，在我国演艺史上也占有重要地位，与后来京剧“四大须生”“四大名旦”一样，不但推动戏剧发展，对通用语言的形成也有很大贡献。可惜当时没有录音机，后人听不见他们如何演唱、道白，但从元曲剧本仍可看出，北京语言已经趋向白话文，这种趋势，在明代“四大奇书”《金瓶梅》《水浒传》《三国演义》《西游记》里皆可得到证实。小说要人看得顺畅，戏曲要人听得入耳，这与创造共通语言的要求是一致的。语言的发展与文艺活动的繁荣息息相关。

汉族北上，明朝皇帝朱棣迁都北京，是北京这个名称的由来。他参照南京宫殿规制，将元大都改建为紫禁、皇、内、外四重城，体现了汉文化平衡、对称、端庄的审美观和哲学思想。这样的美学和哲学，也影响着北京语言的构成：在北方话平实易懂的基础上，汲取吴侬软语之清脆优雅。具体情况是，朱棣从南京迁来了数万户工匠，另有 1 万多名江南工匠轮班来北京服役。苏州建筑业香山帮的鼻祖——木工蒯祥，就是天安门和三大殿的设计师、工程师，瓦工杨青、石匠陆祥，都是天才的建筑师。这批能工巧匠不但带来江南的语音，也促使北京的手工业高度发展。

短篇小说集“三言”“二拍”讲的是我国资本主义萌芽时期的民间故事，趋向白话文，具有明白易懂的通用语言特质。当时发生一件事，桂林官员来北京进贡三花酒，却讲不明白斟酒时怎么会激起三层酒花。嘉靖皇帝因此要求各地官员都学会说“官话”，也就是北京话。由此可见，北京话在明朝已经具有广泛影响。

满族南下，清朝定都北京长达 267 年。清的前半叶，军功、版图、经济、文化、民族团结，都达到了我国封建社会的鼎盛时期，出现了“康乾盛世”。各个朝代陆续修建 2000 年的防御工事万里长城，从此变为“内墙”和历史景观。康熙皇帝有句名言：今后永不修建长城。却连片兴建圆明园、颐和园等“三山五园”，造就了举世闻名的大型皇家园林区。

我是满族人，满族原本是半游牧民族，文化水平较低，初期只有 60 万人进关，要统治偌大国家，必须依靠汉族和学习汉文化。其实，努尔哈赤的王子们，从小就由明朝派的老师教授四书五经，他们接受汉文化是顺理成章的事。清朝历代帝王，几乎都是汉文字的书法家。我见过的一些重要碑铭、文牍，也是同时使用汉、满两种文字镌刻、书写的。如果说满族完全被汉族同化了，那不符合实际。这种文化交流融合是彼此影响、互相渗透的结果。满语同样进入北京话，譬如哈尔滨、齐齐哈尔、沙琪马。旗袍和高跟鞋也风靡全球，虽然欧洲人挪动了高跟的位置。汉族妇女裹小脚的陋习，满族并不学习。

明、清两朝500余年，进京赶考的举子超过百万，金榜题名的进士5万人，许多留京做官，或外派之后又回京师，不断充实北京士大夫阶层。清朝百位状元郎，其中苏州才子就有16人，都做过京官。这些来自全国各地的文化精英，是翰林院、国子监的骨干，京师大学堂（今北大）、师范馆（北师大）的校长、教授，《康熙字典》、《四库全书》、《古今图书集成》和《顺天日报》、《京论日报》、《北京女报》的总编。所谓京味文化或京华文化，由宫廷文化、士大夫文化、宗教文化、民俗文化四大板块组成，互有渗透，不但提高京味文化的品位，也促进北京语言走向优雅和完善。

新中国定都北京，使人员、文化交流融合的规模空前扩大。今天的北京人来自“五湖四海”的56个民族。正是新老北京人共同创造了优美的北京话。

北京话带有“官话”的性质。即使在交通不便的封建时代，全国各地也有许多人进京赶考、经商、谋官、议事，朝廷常派钦差大臣、文官武将到各地视察巡抚，乃至乾隆皇帝六下江南，北京话在逐步形成的过程中也逐渐影响全国。

北京话的特点，第一是咬字真切。为此必须克服某些方言的缺陷。譬如，东北话齿音重，“十”、“四”不分；天津话“勇”、“荣”不分；上海话“一”、“二”不分；湖北话“刘”、“牛”不分；湖南话“发”、“花”不分；广东话“王”、“黄”不分，“我姓三横王，不是大肚黄”。第二是音、声比较齐全。音色清脆，声调平实，弱化了某些方言浓重的鼻音和铿锵生硬之语音，于柔和中趋向优美；平、上、去、入四声俱全。第三是语汇丰富，这得益于多民族多语种的交流融合，使北京话博采众家之长，积累了大量语汇、词和成语，能够区分语义的细微差别，表达能力极强。

民国初期，国民议会将北京话正式定为国语。至今许多台、港、澳同胞和海外华人，依然称北京话为国语。曹雪芹、老舍、侯宝林等语言大师把北京话运用到了炉火纯青的艺术境界。不少红学家爱钻牛角尖，喜欢考证、索隐，若从语言的角度研究《红楼梦》，发掘这部语言宝典，就能看到曹雪芹对北京话的重大贡献。老舍常到北京人艺去给演员们念剧本，征求意见，力求每句台词都生动上口，他对语言的重视，可见一斑。北京话是相声艺术的根基。从国外传来的话剧、电影、广播、电视，其语言艺术，也得益于优美的北京话。经典播音员夏青、葛兰、宋世雄，表演艺术家石挥、白杨、于是之，都是传播北京话的功臣，大家学习北京话的榜样。

北京话也带有方言的性质，有自己的市井俚语，而且有卷舌音、儿字腔过多和入声较少等缺点。新中国推广的普通话，要求“以北方话为基础，以北京语音为标准”，因为我国东北、华北、西北、川滇黔和桂北的汉语，都属于北方语系，具有平实易懂的优点，又占人口的大多数，有条件作为普通话的基础。其实，北京话就是在北方话的基础上，经过千年筛选磨炼而成的通用语言，普通话正是由北京话演变而来的。这种演变，剔除了北京话的缺点，使我国的通用语言日臻完善。最近在北京召开的“首届世界汉语大会”报道：全球 100 个国家的 2500 所大学在教授汉语，学习者达 3000 多万。正是我国经济文化的繁荣，引起了这种“汉语热”。

在改革开放、经济全球化、内外交往频繁的当代，北京话，这个文化载体和交流工具，对于祖国统一大业和中华民族的伟大复兴，是弥足珍贵的国宝。

京西风物

凸　凹

木壶

我的故乡，在京西南的房山，那里的风俗颇有趣，可记述者多矣。

比如说盛水的桶、担水的筲、擦身的盆，甚至沏茶的壶，都是木制的，更不要说桌椅板凳之类。

木只是山里的木，是就地取材的意味。

其实木壶是只有一把的，比不得家家都有的木桶、木筲及木盆。

就是老木匠五爹那把。

五爹无嗣息。黑乎乎的那半边炕上，就盘着他那无牙的老伴，整日吧嗒着一杆烟。

五爹的手艺是山里无双的。靠手艺，他吃了一辈子好饭。

那年他进山择木料，就见到了那一棵长瘤的檀，削去那处疤瘤，五爹就迷惘了。

匠人有匠人的癖好，有料就想琢成器。

相了半日那瘤，五爹到底是拨开了迷惘：就旋一把壶吧。

就旋了一把壶。

壶面用砂纸打了，纹路极斑斓；但五爹意犹未尽，又刻了一个女子的头像。

五婶刚瞥过，就说：“个经不得官的，那是你表妹。”

五爹就乐成孩子了。

之后，五爹就用那壶啜茶。

把烟抽枯了，五婶央求说：“也给一口喝吧。”

五爹说就不给，五婶就不言语了。

五爹临终前攥着五婶的手：“别忘了，把那壶给我带上。”五婶没言语。

装殓时，五婶把木壶抱紧了：“个经不得官的，他想得倒美，就是不给他带上。”

木壶就留下了。

幼小的吾辈，便多了一件珍器和一桩很不错的故事。

祖上，往往是这样，给我们留下了什么。

眼子

故乡的人爱养羊。

山里的羊叫山羯子，腿精细，个儿也不大，身子却极灵活，在悬崖峭壁、荆棘丛中，时时能见到羯子们的身影。

羯子走路不走熟道，单找人不乜狗不去的险处。比如山的皱褶、山的沟坎。

山里牧羊就不用牧羊犬。

山里人走路就都走不过羊倌子。

后来我偕伙伴去登黄山，伙伴说，好险啊，都是羊肠小道。我就说羊肠小道只是人的概念，羯子们是不屑的！这话，他至今也不明白。

山里的草杂，就不免有毒草。羯子误食，就吐出满口的白沫，抽搐着死去。

羊倌子就在梁顶和一些沟坎，放几块平展的石头，撒一层细盐，叫羯子舔一舔。盐能缓毒解毒。

羊倌子管这叫“淡羊”。

为什么山里的羊倌子，在腰间总挂着一个白布袋，道理就在这里。

那年，下放来的南先生曾喟叹：“喂咸的还曰淡，悖论也！”

这只是他自己的事情，羊倌子们依然是“淡”下去了。

山羯子耐旱，但淡后的羯子，仍急着要喝一些水。山上的梁峁上很难弄到水，羊倌子们就很费筹措。

后来羊倌子们发现，雨后的梁上，总有一小块一小块的凹处，有一汪一汪的积水；把羯子轰过去，就能喝个半饱。

但山顶的日头极毒，不到几日，水汪便被晒干了，羊倌子羯子就都失望。

到底是羊倌子有主意。他们在汪过水的地方凿出坛子样的洞，里大口小；存的水又多，蒸发得也慢，水就留下了。

红日头下面，那洞子里的水，泛着幽亮的光，极像美人的眼睛。羊倌子就叫它“眼子”。

自有了眼子，两个羊倌子相遇，那碰头话儿就这样了：

“伙计，眼子还满吗？”

“满哩，嘿嘿。”

那年大旱，日头早落山了，羯子们也都咩咩地回圈了，羊倌子二爹的影子却久久也不曾见到。

大呼小叫地一个梁一个梁地找了，终于在眼子边上找到了。

二爹躺在眼子边上，胸口动得很微弱。人给渴过火了。灌下两口凉水，二爹就睁开了眼睛。

二婶说：“就是个死人，怎就不喝眼子里的水?！”

二爹嚅一嚅干裂的唇，“有羯子哩。”竟说。

圆米

圆米是玉米做的。

把当年的老玉米，用沸水过一下，热腾腾地就放到石碾上，待老皮被碾破了，碾身也就停下了。

只去个皮儿，米粒还整呢，这就是圆米了。

圆米看着就让人饱：白白的，圆圆的，亮亮的，濡湿濡湿的香气将鼻孔都堵满了。

圆米是用来烧圆米粥的。

圆米粥的味道很特别，甘如栗，香如酥，韧如牛脯，苦人吃着忘了忧苦，病人吃着忘了病痛……能吃上圆米粥的山里人，在苦日子里也从不叫苦。

圆米粥的辅料是大豆，黄豆、小豆、黑豆和豌豆都是代用品。

于是，山里的作物，便主要是玉米和大豆。

烧圆米粥的锅子是大一点儿的好，米膨得彻底，吃着上口。

圆米粥熟得极慢。

早晨起来，劈足了秆，就坐稳了，慢慢地烧。火是文火，旺一点儿圆米就抓锅，便由不得性子。待圆米把锅盖顶起来，自然就熟了，那日头也就高挂中天了。所以，农忙时节，山里人是很少烧圆米粥的。

山里人家有客来，再忙，也总要烧上一锅圆米粥。这样，客人尝了鲜，主人安了心。

问到过山里的城里人：山里如何？

竟脱口而出：圆米。

由于圆米粥的缘故，山里的石碾至今也是没有废弃的。

电磨磨不出那个茬口。

一进腊月，石碾便停不下了。

心急的婆娘们，总想早些碾下圆米，围着火炉踏踏实实地过年。就吱吱扭扭地连轴转了，山里就分不清白天和夜晚。

碾圆米是个力气活儿，却没有哪个婆娘惜力偷懒而少碾一些的。

五婶劝二婶说："嫂子，少碾一些吧，吃多了爱放屁。"

二婶竟说："放屁也不臭，五香屁。"

吃圆米粥的山里人，是很幽默的。

皂荚

皂荚是故乡很不稀罕的一种树。

山里不叫皂荚，而叫皂角。

皂角，开很淡的黄花，有卵形的小叶子，一到秋天就落了，遒劲的枝上，那一列列的刺就显得很锋利了。

皂角树，结的果实褐而扁平，酷似豆角，又有不错的洗涤作用，就叫它皂角。果叫皂角，树也被人称皂角了。

村前那棵皂角树，因家乡人没人能说得清它的年龄，就叫它老皂角。

老皂角，其实是极丑陋的，花也不美艳，去它身下纳凉的人就极少。

然而就有个幺姑。

那年，幺姑很美丽很懂世故了，就常在老皂角下想心事。

皂角还青时，幺姑就已吃力但兴奋地举了钩镰，早早地摘皂角。

把皂角捣烂了，她便坐在山间的溪流边，可劲揉搓。揉得久了，便揉出黄白的沫子，她就很高兴了。沫儿涂在脸上，脸就洗得桃花般明丽；涂在腿上，腿就洗得如两节藕。

她的嗓子极动听，一边搓着沫子，一边柔媚而欢快地哼出歌子：

皂角儿，滑沫儿，
小媳妇，洗脚儿，
老头儿，洗袄儿，
就是不给脏小子儿！

那年，我已 8 岁了，望着幺姑那两节藕般白净的小腿，高兴得不眨眼了。

幺姑轻轻地摁一下我的脑门，看什么呀你看。

我说："幺姑，你是小媳妇儿吗，不然，你的脚儿怎就变得恁白净了。"

幺姑便又在我的脑门上轻轻地摁一下，说什么呀你说。

我说："就给我当小媳妇儿吧，我很想摸你的脚儿呢。"

幺姑的眼泪就乐下来了，就当你媳妇儿吧，幺姑掩着脸儿说。

我便怯怯地摸她的腿儿。好白净好光滑呀，光滑如滑沫儿了。

那一刻，我想我明白了，为什么“皂角儿，滑沫儿……就是不给脏小子儿”了。脏小子儿丑得很哪。

后来，幺姑爹给幺姑找婆家了。而幺姑从轿上跑没影儿了。

同时没影儿的，还有山里最能干的小伙儿，米柱儿。

后来，幺姑又悄悄地回来了，肚子也翘翘的了。米柱儿被幺姑爹聚人绑了，送山外经官了。幺姑爹对幺姑狼般吼，把她打出门去，住岭上的一个山洞了。

幺姑便在山洞里生下了小幺姑。

幺姑爹已得了喘病，老痰一块一块地吐。幺姑便背着孩子掰老皂角的刺，细细地磨了，给他入药。幺姑被刺扎破的手，红肿了一个冬天，她竟没有一丝丝苦相呢。

幺姑爹的病被侍候好了，火气就又牛般了。

幺姑的腿，终于被他打折了。

折是折了，但允许她回家住了，而且也默许米柱儿时不时地回来看一看。

幺姑爹苦笑一下，对幺姑说：“这一回，咱谁对谁也不该欠了。”

燎荒

故乡很偏僻。

家乡人就多吃自己种的菜。

野菜当然极丰富，吃多了野菜的山里人，味觉自然比城里人要好得多。但大宗菜就要自己种了，比如芜菁、萝卜、土豆及胡萝卜。

山里的萝卜，叫地萝卜，比城市的萝卜小，味儿微苦。

但山里渍菜，绝对少不了地萝卜，渍得久了，饱满、响脆和有咬劲的优点就出来了。而城里的萝卜，一渍就瘪，不知什么缘故。

“咬得菜根，百事可做”，其真意，估计就是“咬”这种萝卜。

农历对山里极重要。“头伏萝卜，二伏菜”，反正一到交暑季节，山里人就异常忙活。

种菜，不用熟地。山里地少，好堰地都让给谷黍了，次一点的也给了玉米。

就用燎荒地。

燎荒时，出工的人最多。也有凑数的，便是一群一群的崽们。

先在梁与梁的袂处，拓出宽宽的防火沟。山里的山场广阔，这一点极重要。

崽们喜火，燎荒的引火就由他们点了。

火争着往梁顶爬去，万头攒动，且毕剥成一片，火愈烧愈剧，人也愈来愈感动，终而情不自禁了，于是就呐喊了：

大人嗷嗷，

崽也嗷嗷；

男人嗷嗷，

女也嗷嗷；

…………

大火映射下，那声音都是通红通红的，且冒着一股子一股子的青烟。温柔的秀和野性的乔站在一块峁上，一同嗷得没缰子了。

乔就问："秀，好绵的你，怎么恁大气性了?！"

秀说："痛快得要死啊！"

火头终于熄了。老少男女却更亢奋了，如林的镐子就挥舞得如雨点一般绵密了。

开娘的荒！

秀的镐子也抡得欢快呢，大汗就把薄衫子淋透了，紧紧地贴在身上，胸便鼓得没办法。

正被侧面乔看去，乔便脱口叫："哎哟娘，秀，你可真结实啊！"

秀就低声"骂"，"快抡你的镐子吧，个经不得官的乔！"

乔的镐子就抡得撒欢儿了，远远地跑在众人的前头。乔喘着气，心跳着：不成，俺死活都要把秀娶过来！

…………

于是，干草味的山里生活，就被创造出来了。

从这里走出的崽们，便个个乐观，个个精壮。

砸场

在故乡，婆娘们聚得最齐全的时候，便是砸场的时日。

砸场是个细活儿，婆娘们干着是最合适的。

先是把去年的旧场招酥软，再用水泼湿，然后在场面上盖满了红羊草，就赶毛驴上去，拉碌碡压。

就说说红羊草。

这种草，长在山垭的阳坡上，红的茎，红的穗，长得比别的草要高许多；但它味涩筋多，羊就不爱吃。所以，山里人把红羊草叫“轰羊草”。

但正是它的筋多，使它质地柔韧，很有拉力，就成了砸场用的好料子。这是植物界的机智，它昭示了“尺有所短，寸有所长”的哲学思想。因此，孔子和老庄们，可能都见过红羊草。

碌碡压过，婆娘们便成排地坐上去，用扁平的木榔头在压熨帖的红羊草上砸。砸场是急不得的，要前茬接后茬地跟进，且力气也要使均匀，一下是一下。

砸场，不仅仅因了娘婆的心细和有耐力才由她们独揽了权利，更重要的，是山里的那条古训：生产过的婆娘臀子肥，大臀子砸场谷成堆。

于是，从婆娘们身后望去，便见到慢慢蠕动着的极壮观的一片浑圆。

在一起砸场的婆娘是很开心的，唰地扬起手臂，又唰地放下去，寂寞的山谷便回荡着一个很强劲很整齐的节奏。

吧嗒——吧嗒——吧嗒嗒……

在一起砸场的婆娘也是很齐心的，面对着共同的丰收前景，各自的芥蒂是微不足道的。谷场的平展与凹凸，牵扯系着她们同样的命运；心必须没有杂念，榔头必须砸成一个声调——

吧嗒——吧嗒——吧嗒嗒……

细细地砸过之后，便小心地用手把砸烂了的红羊草揭去。于是，浑圆的、光滑平展的一片谷场便镜般可鉴了。

场体被日头晒干之后，谷物便被不断地送到场上，在汉子们高亢的号子声中，谷穗便被碾成金黄的谷粒，谷山便把今后的日子耸饱满了。

这时，砸过场的婆娘们，便被人们遗忘了。

打柴

儿时，山里的植被极茂盛，果木也葱茏，烧饭暖炕便都用柴。

故乡的山柴约略可以分为五类。

一类是山壁的干草和作物的秸秆。这种柴由于太易燃而不耐时的缘故，人们并不把当它作正柴，而是作为点火的引柴。

二类是果木的干枝。山里的果木，老树多于新树；又由于那时山里人并未重视自己的果木资源，而是荒疏了、放任了果木的管理，病枝和枯枝便很多，就被人们折去当柴烧。

三类是山壁的灌木，灌木自生自灭，但却极茁茂，就成了山里柴料的大部。只要人勤勉，是取之不竭的。

四是材木的下脚料。山里人对材林是很珍爱的，只到了盖房、筑桥、打车具的时刻，才小心翼翼地砍一柴木料，素日，即便是打些家具，人们也轻易不动用好料。所以，这类柴的量便极少。

五便是羊牛的干粪。粪柴燃的是暗火，且火势温温，常被婆娘们用来焖饭或煮不太爱熟的圆米（玉米被碾掉外皮后的整粒，也叫碌碡米）。年关煮牛肉时，也要烧一些干粪，用暗红的牛粪火，煮暗红的牛肉，是很有趣儿的。

山里人打柴的事体，并不是单独去做的。是出工时捎带手儿的事，为的是把晌午和小憩的时间一点也不浪费掉。

我家的燃柴主要是靠母亲去打的。

那时父亲正当着山里的支书，出工的次数自然就比别人少些，就不免引起老少爷们的嫉恨。母亲为了给大家一个心理上的平衡，就不管风霜雨雪，天天和大家劳动在一起。

人们很少和她说话，工休时母亲就拼命砍灌木柴，晚上收工时，走在曲曲的山径上，就数她的柴捆大。

但砍柴毕竟是汉子们的事，母亲打柴的勤勉，就渐渐引起汉子们的敬重；在热被窝里便对婆娘说：瞧人家支书的婆娘，能干得很呢！

婆娘们便很怨恨母亲。

那日收工，母亲刚欲背起柴捆，便有三二婆娘奔过来，把她的柴捆扳倒了。母亲不解，看一看大家，就又把柴捆扶起来。但还是被扳倒，母亲就明白了。她放下柴捆，轻身踏上回家的山路。身后，那几个女人便呵呵地笑着，把母亲的柴捆推下山涧去了。

背惯了柴捆的母亲，空空地走着，步子就颇不稳，泪无声地流在她的脸上。

她不知道该恨谁。

后来，父亲不再当支书了，去山那边做了走窑汉。母亲就又于出工的间歇，毫无挂碍地打起了干柴。不久，山里走窑的多了，人们就渐渐烧起煤来，但母亲却仍执着地烧着自打的干柴。

山里的煤极便宜，母亲自然就省不了几个钱，但她说，烧柴的日子，才过着踏实。

这种习惯她一直保存到现在，以至成了与故乡的一种感情纽带。

捉蝎

那时故乡很穷。许多来钱的路子都被堵死了，连猪都卖不上好价钱。

但山口上的供销社收蝎，而且每斤干蝎能卖到 8 元之多，对山里人便是个极大的诱惑。

于是，山里老少就都朝山壁上攒拥，掀翻了许多陈年石板，用筷子制成的镊子捉那丑陋的蝎。

曾一度荒芜了农事。

上边撤了那一任支书，庄稼地里才有了人声。

自然地，学子们便成了捉蝎的主力。

起初是三两个结伴去捉，蝎捉得多与少是很少被考虑的，要的是大家相聚在一起的那一分情趣。但大人们很不高兴，这般那般地叮嘱之后，学子们就懂得了在情谊之外，还有一种叫利害的东西。

就都独自去捉了。

再见面时，大家都觉得有些尴尬，但久了，就什么事也没有了。

在捉蝎的学子中，我捉得最多，因为我很聪明：我发现，阳坡的石板底下蝎最多，而阴坡的石板下蝎则寥寥无几。我就不盲目地翻坡上的每一块石头了，而是单拣照到太阳的石头翻。收获自然就多。

那一年的夏秋两季，我竟得了 80 多元的蝎钱。这是一笔巨款，把山里人都惊呆了。

母亲曾答应给我买件新衫子，最后却买了两头瘦驴，去犁地去驮脚，让本来就懒的父亲变得更懒了。

抻一抻衫子的破袖子，我黯然神伤，心想：这准是父亲的主意，父亲真不是个好东西。

来年却仍捉得极欢，只是怕伙伴儿超过我，就又为母亲挣了不少钱。乐得合不上嘴的母亲便对我说：“崽呀，咱的书就别念了，就捉蝎吧，将来娘给你说一房好媳妇。”

我就怔了。

那年我正念五年级，秋后便要考初中；中学就在山外，那里的世界我向往已久。

晚上我睡不着觉，点灯翻自己的作业本。那本上尽是红红的对钩，尽是一个一个的五分——那里藏着我多少骄傲啊！我心里很迷惘，我的家的确是很穷啊，酸酸地，眼泪终于是流下来了。

第二天，我却对母亲说：“妈，还是让我上学吧，如果考出去了，咱家就在山里叫响了；要是没考上，我就白天黑夜拼命地捉蝎，把欠了的都给您补上。”

娘兀地就没了主意，在地上拖着双手：“崽这是怎么说呢，崽这是怎么说呢！”

于是，善良的娘终于还是让我去继续读书。

后来，我便走尽了弯曲而狭窄的山路，走到了广阔的大平原。

山里的蝎们仍自生自灭着，我却学会了如何主宰自己的命运。

那年，母亲被我接出山来，让儿媳陪她看了一出她盼了大半辈子的古装大戏；走出熙攘的影剧院，母亲抹去了一行热泪：“这人哪，还是看得远些好啊。”

捕鱼

故乡有一条迤逦的小河，清清浅浅地流到山外去。

河里有自生自灭的鱼。人们叫上名字的，有草鱼、石鱼、鲫鱼、鲢鱼和鲇鱼，当然还有泥鳅。

山里人没有打鱼的习惯，河里的鱼就生得安然，游得实在不耐烦了，便跃出水面，翻个筋斗，水面便有一朵好看的浪花开了。

那年，城里的工人叔叔要来山里支农，怎么招待客人呢？便想到小河里的鱼。

便找了一张纱网。

一网下去，还真的捞上来了一些小鱼。父亲乐了。他是被逗乐的。网里的鱼全是小手指大的鱼崽。就再捞一网。网子起来，仍是一网“小手指”。“真是小山沟啊，水里连条大鱼都没有。”父亲说。

就又把网里的鱼放回水里。

真的没大鱼吗？有。便是鲇鱼。

鲇鱼长得很美。有一颗大大的脑袋和一张不停张动的大嘴巴。腮边有两对长长的须，很优雅地摆动着。只要它一露头，你便会认出它：瞧，鲇鱼！

但鲇鱼总是待在河底的石头下面，你站在河边望它半日，也不见它露一次头。你用长把的锤子捶那石头，仍不见它出来。把石头都捶碎了，被捶扁了身子的鲇鱼还依然在那里伏着。

懒！懒得大难临头都不屑动一动身子。

怎么办呢？

父亲坐在河边的鹅卵石上，想主意。

“药它。”父亲突然说。

“用啥药呢？”我问。

“苦杨。”

“行吗？”

“兴许行。”

便随父亲到山上去打苦杨。

苦杨，并不是一种杨树，它是山上的一种灌木，枝条柔曼，有细长的叶子。苦杨的皮剥下来，捣碎后放到碗里，倒上水便呈一派浑黄，喝上一口，苦极了；但去火治瘀病，是一种山里人离不开的药材。

随父亲打了几捆苦杨，背到小河边上。父亲选了一处河面最窄的河脉，从上游截断，把河道改到一边去；再到下游筑一道沙垄，便截了一段有十米长的不流动的“死”河。

把几捆苦杨放到这截河里浸泡。两天后，再把泡酥了的苦杨捞上来，我与父亲坐在岸边，一人一把锤子，以一块大的卵石为砧，把苦杨的枝条砸碎，然后再撒到河里去。

啪啦啪啦，砸。

哗啦哗啦，撒。

河水被染黄了。

我们注视着水面。那黄色的水面很平静。父亲看看我，我看看父亲，心里都着急。

哗，那黏滞的水面终于被撕裂了。几条肥大的鲇鱼浮上了水面，身子懒懒地扭了几下便舒展开了。

它们被“呛”晕了。鲇鱼的线条很流畅，很优美。我被惊呆了。

“快用网把它们捞上来，等它们醒过来，就不好抓了。”父亲说。

苦杨的药性很快就会过去的，因为河水不断地稀释着。

赶紧用小网捞，竟捞满了两只水桶。

果然有些鱼苏醒过来，不耐烦地扭了扭身子，又游回水里去了。

父亲笑了笑，“回家。”

鱼跑了，并不存有一丝焦灼和遗憾，山里人对什么也不太贪婪。

客人来了，便用焖好了的鲇鱼待客。用筷子从鱼的中脊上轻轻一戳，两片细白的鱼肉便完整地从鱼骨上分离下来。

那么大的一条鱼竟只有细细的一根骨刺。

客人很惊异。再吃那鱼肉，客人更惊异，已顾不得城里人的面子，大块大块地往嘴里送。

“这山里真有好东西。”他们说。

SUI YUE SHEN TOU

忆

岁月神偷

3000 多年历史的沧海桑田波澜壮阔，800 多年古都的皇家风范王气逼人，孕育出华贵从容的气质，孕育出璀璨夺目的文明……一回头，已过千年。

从北京到北京的距离

陈启文

一

我到北京的距离是一个晚上。通常我都是在头一天夜里从我居住的那个城市坐上一趟特快，睡一觉，睁开眼睛时，到处都亮了，透过远郊越来越茂密的树林，可以看见辽阔天际的云霞，一个远在天边近在眼前的伟大而神秘的城堡，呈现在天地旷野的正中央，浑身闪烁出圣洁的光芒。这就是我对北京的感觉。此时，我完全被唤醒了。

北京永远都让你以一种庄严的眼光去打量。这其实与天安门无关，与故宫无关。即便你去看街边上一个卖纸烟的北京大爷，也能通过他，看到他背后隐含着的某种尊严。很少听见北京人吆喝。大爷戴着皮帽子，穿一件褪了色的老式军棉大衣，两只翻毛皮靴四平八稳地踏在地上，走近了，便看见一张威严里堆满了皱褶的脸。我用手指着一包烟，大爷说五块。我说四块五，大爷说上别的地儿买去。我佯装要走，大爷端坐不动，我走到很远的地方，又看见一位大爷，怎么看还觉得就是刚才那位大爷。

北京之大，是一种“海纳百川，有容乃大”之大。北京包容一切，亦可消化一切。北京很傲慢，但没有偏见，他把所有的人都视作自己的子民。坐着板儿爷的洋包车在老胡同里逛着时，板儿爷问你，哪儿来的啊？你告诉他，湖南来的。唔，板儿爷唔一声，湖南好啊，湖南出了个毛泽东啊。如果你告诉他是广东来的，唔，板儿爷同样唔一声，广东好啊，广东有钱啊。板儿爷这样唔着，夸奖着，像个长辈在夸奖自己有出息的儿子，你下意识地就会觉得，北京的确像是一个严厉而慈祥的父亲。

北京让你感受到那种首善之区的宽容，也总给你一种无所不在的强势的逼迫，甚至有些霸道，总要把自己的意志强加于你。北京无所不在地强调着自己的意志、主流的意志、不可改变的意志。你只能服从。制度化的城市是刻板的，也是强大的。那种行政命令的口吻有时并非是由行政机关发出的，坐在出租车上，那位的哥随时会命令你把安全带系上，没有一点商量的余地。但你并不觉特别刺耳，你一到北京就奇怪地习惯服从各种命令了。

北京之大，更多的还是体现在距离上。从北京的一个地方到北京的另一个地方有多远？这距离是以时间的方式存在着，而不是以道里计。我算过，从东土城到北京西站，差不多要一个小时。这在我们那儿，差不多是两座城市之间的距离。这还要看顺不顺利，总在你尚未精确地计算出这个数字之前，你可能已经遇到了——堵车。我时常感到奇怪，这样大的一座城市却感觉不到任何混乱，哪怕拥挤也是排着队的拥挤。一切都已仿佛置于某种无名的意志下，被堵住的车辆不会像别的地方那样四处泛滥。它们依然秩序井然地排着队。没有人想要超车，没有人骂娘，更没有旁门左道可走。在北京想找到捷径很困难。这种异常缓慢的等待，仿佛一切都处在缓慢的进化过程中而不是行进中。不着急是不可能的，尤其在急着赶火车时或急着去办一件什么事情时，哪怕坐着，你也会急得踮起脚尖。你急，但开车人不急。我怀疑在他们背后隐藏着某种哲学上的理智或信念，就像尼采所说的，一切都是顺序，包括堵车，包括等待。你看着那位的哥时，他两眼就会露出无比坚毅的目光来。我还从未看见过这样信心百倍的等待。他们在拥堵中表现出的良好的教养也是别的城市所没有的。——我说的是现在。现在，许多人可能都注意到了，北京人脾气小了，脏话少了，反而更大气了。这需要磨炼，需要阅历，他们肯定比我更明白，除了等待，你别无选择。但奇迹般的，我又总能在最后一刻赶上那趟车，或办完一件什么事。

现在我理解了，我北京的朋友们为什么很少互相往来。他们住在同一座城市里，大多数时间却只能像在两座相隔遥远的城市里那样互相思念。我也时常会按照自己的想法去为北京担忧，我不知道如此漫长的等待会让北京的脚步该怎样疲惫拖沓。然而我的担心好像又总是多余的，就在这样的等待中，这座城市已经发生了变化，你突然发现哪里又冒出了一座楼，猛一看，一棵树又长高了不少。

我朋友有一辆很高档的轿车，揭开顶棚你就可以站起来“检阅”了。某年国庆，天安门广场人山人海，我朋友驾着轿车绕广场缓慢而庄严地行驶着，他突然把手一挥，命令我“检阅”一下广大革命群众。我缓慢而激动地站了起来，用我浓重的拉长了的湖南口音缓慢而激动地喊，同志们——好！话音刚落，立刻响起了一片欢呼声，首长好！首长辛苦了！我突然感到害怕起来，我的恐惧并非来自广场的欢呼声，而是吃惊于一股巨大的暗藏的力量。我惊呆了，好半天一动不动地呆立在那儿，只觉得脊背上流下一股股冷汗。直到我朋友开着车驶离广场之后，我低沉地呻吟了一声，然后机械地拉下了头上的顶棚。我都不知道自己刚才干了些什么。

那一刻，我确信，我是一个外人。

二

在北京，我住得最多的一个地方，是菜市口。那里有一家很适合我这种小地方来的人居住的旅馆。我孤身一人在这里住着时，从来没有漂泊异乡的孤独感。傍晚时我喜欢在这里闲散地踱步，黎明时，我喜欢听燕子和鸽子的呢喃，北京一下变得充满了生活的味道。这让我时常会有一种错觉，我已不是从外地来的一个匆匆过客，我一直就住在这里，生活在这里。我喜欢这里的干净，有风也有阳光，人也不太拥挤，而且非常方便，它离很多我想去的地方都很近，陶然亭、天坛、大观园、琉璃厂……

走几分钟就到了邮局，可在第一时间买到全国最新出版的报纸和杂志。紧挨着邮局就是地铁口，想去哪儿就去哪儿。想看看书，一条路上就有两三家书店，都不大，但书很上档次，商务、三联、中华书局，在这样的书店可以“泡”，就是“泡”上一整天也没有人撵你。饭馆也多，而且便宜实惠，手擀的鲜汤饺子，三块钱可管你吃饱，还送上一份酽酽的热汤。你真是觉得什么也不缺了，连你没想到的，也都有人给你想到了。每次我在小饭馆里吃了晚饭出来，回住处时，都有一位姑娘站在那儿，有一种楚楚动人的风情，她问，大哥，闷不？千万别误会，这姑娘并没有别的意思，在她身后，是一家小小的钢琴酒吧，在那里可以听到肖邦的小夜曲。

在夕阳的余晖中与一条老胡同相随而行，墙壁上挂满了各种花草爬藤。我沉浸在浓郁的老北京的文化氛围里，走进这样的地方，你才感觉到胡同和四合院是结伴而生的，乍一看，一幢幢灰色旧楼就像刻出来的版画、木刻画，它与江南那些田园诗或水墨画般的老建筑是完全不同的风格。我喜欢在这里悠然自得地逛着。每一条胡同，也可能是另一条胡同，它穿过一个朝代又一个朝代，从元、明、清延续到现在，很多东西混杂在一起，让我感到迷茫，难以分辨。这是北京离北京很远的另一个原因，现实与岁月交织在一起。夜里从灯光昏暗的胡同里穿过，感觉就像穿过福尔摩斯的小说情节，除了其间隐藏的复杂，还有一种强烈不安的预感。看见对面走来的人，一个个神情恍惚如梦游一般，似乎一不留神就突然看见了另一个世界上的东西。偶尔也会想起来，这里是谭嗣同被杀的地方，但早已闻不到一点血腥味了。无数脚步匆匆踩踏过死亡的地方。100多年了。我在这里回望那早已消逝的一切，一段黑白年代的记忆。

但在四合院最多的地方，要想看见一座四合院是不容易的。我是说，现在的北半截胡同那间四合院，谭嗣同的故居莽苍苍斋。我其实没想过要去那里，我甚至压根儿就没想起过那里还有这样一座四合院。但我还是不知不觉地走近了，要说其实不难找，也不远，沿菜市口大街西边往南走几十步远，人行道边上的一个土坡之上就是。这让我感到意外，这种无意中的发现总让人觉得意外，而更令我感到意外的是，一个人的出生地与他的就死处，竟会这样近，很难想象一个人从人生的另一头走到这一头，竟然走了整整36年。这是多远的一条路？我感觉我已经走进了一个世纪之前的某个傍晚。这是我第一次走得离北京这样近，以无意的方式。这院子里现在居然还住着人，我看见了煤炉里冒出的黑烟。我吃惊地看着烟雾后面那个生炉子的大爷，他走过来了，蹒跚着，仿佛是从历史的幕后走过来的。从他苍老的脸上的神情可以看到和我同样的迷惘。

像这样的四合院，这样的来历，北京还有很多，也大都处于一种被遗忘的状态。但我很庆幸它们被保存下来了，哪怕是保存在一种遗忘的状态。从里边出来，我看见门口有一棵树，不知是什么树，是那种可以一边落叶一边又同时长出树叶的树。我还像刚才那样慢慢溜达着，此时，老胡同里真是静极了，夜色突然变得很深。脚底下有了一点闷闷的回声。这才觉得，北京很大，也很深。

隐居于这些老房子里的不仅有老北京的记忆，还有生活，老北京的生活。譬如说，去老舍茶馆喝盅茶，吃点京味儿小吃，看看戏。老舍茶馆的风格也是叫我喜欢的，红色的门廊，眼睛被一盏一盏的红灯笼照着，满眼红彤彤的喜气色彩，连影子也红透了，一派的朱红，中国红。那八仙桌，那靠背椅，却是别出心裁的黑，黑得耀眼发亮。这样的红与黑，深厚、恒久，大俗中的大雅，适合平民，也适合文人。二三好友围坐一席，嘴里有吃的，耳里有听的，眼里有看的，一个个优雅细长的女子，穿着旗袍，仿佛正从清朝走来，脸儿润白、俊俏，含着一点儿笑，在满座的宾客中来回斟茶，而你往这椅子上一坐，便不可避免地陷入了一种生活方式。这是一个可以忘掉时间的地方，一个连你自己也要忘掉的地方。丝毫没有察觉，你也成了这里的一种布景和效果。叫板的痛快，品茶的悠闲，真可谓是完完全全的老北京的风韵，只有茶是不老的，如花般鲜嫩的，清纯的，每注一缕热水，从根一直漫向芽尖——我感到了一种重生般的生长的力量。轻轻啜饮一口，仿佛吸了一口春天的气息。杯中香气缭绕，台上余音绕梁，这座上闲情，这缓慢悠闲地打发时光的方式，在这疲于奔命的年头，已不是消遣，已经是一种忘我的境界，您哪，已是一位地地道道的老北京了。

三

从北京到北京，还有一种距离，在一个人的仰望中。每次我这样仰望时，似乎是在观察一个距离更远的北京。太多的蓝图，太多的建筑工地，太多的轰轰烈烈的挖掘机和脚手架、脚手架上的小旗子，太阳在头顶上威严地移动，一群寂静地飞过的鸽子……

北京的心脏部位，被一块一块地掏空了。

那里原来都是老房子，四合院。北京的四合院和胡同以老城区最多，也就是城市的心脏部位。奇怪的是，偌大的北京，无数的四合院，但从未变成过迷魂阵，我也从未在这里迷失过方向。天长日久，这些老胡同老房子，它们就那么默默地和时间较着劲儿。许多老房子也实在太老了，都已十分破旧，但这些老房子破而不败，骨子里有一种属于北方的硬朗而强悍，不会像潮湿的南方那样糜烂。看了这样的老房子你会想到一个词，坚守。坚守到最末一刻。这样的房子不会被时间打败，而是会被人类打败。到现在，尽管故宫还在，天安门还在，但你站在天安门广场上四下一望，到处弥漫的现代气息已经明显占了上风。

我不禁感慨起来，又觉得这感慨有点多余。

从理性的视角去看，保存是必要的，拆也是必要的，有些东西，或许原本就更适合在更深处的记忆里待着，更适合在版画或木刻画里存在。一座永恒的经典性城市，每一个时代都该有属于自己的表达价值。你让现在的北京人生活在一百年前甚至几百年前的老房子里，那种时代的错位感，那种四下里都破着的生活，又太不近人性了，他们有权利享受更高层次的现代生活方式。北京既是元、明、清的古都，更是一座现代化的国际大都会。它也不能老那样匍匐着。尽管许多人对新中国成立后北京大拆老房子几乎一致地持否定态度，但有一个事实又是谁都看得见的，在大规模拆迁的同时，北京的腰杆子迅速地硬起来了，它站起来了，它以最快的速度超越一个又一个的距离。尤其现在，北京正在获得它前所未有的世界性高度。

我觉得最关键的还不是拆与不拆，建呢，最重要的也不是城市的海拔高度，而是如何让那些被拆掉的地方不被真的掏空了，还能继续保存一座古老城市的那种元气，让它在血脉中继续绵延。我很害怕那些像变形金刚一样的城市。具体到四合院，保存它，无疑是为了强化城市古老的记忆，可拆了一片留一片，先就把那些气息给毁掉了。我不是城建专家，岂敢妄自评论，但哪怕纯粹以我一个外行人的眼光来看，当你看见两幢相邻的房子中间隔着千百年的岁月，是很刺眼的。它们的四周已建起了一幢幢趾高气扬的高大建筑，四合院被欺负得很厉害，就是不拆，四合院处在这样的夹缝里，挤也被挤死了。我相信一个卖小菜的农民也有对城市的基本诉求，有舒服不舒服的感觉。

北京西客站已是一个最有争议性的建筑标本，在现代建筑的头顶上扣了一顶古典的帽子，也实在有点不伦不类，然而不能说设计者没有煞费苦心，他是诚心诚意地想给北京留下一点世代相传的东西。可见，城市建设走不得中庸主义的路子，旧的要旧，新的要新，反倒显得有层次，有来历，有时间意义上的纵深之感。我觉得，与其把现代建筑苦心孤诣地弄成仿古建筑，那还不如像“鸟巢”那样干脆。

许多人都觉得鸟巢是个奇妙的景致，我不这样看。我觉得北京没有奇妙的景致，无论长城，还是天安门，还是鸟巢，都与某种重大的使命联系在一起。

去看鸟巢的那个季节，日光更温暖了。我是说秋天，一些残叶正在凋零，更多的树叶则在等待被季节染红。很远我就看见了，我没有看到它建成的样子，但我看见了它的内部结构，它的骨骼。赫尔佐格、德梅隆，这些著名的建筑大师，他们与中国最有才华的建筑师一起，把一幢建筑建造成了——我觉得它不像鸟巢，更像宇宙世界的缩影。而在亲眼看到它之前，它是让我非常担心的一个悬念，北京同世界有多远？一座古老的东方古都同21世纪有多远？那一刻我没觉得我是一个外人，我感觉是在为我家里的一件事操心。只看了一眼，我一下放心了，大气！舒服！我看到了那些坦率地暴露在外的结构，那相互支撑的网络状的构架与中国传统的镂空手法完美地融会在一起。这里没有我想象中的那种尖锐的美学对抗，我感到了它和这座城市的和谐，东方与西方的大美被天衣无缝地铆接在一起。当我知道它被《泰晤士报》评为了全球在建的最强悍工程时，我更加深信，美是无国界的，这样的强悍和王者之气不仅与北京最深刻的文化精神是高度一致的，而且已经完全超越了东西方的文化差异，有力地拉近了北京同世界的距离，达到了具有普世性的审美期待，这是人类的建筑，人类的艺术。它也的确采用了大量的人性化元素。在这里，人，真正被赋予中心的地位。

偶尔，我会抬头瞅瞅天空，看见的是突兀的钢铁巨臂，还有半天云里的脚手架，那是我到达不了的一个高度。我有恐高症。我没有胆量也没有本事站到那样一个高度，只能把眼光放低，从天上，到最深的地底下，都有一股激越的力量在汹涌，而我只能眼睁睁地看着，一个正在血汗与泥浆中分娩的新北京，仿佛只属于另一类咬紧牙关的生命和那些很大的很粗糙的手，属于那些把衣服一扒就能露出脊梁的人，属于那些有着粗壮的身坯、浑身充满了力气也愿意为之竭尽全力的人。这是我在北京看见的另一种支撑这个城市的真正骨骼。只在此时，我才知道自己是多余的，甚至成了一个障碍，胸口刚被谁的胳膊肘撞了一下，肩膀又不知道被谁猛拍了一下。快！闪开！没有一个多余的字，每一个字都是从嘴里冲出来的，这是属于一个时代的语言，很冲，充满了对速度和效率的渴望。

我这样左顾右盼地走着时，第一次清晰地发现了自己的位置，我是走在最后的一个人，是被这个时代和这座城市落下的一个人。

四

北京的大不仅是城市之大，而且是时空之大，巨大的、空旷深远的城市空间和渺小的个人之间形成了极大的反差。人在这里更能感觉到，你作为个体生命的渺小，以及占有时空的局限和短暂，那一种悲凉与虚空，也让你更能找回一个人的谦卑。一个人在北京生活，你会比在任何一座城市生活都要清醒，都要有宿命感。

北京造就了自己最有代表性的作家——史铁生。我去地坛看过。如果不是因为这样一个人，我甚至不知道有这样一个地方的存在。我是说真实的存在。一座曾经荒芜冷落得如同一片野地的古园，它曾经是一个象征，是那些把天下苍生像草芥一样踩在王靴下的历代帝王在这里拜祭地神的祭坛。他们渴望占有无边的土地，占有整个世界，占有这世界上生长出的一切。他们可能没有想到，数百年之后会有一颗高贵的灵魂在这里生根、发芽，他以自己坚定的立场和纯粹的内心，成为了这座城市的另一个标志，另一个象征。这时你再去看史铁生，那个高位截瘫苍白孱弱一身重病的智者，他静静地坐在这里，你不会再觉得他是个病人，他亲切而仁慈地微笑着，明亮纯净的眼睛里显示着一种让人难以企及的深度。“我常觉得这中间有着宿命的味道，仿佛这古园就是为了等我，而历尽沧桑在那儿等待了 400 多年。”史铁生无疑是中国极少的几个有宿命意识的作家之一，宿命不是悲观，而是对自我生命的一次重新确认。或许，我们都可以找到一个古园作为自己的背景，这种废弃的古园，中国太多了。但不是每个人都能坐到那把轮椅上的。那不是一个假设。那也不是你设身处地想一想就能感同身受的。你没有坐到那把轮椅上，你就永远体会不到一个“高位截瘫”的民族渴望站立起来，渴望用自己的双腿去行走的那种悲壮。你感觉他是个静观或者沉思的王者，他统摄着生命以及一切善与高贵、爱与受难的精神。

此时地坛安静得令人感动，我躁动不安的心也渐渐平静下来。现在，史铁生已经很少上地坛来了，每年春节，这里都在举办北京最大的文化庙会，世俗的热闹代替了寂静的沉思。我想，他一定又找到了属于自己的另一个角落。

北京有很多这样的角落。北京很大，但每一个北京人其实都活在某一个属于自己的角落里。每天早晨，我都会看见那些花园草坪上健身的人们，被阳光照着，被晨风吹着，在清新的空气里吐故纳新。树和其他植物都在生长。你边走边观赏那四时开放的鲜花，花瓣间的光斑和露珠恬静而明朗，头顶上的鸟唱清脆而嘹亮，一种欢畅的心情油然而生了。通过人，你感受到了这座城市的健康和阳光。这才是我喜欢的城市。即使是北京，我觉得它强大的骨骼系统里面，也不可缺少这样的血肉。城市不可缺少记忆，但也不能把自己封闭在过去的记忆里无法走出来，它毕竟是供人们来居住生活的。以人为本，应该是支持一切城市的最基本的价值体系。这样的城市才不会给你一种无形的威压，人也有了可以多维游走的空间。我知道，这里曾经也是北京的老城区，但四合院已全部拆除了，街道胡同能拉直的也都拉直了，尽管这是人们非常不愿意看到的，可生活在一片现代化的城区里，你会觉得它同人们的现实生活拉得更近了，生活得更真实。

在北京，在任何一个角落里，只要你安静地凝望，时间长了，你会感觉这里潜伏、隐蔽着的一种无形的力量，每一个人都与这座城市有着微妙的对应关系，那种生死不渝的维系，以及坚守下去的那份信心，是我这样一个匆匆过客难以理喻的。从我 20 岁出头第一次上北京到现在，这是我命里往返得最多的一条路，而北京仿佛永远是一个我行将抵达的却又仿佛一直没有到达的城市。每来一回北京，就像一个轮回，但我是一个不能超生的灵魂，更多的时候，我都在围着它转。它就在旁边，也在心里，但我总是踩不到北京的节拍，找不到自己的精神来路，我一直运行于这座城市的外部世界。天才的卡夫卡早已替我描述出了那种最真切也最虚幻的感觉，北京是我远远就看得见的城堡，我一直没有找到进入它的方式。最后，我只能选择——离去。

每次离开北京时，我都会下意识地深深凝望，我看见过的，我还没有看见过的，从一些日子，到另一些日子，在我的视野里不断涌现，又渐渐退向城市一侧，直至城市的背后。火车已经飞奔了很久，但仍未跑出北京。回头，我看见的是一个北京，再回头，我看见的是另一个北京。

感悟天坛

张守仁

一

天坛，我只愿意一个人去那儿观赏、感悟、思考。我担心喧嚣和杂乱，妨碍我宁静地独享那儿呈示的一切。在我看来，它绝不是一般意义上的游览之地，而是思索宇宙、时空、天地、古今、物候兴替、天人合一的场所。它是最庄严、肃穆的地方。即使是“普天之下，莫非王土”的皇帝，至此也要走下玉辇，脱去龙袍，换上祭服，虔诚跪拜，敬畏上苍。和我在世界各国参观游览过的皇宫、教堂、寺庙、陵寝、公园等名胜古迹相比，天坛具有迥然不同的史诗性、哲理性、浩然之气的品格。

二

凌晨两三点钟，鸟雀不喧，鸡犬不惊，万籁俱寂。在如此静谧的时刻，你若有特殊的机会，蹚过含露的草地，穿越森森的柏林，独自走上三层高的圜丘坛，迈过艾叶青石铺的坛面，站到中间“天心石”上说话，就会获得最佳的共鸣效果。你会听到声音仿佛从你脚下升起，从你四周返回，嗡嗡扩大，浑厚洪亮，直达穹宇。这似乎让你梦幻般感到：你正在和天庭通话。这一共鸣奇迹，是因为天心石位处圜丘坛中心。你站在上面说话，声音沿着光滑的台面向外传播，遇到圆周上等距离的栏板，只需 0.07 秒时间就能迅速返回，和原声汇合在一起，便形成了奇异的扩音效果。

遥想古代，冬至清晨，皇帝亲率文武百官，浩浩荡荡，千骑百从，来此圜丘祀天。望灯杆上天灯高悬，燔柴炉里香烟缭绕。晨风徐吹，旗幡猎猎。鼓乐齐鸣，钟磬咸响；琴瑟共奏，箫笛同吹。中和韶乐，声震天宇。正所谓“仙韶细度云门奏，黄钟应律九霄闻。”其时，上百位手执笏板的官员齐唱：“仰惟玄造兮於皇昊穹，时当肇阳兮大礼钦崇。臣惟蒲柳兮蝼蚁之衷，伏承眷命兮联统群工。深怀愚昧兮恐负洪德，爰遵彝典兮勉竭微衷。遥瞻玉阙兮宝辇临坛，臣当稽首兮祗迓恩隆……”

在这期间，身穿红色锦绣舞衣的百多位武舞生、文舞生，或执干、戚，或拿羽、龠（yuè），随乐起舞。皇帝就在这歌声舞影中三拜九叩，行祭天大礼。可以想象，那是一种何等隆重、虔敬的场面！

当我独自在圜丘坛上来回漫步时，曾细数天心石周围呈扇面形铺开的石板。围绕天心石第一圈的石板是 9 块，第二圈 18 块，第三圈 27 块，均以 9 的倍数向外递增。直到上层坛面最外的第九圈是 81 块。下面两层台面的石板和四周的栏板也都是以 9 的倍数递增。每层的台阶也都是 9 级。“九”是至阳之数，表示至高至上至尊至贵。“天坛走一走，到处都是九。”这就意味着这儿是通向“九重天”的地方。这么一座庞大的古建筑，全以 9 的倍数的建筑构件造成，需要怎样一种旷古的智慧和精密的匠心！

三

从圜丘坛往北，绕皇穹宇，经成贞门，便是长达 360 米、宽 30 米的丹陛桥。它是一条连接圜丘坛和祈谷坛的中轴线。踏上丹陛桥，你仿佛登上了一艘航空母舰宽阔、绵长的甲板。北边高耸的殿体，便是航母上的瞭望台。这般颀长的航母，在碧翠的古柏海洋里航行，使你感到天高地阔，坦荡壮美，心旷神怡。

在天坛工作了一辈子的老人告诉我，近几十年来他亲自接待了包括美国总统尼克松、法国总统蓬皮杜、日本首相田中角荣、埃及总统穆巴拉克、澳大利亚总理罗伯特·霍克、英国女王伊丽莎白二世等上百位外国元首、总理来到这里参观游览。其中以美国前国务卿基辛格博士来的次数最多。从 1971 年至 20 世纪末，基辛格每次访华必来天坛，前后竟一共来了 10 次之多。他对天坛表示出极浓厚的兴趣。那位老人回忆说：1971 年 10 月 25 日，基辛格第一次来参观天坛。他的专车由西坛门进，穿越柏林间的御道，停在盛开着美人蕉的丹陛桥坡下。他走上中轴线，漫步到祈年殿内外仔细参观了一圈，又回到祈年门前，往北长时间端详着殿体，感慨道："这真美啊！以美国的经济实力和科技水平，能再造出一个或几个祈年殿这样的建筑，但怎能再造出具有 500 年以上树龄的古柏林呢？怎能再造出这样的氛围呢？"当时正处在"文革"中期，受到极左思潮的影响，坛内种了果树、庄稼、蔬菜。基辛格要离开时看见有人在地里拔大萝卜。他很有兴致地停下来要了一个萝卜，请随员削了皮，自己尝了尝，说：“好吃，有点辣。”于是引发人们一片笑声。1973 年 11 月 12 日，基辛格第二次访华，在时任外交部副部长乔冠华的陪同下，又到天坛游览。导游向基辛格解说了回音壁的传声现象和原理。他很好奇，请乔冠华站在放置日月星辰牌位的东配殿后，自己走到祭拜风云雷雨的西配殿后，紧贴着墙壁，向北与乔对话。他听到回音清晰，便对从东边走过来的乔冠华说：“这里的墙砖，像无线电一样，能够传声。我能不能带一块砖头回国，就用它跟你建立热线联系？”潇洒的乔部长听了开怀大笑。1987 年 9 月 4 日，基辛格第七次到天坛参观，临走时看见了远处的斋宫，便诧异地遥指西边说：“那是什么，我怎么从没到过那里？”陪同人员告诉他这次没有时间了。他笑笑说：“没关系，不是两三年就来一次吗？下次来华一定到那边看看。”果然，整整过了两年，基辛格第八次到天坛，十分专注地游览了斋宫。

听了老人的介绍，我独自思索，这位谈判大师，当时在世界各地搞穿梭外交，国务缠身，权倾朝野，可以说日理万机。然每次来华，必抽时间到天坛，这是什么原因呢？我回忆了他写的著作和发表的讲话，认为中国祭天强调的天人协和、谐者共存的哲理与他一贯主张的均势外交、和者互利的思想暗相吻合。基辛格这位超级智谋家在处理十分棘手的外交难题时，重视对方需要，突出共同利益。这是他的高明之处。在这一核心思想指导下，他于 1971 年以总统特使身份秘密访华。在与周恩来共同安排下，促成了 1972 年 2 月美国总统尼克松访华，打开了关闭达 20 多年之久的中美关系大门，发表了《上海公报》。同年 5 月，他和尼克松总统同访苏联，签订了《美苏联合声明》，缓和了长期以来的紧张关系。与此同时，他又马不停蹄地多次去巴黎与越南代表艰苦谈判，促成了 1973 年 1 月全面停止越南战争，并从那年 3 月起，从越南撤走全部美国军队。这几件载入当代史册的世界大事，导致基辛格荣获了 1973 年诺贝尔和平奖。

此外，基辛格博士一次又一次来天坛，恐怕还因为他对东方文化和中国建筑艺术无限喜爱和钦佩。

四

祈年殿可以说是建筑中的世界绝品。随便你从哪个角度、从前后左右审视它的形体，观察它的色彩，端详它圆润、弧形的线条，都会获得一种尽善尽美的视觉享受。

蓝天下，地平线上耸立起三层汉白玉的基座。基座上平行着三层天青色的重檐。重檐上立着一座金色宝顶。那么匀称，那么圆融，那么稳重，那么脱俗，真是百看不厌，越看越爱看。

我每次去天坛，总看到中外游人们喜欢排着队挨次站到它正门前照相、留念。有一天下午，我正靠在雕着盘龙的汉白玉望柱上，仰视祈年殿上空悠悠飘过的一片白云。一位外国游客举着照相机，打着手势交给我，示意我给他拍一张照片。因为距殿体太近，我从镜头中一看，只能拍下他和底层蓝檐下的红色门窗。于是我请他往外走，我退到阶石下，跪着给他拍了照。当我把照相机交还他时，用英语问他："请问你从哪儿来？"他说："来自英国伦敦。"又伸出大拇指赞美道："我到过世界许多地方，从没有看到过这样漂亮的建筑。"这位英国绅士的赞扬，道出了每年上百万名海外游客的心声。

从外面看祈年殿，它是视觉艺术的经典；如果你走进殿内，会惊叹它又是时间艺术的典范之作。大殿中内层的 4 根龙井柱区间，象征春、夏、秋、冬四季。中层 12 根金柱区间，表示一年有 12 个月份。外层 12 根檐柱区间，代表一天有 12 个时辰。中外两层共 24 根柱子区间，则说明一年有 24 个节气。再加上内层 4 根大柱，共 28 根，显示周天 28 座星宿。祈年殿内的柱子如此精心设计，把中国古人测得的天文知识具象化了，因此它成了天体的象征。

正因为它是如此神圣的象征物，所以 1898 年，康有为曾建议光绪皇帝到祈年殿前誓戒，推行维新变法。1913 年，民国第一届国会产生，取“忠于国民之心唯天可表”之意，决议以天坛祈年殿作为起草宪法的庄严场所。1949 年 9 月 19 日，毛泽东在第一届政治协商会议召开前夕，率领张元济、程潜等一批民主人士，来祈年殿瞻仰并合影。到了 2003 年 8 月 3 日，中国奥组委又在祈年殿前向全世界庄严宣布北京 2008 年奥运会的会徽。

祈年殿内正中汉白玉须弥座上，有一雕龙宝座，上供“皇天上帝”的神版。左右配祀皇帝列祖列宗的神位。每个神位前皆设笾豆案，上陈爵、登、笾、豆、簋、簠、尊、篚等不同祭器。祭器内盛放着黍、稷、稻、粱、白饼、黑饼、蔬菜、肉类、酒类、瓜果等供品。我一面细看，一面思索着中华民族的先祖，不就是主要靠吃这些食品一代又一代繁衍、生息下来的吗？因此，这里的供品也在某种程度上浓缩了中国的食品史、烹饪史。

站在祈年殿中心金龙飞舞、彩凤翩翩的天然“龙凤石”上，我耳边仿佛听到了从遥远的历史深处传来的、向天祈求风调雨顺、五谷丰登时人们唱的歌词：

上帝爱民啊，赐福人间。
百姓何靠啊，以食为天。
万物生长啊，五谷占先。
为民请命啊，重任在肩。
恭敬净手啊，奉上祭献。
上帝龙驾啊，淳和欢颜。
…………

五

游累了，我常到周围柏林里的椅子上坐坐。静观古柏，发现祈谷坛一带以侧柏为主，圜丘坛附近多种桧柏。古木参天，苍翠浓绿，森然肃穆。它们几百年来由于抵抗风侵雨浇雷劈雪压而长成千姿百态、鬼斧神工的形象，显示了异常顽强的生命力。我看见有一棵柏树，只剩一人高的树桩，桩侧又斜长出枝杈，梢头郁碧青葱。圜丘坛附近一棵中空的残树，四周只有一圈厚厚的树皮，树冠上竟长出了茂盛的青枝绿叶。祈年殿长廊北边，一棵高大苍老的古柏下，有一株矮小的柏树跟在身边，宛如一位古稀老人，携带着幼童，爷孙俩相依相随，喁喁低语。有一棵健壮的柏树，树干中部凸长出一个浑圆的树瘿，极像一个怀孕的妇人。有的树干旋扭着向上生长。有的树身好像是一座比萨斜塔。有的树木仿佛是英文字母F。有一棵巨柏主干分杈处竟长出一株枝繁叶茂的百年老槐树，故名“柏抱槐”——大概是曾有一只飞鸟偶然衔来了一粒槐籽所致。长廊那边有棵柏树分杈很多，形状奇特，像莲花初绽，取名曰“莲花柏”。

我认为天坛众多古树名木中最珍贵的要数皇穹宇西北墙外、

围着铁栏的那株古柏了。它青针翠叶，虬枝弯柯，古朴苍老。树干上有纵向的众多沟壑和褶皱，状如群龙绕树，盘旋上升，故名“九龙柏”。这些古树名木，犹如活化石一般，见证着这世界上最大的祭天场所历史之悠久。

我国古代封建王朝均定有社树，犹如今日的国树、市树，“夏侯氏以松，殷人以柏，周人以栗”。天坛延续殷礼，种植柏树。同时寓意《周礼》中的“苍璧礼天”，即献给上苍一块青绿色的碧玉。这反映了先民们对大地上理想的生存环境的追求和企盼。20世纪80年代，改革开放的总设计师邓小平号召大家种树。他于1985年、1986年、1987年连续3年带头到天坛种植松柏，为全国人民树立了绿化祖国的榜样。

六

西下的夕阳，越过柏林，照着祈年殿的宝顶，金碧辉煌。晚霞映射在殿檐下蓝底金粉的龙凤和玺彩画上，熠熠放光，异常华贵，给人以强烈的视觉冲击力。我想，如果我是摄影师，将会拍下怎样一幅精彩的艺术照片啊。

我久坐在这里，反复端详着这天下独一无二的古建筑，相看两不厌，沉默无语，流连忘返。正如一位哲人所说：世上最美好的事物是无法描绘的，对它只能去感受、去体悟。

面对祈年殿这座史诗般的伟大建筑，深感自己的渺小和卑微。

1998年12月2日，联合国教科文组织世界遗产委员会在日本东京举行的第22届年会上，一致决议将天坛列入世界文化遗产名录。世界遗产委员会对天坛的评语是：“一、天坛是建筑和景观的杰作，它简洁而生动地表达了曾对一个伟大文明进步产生过伟大影响的宇宙观。二、天坛具有象征、寓意的规划设计对远东许多国家的建筑和规划产生过深远的影响。三、两千多年来，中国一直处于封建王朝统治之下，而天坛的设计和布局，正是这些封建王朝合法性之象征。”

天坛这座已被列入世界遗产名录的杰作，不仅是中华民族天文、哲学、建筑、数学、音舞、礼仪、祭祖、饮食文化的载体，也是人类文明演进的写照，更是我们这个拥有智慧生命的蔚蓝色星球上的共同瑰宝。

天坛这座皇家祭坛，占北京市崇文区（现东城区）约 1/6 的地域，这是崇文区的光荣和骄傲。其面积比北海公园、紫竹院、颐和园等加起来还大得多，是北京城区最大的一块绿地，也是首善之区一片最清新的肺叶。

对这一稀世珍宝，我们要百倍地维护它、珍惜它、热爱它，并郑重地、完整地、原貌地传给中华民族的子孙后代。

伟哉，天坛！

记忆北京

童　峥

很久以前，我在北京第三中学上学，家住在西城区阜成门内宫门口二条的一个大杂院里。

听老人说，我家这一带之所以被称为“宫门口”，是因为在明朝的时候，这里曾有一个庞大的宫殿，叫“朝天宫”，是大臣们演练如何朝见天子的地方。它气势恢宏，占地面积巨大。

突然有一天，朝天宫着了一场大火，大火之后，无所遗存。远近的人们纷至沓来，在焚毁的宫殿台基上，捡起残砖破瓦和断木，搭建起一间间一排排小屋，一小片一小片的住房变成一个院子，一个个院子又连起来演化为胡同。“宫门口”三个字，取自“朝天宫的大门口”之意。

几百年过去，巍峨的宫殿从北京人的记忆中消失，只有古老的地名世代相传，却有一处院落鲜活在我记忆深处，它是我每天上下学路途中必然经过的鲁迅故居。

鲁迅故居和我家的院子近在咫尺。青灰色的砖土墙，黑漆的大门引发我强烈的好奇与无数的猜想，终于有一天，我推开了那两扇沉重的院门。随着“吱呀”一声，一代文化巨匠的一个生活片段展示在我的眼前。我平时看到的鲁迅都是他作为“伟大的文学家、思想家、革命家，中国文化革命的主将”在演讲台上慷慨陈词的伟岸和高大，而在这里，我看到的是，他在卸去盔甲来到后台时，和我们常人生活无异的琐碎与平实。

鲁迅任教育部部员期间，于1924年买下了这个院落，带着他的母亲和结发妻子朱安一起搬了进来。

这是个典型的四合院，鲁迅搬进来后，也搞了一番“装修”。他在前院种下了两棵丁香树，这两棵树现在依然枝繁叶茂，年年花团锦簇。三间正房的东西两间分别是鲁迅母亲和朱安的卧室，中间的一间是厅。鲁迅把厅向后院方向扩建接出了一间，作为他自己的卧室，戏称为“老虎尾巴”。东西两侧的厢房也是他亲自设计建造的。后院原本荒废着，被鲁迅改造成了一个小花园。鲁迅在此居住期间，写出了广为世人传颂的《狂人日记》、《阿Q正传》和《一件小事》等200余篇文章。

我漫步在这个在北京司空见惯的小四合院里，想象着鲁迅那拿惯了笔墨纸砚和大烟斗的双手，是如何拿得起铁锨镐头，像个邻家大哥、大叔，挥汗如雨，气喘吁吁地刨地挖坑，种树建房？朱安是鲁迅的母亲为他定下的包办婚姻的妻子，年长于鲁迅，不识字、缠足。鲁迅不爱朱安，两人长年分居两室，鲁迅视她如陌路。这种情形一直持续到了1925年4月的一天，北京女子师范大学的一群学生慕名来到这个小院探望鲁迅，其中有一个女子名叫许广平。

鲁迅和许广平之间的爱火越燃越烈，朱安的心在痛苦的深渊里越坠越深。鲁迅与许广平出走南方，后鲁迅病逝于上海。再后来鲁迅的母亲去世，曾经给了朱安几许希望，又给了她无限失望的这个小院就只剩下她一个老妇人。站在朱安的卧室里，似乎还能听到她的叹息在角落里回荡。想象着她一个人在这空荡荡的院子里，只是每天看着丁香树上的花朵，双眼里尽是失落和茫然，我的心也不禁为她感到凄凉。

1947 年 6 月 29 日凌晨，朱安在这个小院里孤独凄楚地去世了。鲁迅的几个学生把她下葬。她的墓地在当年的西直门外保福寺一带，连墓碑都没立。那片地方现在恐怕早已面目全非了吧？

北京城里到底留下了多少名人的足迹，有多少名人故居？北京城的大街小巷里曾发生过多少惊天动地的壮举和多少被后人津津乐道的风流韵事？带着种种臆想，我又继续走在上学的路上。

走出鲁迅故居，把鲁迅的书香墨香和朱安的幽怨叹息抛在脑后，往东往北，过了宫门口三条和四条，三拐两拐就上了翠花街。沿翠花街向北，路过传说中的少帅张学良和赵四小姐的寓所，到富国街，我的母校北京三中就在富国街东端。

我上学下学可以穿胡同，也可以走大街。从家出来，沿阜成门内北街向南，就到了被誉为“一街看尽北京七百年”的“文物旅游一条街”——著名的阜成门内大街。这条街之所以有这样一个美誉，是因为这条街上文物古迹甚多。我沿阜成门内大街一直向东，先路过路北边的妙应寺白塔，就是常言说的白塔寺。妙应寺白塔是元代的建筑，由尼泊尔人设计，是我国最早最大的藏式佛塔。白塔屹立在蓝天白云下，是如此的高大雄伟。尤其让我感到神奇的是塔顶的铃铛，每当从塔下走过，抬头仰视，心里总盼着刮风，心想，要是铃铛被风吹动，响几声就好了。父亲说，他小时候，白塔寺有庙会。他去赶庙会时最爱干两件事：看拉洋片和吃煎灌肠儿。白塔寺庙会是当年北京城里有名的大庙会，在老舍的《骆驼祥子》、林海音的《城南旧事》和鲁迅的《伤逝》里都有精彩的描述。

过了白塔寺，到达阜成门内大街和赵登禹路交会的十字路口，从这里沿赵登禹路一直往北，也可以到达富国街上的北京三中。赵登禹路是用抗日英雄赵登禹的名字命名的。卢沟桥事变后，赵登禹将军率领29军的官兵英勇抵抗日本侵略者，在北京南苑守卫战后的撤退途中不幸壮烈殉国。北京城里一共有三条以抗日英雄的名字命名的街道：赵登禹路、佟麟阁路和张自忠路。对这些抗日英雄，毛泽东主席曾给予高度评价：他们给了全中国人民以崇高伟大的模范。每次走在赵登禹路上，我的脑海中总会闪现出硝烟弥漫的战场，想象着这位出生在山东的英雄，带领兄弟们挥舞着大刀和日本鬼子拼杀，直到流尽了最后一滴血。

就在阜成门内大街和赵登禹路交会的十字路口东边路北，还有一处古建筑，即历代帝王庙，从十字路口就能看见它“三间一启”式的屋宇式大门，粗粗的廊柱和高高的石头台阶。历代帝王庙始建于明嘉靖年间，昌盛于清乾隆年间，明、清两代皇帝都到这里祭奠历代开业帝王和历代开国功臣。乾隆曾提出“中华统绪，绝不断线”的观点，使这里成为海内外华人颂扬先贤、缅怀前辈的地方。

历代帝王庙当时是北京第一五九中学的校舍，我高考时的考场就在这里，那是我第一次见识历代帝王庙的辉煌与壮观，雕刻着精美图案的汉白玉栏杆和石阶至今还在我的记忆里熠熠发光。几年前，学校搬到别处，古建筑的风貌得以保护，这实在是一件值得高兴的事。

沿赵登禹路向北到富国街，路口有一个有着朱漆大门的大院落，这里就是富国街 3 号，我的中学母校、北京的名校老校——北京第三中学（简称“北京三中”）。

北京三中所在的街道以前叫祖家街，1965 年更名为富国街。而祖家街这个老地名并没有就此消失，而是永远定格在路口的 7 路公共汽车的站牌上。站牌上的“祖家街”三个字，就像一部沉默的史书，向后人讲述着如尘如雾的岁月，如云如烟的往事。

明朝有个武将，叫祖大寿，镇守明朝疆土的边关锦州。祖大寿的军队抵不过勇猛彪悍的清兵，只好向皇太极投降。清朝建立后，为祖大寿加官晋爵，置办房产，就在这条街东口为他建了一座宅院。从那时起，这条街就被称为祖家街。

祖大寿的这座宅院是个具有相当规模的三进四合院，前院后院大小房屋加起来有近 20 间。垂花门，雕花窗，件件精美绝伦。老影片《早春二月》和 20 世纪 80 年代的电视剧《徐悲鸿》等影视作品都曾到这里拍摄外景。祖大寿去世后，这里就改作祖家祠堂。

北京三中最早的前身是成立于雍正二年的“八旗右翼宗学”，当时校址不在祖家祠堂，而是在西单小石虎胡同的一个王府。1912 年，该校改为“京师公立第三中学”，搬进了祖家祠堂。1950 年学校改成“北京第三中学”。八旗右翼宗学、京师公立第三中学都是北京三中的前身。

现在的北京三中已经搬进了原四合院西侧的崭新的教学楼，四合院部分成了文物保护单位。学校里有两个由教室布置成的纪念馆，“曹雪芹纪念馆”和“老舍纪念馆”。我的母校是如何与曹雪芹和老舍有一段渊源的呢？

位于西单小石虎胡同的八旗右翼宗学，用现在的话说，就是一所为“高干子弟”开办的贵族学校。从1740年后大约有10年的时间，这里有一位外地老师，就是后来因为文学巨著《红楼梦》而名垂青史的曹雪芹。曹家因为贪污等罪名被雍正皇帝下令抄家，曹雪芹从江南来到北京谋生，成了一名落魄的“北漂”。不过好在他有“文凭”，通过了朝廷的任教资格考试，可以到这所学校任教。这位穷困潦倒的老“北漂”，白天在学校里上班，晚上就蜗居在西单大街路西旧刑部街上的一座小庙里。

古老的北京用它深厚的文化底蕴和博大包容的胸怀拥抱了这位“北漂”。曹雪芹的业余爱好是串胡同，是个老牌儿的“胡同串子”，没事儿的时候就到处走街串巷，寻访古迹。而恰恰是这样的生活，为他日后写作巨著《红楼梦》提供了充实的素材，打下了扎实的基础。有人考证，《红楼梦》中“葫芦僧断葫芦案”这一章回的故事发生地的原型，是东城花市斜街里的卧佛寺，贾宝玉梦游中所到的太虚幻境的原型是朝阳门的东岳庙，而荣国府的原型就是后海边的和珅府，也即后来的恭王府。

我曾特意到西单的小石虎胡同寻访。小石虎胡同就在中友百货大厦后边。当年办学的王府也在，据说是吴三桂之子吴应熊的府邸。现在府里被分割成一个个商铺，成了游人如织、熙熙攘攘的民族大世界服装市场。旧刑部街连同曹雪芹栖身的小庙，以及西单剧场等周边建筑早已被拆除而不见踪影。街上的行人有土生土长的老北京人，更多的却是“北漂”。他们不仅来自全国各地，甚至可以说是来自世界各地，他们在北京打拼闯荡，为着心中的理想，为着美好的生活奔波劳碌，在北京这个异乡建功立业，安家落户。

在充满朝气、衣着光鲜的新“北漂”人群中，我仿佛看到脑后拖着长辫子，身穿破烂长衫的曹雪芹这位老“北漂”的身影。时光在这里轮回，空间在这里交错。虽然星移斗转，时代变迁，但是，海纳百川，包容博大，从来就是北京的人文传统之一，这种文化不以衣食住行这些外在因素的改变而改变，而是被一代代北京人世代传承，直到今日。

1913 年，一位叫舒庆春的学生考进已经搬到祖家祠堂的京师公立第三中学。虽然这个学生学习成绩优异，可惜，因为家庭贫困，缴不起学费，又在数月后退学。舒庆春从这里退学后，又考上了公费的北京师范学校。有谁会知道，这位舒庆春，就是后来成就辉煌的文学巨匠——老舍先生！

在这里，就让我高攀一下：我和中国现代著名小说家、文学家、戏剧家，伟大的老舍先生是校友。在老舍坐过的教室里学习，在老舍走过的小路上穿行，我心中自然多了几分恭敬与宁静，在这样的历史与氛围中，我又怎能不发奋学习？

我爱读老舍的小说，从他的作品中，我看到了他的善良。老舍出生在一个大杂院里，在和下层劳动人民的接触交往中度过了贫困的童年。这段经历使得他对这些“弱势群体”有着发自内心的真切的同情。这种情感贯穿于老舍所有的作品中。我也看到了他对祖国的热爱。北京的胡同、四合院、人力车夫、小商贩、娼妓等，都在老舍的笔下栩栩如生。我走到阜成门，就会想，从这儿出城往西的模式口，是祥子捡骆驼的地方；到金鱼池一带游玩，我会想，这里原本是老舍笔下的龙须沟；到护国寺小吃店吃小吃的时候，我又会想起，老舍的出生地就在这附近的小杨家胡同，这个胡同后来成为他很多作品里故事发生地的原型，比如《四世同堂》里的小羊圈胡同。有时候，我不知是老舍把这些地方和人物搬进了他的作品，还是这些地方和人物从老舍的作品里走出来，来到人间，来到北京。我是在现实中，还是在老舍的作品里？这个感觉时常让我恍惚。老舍与北京，早已融为一体。老舍，是北京的一个符号，一面旗帜，一个象征。说起北京，谁能不谈老舍？

老舍小时候读过几年私塾。作为一个穷孩子苦孩子出身的老舍，如何能读得起私塾呢？是因为他得到了一位“刘善人”的资助。

刘善人祖籍南方，祖先积累的财富富可敌国，后来到北京购置房产，安居乐业，相传西直门内大街有一半房产曾是他们家的。到了刘善人这一辈，已经不知是“富几代”了。据说此人长得圆脸豹眼，体形富态，声若洪钟。他喜欢玩儿，喜欢遛鸟儿、唱戏、玩儿蝈蝈儿、逗蛐蛐儿，是个老北京的闲散玩家。他说话做事总是不慌不忙，即使眼前有山崩地裂，他也只是漫不经心笑眯眯地说一句：多大事儿呀。

这位“高富帅”还有个喜好，就是施舍衣食救济穷人，因而得了个“刘善人”的绰号。今天卖件祖传的古董帮这个人上学，明天卖间铺面帮那个人治病，北京城里受过他恩惠的人不计其数，老舍就是其中之一。老舍知恩图报，在学习之余，常来刘善人家做“志愿者”，帮着他一起为穷苦的人做善事。

几十年下来，刘善人钱财散尽，就把老婆和女儿送到尼姑庵出家，自己来到广济寺出家为僧，后来做了这里的住持，人称“宗月大师”，在宗教界德高望重。

广济寺位丁阜成门内大街和西四大街交会的十字路口附近，是一座年代久远规模宏大的寺院，历史上几度扩建，香火盛极一时。北京沦陷后，日本人利用各种手段让他加入日伪组织的佛教会，被宗月大师严词拒绝，日本人把他抓进了监狱。后来迫于社会舆论的压力，又把他释放。宗月大师悲悯众生，爱国爱教，圆寂后出殡时半个京城的贫民自动走上街头为他送葬，场面壮观，感人肺腑。宗月大师没有遗产，但是他的无量功德与日月齐辉，共天地长存。

我曾怀着崇敬的心情特意去广济寺参观拜访。寂静的寺院，肃穆的建筑，它们是否还记得就在并不太久远的从前，这里发生的一切呢？

老舍曾写一篇名为《宗月大师》的文章，以示纪念。在文章中，老舍满怀深情地说：“没有他，我也许一辈子也不会入学读书。没有他，我也许永远想不起帮助别人有什么乐趣与意义。他是不是真的成了佛？我不知道，但是，我的确相信他的居心与言行是与佛相近似的。我在精神上物质上都受过他的好处，现在我的确愿意他真的成了佛，并且盼望他以佛心引领我向善，正像在 35 年前，他拉着我去入私塾那样！”

老舍、宗月大师，他们一心向善，同情弱者，他们的名字是善良、悲悯、慈爱、厚德等这一系列美好词语的代名词。同时，他们又是坚强的、勇敢的。他们热爱祖国，不畏强暴，心里怀着“士可杀，不可辱”的信念，宁死不屈，铁骨铮铮。他们是集中华民族传统美德于一身的光辉典范，是北京人中的杰出代表，他们身上绽放出的美好人性的光芒与魅力光照千秋，万古流芳，永远值得所有的人去怀念、传承、发扬和光大。

住在朝天宫的大门口，和鲁迅做邻居，在祖家祠堂这样的地方上学，和老舍是校友，曹雪芹是母校前身的一代名师；耳朵里听的，眼睛里看的，是宗月大师这样的传奇；走过用英雄的名字命名的街道，自然而然就接受了爱国主义教育；老地名里蕴含着久远的传说；身边路过的，是广济寺、白塔寺和历代帝王庙这样的名刹古建……

这么短的一条从家到学校的路，就有这样多的故事，跨越这样漫长的历史。而关于整个北京的记忆，又要用多大的篇幅去描绘？在这样的文化氛围里成长，我又怎能不热爱北京，思念北京，祝福北京？

3000 年历史的沧海桑田波澜壮阔，1000 年国都的皇家风范王气逼人，孕育出华贵从容的气质，孕育出璀璨夺目的文明，孕育出凝重深厚的文化。北京的每一条胡同，每一条街巷，每一个院落都像北京的血管、经脉和细胞，滋养着北京城，哺育着北京城，养育出一代代像老舍、宗月大师那样的北京人，给北京生机，给北京活力，给北京胸怀。而北京之所以能有日新月异的发展，皆是建立在坚实厚重的历史之上。

秋风入梦，雨打窗棂。上学路上的记忆，是北京的记忆，充满温情感动，绵延千年，深邃隽永……

圆明园带给我的思索

王剑冰

我终于在一个夏日走入了圆明园。说得确切点，是投入了一片废墟。说惯了，多少年来，没有谁张口就说废墟的。在北京问路，都说去圆明园怎么走，不管是老北京人还是年轻的后生们，都会告诉你，而不会纠正你：那是一片废墟。之所以如此，是人们的心理上还认这片神圣的地方，对它依然充满了民族的自豪，虽然它惨烈于一场大火中，但它的辉煌却是永不能磨灭的，在世界园林史上，不会因为刽子手的一把大火，就把中国的伟大给抹杀掉。

我对圆明园的向往已经很多年了，多少次去北京，却一直没有走向那个地方。这之间看过多少有关圆明园的书籍，每每看过，心内都会掠过一阵苦涩和某种失落。这次的圆明园之游，却像了却一个大愿，自去北京之前就定下了，哪儿也不去，就去瞻仰一下圆明园。

我确实应该写一写圆明园，它在我心里积聚的感情太多了。然而从圆明园归来一年多了，却一个字都未写出来。一年后我在珠海看到了“圆明新园”，那是按一比一的比例重建的，总面积有圆明园的 1/6 大。就此也够壮观了。在圆明园看不到的，在“圆明新园”里都看到了，在圆明园里看到的，在“圆明新园”里却看不到，比如那一根根残败的石柱，那一蓬蓬野长的乱草。“大清皇帝”携着后宫娘娘又神采奕奕地游乐了，“宫女们”在游舫上欢快地起舞，“西洋楼”前的大水法又喷出了壮观的水柱。最代表残破的圆明园的象征的雕花石柱，已被精镶在西洋楼群合适的部位，正接受着游人的合影。其他的景观也再现了。

蓬岛瑶台好似一朵出水芙蓉，开在福海中央。岛上的建筑玲珑精致，层层出秀。皇帝喜欢到这里登临四望，体味一下白居易的名句“忽闻海上有仙山，山在虚无缥渺间”，喜欢在这里观看福海里赛龙舟的盛况。赛龙舟时，整个蓬岛灯火齐明，金碧辉煌。福海上空大放火焰，欢声缭绕。远远望着浸在黄昏中的瑶台，没有想到仙山，倒想起一个女人。这女人从一个入宫的秀女，在短短五六年里，由贵人直至贵妃，直至成了权倾一时的人物。她就是在这瑶台之上被咸丰看中、受宠发迹的，这个女人就是垂帘听政、卖国求荣的慈禧。

“九洲清宴”也是建在岛上。福海里岛多，把殿宇建在岛上，既美妙又安全，因而这宏大的建筑群就成了帝后的寝宫。圆明园之美得益于福海，福海浩浩荡荡阔约 520 亩，原以为是天然湖泊，后来才知道是人工挖土堆山的结果，这样山也有了水也有了，清爽宜人的气候环境也有了。可惜九洲清宴并未留下多少好的记忆，雍正和道光都是死在这里，况且雍正之死还有些不明不白，给九洲清宴殿笼上了一层恐怖色彩。

天色渐晚的时候，我们没入了“买卖街”。这条街是雍正年间建的，皇上想亲身体验一下市民生活，一句话出口，各种店铺、酒馆饭肆就云集而成了，只不过开店的都是园内的太监。不管是皇上、大臣，还是内宫的后妃、公主，都可以来这条买卖街上购买合意的物品。那些物品当然是从外城各店肆中择优录选的，在这里卖出去的便返回银钱，卖不出去的则送还原物。这条街由此繁盛了多少年。相传乾隆曾带着即将下嫁和珅之子的小女和孝固伦公主游于买卖街，当时和珅正在这里作执事官，乾隆看见公主喜欢一件大红夹衣，就对公主说："可向汝丈人索之。"结果和珅用28两银买下进献给了公主。

黄昏的买卖街上依然热闹非凡，游客们仍在体味着某种快乐。关于"方壶胜境""平湖秋月""上下天光""涵虚朗鉴""濂溪乐处""曲院风荷"等去处，因为时间不允，只能匆匆或远远地一瞥了。

等我出来的时候，我竟有些迷惑了。我被会议的组织者迷迷糊糊地带到这里，是在满足一种好奇，在寻找一个梦境，还是弥补心中的怨忧。我终是找不到切合点，就像看到一位老者笑着时露出的满口玉白的假牙，有种说不出的感觉。我有些想念北京西郊的那片地方，在那里坐一坐或许会清醒些。时代在发展，科技手段越来越先进，使用某种仪器或者药物，即可将旧日的疤痕去掉，先进的整形手术，也可使肌体焕发新颜。然而，记忆是抹不去的，何况是耻辱的记忆，何况是痛苦的记忆。

我长久地在圆明园的废墟上徘徊、寻觅、思索。夏日的晨阳领我进去，暑热的余晖伴我出来。我竟想不到，圆明园对我的打动是如此之大，尽管我是有备而来。它真的是一片废墟了，废得这般彻底。我不断地想象着刽子手手中那大火的威力，何以把一座座建筑烧得连一块完整的石头都不剩。

相比圆明园一隅的颐和园，相比珠海的圆明新园，这里的游人少多了。来的或没有来的，不知都是何样心态。我不也是第一次来吗？突然想起了一个问题，有人提出要重建圆明园，而且呼声还很高，重建了圆明园，一定会赢得国内外众多的旅游者，额尔金的后裔们也会闻风而至。多少年之后，门票的收入或许能抵上重建的费用。

我总觉得这是在干一件遮羞的工作。外强欺辱中国，至今留下最明显的也是最说明史实的佐证非圆明园莫属了。随着时间的推移、历史的发展、文化的普及和文明程度的提高，走向圆明园的人会越来越多，他们不需要玩赏大清皇帝们当年是如何奢侈风流，从中找回些许“从前”的自豪，对于尊贵的当权者，子民们从来不是以羡慕的眼光所投向的，即使是当年圆明园被大火缭绕的时候，百姓们也只是惊叹而不是痛惜，痛惜的是那些失去享受之所的权贵人。不是吗？清政府曾设想重修圆明园，派人查勘、制订计划，慈禧还亲自审查修复方案及图样，对自己住过的“天地一家春”内檐大样亲笔绘画，可谓用心。然而这时清政府的财力远不及雍正、乾隆时期了，开工不久，即遇到重重困难。户部每年拨专款 60 万两白银，另捐 20 万两，工部也挤出四五万两河工水利款项。王公大臣们还进行了捐款活动，为重现大清的辉煌尽“微薄之力”。据说恭亲王奕䜣带头先捐了白银 2 万两。此后共收到捐资 405520 两。末尾 20 两的零头，怕是出自王公小姐之手。而这些钱对于如此浩大的工程来说，还不是杯水车薪吗？即使是恢复一些原貌，别说黎民百姓，捐了款的政府要员也是没权享受的。1897 年，颇得慈禧赏识的总理各国事务衙门大臣李鸿章在“老佛爷”召见后私自在辉煌不再的园中游了一小圈，还被毫不留情地罚了俸禄。可见圆明园依旧是皇权的象征。正因为如此，在八国联军第二次洗劫圆明园，清政府一天天走向末路而远离这皇园之后，各类人等对这里进行了疯狂的掠夺，这种掠夺一直持续到新中国成立。在几十年里，没有谁把它想作一处国家的艺术瑰宝或用作人民的乐园，想发横财者有之，想抢占者有之，想破坏者有之，想出气者有之，想扫除者有之。不举更多的细证，仅从辛亥革命后军阀王怀庆拆掉圆明园围墙大运砖瓦石料开始，各色人等蜂拥而来，窃运残料的车辆络绎不绝，“哪天也得有一二百辆”，一年四季不停。这是何等壮观又是何等凄惨的场面，这轰轰隆隆的车队，竟然“几乎拉了 20 年”！20 年，加起来有 400 万辆车之多了。圆明园还能剩下什么？可在十年动乱时期，又“一次拆去 800 多米残存大墙，一次运走 582 车石料，一次砍伐 1000 多棵树木”。

人们那时的思想，也许是想破坏一个旧世界，建立一个新世界，或者是，那笔账已经算在英帝国主义和八国联军的头上了，无须再怕承担什么声名。我想，这 400 万辆车的东西如果还在圆明园里边的话，不致会是今天这个模样。在我们自己正干着这件丑事的时候，也许英法人等正偷偷地乐着，一部分账单可以算到中国人自己头上了。而圆明园是最好的见证，历史终是能够分清楚的。我在圆明园陈列馆中看到，每一笔账都记得明明白白。当时的法国拿破仑三世在巴黎附近的行宫处建起了中国馆，以收藏从圆明园中劫夺的文物，这些文物有高约五尺的大金塔，有商周的青铜器，明清的瓷器，成对的大象牙、大犀角，各种各样的玉雕、翡翠、玛瑙、珊瑚、景泰蓝及乾隆诗文。作为拿破仑三世本人，自然有人送予了更为珍贵的文物，这些文物竟是“数以千计”。英国伦敦大英博物馆也变得充实起来，在收藏的大量圆明园的文物中，就有最早的长卷绢画《女史箴图》，这是我国古代绘画的最好的标本，可谓价值连城。英国女王维多利亚私人得到的巨宝不亚于拿破仑三世。连作为法国人的文学家雨果都不禁写道：“有一天，两个强盗闯进了圆明园，一个强盗大肆抢劫，另一个强盗纵火焚烧，原来胜利就是进行一场洗劫。两个征服者平分赃物，一个把口袋装满，一个把箱子装满，然后手挽着手，笑嘻嘻地回到欧洲。这两个强盗一个叫法兰西，另一个叫英吉利。”雨果把强盗的嘴脸描画得多么形象！有这样一段记载，当法军从通州开到北京城外的时候，仅司令孟托邦有一辆车。而当他们撤离圆明园的时候，满载的车辆竟排了 4 里地，且不说士兵们腰绕肩扛着的大大小小的口袋！一个士兵的行军袋里装满了镶着珍珠和钻石的钟表，这个袋子使他换取了 2.5 万法郎；一个法国军官，仅抢到的珍珠和钻石就值 80 万法郎；一个法国兵原是身无分文，从中国回到法国后却成了歇尔省的大富翁。英国军官赫利斯抢得的财物中，仅一座黄金塔就值 2.2 万多英镑。其返回英国后，靠圆明园的古玩珍宝而享用终身。法军司令孟托邦不仅自己抢占了大量财宝，还将大批珍宝奉献给法皇，而被封为“八里桥伯爵”。

不难想象这些貌似文明的侵略者的丑恶嘴脸，两个强盗互不相让，你争我夺，一个强盗抢来的东西放在一边，不注意就又被另一个强盗抢走了。两个强盗何以见过这等富足的宝库？他们惊得眼睛发绿，只恨少长了两只手，为了带走更为值钱的东西，他们狗熊掰棒子一样，见了那个扔掉这个，有了黄金不要白银，甚至采取杀鸡取卵的手段，将各种物件肆意拆毁，为了一颗宝珠或者钻石。

描写这些的时候，我的心隐隐作痛，一个主权国家，让人任意地抄家劫舍。历经 150 年之辛，竟是为两个强盗做了一席解馋的大菜。强盗们吃饱了喝足了，抹着嘴走的时候，竟又残忍地将这残席投进了一把火。他们连残羹剩菜都不想留下。强盛就是公理吗？为何正义的法堂柔弱无声？1973 年中国出土文物展览代表团到法国时，还参观了“中国馆”展出的 320 件从圆明园劫夺的文物，只是“参观”，让你看看而已，强盗劫夺的东西，为什么我们只有看看的份而没有收回的权利！

因而我们不能重修圆明园，我们不能利用我们好不容易积攒的财物和现代的科技手段像抹“疤痕灵”一样将历史的伤疤抹平。应该留着，世世代代，让中国的后辈们看看，强大和弱小是什么概念，文明与野蛮是什么概念！当然，也让后辈们看看，清贫和豪奢是什么概念，百姓和权贵是什么概念，妄自尊大是什么概念，腐败是什么概念，丧权是什么概念。看不明白的时候，可以到珠海的“圆明新园”去窥一斑，而仅这“一斑”，已投入人民币 6 亿多元！我无意诋毁“圆明新园”的投资建设者，他们是想在远离北京的地方浓缩一个历史名园的景观，以给人留下对往昔历史的追思和现代旅游文化的欢娱。

顶着夏季的烈日走出圆明园的时候，我见到进门处高高地堆放着一块块的石料，那些雕刻着精美图案的汉白玉怎会堆放在这里？它们从何而来，该归回何处？我在中山公园游览，在北京大学、北京图书馆及其他 21 世纪新建的并饰有石雕、华表、异兽、喷水台等仿古建筑的地方徘徊，总禁不住在心里发问，哪些是该由圆明园拿着账本指认的？

北京永远都让你以一种庄严的眼光去打量。
这其实与天安门无关，与故宫无关。
即便你去看街边上一个卖纸烟的北京大爷，
也能通过他，看到他背后隐含着的某种尊严。

——陈启文《从北京到北京的距离》

想象着朱安一个人在这空荡荡的院子里，
只是每天看着丁香树上的花朵，
双眼里尽是失落和茫然，
不禁为她感到凄凉。

——童峥《记忆北京》

秋日的黄昏，

孩子们在水系图两侧的如意池边饶有兴趣地捕鱼，

五颜六色的小渔网将如意池装点得节日一般喜庆。

——岳强《莲石湖，我的后花园》

每到傍晚，依在城墙堞口，向西眺望，
落日如同一颗硕大的红色玛瑙，
正在坠向水墨似的群山。

——刘进元《永定门的记忆》

SHAN HE HUA JING

草木

山河化境

菩提并非一种真实存在的树，而是一种觉悟的境界。只要有一颗觉悟的心，每一棵树都是菩提，每一片叶子都能将你带入人生的大境界。

莲石湖，我的后花园

岳　强

一

亲近草木，赏花怡情，以前我去植物园，现在去莲石湖。莲石湖沿岸植物种类繁多，大片大片的兰花鼠尾草、松果菊、金鸡菊、天人菊、波斯菊以及我不知道名字的花卉，将湖岸装点得绚丽多彩。我向朋友圈发送莲石湖风光图片时，顺便发了一张自己在花丛中漫步的照片。宫穗看到后，龇牙咧嘴地调侃道：花仙子。莲石湖畔的确有花仙子出没，那是着一袭婚纱的准新娘。她们在五彩缤纷的花田里拍摄婚纱照，花枝招展，婀娜多姿，与娇艳欲滴的花朵争奇斗艳。

莲湖秋月是莲石湖八景之一，赏月的最佳时间是中秋夜，最佳地点是主景区观景台。观景台不仅适宜赏月，也是赏花的好地方。盛夏时节，观景平台上的不规则水域里，莲叶碧如玉，莲花朵朵开；茂密的芦苇旁边，睡莲将墨绿的叶子铺满水面，慵懒而安闲，似乎已经进入梦乡，而点缀其间的粉红色花朵，犹如荷田里警惕的眼睛；剑一样的菖蒲、精瘦而颀长的香蒲、苍翠的水葱竞相向上伸展，仿佛要去天宫领赏的样子；低调的慈姑、荇菜和莎草悄无声息地躲在下面，享受着一份安宁的时光。

望着湖水中那一片片强势的菖蒲，宫穗说：“天安门前向东流的那条河就叫菖蒲河。”“菖蒲河？”我问。“菖蒲河。因河中生长菖蒲而得名。”宫穗答。然后，她告诉我，菖蒲河是明清皇城金水河的东段，是皇城水系的组成部分。菖蒲河由西苑中海太液池流出，折向东南，经过天安门，再沿皇城南墙向东汇入御河。尽管全长只有510米，但菖蒲河既是西苑三海的出水道，又是紫禁城筒子河穿过太庙的出水道。我感慨地说：“这里的菖蒲长得如此茂盛，莫非沾了帝王之气？”宫穗笑而不答。

沿湖岸向北，矮草间零星点缀着红、白、紫色的石竹。我说：“这花儿像康乃馨。”宫穗说：“康乃馨是石竹的一个品种。”哦，康乃馨是多么圣洁的一种花啊。1934年，美国首次发行的母亲节纪念邮票上，一位慈祥的母亲双手抚膝，欣喜地望着花瓶中盛开的粉红色康乃馨，脸上露出幸福的笑意。后来，康乃馨便与母亲节联系在了一起，人们以鲜艳的康乃馨寄托对母亲的思念与祝福。据说在温室里，康乃馨可以持续不断地开花。我对此没有考证，但我宁愿相信这是一个事实，因为康乃馨象征着健康与吉祥，那是我们对母亲永久的祝福。

岸边的芦苇时密时疏，间或夹杂着花枝招展的红蓼、松鼠尾巴般的长芒稗以及香蒲、地肤、千屈菜。红蓼是多么雅致的名字啊，因其楚楚可人，成就了“秋波红蓼水，夕照青芜岸”，以及“红蓼花繁，黄芦叶乱，夜深玉露初零。霁天空阔，云淡楚江清”的千古名句。然而，她却有个卑微的别名，叫狗尾巴花。这让我想起儿时乡村的风俗，越是珍贵的东西，越是要起个卑贱的名字。那些叫狗剩儿的孩子，不是可有可无，而是家里的宝贝。在乡下人的意识里，越是漫不经心的称谓，越能够成全一种金贵。当然，红蓼也不辜负人们的厚望，不仅花枝艳丽，而且颇具实用价值，果实可以入药，有活血、止痛功效，燃其枝叶，可驱蚊蝇。

还有地肤，多好的名字，却被乡下人唤作扫帚苗。细想，这别名倒也有趣——地肤的植株形态像扫帚，可以用来扫地，但那是老了以后的事。幼时叫苗，强调一个“嫩”字，嫩苗入食，不仅爽口，而且富含钾元素和胡萝卜素，营养丰富。地肤扁球形的果实还是一味药材，叫地肤子，可以抑菌、抗过敏。地肤的字面意思是大地的皮肤，这个名字的由来或许与它的生活习性有关，因为它耐旱，适应性强，对土壤要求也不高，天南地北皆可生长。而且，对生存环境不挑剔，房前屋后、田边地头都能看到它的身影。地肤给了大地体面的皮肤，大地也成全着地肤的风采，那一株株娇嫩欲滴的绿，令人陶醉。

湖心岛东边，路旁的狗尾草、虎尾草、牛筋草、马唐等寻常野草已经被连根拔掉，几个园林工人正在清除一片茂密的画眉草。这种状似满天繁星的野草，使我想起遥远的童年。在鲁西南乡村，我们把它叫作星星草。有星星草的地方，就有孩子们的歌谣、羊群的欢叫。这种生命力强，又富有诗情画意的野草，为什么不能在莲石湖畔存在呢？宫穗说：“也许野草不在规划之内。”我说：“如果不把野草规划在内，那就违背了自然法则。因为只有植物多样性，才能达到生态平衡。”事实上，允许各种各样的野草存在，才会有各种各样的昆虫，而各种各样的昆虫又为各种各样的鸟类提供了食物。鸟语花香，才是和谐生态。而只有花香，听不到鸟语的地方，缺少了生命的气息。

穿过一片茂盛的飞蓬，绕过几株郁郁葱葱的苍耳，在一个长满狼尾草的土坡上，几株开着紫色小花的灌木显得格外醒目。宫穗说：“这是醉鱼草，鱼一吃就醉。”我说：“有那么神奇吗？”宫穗说：“当然，因为这种花有毒，碾碎后投入湖水，可以使鱼麻醉。”于是，我想起刚才在湖边看到的警示牌：禁止网鱼、电鱼、炸鱼、毒鱼。就说：“喂醉鱼草算不算毒鱼呢？”宫穗笑：“毒鱼应该指更恶毒的手段，喂醉鱼草太浪漫了。”

我没有遇见毒鱼的人，也没有遇见网鱼、电鱼、炸鱼的人，我所遇见的都是湖边垂钓者。他们在芦苇丛边安安静静地握着钓竿，身边的鱼篓却常常空着。宫穗说：“不是湖里没有鱼，也不是技术不好钓不上来，而是他们把钓上来的鱼又放回了湖里。因为莲石湖的水是中水，湖里的鱼不能食用。”

在湖岸各种各样的花卉中，兰花鼠尾草花期最长，它春天开花，盛夏开花，初秋时节依然盛开着紫色的花朵。兰花鼠尾草花田成了拍摄婚纱照的准新娘们流连忘返的地方，这也刚好契合了一个美丽的传说。相传，兰花鼠尾草是居住在森林深处的花仙子，在一个晴朗的午后，她与一位因打猎而迷路的王子相遇，两人一见钟情。但他们的爱情遭到了世俗势力的激烈反对，以至于无法在尘世找到安身之地。最后，他们牵着手投身火海，用生命成就了一个爱情神话。兰花鼠尾草的故事使我感动，我祝愿天下有情人皆成眷属。

起初，我将兰花鼠尾草与薰衣草混为一谈。宫穗说：“兰花鼠尾草是多年生草本植物，而薰衣草是半灌木或矮灌木。另外，兰花鼠尾草香味清淡，而薰衣草香气浓烈。”我将二者进行比较，果然如此。这让我想到一个问题——莲石湖植物种类繁多，但又有多少人能够准确叫出它们的名字呢？假如给每一类植物悬挂一个身份证似的标志牌，标明那种植物的名称、类别、产地、习性，岂不是可以帮助人们增长植物知识？尤其是那些带着孩子在湖边休闲观光的家长，他们可以借助这些标志牌，向孩子普及植物常识，使孩子对植物产生兴趣，从而热爱植物，热爱大自然，增强环境保护意识。一位女画家说过，她今生最大的愿望就是知道每一种花的名字。

于是，我利用石景山区人大常委的身份，向石景山区人大提交了《关于将莲石湖打造成科普教育基地的建议》。这个建议被转到石景山区园林绿化局后，很快得到答复，承诺尽快落实。现在，莲石湖的乔木与灌木已经悬挂标志牌，草本植物的标志牌正在制作。在我担任 13 年政协委员、5 年人大常委的参政议政生涯中，这是落实最痛快的一个建议。

形成于永定河河滩的莲石湖，由于是京西泄洪通道，几乎没有高大的乔木。新栽种的金叶榆、龙爪槐、法桐、白蜡、海棠等，虽枝叶繁茂，却不会在洪水泛滥时阻塞河道。矮小的树，反而更亲近。当你从树下走过，它们的叶子触手可及。我爱花的艳丽，更爱叶的朴素。一花一世界，一叶一菩提，花与叶使我的一颗平常心从容而宁静。

六祖慧能诗曰：“菩提本无树，明镜亦非台。本来无一物，何处惹尘埃。”人，只能向自己的内心寻求解脱，也只能向自己的内心寻求快乐。佛祖在菩提树下静坐七天七夜后大彻大悟，也是心性使然。境由心造，就灵魂而言，菩提并非一种真实存在的树，而是一种觉悟的境界。只要有一颗觉悟的心，每一棵树都是菩提，每一片叶子都能将你带入人生的大境界。

二

莲石湖是一个年轻的湖泊，湖东岸的永定河大堤也是新修的，崭新的柏油路从漫水桥一直延伸到麻峪东街。走下河堤，便是青灰色的山形门楼，那是莲石湖景区一个标志性的存在。

门楼西侧的平地上刻画着金元明清北京城水系图，与园门景区的微循环水系相映成趣。对于北京这座拥有 3000 年建城史，800 年建都史的缺水城市来说，水源何等重要。莲花池水系是北京城最早开发的地面水源，是古代蓟城、唐幽州、辽南京、金中都城池和园囿的重要水源。元世祖忽必烈修建大都城时，将城址由莲花池水系迁到了东北郊水源相对充裕的高梁河水系。匠心独具的金元明清北京城水系图，连同黄色方块标志的皇城，蓝色曲线标志的河流，在游人的脚下成为久远的记忆。

秋日的黄昏，女人和孩子在水系图两侧的如意池边饶有兴趣地捕鱼，五颜六色的小渔网将如意池装点得节日一般喜庆。手持渔网的女人和孩子，表情神秘，蹑手蹑脚。有的人性子急，索性脱掉鞋子，挽起裤腿，蹚到池子中间去。他们以为离岸边越远的地方，鱼越多。

我在如意池边寻寻觅觅，却看不到一条鱼。一个穿海魂衫的小男孩指点着说："看，快看，在那儿。"我顺着小男孩所指的方向望去，果然看见一条指甲盖大小的鱼。但我刚刚看清，它便倏地消失了。我问"海魂衫"，这么小的鱼，你捞它干什么？他仰脸回答，带回家养着啊。

"海魂衫"没有如愿以偿地捕到鱼，就去了旁边的车箱渠。在那里，他捕到一只蛙。他望着那只黑色的蛙惊呼，毒蛙！我问："你怎么知道它是毒蛙？"他说，毒蛙吃鱼。我问："你看见它吃鱼啦？”他说：“它长得又丑又凶，肯定吃鱼，这里的鱼全被它吃了。”红尘中人往往以貌取人，“海魂衫”以貌取蛙。

如意池西边的莲花逐水，是一处取材于佛教故事的人造景观。相传，公元前6世纪，迦毗罗卫国净饭王的妻子摩耶夫人在兰毗尼花园的无忧树下，手攀树枝，从右腋下生出了乔达摩·悉达多王子。王子一落地就会走路，他向东南西北各走七步，每走一步，便有一朵莲花在脚下盛开。而莲石湖景区错落有致、蜿蜒曲折的莲花逐水所展示的步步生莲，刚好契合了这个美丽的传说。

莲有佛性，是佛的象征。乔达摩·悉达多王子在迦毗罗卫国王宫里接受传统的婆罗门教育，度过了他的青少年时代。29岁那年，他放弃奢华的王族生活，出家修道，最终创立了佛教。这位妙相庄严、身躯伟岸、超脱了六道轮回的王子，就是佛祖释迦牟尼。莲石湖畔，那一朵朵石雕的莲花沿着漫坡逐级而下，直到远处宽阔的湖面。如果启动供水开关，那一路跳跃着奔向莲石湖深处的晶莹剔透的莲花别有情趣，冥冥中给人以智慧的启迪。

以莲花逐水命名的广场显得有些狭长，那里的人们随心所欲地做着各自的事情。有的人踢毽子，有的人打羽毛球，有的人推着婴儿车散步，有的人望着远处的山峦沉思默想。在广场的东北角，一位白发苍苍的老人手握一支巨大的毛笔，蘸着旁边红色塑料桶里的清水，一笔一画地在地上写大字。写好的字很快干了，消失了，然后再写。他写的内容是唐朝诗人元稹的两句诗——曾经沧海难为水，除却巫山不是云。诗是隐喻爱情的，也许老人内心深处埋藏着一段刻骨铭心的爱情经历；也许在他看来，世间的爱情有如他写在地上的字，轻轻浅浅，转瞬即逝。

广场中央，几十个中老年妇女在跳广场舞，舞曲是一首叫作《伤不起》的流行歌曲。舞者的周围先是有一些围观的人，渐渐就散了。散去的人，大多向西去了湖边的水榭。我一边往水榭走，一边欣赏路边的花木。悬挂着认养牌的海棠树果实累累，树下的松果菊也结出了大片的寿果，小飞蓬半遮半掩地开着细碎的白花，婀娜的柽柳编织着秋天的收成，金娃娃萱草笑容可掬，而其后的狼尾草虎视眈眈，画眉草静静地讲述着繁星满天的故事，夹杂在芦苇中的长毛稗和红蓼摇曳生姿……《现代汉语词典》将水榭解释为临水的供人游玩和休息的房屋，但这里的水榭没有门、没有窗，只是一些结构简单的凉亭。凉亭与凉亭之间是小片水域，水中的菖蒲、香蒲和慈姑郁郁葱葱。凉亭周围环绕着木质长凳，坐在西边的长凳上，身后是大片茂盛的芦苇。微风徐来，苇叶沙沙作响。

漫步于亭台水榭，最抢眼的风景是莲。碧绿的莲叶有如倒擎的雨伞，参差错落地遮盖了池塘的水面，间或有莲花与莲蓬点缀其间。周敦颐爱莲，我也爱莲。“接天莲叶无穷碧，映日荷花别样红”的盛景，与“出淤泥而不染，濯清涟而不妖”的高洁品质自不必说，莲的禅意尤其令人向往。摩耶夫人梦象受孕时，那头白象的鼻子上就有一朵盛开的莲花。佛祖夜观星辰彻悟宇宙真谛并成就正觉后，梵天向他献花，以此缘起恳请他为众生宣说妙法，而天主大梵天所献之花，也是莲花。涅槃后，佛祖的身边莲花朵朵开。佛祖的手叫莲花手，佛家的坐姿叫莲花坐，僧尼的袈裟叫莲花衣，僧尼受戒叫莲花戒，佛家的庙宇叫莲刹，佛家的极乐世界叫莲邦……莲与佛结下了不解之缘。

那么，面对禅意莲花，又有多少人开悟了呢？

三

作为永定河上的一泓碧水，莲石湖宽阔而宁静。黛色的远山在夕阳的映照下，逶迤着一个年代久远的神话。

然而，历史上的永定河波涛汹涌，曾经长期泛滥成灾，因其浊浪排空、泥沙滚滚，得了个浑河的绰号。明清时期的帝王多次到石景山视察浑河，研究治河方案。直到康熙皇帝委派直隶巡抚于成龙治河，永定河才渐渐平静下来。

20 世纪 70 年代起，由于永定河被确定为泄洪通道，忽略了生态涵养，水流越来越少，水质越来越差，河堤遭到破坏，河道飞沙走石。断流后的永定河成了一片荒芜的河滩，到处是建筑垃圾和生活垃圾。有人从那里挖走河沙，又将碎砖乱瓦倾倒在那里，加上干旱少雨，杂草在那里都难以存活。汽车从永定河河滩的漫水桥上经过，暴土扬尘，遮天蔽日。

然而，发源于黄土高原和内蒙古高原的永定河却是北京地区最大的河流，在北京境内长 170 公里，流域面积 3200 平方公里。由于永定河在北京流域内孕育了深厚的历史文化，被称为北京的母亲河，北京城就坐落在永定河洪积扇和冲积扇平原上。

2008 年 8 月启动的莲石湖湿地修建工程，使昔日荒芜的河滩旧貌换新颜，成为集山、水、莲、石诸元素为一体的生态景观长廊。莲石湖水域面积 106 公顷，大致相当于颐和园的昆明湖。

我和一位朋友在湖畔漫步时，他动情地向我讲起记忆中永定河边的快乐时光。他家住在永定河东岸，眼前的这片河滩曾是他儿时的乐园。他和小伙伴们在河边比赛打石片儿，薄薄的石片抛向水面后，伴随着啪啪啪的响声，蹦蹦跳跳地向前飞跃。那时，他的石片儿总是飞得最远。

在河沙又细又软的地方，他们赤脚挖出湿沙，将一只脚深深掩埋，然后用鞋不停地拍打，边拍边说：“拍呀拍，拍燕窝，拍出钱来打酒喝。”经过反复拍打，再把脚从沙中抽出来，原来的沙就成了燕窝的形状。其实，年幼的他们根本不懂燕窝的金贵，也不会喝酒，不知道酒的妙处，那几句说辞仅仅是一种顺口溜而已。

早春，河岸的柳树绿了。他们折下柔软的枝条，裁成长长短短的形状，先用手揉搓，然后抽去中间的白木芯儿，再将空柳皮的一端掐去一层皮，柳笛便制作完成。这种天然乐器不仅孩子们喜欢，大人们也喜欢。柳笛声声，吹奏出河岸人家春天最美的旋律。

隆冬时节，永定河冰冻如镜，在冰面上抽陀螺是一种妙趣横生的游戏。陀螺用一截粗大的木头制成，在削尖的一端安装一粒钢珠，再用蜡笔涂上颜色，便可旋转着游走冰河了。抽陀螺的鞭子很简单，一根木棍，拴上布条或皮绳即可。启动时，将陀螺绕在布条或皮绳上，快速拉动，五彩斑斓的陀螺便飞快地转动起来。当速度慢下来后，再用鞭子抽打，陀螺又加速旋转。他自豪地告诉我，他能同时照看三个陀螺，是抽陀螺的高手。

还有坐冰车、抖空竹、放蒿子灯、磕泥饽饽……那时口袋里没有钱，但日子里有着无穷无尽的快乐。

在一片金娃娃萱草旁边，盛开着一丛茁壮的菊芋，那金黄色的花朵像向日葵一样明艳。朋友说，这是一种难得的生态植物，具有惊人的抗干旱能力。永定河断流后，岸边的许多花草渐渐消失了，而菊芋依然蓬勃旺盛。河岸人家把它叫作洋姜，家家户户都用它的地下块茎腌制咸菜，不仅美味可口，而且营养丰富。

朋友的故事使风光旖旎的莲石湖平添了几分人间烟火气息。哦，往事如烟，记忆中的一切都会成为亲切的怀念。

四

湖畔的步行道蜿蜒于花草丛中，在一路花香中走得大汗淋漓，是一件惬意的事。打开“咕咚”运动激励软件，智能跟踪运动路线，实时监测运动数据，你的暴走成绩便被记录下来。

宫穗不喜欢暴走，却喜欢跟我到莲石湖散步。她和我一样，对那里的辽阔与宁静格外倾心。漫步于花间小路，望着碧波荡漾的湖面与连绵起伏的远山，仿佛置身于万丈红尘之外，心旷神怡。宫穗心仪湖边大片的芦苇，这种可以用来编席、造纸的多年生草本植物，使她想到一位才华横溢的诗人。“长满芦苇的湖岸——苇岸。”她幽幽地说。

一个阳光明媚的午后，我们走过一片金黄色的松果菊，又走过一片红、白、粉色的波斯菊，再走过一片淡紫色的兰花鼠尾草，走到波光粼粼的湖边。芦苇在秋风中摇曳生姿，苇叶沙沙作响，芦花盛开。宫穗神情庄重地对我说，苇岸是个低调而谦逊的人，生前从不张扬，但他的《大地上的事情》却在身后赢得了无数读者。作为自然之子，苇岸写树木、庄稼、石头、山川、环境保护、土地道德及自己的心灵，并通过文学的方式找到他与自然之间的关系。他将自然视若神明，在自然面前，他从来都是一副谦卑而赤诚的膜拜姿态。他旗帜鲜明地抵制工业文明和商业文明，认为那是对地球生态和人类良知的破坏。

宫穗对苇岸作品中的生态倾向大为赞赏，认为那是一种令人感动的温暖。她说，读《大地上的事情》，你会深切体会到，苇岸是一个博爱的人。他像关爱亲人一样关爱生态，又像关爱生态一样关爱亲人。我说，如果有权有势的人也有苇岸这样的情怀，那世界该有多美！宫穗清秀的脸上掠过诡谲的微笑。

我们走过一片金鸡菊与天人菊盛开的花田时，几个园林工人正在花田里拔草。他们将野草连根拔掉，把花田周边清理得干干净净。我说，过于注重整齐，看上去很美，却忽略了生物多样性的自然法则，实际上是对生态的破坏。宫穗若有所思地望着那些被丢弃在路边的裸露着根须的野草，低头不语。

北京的眼波

漱　玉

宋代的词人王观曾写道：“水是眼波横，山是眉峰聚。”他把大自然的山水，比作人的明眸秀目。虽然他不曾说这“人”是女人，可我每读到这一句，便在眼前浮现一个中国古典美女的形象，以美女来比喻祖国的山水，真是太恰当不过了。眼波，不仅是明亮的，而且是流动的，这便有了生机，有了灵魂。

北京正是个离不了水的城市。水，是北京城的眼波。

每当想起北京城明朗的几湾碧水，心里会不由自主地漾起绿意。那种柔美的婀娜已结结实实地刻在了心里。她时时在我的心窝里轻轻地摇着，清清地荡着，悠悠地晕染着……

北京，让人心醉神迷的水景真是不少，我常常在独处冥思中，在品茶的悠闲中，在睡前醒后的片刻间……神游似的走进熟悉的水景之中——

昆明湖，一泓水汪汪的灵气为颐和园增添了无限的神韵。眼望湖水的粼粼涟漪，不经意间一抬头望一眼西边的青山，悟知这一湖碧水正是西山泻下来的绿。昆明湖就这样娴静着，与四时变化无穷的西山相映成趣，湖水映日，宝塔临风，春绽粉桃，秋燃红枫，盛夏中到处绿荫，冬日里雪挂寒松，一年四季不同的景致变换，映衬得昆明湖的水增添了很多韵味和风采。远山近水的自然和谐之趣恢宏气派。游人在岸边抚石栏依绿水，放眼望去，水中拱起的干净的十七孔桥像一条轻扬的玉带，又像倒映的偃月，傲然顾影在湖面。委婉的西堤，舞起那妙曼的腰肢，带着羞桃嫩柳踏入水中。游人可以在知春亭里坐赏春水，谐趣园中近看绿波，石舫台上看一艘艘游船漂在水面上，湖岸边的垂柳甩着万千条的绿丝绦像飘飞的长发在风中涤荡，身边的风吹动丝柳点扫水波，像要把涌起的涟漪抚平。凝神回望古老幽然的佛香阁，它沉稳地在苍松翠柏中也享受着水的润泽，古朴中自有一种明净安详。那蜿蜒而意蕴十足的多彩长廊则沿着清亮的水岸从容地行走着……

旧城里的水，与百姓最相关的，莫过于北海。记得幼年时去北海春游，在岸边不经意地回望了一眼水中的白塔，嫩绿的柳丝刚好被春风荡起甩在了白塔前，洁白的塔，碧绿的柳，清亮的水，使我的心深深地震动了。那时涌起的是一种莫名的感动，是对北海、对春天、对大自然的感动。这幅春天的景色在我的心中从没有因为岁月的流逝而泯灭。每次去北海游览总会眼望白塔，静静地站在岸边，感觉着水中飞起的歌，“让我们荡起双桨，小船儿推开波浪，水面倒映着美丽的白塔，四周环绕着绿树红墙……”北海，虽没有海的辽阔，却有海的欢快。其实北海的冬景也别有韵味，它是北京天然的溜冰场，坚固晶亮的冰海平铺湖面，人们在上面自由地飞旋，远看真像一只只轻巧飞舞的燕子，又像一只只振翅翻飞的蝴蝶。白塔前，柳丝间，红墙绿瓦的映照里，滑冰的人有没有在天空飞得舒爽，在云里翱翔得轻捷？

北京夜晚的水景有驰名中外的后海。邀几位好友亲朋，在水岸边进食美味的京城菜，觥筹谈宴，携着浅醉微醺走在杨柳拂面的岸边，此时湿润而清凉的风迎面撞来，顿觉清爽怡人。凭栏观水，看那水澜在足边逗趣似的间明间暗一来一往，抬头见对岸店肆门口檐下悬挂的红灯笼如一条凌空的火龙，迤逦蜿蜒，闪动出一团欢喜，流淌出十二分的情调。

后海周围古老的四合院，悠长的小胡同铺陈着又一种京味儿，它们隐映在红彤彤的绛影里。那隐约在高阔气派里的王侯府邸威影朦胧，碧瓦红墙已不再鲜亮夺目但也别有韵致。湖面堆染着彩锦般的光彩和色泽，小舟在上面轻闲地漂荡，银锭桥上欢歌笑语，灯影、桨声、轻拨慢挑的古筝，从朦胧的光雾中不时流溢出来。湖心岛、野鸭岛，引得画舫游船逡巡小泊……酒乘着歌性，歌乘着水性，有女词人李清照“沉醉不知归路，兴尽晚回舟”的遗韵。

北京值得观赏的水景不仅仅这些，还有古道水岸的运河，它是披着凝重的历史苍翠，踩着远古的清浪碧波旖旎踏歌而来。还有荡着凄凉哀婉情调的圆明园的佛海。还有文人朱自清在清华园荷塘月色下忧国忧民的低吟。还有北大燕园的残荷……这些都是北京的文化水景奇葩，哪个不去欣赏都有遗珠之憾。古老的京都看起来真是海湖盈满，银带环绕，碧波点闪。

京城观赏的水大都是锁在皇家园林中的碧波、圈在假山旁的清浪，欣赏起来并不方便。其实与我天天朝夕相伴的水就是小区近旁的护城河。

说起护城河，一代代的北京人最熟悉它的身影。听长辈说起，在旧照片上看到，都能够遥想出当年高城临水，河水照映出粼粼堞雉的秀美。如今的护城河，像一条蜿蜒的玉带，相伴着二环路环护着京城的最核心，装饰着北京的面庞，润泽着都市的清亮。水清，岸绿，流畅的融合环绕京城，在它的身边，人们时时真切地感受着清晨傍晚和春夏秋冬带来的美的惊喜和惊叹……

渐晚的夕阳下，浅碧的护城河柔顺地依偎在古老的城墙下，像一条绿径一样平缓、舒畅，她挽起了身旁苍美的绿色屏障，带着自然的生命气息，追逐着西山落日，波光潋滟的水面有一种沉碧的安宁。岸旁的树披起了黛青，渐起的晚风微抚着水边闲散的居民，漫步的他们在树丛中把倩影隐闪，把婉转的妙语飘逸在清新的晚风中，好一派和谐让人心怡的清寂。此时，德胜门的箭楼上，方正整齐的窗口放出绛红的光彩，一盏盏似点亮的灯笼在威武的箭楼上悬挂着，给似要安睡的护城河燃起了一个赤色的美梦……

清晨，护城河的绿水在悄悄地萌动，水面薄雾轻扬，揭去了满河的睡意，东边初日将一把碎金洒进河中，照亮舞蹈的水波。晨练的人，在水边、浅桥、平台上，面河而动。踩晨阳，呼清风，破晨雾，听鸟啼，观水涌。一切渐渐地明朗了，朝霞点燃了所有生命的热情。这时，绿水共青天同碧，鸽子在城门楼前，白栏绿水上旋飞，蓝天下，风儿也在追逐着鸽儿的俏影，热闹的立交桥遥望着沉静的护城河，路与水，静与动，相错交叉形成了京城独有的立体而丰富的壮美。此时的人们，匆匆上班的脚步，抬头，侧目，举手间望一眼身边的护城河，会有多么惬意的心情啊！

春阳里，护城河的水率先醒来，她展开微笑，把岸边星星点点的嫩苗拉起，吹开粉嫩的桃花瓣，染亮娇黄的迎春花，裁出万条碧丝的新柳……春日的护城河边，到处是蒸腾的春意。

护城河的夏日悄然来临。这时，白莲绽开了笑靥，粉藕鼓起了美颜，圆碧的翠盘有的举起绿伞，有的铺盖在水面，满河笼翠。水珠闪耀着在叶被里打滚，蜻蜓款款回翔，在叶间、在波面、在香瓣上停留婉转，鱼儿不慌不忙地穿巡于水间，欢畅地嬉戏游玩。有青蛙鸣鼓，夏蝉抱树。在家的人们饮冰挥扇，在岸边却爽风拂面。垂钓者挥竿入河，车流、人海在眼前驶过仍然气定神闲。蓝紫、粉红的牵牛花在身旁吹着小喇叭，棘藤野草坦荡地舒手献碧。绿水里倒映着浓碧的树，蔚蓝而高远的天，云儿在水面漂移，这时的护城河有一种立体的美，变得丰满而多姿了。

渐渐地，岸边的树叶变黄了。护城河秋水微澜，两岸脱掉绿装，穿起了浅暗的夹衣。淡紫、浅黄的小野菊在岸边轻颤，脱水的芦苇摇荡着片片琼花，枫霜若染，凉风袅袅的清秋，虫声盈耳，衰染树鬓，残荷褪红隐绿了。秋风起，吹皱一池秋水。

人们收紧闲散的脚步，冬日的护城河迎面走来了。坚冰铺满河面，树斜疏影，白雪裹枝头，冰霜压树干，护城河把一湾最完整的雪景延伸到人们的面前……

北京与水有关联的地名也自有它值得寻味的妙趣，很值得让人去追忆。甜水园、王府井、钓鱼台……这些无不散发浓浓的古腔古韵，散发着人们对水的渴望，对水的亲切，对水的情怀，对水的依恋，对水的遐想……

早年北京街头有白麻石的井窝子。高大的丑骆驼，赶脚的小毛驴在那里痛快淋漓地畅饮，还有不少担水洗衣的人。井窝子里存储的大多是苦水，苦涩涩的只能粗使不能饮用，北京人若想泡一杯香香的茉莉花茶，就得买甜水了。吱扭扭的卖水车停在胡同里，一担担挑进热闹的四合院，倒进打着旋儿的矮肚大水缸里，跳起的水花是眼睛里湿漉漉的笑意。那流泻着花纹的大鱼缸里漂着健壮的黑头，钻着红尾鼓眼泡的“龙井”。南墙根下幽幽吐香的草茉莉，抢眼挺拔的美人蕉，无不透出水的精灵滋润……

北京最好的饮用水就是著名的京西玉泉，皇家饮水都是从玉泉山走皇家水道运来，西直门就是古老而著名的水门。一车车荡着甘甜的泉水从山上一路欢歌直入紫禁城，这是多么气派的水路长歌……如今去西山背水的退休老人也很多。天刚麻麻亮，伴着残月寒星的他们就出发了，当太阳初现笑脸时，他们已肩背手提怀抱着泉水喜盈盈地回家了，洁白的手帕擦着热汗，他们感到满足和自豪。

20 世纪 70 年代末 80 年代初的北京用水还是街头用小木匣上锁的水管，满院子里几家住户共用的一个自来水管，冬日里水管裹上厚厚的草帘，像穿上棉衣，每天用之前还要用开水浇烫，因为水管已经冻实了。夏天，人们在那里洗衣、洗菜、泡凉西瓜，小伙子冲凉，滴滴水都透出清凉滋润和欢快，水管前好不热闹。那情景让人理解了古来所说的“市井”一词的确当！小院里人与人之间想不亲近想不和谐都不行，水连接的是亲切、热情和帮助。如今北京的水都被人们带上了高楼大厦拉进了厨房厕所，用起来真是便捷舒畅。水揭示着人们生活的巨大改观变化。

不论是观赏的水，还是生活用水，水都是古都的魂魄。京城的水是把历史的厚重、现在的繁华、未来的美好穿起的璀璨明珠。它已轻灵自然地流淌了几代北京人的心海，它的柔美更是装饰了古城的诗情。看街畔彳亍的鲜亮人群，昂首俯视的楼群，街头苍绿的古槐，青青的绿草地，彩毯般夺目的花朵，爬上立交桥的绿枝，灰悠悠的青石路间的小胡同，琉璃瓦下的古香……北京哪里不散发着水香、水韵。

京城离不开这些碧水，这碧水离不开古老的皇都。京城有了这美女眼波般的水，就为这座雄风四射的名城增添了女性的阴柔之美，京城就得以阴阳相济，祥瑞谐和。

永定门的记忆

刘进元

东坛根这条胡同

永定门内大街东坛根胡同！

除去我之外，我的兄弟姐妹都出生在那里，父母含辛茹苦把我们养大成人，然后他们又相继在那里去世。那里虽然不是我的家乡，但那里是我记忆中最温暖的地方。可是在2003年到2004年，她彻底从北京消失了……

我出生在长白山深处、鸭绿江畔的一个小县城，两岁时，跟着父母来到北京，住进了东坛根。对于在出生地两年的生活，我曾经搜遍了记忆，一点点印象都没有找到。我的记忆是从东坛根这条胡同里开始的。

北京人管城门里面的那条街叫“门脸儿”。永定门内大街就是“永定门脸儿”，这一带人把它简称为“门脸儿”。永定门北面正对着正阳门，也就是前门。前门里面是内城，建成于明永乐年间；前门外面是外城，建成于明嘉靖年间，前后差着

100 多年。两座城门都在北京的南北中轴线上，一个是内城的主城门，一个是外城的主城门。早年间，如果有人问你住城里还是城外，十有八九，他不是问你住北京的城里还是城外，而是问你住以前门为标志的内城以里还是以外。因为，在嘉靖年间修外城以前，后来的永定门一带确实是城外，是北京的郊区。

老北京讲究的是东富西贵，南贫北贱。永定门在南城，穷人居多，因此，住在永定门一带的人，身份自然就比不上住在内城的人。永内大街东西各有一片居民区。西边的居民区挨着先农坛，叫西坛根；东边居民区挨着天坛，叫东坛根。因此，住在这一带的人也管先农坛叫西坛，管天坛叫东坛。如果到前门以里，要是跟别人说起东坛西坛，大概听者会不知所云。

然而，东坛根这条胡同并不古老，我查过光绪年间刊印的《京师坊巷志稿》，上面没有它的名字。这说明它的历史只能从民国算起。小时候模模糊糊听人说过，这片房子的最初房产权，是吴佩孚的一位亲戚兼副官的。

东坛根也好，西坛根也好，居住的穷人居多，胡同勾连，各有六七十个院落，住有几百户人家。然而，这 100 多个院子当中，只有在也属于东坛根这一片儿的三益里这条胡同里，有一座黑漆蛮子门的像模像样的四合院，可它还不是独门独院。这个院儿是三家合伙开买卖的人合住的。正房和耳房住着大股东，姓侯；东西厢房住着小股东，也姓侯，和大股东是乡亲；倒座儿南房住着另一个小股东，姓李。他们的儿子和我是小学同学，一块儿边上学边玩儿着长大的。其他那些院子都是不规整的大杂院，住着各色人等。

新中国成立之初的永定门一带，陈旧，规矩，缓慢。除去有轨电车之外，很少有汽车通过。偶尔有一两辆长鼻子的汽车，还不是烧汽油的，它的背后背着一个炉子，里面烧着通红的木炭。倒是经常有马车在大街上行走，每匹马的屁股后面都带着一个粪兜子。那时，大街上还能见到拉骆驼的。骆驼们昂首阔步，气势非凡。如果没有记错的话，拉骆驼一般不会只拉一两头，而是七头骆驼前后穿在一起，这是“一把儿”。西坛根有几家大车店，我有时会一个人过马路来这里，站在大车店门口，看那些高傲的骆驼闭着眼睛倒嚼，一看就是好长时间，就跟逛了一趟动物园一样。

东坛根像一条屈成90度的胳膊，南高北低，南边紧靠城墙，一溜儿漫坡向北，到第四根电线杆子，拐向西，通到永定门大街。拐向西的这一段胡同，人们习惯上叫它“大口儿”。这条胡同不算窄，可以顺顺当当地过一辆卡车。为了便于人们通行，东坛根有四条小胡同和大街相连，从北到南，分别叫头条、二条、三条和税局子（“文革”之后改叫四条）。顾名思义，税局子这条小胡同里，一定曾经有过一个税务机关，只不过年代久远，我这一辈人里没有人知道它究竟在哪里存在过。胡同南北两头儿各有一个自来水管子，除去三条当中一个住着几十户人家叫“铁门儿”的大杂院，另有自己院中的水管子之外，几乎所有人家都到这两个水管子来挑水。公共厕所也是南北各有一个。因此，吃南边水，上南边厕所的人叫“南头儿的”，吃北边水，上北边厕所的人叫“北头儿的”。孩子们也以南北划分，各成一个小集团，一般来说，玩不到一起去。

胡同南头儿有好几家的院儿里拴着马车，做运输的营生，因此，他们为人行事便更豪放粗犷，或者说带有一些野气。北头儿虽也有两户拴着马车，但以买卖人和手艺人为主，还有几户是读书人，因此，为人行事就文雅细腻一些。这种区别外人是看不出来的，只有在这条胡同里住时间长了，才能体会出来。

我家住在胡同中间，可是离北边的水管子近一点儿，属于“北头儿的”，不过，我也有时和“南头儿的”孩子一起玩耍。

那时的胡同里人不多，一天到晚多数时间是静静的，只有在傍晚时分，大人下班了，孩子放学了，各院儿都升起了炊烟，胡同里的人才多起来。北头儿的人们集中在律家门口，那儿有一个两间房那么大的平台，两边砌着可供人坐的大石块儿；大家聊着天儿，喝着茶，有些吃饭早的人则端着一碗面条，一边听着别人说话，一边呼噜呼噜地吃得满头是汗。律家老爷子拄着拐棍，靠在墙上，身边总是围着一群孩子，听他说那些谁也没见过的事：“前清的时候，城根儿底下扎着兵营，那些吃兵粮的，一个个的那叫精神！留着这么粗的辫子，跟胳膊似的，往城门那儿一戳，嘿，笔管条直……”南头儿的人们则集中在城墙马道旁的大槐树底下，那儿有一个空场，可以摆开架势说话；这些多是家里拴马车的主儿，说起话来嗓门儿高，还连说带比画。他们的孩子大都上了城墙，单等家里叫，然后飞奔下来，回家吃饭。

胡同里一年四季都有串街做买卖的，不时会传来嘹亮悠长的叫卖声。卖花儿的：“茉莉花儿哎，把儿兰花儿——”把儿兰花大约就是白兰花。买花儿的多是没有孩子或者孩子少的主妇，她们买几朵花儿，回到家中，过一会儿出来，头上或衣襟上就插上了刚买的花儿，走到哪儿都带着一股隐约能闻到的清香。卖金鱼的：“大小——小金鱼儿来——”很少有人买金鱼，倒是有不少年轻的母亲从院儿里出来买“蛤蟆骨朵儿”，也就是蝌蚪。买蛤蟆骨朵儿并不是为了养，好让孩子知道它们是如何变成蛤蟆的，而是给孩子喝。据说，蛤蟆骨朵儿能清凉败火。我喝过这东西。从家里端一碗凉水，给了钱，卖主儿用抄子给碗里抄上十几二十个蛤蟆骨朵儿，然后，我就一仰脖喝了下去。不能嚼，蛤蟆骨朵儿一破皮儿，有一股苦味儿。磨剪子磨刀的有“响器”，他们或者是抖动手里前后穿成一串的铁片，哗唧哗唧作响，或者吹号，只有两个音：嘟，嘟——前短后长，前低后高；他们同时也吆喝：“磨剪子来——戗菜刀——”打鼓儿喝揉的，也就是收旧货的不吆喝，背着一个包袱，一只手拿着一个银圆大小的皮面小鼓，擎在肩头上，另一只手拿着一根细竹子做的鼓键子，不停地敲打，小鼓发出“梆梆梆”的清脆响声。收破烂儿的总大声地叫嚷：“有破烂儿的我买——”胡同里还常有算卦的，一般都是盲人，他们不吆喝。有的胳肢窝底下夹着马杆，一手各执一块硬木板儿，一下一下地敲打着发出响声；有的右手拄着马杆探路，左手横着一根竹笛放在唇边，反复吹着一个曲子：“咪哆——来咪哆，咪咪来咪哆——”只吹这几个音，用一只手摁笛眼儿就够了。淘气的孩子们爱给盲人起哄，把算卦的惹急了，他便翻着白眼珠原地转圈儿抡起手中的马杆，孩子们吓得跑回自家的院儿里。胡同里的生意更多的是卖菜的，卖零食的，卖冰核儿的，卖时令鲜果的，卖针头线脑儿的，还有剃头的，打竹帘子的，弹棉花的……

在静静的胡同里，叫卖声一响起，就像奏起了动听的音乐。

城墙

以永定门城门楼为界，西边的城墙叫西城墙，东边的城墙叫东城墙。我几乎没到西城墙上去过，原因是西城墙下不远就是先农坛体育场，外面有一道完整的围墙，里面又没有什么野趣，不合我的口味。而家旁边的东城墙却是我每天必要去流连的地方。

自城门往东，一直到现在的玉蜓桥那里，那一段城墙是我一生当中美好的记忆。再往东，为了便于火车通行，城墙扒了一个豁口，下面是龙潭湖的苇塘，孩子们过不去了。城墙在一个孩子的眼里非常高大，用雄伟来形容一点儿也不过分。在城门楼旁边有一条马道，可以毫不费力地登上城墙。可是，我很少使用马道，总是抠着砖缝往上爬。尽管砖缝不宽，但经过不知多少代孩子们的攀爬，不但可以容下手脚，甚至还有可以让你喘口气的地方。爬城墙时千万不能低头朝下看，一看，那么高，眼一晕，心里一含糊，就会不由自主地掉下去。针灸大夫胡六的小儿子，就曾经在爬城墙的时候从半腰掉了下去，昏迷了好长时间。那以后他的脑子有点儿慢，大概和那一摔很有些关系。前车之鉴和父母的叮嘱，并没有引起孩子们的注意，我们还是不断地爬城墙。

城墙上是另外一个世界。由于年久失修，城墙上坑坑洼洼，铺设的地砖被掀得七零八落。在一片荒草野花丛中，到处长着不高的小树，最多的是酸枣树。我们就在这些荒草野花当中寻觅，奔跑，逮蝈蝈蛐蛐，抓蜻蜓蝴蝶。酸枣熟了的时候，城墙上成了孩子们的天堂，我们兴奋得顾不上酸枣刺儿扎手，一人把着一棵树，把那些红的和半红的酸枣摘下来，一边往嘴里送，一边往兜里装。那一段时间，我的手总是流着血，衣裳裤子总是被剐得这一个口子，那一个口子，回到家里老是被母亲骂一顿。可酸枣的魔力实在是太大了，我还是没事就到城墙上去摘酸枣！不用多长时间，城墙上的酸枣就被我们摘光了，那些长在城墙半腰砖缝里的酸枣树，又成了胆儿大的孩子们的“热恋”对象。我们从堞口爬出，顺着城墙，抠着砖缝，一点儿一点儿地往下，终于来到挂满“小红灯”的酸枣树旁，脚踩着支点，一只手拽着树枝，又开始了新一轮的掠夺。

城墙上还有另外一些可吃的东西。有一种宽叶子的草，不知道学名叫什么，我们管它叫“酸巴溜丢”，它的叶子多汁，吃到嘴里有一股带着清香的酸味儿。我还吃过刀螂（螳螂）蛋。刀螂生活在高一些的野草或者小灌木上，它的卵就排在草梗和树枝上。有一天，比我大一些的小伙伴光启说，刀螂蛋能治尿炕。这引起了我极大的兴趣。那时候，我都八九岁了，可还经常尿炕，几乎每个星期都有两三天的早上感到抬不起头来。于是，我趁没人注意，偷偷地从树枝上抠下几个刀螂蛋，塞进嘴里，嚼了嚼，咽下肚去。那股味儿可真让人难受，骚了吧唧，还有点儿酸，我差点儿吐了。尽管如此，为了自己能堂堂正正地做人，我还是坚持每天吃几个刀螂蛋，一直吃了十来天。然而，尿炕的毛病并没有治好，我还是时常处于难堪之中。可一直到现在我还认为，那并不是刀螂蛋没有作用，而是我吃的量还不够！

在城墙上捅马蜂窝让我终生难忘。本来，天坛和东坛里都有马蜂窝，我也都捅过，但在城墙捅马蜂窝却另是一番景象。马蜂就是野黄蜂，比蜜蜂大一倍，细腰丰腹，喜在小树上筑巢。平时，人蜂两不相犯，但我们这些孩子一见到马蜂窝，就非要把它捅下来不可！马蜂窝小的像拳头，大的似人脸，倒悬在树上。发现马蜂窝了，我们就脱下外衣把脑袋和脖子包起来，只露一双眼睛，然后找一根木棍儿或者树枝，来到树下，向马蜂窝一顿乱捅乱打。蜂窝掉到地上，成群的马蜂也开始了对侵略者的攻击。我们在城墙上抱头鼠窜，马蜂们在后面穷追不舍。据说，马蜂的眼睛是直的，不会拐弯抹角，我们便曲线奔跑，然后突然趴到地上，马蜂就嗡的一下从头上飞过去了。但每次捅马蜂窝总有人被蜇，或者脑门儿，或者手背，或者脖子，我就不知道被蜇过多少次。伤处又疼又痒，迅速红肿，没有十天八天的好不了。据说，被蜇之后，敷以热尿，能够减轻痛楚。现在回想起来，我们这些淘气包儿都用自己的尿“洗”过手和脸！

有一次，我们发现在城墙的半腰有一个大似脸盆的马蜂窝，用树枝够不着，便几个人一起搬起一块大城砖，站在堞口向蜂窝砸去。蜂窝被砸掉了，几个人也都同时成了伤号。

天坛的外坛墙由北向南，到城墙为止。顺着坛根儿有一条土路，到城根儿底下拐向西，通到大街。这是一条马车走的路，进出城的马车便在这条道上来来往往。我们玩儿累了，常常趴在城墙里沿的矮墙上，看着马车犯坏。那时的马车还有不少是木制车轱辘，所谓九辋十八辐——马车走在路面上，轱辘吱吱扭扭、咕咕噜噜地响着由北面来了，就在它刚要向西拐弯时，我们突然大声喊道：“谁是我儿子？”赶车的把式应声而吆喝牲口：“我！我！我——”我们乐得哈哈大笑，车把式暴跳如雷：“小兔崽子，我用鞭子抽死你们！”虽然知道他不会真的抛下马车，爬上城墙来追我们，可我们还是四散逃走，笑声把城墙震得浑身乱颤。

城墙上空旷，地势高，风大，是放风筝的好地方。可孩子们很少有钱能买正经的风筝，不要说孙悟空、蜈蚣，就是哪个孩子有一只最简单的沙燕儿，也会让别的孩子羡慕得要死。我们的风筝都是自己动手制作的，人小，手艺不行，做不了复杂的，就都做“屁帘儿”，反正能放飞起来就行。“屁帘儿”的做法简单至极，四棍细竹皮绑成一个四方框，再用两根交叉作为支撑，上面的那根竹皮窝成一定弧度，用小线拴紧固定；然后在方框上糊上白纸，下面再粘上三根用纸做成的长纸条，“屁帘儿”就做成了。拿着自己的作品上了城墙，顺着风势一点儿一点儿地放线，慢慢地把“屁帘儿”放上了高空。“屁帘儿”在天上移来移去，三根长纸条做成的尾巴顺风飘扬，显得婀娜多姿。

在城墙上，我们也有安静的时候。每到傍晚，依在城墙堞口，向西眺望，落日如同一颗硕大的红色玛瑙，正在坠向水墨似的群山；成千上万只雨燕围着飞檐斗拱的城门楼，上下翻飞，在斑斓的天幕上画着层出不穷的美妙图案；城墙外的护城河水清清浅浅，鸭凫水面，鱼翔浅底；城里灰色的房脊连着灰色的房脊，一直延伸到我可以想象的远方。这时，脚下的胡同中，大小不一的门洞里人进人出；四合院大杂院，窗明户净，树绿花红。吃完晚饭，天黑下来，我们又来到城墙上，听着护城河边传来的一片嘹亮的蛙鸣，抬头望着幽蓝的夜空，星斗满天，银河沔远，不由得让人思索起，我从哪里来？又要到哪里去？广阔的宇宙和渺小的人生浑然成为一体，让我们这些不懂事的孩子变得“哲学”起来。

1957 年，永定门城门楼被拆了。

1969 年开始，城墙也被拆了，拆下的城砖被砌到了正在同时挖的防空洞里。1970 年，我从北大荒回北京探亲，那是我最后一次看到城墙，它残破不堪，只剩下一堆堆烂砖和黄土。那天，母亲听街坊说我回来了，匆匆从防空洞的工事里面出来，一见我就说：“我正在防空洞里用城砖发券呢。”50 岁的母亲，用 40 斤的城砖砌防空洞，这是一种怎样折磨人的劳动呀！十几天后，我离开北京，返回北大荒，就在火车开动的同时，母亲在家突发脑血栓，自那以后就半身不遂了。

城墙拆了以后，在原来城墙的地方修了一条柏油路，旁边种上了一些花草树木。20 世纪 70 年代后期，我每天傍晚常在那条路上散步，总是碰到一位背着双手，挺胸抬头走路的老人。他花白的头发，老是有些桀骜不驯，不是这里翘起，就是那里翘起。我瞧他有些面熟，后来终于想起，他是被释放的国民党战犯黄维。碰到的次数多了，渐渐开始点头，后来就说起话来，无非是关于天气好坏之类。

现在想起城墙和城门楼，回忆常常如潮水般涌来……

后街和西坛

后街和西坛隔着一条马路、两片居民区，但是，要放在一块儿写才合适，因为它们和我的体育活动相关。

后街是东坛根居民区和东坛之间的一块长条空地，也叫后门儿，因为好几个院的后门都朝向那里。新中国成立前，那儿曾经是著名的龙须沟的延长线，一条臭气熏天的明沟由此向南，穿过城墙，把污水排到护城河里。后来，明沟改成暗沟，地面上可以走马车，由于比较宽敞，后街成了孩子们踢足球的场地。永定门小学没有运动场，学生的体育课也常常到这里来上。学校有个体育老师，姓武，他常常穿着螺纹运动服一个人到这里，伸腰，展臂，踢腿，做出花样繁多的动作，然后沿着坛根下的土路，手里拿着一块跑表自己跟自己赛跑。

我对足球的爱好就开始于后街。大概是四五岁的时候，我站在土坡上看一群大孩子踢球，忽然，从空而降的皮球掉到我的脑袋上；我不但没有哭，反而觉得好玩儿。从那以后，我就开始踢足球了。

孩子们踢足球非常简单。球无论好坏，只要有气就行；也无所谓球门，在地上摆上书包或者砖头即可。不管人多人少，两个公认的主力以猜拳“石头剪子布”挑选本方的队员。人员挑选完毕，不用分配，大家以习惯上的各自位置摆开架式，然后中场开球，一场没有时间规定，没有边线限制的比赛就开始了。比赛中，对于越位、绊人、蹬踏等犯规行为，大家不太在意，而对于手球则判罚非常严格。只要踢起球来，我们便忘记了一切，该吃晚饭了，却没有一个人回家。一直到所有的母亲都再三再四地来喊，大家才恋恋不舍地散去。

后来，这样的比赛已经不能使我们满意，因为荣誉感不强，我们便开始按在学校的班级组织比赛。有时，我们东坛根的孩子组成联队，约西坛根的孩子比赛。我和西坛根的几个孩子成为朋友，就起源于这种活动。后来，我们都到了北大荒，但相隔 100 多里地，我曾经专门坐汽车长途跋涉，到他们所在的农场去踢过一场球。踢完，大家一起慨叹时光流逝，人事难料，如果不到北大荒来，我们之中有的人一定会成为足球运动员了！

经过后街的多年锻炼，14 岁的时候，我被北京少年足球队选中，开始到先农坛体育场的业余体校踢球。有不少孩子都像我一样，从属于他们自己的“后街”走进了体校，有的还成了专业运动员。

说起体校，40 多年来我一直觉得对不起一个少年时的朋友。他叫满运坡，小名叫小坡儿，满族人。小坡儿的父亲身材魁梧，剃着大光头，看样子很凶，实际却极为和善，在大街上开着一家小小的羊肉床子，卖牛羊肉。他的母亲更是慈眉善目，眼窝很深，一双大眼睛，眼珠是黄色的，一看就知道有阿拉伯人血统，长年穿得干干净净，不笑不说话。小坡儿比我小一岁，足球踢得好，也在体校，低我一班。1963 年暑假，我入选北京少年队，每天下午到先农坛训练，走时都叫上小坡儿同去，训练后再一起回家。那一天，我午觉睡过了头，爬起来就直奔了体育场，没有到他家去喊他。傍晚，训练结束，洗过淋浴，我往家走。刚进胡同，就有人说："小坡儿出事了，在先农坛南门让 20 路汽车给轧死了！"我脑袋轰的一声，蒙了。我飞也似的跑到出事地点，马路上围着许多人，一辆汽车停在路旁，在一辆变形的自行车边有一摊血迹，一张苇席盖在路面上。我上前揭开席看了一眼，看到了小坡儿痛苦的脸。

人说，小坡儿今天没有去先农坛踢球，刚才骑着车去买《北京晚报》，走到这里一下就让车给撞了。我当时心里的难受无法言说，一个天天在一起的同伴儿就这么死了！好长时间，我一直骂自己，如果我去喊他，这件事就不会出了，这件事就不会出了！唉，都怨我，都怨我……

按方位来说，先农坛应该叫"西坛"。可是，真正的先农坛的主要建筑在育才学校里，而我们把只是在先农坛外坛的体育场叫"西坛"。这和东坛是一个道理。在永定门一带，只要说西坛，大家都知道是指体育场，而不会以为你在说育才学校。

先农坛体育场新中国成立前就有了。1959 年，举办第一届全国运动会，体育场经过大规模改扩建，主运动场可以容纳 4 万名观众。那时，在体育场外的四个角上建造了四个高大的灯塔，每个灯塔上都有几十个探照灯。试灯的那天，整个永定门一带被照得一片光明，惹得大人小孩儿欢呼雀跃。

我最初进先农坛体育场时一定不够七岁，是被人带进去的。那时，工人体育场还没有兴建，所有的重要体育赛事都在这里举行。那时体育场的规矩是不足一米的小孩可以免票，但必须有大人带领。我的父母不喜欢体育，也没有时间和闲心看比赛。于是，我向别的孩子学习，早早儿来到入场口，向每一个拿票入场的大人央告："劳您驾，带我进去吧！"大多数人摇头拒绝，但总会有好心人把我的手一拽，拉着我一起走进大门。就这样，我拉着一个陌生人的手，再走一段路，来到票上规定的看台门口，通过检票，便一下放开那人的手，飞快地跑上看台，找一个满意的地方坐了下来，等着看比赛。慢慢地，长高了，不能由大人带着免票入场了，我又找到了另外的办法。其实，看一场足球赛只要一毛两毛就行，但是家里生活吃紧，我从来也没向父母要过这笔钱。再进场看比赛的办法有两个：一是趁着入场的人多时往里混。一连要混过两道门实在是不容易，往往混上看台了，比赛也已经差不多快要结束了。二是跳墙。体育场的南墙有一座门，20 世纪五六十年代是不开的，因此门禁松弛，我们便爬到门上，再从门上爬到坛墙上，找一棵靠墙的树，溜到地面，然后再想办法上看台。这也不容易，不但怕被逮住，而且也往往看不到完整的比赛。

没有正式比赛的时候，体育场是很随便就能进去的。下午，它对几乎所有人都开放，人们可以在训练场地上踢球、跑步，或者看热闹。北京市的领导刘仁、万里、郑天翔，还有吕正操将军，常到看台西边的网球场来打网球。他们的到来，并没有引起体育场方面的恐慌，而提高警卫级别。我们也常常趴在铁丝网上，对这些大人物指指点点。

那是 1960 年前后，夏天的一个下午，先农坛体育场的外场地（训练场）有一场足球训练比赛，我和小伙伴坐在简易看台上观看。那时，我对那些著名的足球运动员已经非常熟悉了，能叫出他们的每一个人的名字：张俊秀、张宏根、年维泗、史万春、张京天、任彬、姜杰祥、王克斌、丛者余、王陆……

那时的业余体校完全不收费，还发一套运动服。先农坛体校足球班最有名的是五班和七班。五班和七班的时代，我还有些小，没有赶上，可他们的教练孙洪年，却一直是我崇拜的偶像。20 世纪 70 年代中期，我从北大荒返回北京，在崇文区体委工作，曾多次见到这位已经满头华发的老人。他肯定年近古稀了，但依然在为群众性的足球运动忙碌着。

几十年后，后街变了，成了砖场仓库，仅剩的一条路也办起了农贸市场，别说踢球玩耍，就是走路时不小心也会撞到别人身上。现在，它已经同东坛根一起彻底消失，成了一片绿地……

我在这庞大的北京

杨献平

1992 年冬天，北京站广场，遍地灯火，深邃的楼宇——我感觉到庞大和幽深，觉得了自身的渺小——我要找的朋友，我只知道她在朝阳区的金台西路，但忘记了门牌号码。从北京站到朝阳区，路程不远，但我不知具体方位。一个人转悠了一圈，见到了睡在花圃之中的流浪者、沿途讨要的农村妇女、不明身份的抽烟的男子。

崇文门饭店，看到堂皇的大厅，进进出出的房客，也想到里面去住，但不知道住一宿多少钱。有几个手拿纸牌的妇女问我住店不，我摇摇头。茫然无措之际，在一家小饭馆，吃了一碗面条，又回到车站，寻了一家地下旅馆——向下的陡峭台阶，让我惊惧不安，似乎人间的另一条道路。房间昏黄的灯光下，一张床铺之上，被褥黑黝黝的，似乎穿久了的工作服，油渍斑斑。房间和房间之间，只有一张三合板，隔壁有人喘息，有人呻吟。

气味污浊，让人透不过气来，我想换一个地方，但又舍不得刚交出的 40 元钱。和衣躺下，隔壁停止了动作。火车在头顶停靠和离开。不一会儿，我就睡着了，一个梦都没做。

第二天早上，走出地下室，我依旧不知道朝阳区金台西路的具体方位，也不知道该乘坐哪路公交车，只好打车前往。到了金台西路，在一所大门前下车，迎面看到一位荷枪实弹的武警战士。

我的朋友，她有点老了，眼角的皱纹虽不明显，但一笑起来，皱纹就随声荡漾。她说到这些年一个人在鲁迅文学院、人民日报社的一些遭遇和心情。我发现，她说话粗俗了，也狠了好多。她以前是个温驯的女子，给我写的信是贤淑的，谈到的人和事，抒发的心情都是极其阳光和亲切的。

中午在一所餐厅吃饭，我要了一条鱼，实际上不喜欢吃，我想她出生在东海之滨，应当是爱吃的。与她同来的一位福建籍的女同事也没吃多少。我只是喝酒，红星牌二锅头，一杯一杯，就着一碗米饭和一些黄瓜、肉丝和辣椒。下午的时候，我告别，走出大门的刹那，我回身看了看，伸出手掌，像告别一个陌生朋友一样对她说再见。

她看着我，问我说："我是不是老了？"我想都没想，就点了点头。她神情黯然了一下，笑笑，对我说再见。从那一刻起，我知道，是一生的告别，当然不是我和北京。在路边，我买了一份新出的《作家文摘》，走到僻静处，坐下看完。然后抬头看看天空，日光向西，天空灰苍苍的，像一个重病老人。

那一年冬天的朝阳区到处都是灰尘，尖利的风像是飞行的冰碴子，我裹紧大衣，寻找书店。到美术馆大街，看到几家书店，好像有一家韬奋图书中心（或书店），读者很多，拥挤不堪。转了一圈，买了几本书，塞进背包。一出门，天就黑了，华灯被寒风打亮，卷着细碎的尘屑，一次次扑面而来，又扬长而去。

我想返回北京站，可我怎么也找不到来路，看到的却都是陌生的。我想回不远的河北老家。我一边走着，一边在内心反复想到这样一句话：北京不是你的家！北京不是你的家！一个人，在这个城市孤单地行走，像是一匹蓦然窜入的狼，到处都是隔膜，打击的风。那么多门楣，没有一扇可以容纳我；那么多人，我一个都不认识。

还有那么多的车辆，我不知道它们去向哪里。我沿着那条至今不知道名字的街道走了好久，迎着黑夜，在华灯下面，疲累的双腿酸胀疼痛。我走了一会儿，停下来，再左右看看，确定一下是否走错了，是否该朝向另一个方向？

第一次到北京，我犹豫，不自信，完全没有了方向感。最终，仍旧选择了打车。京腔浓郁的司机告诉我，往邯郸方向南站始发车最多，我说那就去那儿。火车开动，已是午夜。我忽然觉得浑身轻松，忍不住长出了一口气。灯火逐渐消失，向南的列车在黑夜之中，像是旷野上的奔马，它的前方就是我的前方，它的到达就是我的到达。保定、石家庄在窗外一一闪过，上来的人坐在我的旁边，下车的人与我擦肩而过。到邢台站，我下车，我阔别一年的城市，纷飞的煤屑，卷动的风，车辆在凌晨的街道上东奔西往。

与在北京的惶恐和孤独相比，在南太行皱褶山地之间的故乡虽然孤僻落寞，可是心里是可靠和温暖的。再次返回西北时，我没有再途经北京，而从邯郸直接到兰州，再从兰州到酒泉。这样一种选择，大抵是自己对北京的一种惧怕和逃避。此后几年，我回了数次老家，都是经由兰新线和陇海线，再京广线。直到婚后，才和妻子一起，经兰新线，到中卫、银川和六盘山，转向京包线，直达北京。那时，单位在北京设有办事处，在大雅宝，但我不知道具体方位，总是和妻子住在崇文门一带，但再也没有选择地下室。或干脆不住，直接转乘向南的列车。

我不知道是北京排斥了我，还是我排斥了它，抑或是两相排斥。我想，北京是人的北京，我也是一个人；北京是中国的，我也是。我和庞大的北京是对等关系，不应当有排斥和拒绝。再后来，我从西北的巴丹吉林沙漠，越过浩瀚的雪山和黄沙、河流和城市，乘飞机到达北京。在南苑机场，我第一次看到了北京一隅的陈旧和脏乱，或许因了这种表象，使我与北京第一次达成了妥协。

那时候我才知道，北京不仅仅是楼宇和花灯，隐藏的权力和财富，老大皇城的妄自尊大乃至氤氲其中的思想、才识、智慧和文化。对我而言，北京不只是小学课本上的高不可攀的亲切。作为首都，北京在每个人的内心都是神圣的。但对第二次来到的我而言，不知为什么，这种神圣仍旧不是那么客观和清晰。

2003 年冬天，我和妻子，带着两岁的儿子，从机场到办事处，儿子始终趴在车窗上，忽闪着眼睛，打量外面的北京。他看到各式各样的车辆，还有那些拔地而起、灯光辉煌的摩天大楼。不时回身对我们大声说那是什么什么，一脸的兴奋和愉悦。

第二天，我们带儿子去北京动物园。整齐的冬青之中，青草枯萎，少许的柿子树叶子落尽，悬挂的几颗柿子红得耀眼，大群的乌鸦聚集其上，一口一口啄，一下一下叫。我们带着他看猴子、猩猩、蟒蛇、鹿、狼、麝、毒蛇、鳄鱼、斑马。在老虎山，儿子高兴之余，忽然抓住栏杆，冲着一只倦怠的老虎发出稚嫩的呼喝。

从动物园出来，北京大雾，车辆似乎凭空而出。儿子一直在说这个动物好看，那个动物可爱。我坐在一边，想：相比我第一次来到的北京，儿子是有福的，有父母呵护着，并带他观看了那么多只在书本上看到过的楼宇、车辆和动物。这似乎是个悖论，当年，我绝对没想到，有一天，我会带着妻儿来北京。

天一亮，我们就又离开了北京，回到老家。等再返回，已经是春天了，草木萌发，华北平原之上，烟囱林立，夹杂的冬麦开始返青，杨柳长出了黄豆一样的嫩芽。到北京正是傍晚，火车在华灯之中前进，两边的楼宇窗户明亮，似乎人间的眼睛，以自身的光亮，照亮大地的夜晚。

照旧在办事处住宿，洗澡，在羊坊店路上的一家饭店吃饭，喝二锅头，说家乡方言土话，聊单位人事，喝到两眼昏花，舌头发硬，回到办事处，进门就扑倒在床上。

这一次之后，在偏僻一隅，古代的胡天之下，我也觉得北京是亲近的，时常有这样那样的消息在那里发生再经由报纸和电视，从那里传来。我看了听了，忧虑或高兴，都是极其自然而贴切的。再后来，因航班的开通，使得与北京不再千里之遥，只需要 1 小时 50 分钟，就场景转换，进入北京。

2004 年春天，我穿着厚厚的羊毛衫，从巴丹吉林边缘起飞，从空中看到我常年居住的地方。到南苑上空，下落时，忽然两耳刺疼，几欲击穿。我使劲嚼口香胶，想到母亲所信仰的上帝。落地之后，走下舷梯，冷风迎面，细碎的灰尘箭矢一样奔袭。乘车穿过天安门时，看到城楼、华表、广场、旗帜和人民大会堂，还有一些三三两两的游客。我忽然想起小学课本上的“我爱北京天安门，天安门上太阳升”，而当置身现场，却有些不知所措。

北京春意渐浓，街边的法国梧桐和大槐树枝叶新鲜，空气中流转着温暖的气息。我觉得愉悦。在办事处住了一夜，第二天上午，到西郊学校，院子里花朵开了不少，冬青灌木修剪得整齐划一。宿舍楼下，是一小片花园，几个民工总是在用锤子敲打着一些大理石。满园的杨树纷纷吐出黑絮，柳树的白色绒毛在阳光下舞蹈。后来，连续下了几天的雨，到处都是黑色的水洼和泥泞。我每天到外面报摊上买一份《新京报》《参考消息》《北京娱乐信报》，躺在床上看。

周末去羊坊店路的办事处找老乡玩儿，喝酒，这里的一切我都熟悉，从这个街道到另一个街道，鱼一样穿梭。饿了吃饭，累了到办事处喝茶聊天。很多次去海淀图书城看书，买书，在网吧上网。到西单图书城一待就是半天，又转到王府井书店，查找心仪已久的书籍。还有许多时候，和一位朋友在建国门外一所小饭馆内吃香椿拌豆腐，慢慢喝酒。还有几次，去后海，和师长朋友在什刹海附近吃饭，聊天。有一次去通州，和朋友一起喝酒、玩儿。有一次在朝内大街吃饭，喝得晕头转向，不知所为。

半个月后，校园的花朵愈加繁多，瑰丽异常，暗香浮动。多年之后的学生生活让我觉得新鲜，遇到好的课，便像小学生那样，歪着脑袋认真听讲。有时候心不在焉，看着窗外的雨滴或花朵，想心事。有时候写诗、写信，像孩子那样笑或哭——这一次，在北京，我觉得自己就是一个孩子，就是一个剔除了内在繁杂和污垢，极其单纯极其透明的人，所有的心思都向着一个人，无时不在感受到她的好，感觉到梦想的亲近和生命的美好。

有一次和朋友喝酒，回来晚了，乘坐最后一班地铁，穿行在地下的悠长北京，飞驰的车辆之外，黝黑而深邃。到五棵松下车，出站，夜晚之内的北京落寞、冷清，风吹如洗。一大堆出租车停靠。我害怕，打电话，后来哭了，泪眼婆娑，像是一个被遗弃的孩子。在深夜行进的北京，眼泪向着远处飞，心脏跟着声音碎。

其中一个周末，和两个同学去了就近的颐和园，垂柳成行，湖水湛蓝。三个人拿着相机，东跑西逛。玩笑着说起慈禧太后以及她的清王朝，说起这位指甲暴长的老妇人及其签订的各类条约。遇到一位荷兰籍的女子，个子不高，身材匀称，尤其是眼睛，流转之间，诗意动人。我们三个尾随其后。有几次，她回身看我们，我们笑笑，她也笑笑。

结业那天，淅淅沥沥下起了雨，不大，但持续了很长时间，将我的心情冲洗得脆弱而发白。我提着简单的行包，到单位办事处，躲在一间电话亭里打电话，说了好多。想回家看看父母，也想去另外一个地方。我知道，家门永远都向我敞开，另外的门是柔软的，却为我紧紧关闭。这时，听说北京的一家医院又有人感染非典，我想了想，低头叹息了好几声，然后乘上西北的列车。路过燕山时，新生的草木遮住了暗黑色的岩石和去冬的枯草，高耸连绵的山脊青翠宜人，聚集了好多的蝴蝶和蜜蜂。

这一次之后，在我内心，北京越来越庄严，也越来越不可触摸，有一种只属于个人心灵的光亮，也像北京一样连绵和庞大。在北京很长时间，我没有要去香山、故宫、天安门、北海、天坛游览的想法。颐和园近在咫尺，那一次去，也是就便。当我再一次与北京觉得很亲近的时候，时间还是在 2004 年，秋天。有一个不轻易出门的朋友去了，从西单图书城给我邮寄来了帕斯卡尔、让·雅克·卢梭等人的书籍。朋友还说，买完书后，自己在西单图书城外的木椅子上坐了好长时间，等一同前往的同伴。

我想那时候，北京金灿灿的阳光在长安街上下流淌，路边的草坪和花圃鲜艳得像是这个城市当中惊艳的爱情。朋友一个人坐在阳光和花朵之间，看到远处不停繁忙的世界。想到千里之外的海洋、高山和平原，最终，长时间地想到了我。在北京，那么大的都城，除了她之外，谁会坐在秋天的阳光之中，想到我呢？从那时起，我就暗暗想，下次去北京，我一定要在西单图书城外面，像那位朋友一样，在那里坐上一会儿，看流动的车流、人群和世界，想心事，想朋友当时的心情和现在的样子。

而当我再次出现在北京的时候，又是雨天，朋友张利文到车站来接，打着雨伞，把我和妻子儿子接到黄寺附近的一所宾馆。刚刚放下行包，就遇到几位外地的朋友，其中有四川诗人蒋雪峰。回来后，还觉得饿，利文就在宾馆附近的饭馆要了饭菜，两个人喝啤酒，妻子喂儿子吃饭。喝到最后，我竟然有些晕了。回到房间，恍惚着洗澡，然后倒在床上，一直睡到鸟儿在后院叫得阳光热烈，车辆繁忙。

几天来，四处奔跑，参加某些活动，晚上喝酒，妻儿到办事处住下，我在东土城路作协招待所，与阿贝尔、蒋雪峰、半树聊天。晚上和蒋雪峰到就近的一家酒吧喝茶，晚上睡在一个房间。待安静下来，我和妻子带着儿子，再一次去了动物园和海洋馆。看到那些动物，儿子照旧笑逐颜开，手舞足蹈，呼喊不停。

我觉得美好，如果很多年后，儿子还记得，他一定很怀念，很开心。临回老家的前一天，我一个人去了西单图书城，却没买一本书。在街道旁看到许多长条木椅。有人坐着，有的没人——我看了一张，觉得是，又看一张，也觉得是。等再也没有木椅的时候，我怅然若失，心情灰暗，忍不住叹息一声，伫立好久，才穿过地铁站，回到单位办事处。

两个月后，我面目黝黑，满身乡土味道，再一次来到北京，同来的还有弟弟。又劳烦朋友去接，并在某个街道的湘菜馆吃饭。办事处租赁的四合院中，拔地而起的老槐树枝繁叶茂，一些鸽子飞来飞去，不时鸣叫的麻雀突突跳跃。它的四周，有些简单的菜市场、小饭馆和理发店，正面是西客站，侧面是铁路总医院、铁道宾馆、长安街的中央电视台、中华世纪坛、海洋馆和梅迪亚中心、军事博物馆，这一带我熟悉得不能再熟悉了。

而更多时间，我在巴丹吉林，丝绸之路一侧，弱水流沙之中，像是一个在尘土中生活的人。偶尔在北京，距离老家不足四个小时路程的首都，我只是路过，只是公干，只是一个过客，只是一个可有可无的人。但却时常深刻地想起它，想起这个庞大的都城，庞大的所在。

每次到京，我习惯去熟悉的地方，见熟悉、喜欢和尊敬的人。有一些人我知道他们，他们也知道我，可我一直没去拜访或者打搅，我想我是自卑的，也不愿意惊扰他们。

我想北京是一座久远的城市，一个穿越千年还必将穿越无数迢遥时光的中国首都，人类的城市。目前，我还是一个青年，有的是从它心脏或者外围穿梭逗留的时间，我不能一览无遗（也不可能一览无遗），我想留下一些神秘的和陌生的，尊敬的和鄙夷的，惶恐的和愉悦的，短暂的和永恒的，以备将来。如果可以，我想以翻阅一本书，抑或生命消失的速度，在北京或者北京外围，一页一页阅读，一个一个瞻仰，也一页一页撕下，一个一个珍藏和铭记，远离和丢弃。